À BOUT DE Force
3 · Pardonne-moi

Du même auteur

- À bout de force 1 – Protège-moi
- À bout de force 2 – Sauve-moi

À paraître

- À bout de force - Redemption

Dana L.

A BOUT DE Force
3 · Pardonne-moi

Copyright : ©Dana L., 2021

ISBN : 9798480853902

Ce livre est un ouvrage de fiction. Les noms, les personnages et événements sont le produit de l'imagination de l'auteure ou utilisés de façon fictive. Toute ressemblance avec des faits réels, des personnages existants ou ayant existé serait purement fortuite. Seul le nom des équipes de football américain a été conservé.

Tous droits de reproduction, d'adaptation et de traduction, intégrale ou partielle réservés pour tous pays. L'auteur est seul propriétaire des droits et responsable du contenu de cet ebook. Dana L, 75020 Paris.

Le Code de la propriété intellectuelle n'autorisant, aux termes des paragraphes 2 et 3 de l'article L. 122-5, d'une part, que les « copies ou reproductions strictement réservées à l'usage privé du copiste et non destinées à une utilisation collective » et d'autre part, sous réserve du nom de l'auteur et de la source, que « les analyses et les courtes citations justifiées par le caractère critique, polémique, pédagogique, scientifique, ou d'information », toute représentation ou reproduction intégrale ou partielle, faite sans le consentement de l'auteur ou de ses ayants droit ou ayants cause, est illicite (article L. 122-4). Cette représentation ou reproduction, par quelque procédé que ce soit, constituerait donc une contrefaçon sanctionnée par les articles L. 335-2 et suivants du Code de la propriété intellectuelle.

Couverture : Lucie Lake

Images : Pixabay

Avertissement : cette œuvre comporte des scènes érotiques dépeintes dans un langage adulte, ainsi que des scènes de violence. Elle vise un public averti et ne convient donc pas aux mineurs. L'auteure décline toute responsabilité dans le cas où cette histoire serait lue par un public trop jeune.

Table des matières

Prologue	11
1. Logan	23
2. Logan	37
3. Logan	57
4. Logan	75
5. Lucy	91
6. Lucy	101
7. Logan	115
8. Lucy	129
9. Logan	147
10. Lucy	161
11. Logan	179
12. Lucy	193
13. Logan/Lucy	209
14. Logan	229
15. Lucy/Logan	249
16. Lucy	261
17. Logan	275
18. Logan	291
19. Lucy	313

20. Logan	327
21. Lucy	343
22. Logan	361
23. Lucy	377
24. Logan	393
25. Lucy	409
26. Logan	427
27. Lucy	441
28. Logan	459
29. Lucy	475
30. Logan	489
31. Logan	509
32. Lucy	525
33. Logan	541
34. Lucy/Logan	567
35. Lucy/Logan	587
36. Lucy	603
37. Lucy	615
38. Logan/Lucy	627
39. Lucy	645
40. Logan	657
41. Lucy	677
42. Logan	687
Épilogue	709

Prologue

Deux ans plus tôt

Lucy

Assise sur le grand canapé en cuir blanc, j'écoute Liam, le fils de ma belle-mère, répondre au téléphone.

— Attends, je vais voir.

Cette phrase, c'est au moins la centième fois qu'il la sort depuis mon arrivée. Logan n'a pas cessé de tenter de me joindre, mais je ne me sens toujours pas capable de lui parler. Le mal qu'il m'a fait est ancré au fond de mes entrailles et rien ne parvient à me soulager. Je lui en veux terriblement. Lui et moi, c'était pour la vie, j'en étais persuadée et pourtant il a préféré me larguer plutôt que de m'avouer la vérité. S'il m'avait annoncé que j'étais en danger, j'aurais compris et je serais partie sans broncher. Je ne dis pas que ça aurait été simple, cependant pour ne plus jamais revivre cet enfer, je l'aurais fait. Rien que de repenser à cette horreur, mes mains se mettent à trembler et les larmes me brûlent les yeux.

Depuis quinze jours, les derniers mots de Logan résonnent sans relâche dans ma tête. Mon cœur se brise à chaque seconde, se souvenant à quel point je me suis sentie anéantie et dévastée au moment où il les a prononcés.

Encore une fois, notre mutisme a détruit ce qu'il y avait entre nous. Un an plus tôt, il me détestait, car je n'avais pas été capable de lui parler, de lui dire que je n'avais pas changé. Qu'un enfoiré était entré dans ma vie et me forçait à devenir cette autre que je ne pouvais pas blairer. Aujourd'hui, à cause de son silence, c'est moi qui le hais. En rompant, il m'a arraché une partie de moi-même, un bout de cet organe qui me maintient en vie. Je ne veux plus jamais l'entendre et encore moins le voir. Je veux qu'il reste à des milliers de kilomètres de moi. Là où il m'a abandonnée.

— Lucy ?

3 – Pardonne-moi

En jouant avec ma bague de fiançailles, je secoue la tête. Tôt ou tard, je la retirerai, jusque-là, je n'en ai pas eu la force.

— Je suis désolé, mais elle vient de partir, annonce-t-il à son interlocuteur.

Un ange passe tandis que Logan doit lui parler. Je ferme les yeux un instant, grossière erreur. Son visage se matérialise derrière mes paupières closes et m'envoie un coup dans l'estomac pire qu'un uppercut. Je les rouvre aussitôt pour ne pas me mettre à suffoquer.

— Ok, je lui dirai.

Dès qu'il raccroche, Liam vient s'asseoir sur le canapé. Il allume la télé et zappe sur les différentes chaînes, avant de porter son attention sur moi. Son regard se fait lourd, comme s'il me reprochait de ne pas être apte à répondre à mon ex. Mais comment pourrait-il comprendre que je n'ai plus aucune force pour me battre ?

— Pourquoi tu ne lui réponds pas ? Il t'appelle tous les jours depuis plus d'une semaine et, chaque fois, je lui donne la même réponse. Ce mec est plus qu'accro pour insister ainsi. Tu devrais vraiment lui parler.

Je secoue la tête, avant de prononcer du bout des lèvres :

— Non.

Dans ses yeux, je vois bien que ma réponse ne lui convient guère.

— Au moins pour lui dire de ne plus chercher à te joindre.

Son ton se veut compatissant, mais ça me soûle qu'il tente de me dire quoi faire. Furieuse, je me lève et me dirige vers les escaliers en marbre blanc qui mènent à l'étage.

— Je ne veux plus l'entendre, ni le voir ! m'emporté-je avant même de poser un pied sur la première marche.

— Comme tu voudras, mais j'en ai ras-le-bol de te servir de standardiste. La prochaine fois qu'il t'appelle, je lui dis que tu ne veux plus lui parler.

Je hausse les épaules. Qu'est-ce que ça peut me faire ? Mon silence devrait être suffisant, mais

3 – Pardonne-moi

puisque Logan semble vouloir insister, Liam n'a qu'à faire ce que bon lui semble.

Arrivée à l'étage, je longe un long couloir, qui mène à ma chambre. Cette maison pourrait loger au moins dix personnes tant elle est immense. Des photos de famille sont accrochées le long du mur. Mes yeux s'attardent sur l'une d'entre elles, un portrait de Logan et moi, le même que chez les Baldwin. Nous devions avoir quinze ans à l'époque. Je ne sais pas comment mon père l'a obtenu, cependant, j'aurais préféré qu'il le retire avant mon arrivée. Voir le magnifique sourire du mec pour lequel mon cœur ne cesse de pleurer me tue littéralement.

D'autres photos de moi ornent le mur. Moi qui croyais que mon géniteur m'avait oubliée, je me suis vite rendu compte que ce n'était pas tout à fait le cas. Sinon, comment expliquer que mon portrait soit omniprésent dans cette villa ? Malgré tout, je continue à lui en vouloir, je ne sais pas si, un jour, je parviendrai à lui pardonner de m'avoir laissée entre les mains de cette mégère, qui n'a même pas été foutue de me protéger. Quand j'y pense, je me demande qui d'elle ou d'eux m'ont fait le plus de mal.

Certes, ces salopards m'ont brisée, physiquement et moralement, mais, elle, elle était là. Elle savait ce qui se passait dans cette cabane et, pourtant, elle n'a rien fait. Elle venait juste me voir pour s'assurer que j'étais toujours vivante. Parfois, je me demande si elle m'a aimée ne serait-ce qu'un seul jour dans sa vie. Si avant je gardais un léger espoir, ce n'est plus du tout le cas depuis que mes souvenirs ont refait surface.

Une fois parvenue au bout du couloir, je pousse la porte de droite, celle de ma chambre. Décorée avec soin, dans des tons violets, mon père n'a pas lésiné pour la rendre des plus cosy. Un lit king size en est la pièce maîtresse. Il est si confortable que je reste des heures assise dessus. Tant que je ne m'endors pas, tout va bien. Mes cauchemars m'assaillent de nouveau depuis que je ne suis plus à Albuquerque. Chaque nuit, je rêve de ces types qui ont bousillé ma vie et quand je parle d'eux, j'englobe aussi Logan.

Je passe à côté de ma magnifique coiffeuse blanche, pour me rendre jusqu'à la fenêtre. La vue sur l'océan Pacifique est imprenable d'ici. La maison dans laquelle je vis jonche une grande plage de sable

3 – Pardonne-moi

fin. Un de mes rêves s'est réalisé lorsque tous les autres se sont effondrés.

Les yeux rivés vers cette immense étendue d'eau, je songe aux paroles de Liam. Au fond de moi, je me dis qu'il a sûrement raison. Je devrais dire à Logan de ne plus chercher à me joindre. Pourtant, je sais qu'entendre sa voix m'anéantirait une nouvelle fois. Je ne m'en sens pas encore capable. Chaque fois que je pense à lui, ce qui arrive bien trop souvent, l'air me manque et je suffoque. J'ai tellement de mal à avancer sans lui. Je reste en arrière, accrochée à ces semaines maudites, sans pouvoir regarder vers l'avenir. Qu'y a-t-il devant moi, si ce n'est ce terrible désert, bien trop aride à mon goût ?

Une larme perle sur ma joue, au moment où le beau sourire de Logan se met à me hanter. Son absence me pèse horriblement. Cruellement même. Cet étau sur mon cœur me rappelle que, bien que je le déteste de m'avoir larguée pour de mauvaises raisons, mon amour pour lui demeure intact. Il me faudra du temps pour l'oublier. Beaucoup de temps. Tourner la page sur tout un pan de notre vie ne se fait pas d'un claquement de doigts. Du moins, si j'y parviens un jour, ce dont je doute réellement.

Disparaître de la surface de la Terre m'aiderait peut-être à faire taire mes démons. Ces êtres cruels qui me narguent sans cesse en me rappelant à quel point je suis minable.

Depuis que je suis ici, plus rien ne va. Avec mon amour à mes côtés, je pouvais laisser mon enfer derrière moi. Maintenant, je n'arrive plus à relever la tête. Certes, j'ai une famille adorable. Mon père est à mes petits soins et fait tout pour que je ne manque de rien. Les fils de ma belle-mère tentent de me divertir, mais personne ne peut combler ce trou qui emplit ma poitrine. Ce vide qu'il a laissé au fond de mes tripes.

Parfois, je rêve que les énormes vagues, qui s'abattent sur la plage devant moi, m'engloutissent, pour ne plus jamais souffrir comme ça. Ça fait tellement mal... Beaucoup trop mal.

Le visage baigné par de nouvelles larmes, je récupère le MacBook que mon père m'a offert, trois jours plus tôt, et pars m'installer sur le lit pour vérifier mes messages. De toutes les personnes que j'ai laissées en arrière, seul Killian connaît mon adresse mail. C'est d'ailleurs comme ça qu'il m'a expliqué la véritable motivation de Logan. Il finira

3 – Pardonne-moi

par la donner à Deb, je n'ai aucun doute là-dessus, même si je lui ai demandé de ne pas le faire dans l'immédiat. J'ai la trouille qu'elle la transmette ensuite à son frère. Et, je ne sais pas si je pourrais lui pardonner si elle me trahissait de la sorte. Pour le moment, tout est trop sombre autour de moi pour que je puisse y voir clair. Tous les deux me manquent, plus que personne ne peut l'imaginer. Même si en comparaison, ce n'est rien face à ce que j'éprouve quand je songe à son frère.

Je checke mes mails. J'en ai peu. Trois au total, dont deux pour me rappeler mes rendez-vous médicaux. Mon père tient à ce que je suive une thérapie, afin de me remettre de mes traumatismes. Il pense que j'en ai besoin, que ça m'aidera à aller de l'avant. Il est convaincu qu'un jour, je sourirai à nouveau. J'en doute.

Quant au troisième message...

J'hésite plusieurs secondes à l'ouvrir avant de cliquer dessus, en me demandant comment il a pu trouver mon adresse. Les yeux embrumés par les larmes, je parcours les mots qu'il m'a écrits.

« Bébé,

Je sais que j'ai agi comme le roi des connards. Et putain, tu n'as pas idée à quel point je m'en veux. Killian m'a dit que tu connaissais maintenant les raisons qui m'ont poussé à faire la plus belle erreur de ma vie. Je sais que j'aurais dû te le dire, mais je n'y arrivais pas. Parler de lui m'était juste impossible. Rien que d'y songer, j'en ai les poings serrés, prêt à me péter les deux mains si je n'arrive pas à contenir cette putain de haine. Je voulais juste te protéger, Lu.

Tu ne peux pas savoir à quel point ne pas t'entendre, ne pas te voir, me fait mal. Tu me manques horriblement. Pourquoi refuses-tu de répondre à mes appels ? Celui qui décroche ment super mal. Je sais que tu es près de lui chaque fois. S'il voulait vraiment me laisser croire que t'es pas là, il ferait mieux d'ouvrir sa gueule au lieu de me faire patienter plusieurs secondes. En vrai, tu ne veux pas me parler et ça me tue.

Laisse-moi revenir dans ta vie. Je pourrais être en Australie dans moins d'une semaine, on y passerait notre été et ensuite on s'installerait dans la Grosse Pomme comme prévu.

3 – Pardonne-moi

Je t'en supplie, mon amour, laisse-moi juste une chance. Je sais que j'ai grave merdé et je ferai n'importe quoi pour que tu me pardonnes.

Rappelle-toi, toi et moi, c'est pour toujours.

Je t'aime.

Logan. »

Un torrent de larmes déferle sur mon visage. Je sais qu'il m'aime, mais un retour en arrière ne me paraît plus envisageable. Il a détruit notre couple à l'instant où il a préféré rompre plutôt que de me dire la vérité. Ses derniers mots se bousculent une nouvelle fois dans ma tête : « Toi et moi, c'est terminé ».

Son email me brise plus qu'il ne peut l'imaginer. Cette douleur est si intolérable que je dois mettre mon poing dans la bouche pour ne pas hurler. Je le déteste de me faire autant de mal.

Plusieurs minutes s'écoulent avant que je ne réussisse à cliquer sur « répondre » :

« Tu as raison, Logan, tu as agi comme le roi des connards. Tu me dis de me rappeler que toi et moi, c'est pour toujours, mais, toi, tu sembles avoir oublié qu'on devait toujours parler avant de prendre une décision qui nous laisserait sur le carreau tous les deux. Pourtant, c'est ce que tu as fait. Tu as rompu sans me fournir la moindre explication, tu m'as forcée à suivre cet homme, que je suis censée appeler papa, mais que je ne connais pas. Je t'aime, Logan, bien plus que tu ne pourras jamais l'imaginer. Mais, si tu revenais, plus rien ne serait comme avant. Je ne suis pas toi, je suis bien plus fragile et tu le sais. Si je te laissais une nouvelle chance, j'aurais trop peur que tu m'abandonnes à nouveau. Si je veux me relever, je dois t'effacer de ma vie, même si j'ai l'impression d'en mourir à chaque seconde.

S'il te plaît, ne cherche plus à me joindre, par quelques moyens que ce soit. De toute façon, je ne te répondrai pas. Je n'en ai pas la force.

Adieu, Logan. »

Au moment où je clique sur « envoyer », les larmes se déversent de plus belle sur mes joues. Mon cœur fait une nouvelle chute de plusieurs étages et vient se fracasser à mes pieds. Cette fois, c'est vraiment terminé. Il n'y aura plus jamais de retour en arrière possible.

1. Logan

L'ambiance est de folie dans les gradins. Soixante-dix mille personnes se sont rassemblées pour venir assister à la finale universitaire. Nous entrons en force sur le terrain, sous les ovations des spectateurs. Les cheerleaders se déhanchent, au rythme de la musique endiablée que joue la fanfare. Ce soir, je dois tout donner. Nos supporters comptent sur nous.

Assis sur le banc de touche, je regarde notre défense malmener l'équipe adverse. Je dois cependant avouer que leur attaque est d'un excellent niveau. La nôtre aussi, j'en suis convaincu.

— Les gars, ça va être à vous de jouer ! beugle le coach, en me tapant l'épaule.

En pleine concentration, je hoche à peine la tête et je me lève. Avant de rejoindre le terrain, je jette un coup d'œil aux gradins. Je sais que mes vieux sont ici, fiers de ce que j'ai accompli pour pouvoir en arriver là. Ce n'était pas gagné d'avance, mais j'y suis et je veux leur prouver qu'ils ont eu raison de me soutenir depuis le premier jour où j'ai tenu un ballon entre les mains.

Quand j'entre sur le terrain, nous perdons seulement de cinq petits points. Si nous arrivons à marquer un touchdown, nous mènerons le jeu. Mon cœur bat à tout rompre. Ce soir, je ne peux pas me planter. On doit absolument remporter cette victoire.

Notre capitaine nous lance ses instructions et chacun rejoint sa place. J'envoie une prière vers les cieux, avant d'enfoncer mon casque sur le crâne. Je vérifie l'attache, puis pars me positionner derrière le centre. Ma position est dangereuse, j'en ai conscience, mais j'aime tellement ce sport, qu'il faudrait que je me retrouve en fauteuil roulant pour que j'abandonne.

Le coup d'envoi vient d'être sifflé. Nous avons droit à quatre essais pour grappiller le maximum de yards. Quatre tentatives pour marquer le touchdown. J'inspire longuement, avant de donner un coup sur le cul de mon pote. L'ordre est lancé, le jeu peut commencer.

3 – Pardonne-moi

Les trois premiers lancers nous permettent de nous avancer assez près de la zone d'en-but. Il ne manque presque rien pour passer en tête.

Je me prépare mentalement pour ce dernier essai. Il nous reste très peu de temps. La lecture du jeu est bien plus délicate que je le pensais. Leur défense semble inébranlable. Mes receveurs ne réceptionneront jamais mon lancer. Peu de choix s'offrent à moi. Je dois tenter le tout pour le tout.

Le ballon en main, je feinte afin que nos adversaires partent dans une mauvaise direction. Puis, je m'élance seul, comme le jour où j'ai remporté la victoire au lycée. Je ne suis plus qu'à quelques yards de marquer ces foutus points, plongé dans une bulle de concentration intense, lorsqu'un boulet de canon me percute par la gauche et me plaque au sol.

Tous mes espoirs s'envolent à l'instant où mon épaule droite heurte le gazon. Une douleur cuisante se fait aussitôt ressentir. Plié en deux, cloué au sol, je roule sur moi-même. Putain de douleur ! Je n'ai jamais rien éprouvé de tel. J'en ai les larmes aux yeux tant ça fait mal.

— Putain de bordel de merde ! gueule le coach à mon oreillette.

Mon coéquipier le plus proche se précipite vers moi, il doit vouloir me protéger. On a déjà vu des joueurs se jeter sur le quarterback pour finir de l'achever, afin qu'il ne puisse plus jamais jouer.

L'arbitre siffle un temps mort, avant que l'équipe médicale se rue vers moi. Ils m'aident à me relever et c'est plié en deux, le souffle court, que je me rends dans les vestiaires.

****

Dix-neuf mois que je n'ai pas remis les pieds à Albuquerque et il a fallu ce fichu accident pour que j'y revienne. J'aurais très bien pu rester à New York pour ma rééducation, mais c'était sans compter sur mes vieux. Mon père tient à me faire suivre à Albuquerque par un kiné de renom, une de ses connaissances. Il m'en voit ravi, comme si, à New York, personne n'était foutu de s'occuper de moi.

Depuis plusieurs minutes, je suis, là, planté dans l'allée à fixer la porte d'entrée. Des souvenirs d'*elle* remontent à la surface. Je me rappelle cette fille, belle à en crever, qui a gardé mon cœur entre ses mains le jour où elle m'a dit ne plus jamais vouloir me voir. En quelques mots, mon plus grand rêve s'est envolé en fumée. La douleur qui me broie les tripes à cet instant est identique à celle que j'ai ressentie à l'époque. Malgré le temps écoulé, la plaie est toujours aussi vive.

J'inspire un long coup pour me donner le courage de me rendre jusqu'à l'intérieur de cette baraque. À peine le seuil franchi, mes yeux se posent sur une photo qui n'était pas encore accrochée au mur le jour où je me suis barré. Je crois en connaître la raison. Mes vieux ont dû penser qu'il serait préférable d'attendre que je ne puisse plus voir *son* image avant de la fixer ici. Il savait que je ne supportais pas notre rupture. Cette photo nous représente tous les quatre, Killian, ma frangine, *elle* et moi, vêtus de nos plus belles fringues. Mon regard s'attarde un moment sur *elle*. Putain, qu'elle était sublime ce soir-là ! Cette robe rouge lui allait à ravir. J'ai toujours été dingue de cette couleur sur elle et je n'ai pas l'impression, en la contemplant, que ça ait vraiment changé. Est-ce qu'un jour je pourrais à nouveau aimer comme je l'ai aimée ? J'ai dû mal à y croire. Elle était bien plus que ma fiancée, elle était mon tout. La seule capable de me compléter à la perfection.

— Ça va ? me demande mon père en posant sa main sur mon épaule.

J'acquiesce d'un hochement du crâne, avant de porter mon regard sur mon vieux. Dans ses yeux, je peux lire toute la compassion qu'il éprouve pour moi. Je ne lui en ai jamais parlé, mais je crois qu'il sait que, le jour où elle est partie, mon premier rêve s'est brisé. Et maintenant, c'est au tour du second. Les médecins sont unanimes, il y a très peu de chance que je puisse remettre un pied sur le terrain un jour. Mon épaule a vraiment été esquintée et comme c'est la droite…

— Je vais monter mes affaires.

Je n'attends pas sa réponse pour récupérer mon sac et me diriger vers les escaliers. Mon souffle se fait de plus en plus court au fur et à mesure que la distance entre ma chambre et moi se réduit. Comment vais-je réagir lorsque j'en franchirai la porte ? Aurais-je le courage d'y rester ? Rien n'est moins sûr. Il y a encore trop de souvenirs de nous deux ancrés dans cette piaule.

3 – Pardonne-moi

Je ferme un instant les yeux, puis pousse le battant. Rien n'a changé si ce n'est que le lit dans lequel a dormi mon pote avant mon départ ne s'y trouve plus. Mais pour le reste tout est identique. Mes coupes sont toujours là, les photos d'*elle* aussi. Tout comme *son* livre qu'elle a laissé sur ma table de nuit le jour de son départ. C'est celui que je lui avais offert avant même qu'on soit ensemble. Je n'ai jamais réussi à y toucher, mais il faut que ça change. Et la première chose à faire, c'est de le virer d'ici. Au même titre que ces photos qui me font encore trop de mal quand je les vois.

Je pose mon sac sur le lit et prends ce putain de bouquin. Je regarde la couverture plusieurs secondes, avant de me lever pour le foutre à la poubelle. Il ne m'est d'aucune utilité, si ce n'est me rappeler tout ce que j'ai perdu. Une photo glisse au sol, avant même que j'atteigne la corbeille. Mon cœur se serre une nouvelle fois, lorsque j'y découvre le portrait de cette fille que j'ai tant aimée, ses lèvres sur ma joue. Je me souviens qu'elle adorait cette image de nous deux. Au dos, quelques mots sont griffonnés.

Toi et moi pour toujours.

J'ignore quand elle a pu les écrire. Peut-être le jour où elle avait voulu me larguer ou alors juste avant son départ. Je n'en sais foutrement rien, mais je n'ai aucune envie de m'y attarder.

Je finis par déchirer cette image et la mets au même endroit que son bouquin.

Cette histoire m'a fait beaucoup trop souffrir, il m'a fallu du temps pour m'en remettre. Désormais, même si j'ai encore du mal à ne pas ressentir cette douleur quand je pense à *elle*, je peux enfin avancer. Pas comme ces longs mois où j'ai cru traverser les flammes de l'enfer tant j'étais détruit.

Quand j'ai compris que plus rien ne serait possible entre elle et moi, je suis parti en Europe avec Reed pour me changer les idées... Enfin, plutôt pour essayer. Ça m'a permis de me vider la tête ou du moins je le croyais. À l'époque, je n'avais pas conscience que je ne faisais que me voiler la face pour ne plus avoir à supporter son absence.

Quand nous sommes rentrés sur le territoire américain, après deux longs mois passés outre-Atlantique, il était temps pour moi de rejoindre Columbia. Mes vieux m'ont rapporté mes affaires,

3 – Pardonne-moi

puisqu'il était hors de question de reposer un pied dans ma ville natale. Trop de mauvais souvenirs y étaient accrochés.

Dès mon premier mois sur le campus, fort de mon statut de joueur universitaire, je suis très vite redevenu un connard avec les filles. Je n'avais plus qu'une idée en tête, oublier cette jolie brune entre les cuisses de n'importe quelle gonzesse. Je crois que j'ai brisé en quelques mois plus de cœurs que jamais auparavant. Je souffrais et je voulais que les filles souffrent autant que moi. Je voulais qu'elles paient pour le mal qu'*elle* m'avait fait à travers son mail.

J'ai fini par rencontrer une nana qui a réussi à remettre ma barque à flot. *Steffie*. Cette fille est parvenue à me sortir de ma déprime grâce à sa patience et ses sentiments pour moi. Nous sommes restés ensemble deux mois, mais, au bout de quelque temps, elle s'est rendu compte que je ne pourrais jamais l'aimer autant qu'elle le désirait et nous avons mis un terme à notre relation d'un commun accord. Depuis, nous sommes restés amis. En tout cas, c'est grâce à elle, si, aujourd'hui, mon cœur ne saigne plus comme l'année dernière. Elle a été le pansement dont j'avais besoin.

Quelques coups frappés contre la porte de ma chambre me sortent de mes pensées.

— Ouais ?

Ma mère entre et me fixe un moment avant de prendre la parole.

— Je voulais juste t'informer que Debbie et Killian vont venir dîner. Ils seront là dans une heure.

Depuis qu'ils se sont retrouvés, ils ne se sont plus jamais quittés. D'ailleurs, j'ai appris, il y a quelques mois déjà, qu'ils avaient emménagé ensemble sur le campus de l'université d'Albuquerque. Je suis vraiment content pour ma sœur. Killian est un gars extra. Je ne le remercierai jamais assez pour les risques qu'il a pris pour *la* sauver.

En attendant qu'ils débarquent, je m'allonge un peu. Les yeux fixés au plafond, je repense à ma dernière année de bahut. La meilleure et la pire de ma vie.

Les médicaments pour soulager la douleur aidant, je finis par m'assoupir.

Ce sont des voix au rez-de-chaussée qui me sortent de ma léthargie. Un coup d'œil sur ma

3 – Pardonne-moi

montre m'indique que j'ai pioncé une bonne heure. Ma frangine et son mec doivent être arrivés. Je m'étire, puis me lève pour aller les rejoindre.

À l'instant où je quitte la dernière marche, Deb se jette sur moi, visiblement super contente de me revoir. Comme à son habitude, elle ne prête pas attention à la douleur qu'un tel geste peut réveiller. Malgré tout, je la serre contre moi avec mon bras valide, avant de déposer une bise dans ses cheveux. Moi aussi, je suis heureux de la revoir. Elle m'a beaucoup manqué. Puis, j'offre une accolade virile à mon pote, avant qu'on passe à table.

Tandis que nous mangeons, nous parlons de tout et de rien sans aborder une seule fois, mon accident. Je les remercie intérieurement de ne pas en toucher un mot. Pour le moment, je n'ai pas envie d'en causer. C'est bien trop frais. Surtout que, maintenant, tout mon avenir est compromis. Une boule me bloque la trachée, angoissé face à cette idée. J'amène mon verre à la bouche pour tenter de la déloger. J'ai un peu de temps devant moi pour réfléchir à ce que je veux faire par la suite.

Après le repas, mes vieux décident de monter se coucher. Quant à nous trois, nous nous installons dans le canapé et regardons la transmission d'un match de basket, opposant les *Chicago Bulls* aux *Celtics* de Boston. Je m'amuse des réactions de mon pote chaque fois que son équipe marque un panier. La soirée est vraiment sympa. Ça me fait du bien de les retrouver tous les deux, même si je suis resté un temps sans leur parler, ils me rappelaient trop ce que j'avais perdu et ne pourrais jamais retrouver. C'était au-dessus de mes forces.

Alors que Killian vient de bondir sur ses pieds, surexcité par le panier marqué par son équipe, je tourne la tête vers la gauche. Mes yeux s'accrochent une nouvelle fois à cette fille qui me rendait totalement accro. Je pense à tout ce que nous aurions pu faire si elle m'avait laissé une chance de revenir vers elle.

— Tu devrais tourner la page sur cette histoire, lance ma sœur.

Surpris, je mets quelques secondes à tourner la tête dans sa direction. Elle me regarde comme mon père l'a fait quelques heures plus tôt. Sa compassion me touche, mais c'est sa main sur mon avant-bras qui m'apaise le plus.

— Ouais, je sais. C'est juste que ça me fait bizarre de voir cette photo.

Je mens un peu. En vérité, c'est beaucoup plus que ça.

— Elle est heureuse, Logan.

Soulagé de l'apprendre, je hoche simplement la tête.

— Elle fait même du surf, ajoute Killian, amusé.

Un large sourire étire mes lèvres en l'imaginant sur une planche. Elle, qui avait peur de mettre la tête sous l'eau, a fait un très grand pas en avant. Dans son mail, elle me disait qu'elle était fragile, en vérité, elle est la fille la plus forte que je connaisse. Elle a su aller de l'avant malgré l'enfer qu'elle a vécu.

Plusieurs secondes s'écoulent sans qu'aucun de nous trois ne reprenne la parole. Toutefois, je vois bien que quelque chose emmerde ma frangine. J'ai l'impression qu'elle veut me dire un truc, mais qu'elle n'ose pas.

— Elle est à nouveau en couple, finit-elle par lâcher sans oser me regarder.

La jalousie tente de s'insinuer en moi. Je la chasse aussi vite que possible. Je ne peux pas ressentir un tel sentiment, elle mérite d'être heureuse et si ce gars a réussi à lui rendre le sourire, alors, je dois être content pour elle. Du moins, j'essaie de m'en convaincre, parce que, en vérité, l'imaginer dans les bras d'un autre me fait un mal de chien.

2. Logan

Après un mois passé à me faire chier à Albuquerque, je vais enfin rentrer chez moi à New York. Il est hors de question d'abandonner mes études, juste parce que je reste écœuré de cet accident. Puis, mes nouveaux potes, dont Steffie, me manquent. Certes, j'ai passé ces derniers jours avec Killian et ma sœur, mais ce n'est plus vraiment pareil. D'ailleurs, il ne reste qu'eux de notre bande à Albuquerque. Reed est parti poursuivre ses études au Canada. Kate, qui rêvait de devenir actrice depuis son enfance, tente sa chance à L.A.. Quant à *elle*... je ne préfère plus y penser.

En arrivant à l'aéroport JFK, j'aperçois Steffie m'attendre. Je suis bien content de voir cette jolie petite rousse. Alors que je l'observe de loin, je songe un instant que je pourrais peut-être tenter, une nouvelle fois, de construire quelque chose avec elle. Après tout, mon ex s'est bien remise avec un gars.

Alors que je glandais chez mes vieux, je me suis imaginé plus d'une fois mon grand amour dans les bras d'un autre. Tantôt blond, tantôt brun, mais au final, le résultat restait le même, j'étais écoeuré, vert de jalousie. Et dire que je croyais mon cœur guéri ! Quelle foutaise !

Perdu dans mes pensées, je ne vois même pas Stef se déplacer jusqu'à moi. Ce n'est qu'en sentant des lèvres douces sur ma joue que je réalise sa présence. Je me tourne vers elle, un sourire sur la gueule qu'elle me rend en retour. Ses yeux bleus pétillent, elle doit être heureuse de me revoir.

— Tu as fait bon voyage ?

— Excellent.

— Et ton épaule ?

— Eh bien, elle était avec moi, donc elle a fait aussi un excellent voyage, plaisanté-je.

Je ne suis pas con, je sais qu'elle s'inquiète pour moi, mais j'aime beaucoup la taquiner.

— Idiot ! me lance-t-elle en me donnant un léger coup sur mon avant-bras. Tu sais très bien ce que je voulais dire.

3 – Pardonne-moi

— Ça va.

Je lui lance un sourire rassurant pour finir de la convaincre. Bon, apparemment, je n'ai pas totalement réussi, puisqu'elle plante son regard dans le mien pour chercher à savoir si je lui mens ou non. Cette jolie rouquine a toujours agi ainsi quand elle avait des doutes sur ma sincérité, surtout les lendemains de fêtes où je refusais de la voir. Je crois que Stef a très vite capté que j'étais amoureux d'une autre, que je n'arrivais pas à me la sortir de la tête. Elle n'a rien dit. Pendant longtemps. Puis, elle s'est mise à me poser des questions, qui m'ont de plus en plus énervé. J'ai fini par lui parler de mon grand amour et on a rompu.

Désormais, je ne sais pas ce que Steffie espère de moi. Malgré la peine que je lui ai infligée, elle reste à mes côtés. Je me demande parfois si elle n'attend pas que je tourne la page définitivement sur toute cette histoire pour revenir vers moi. Ses sentiments à mon égard n'ont peut-être pas évolué. Je n'en sais foutrement rien. Du jour où on a décidé de devenir amis, on n'en a plus jamais reparlé.

Nous nous dirigeons vers le parking souterrain dans le plus grand des silences. J'observe ses réactions alors que ma main effleure la sienne à plusieurs reprises. Chaque fois, c'est la même chose, elle s'éloigne un peu de moi, comme si elle refusait que je la touche. Au moment où elle ouvre sa caisse, je lui lance un sourire en coin. Peu de filles y résistent, elle comprise. D'ailleurs, sa réaction ne se fait pas attendre. Ses joues prennent cette couleur que j'adorais chez *elle*.

Putain, mais je ne peux pas cesser de penser à elle une seconde ! Ce n'est pas comme ça que je vais me la sortir du crâne. Bordel, depuis que je suis revenu chez mes vieux, cette brune me hante en permanence et je déteste ça.

— À quoi tu penses, Logan ?

— Depuis quand n'ai-je plus le droit de sourire ?

Je la taquine encore et toujours.

— Tu sais très bien ce que je veux dire !

— Non, pas vraiment. Vas-y, dis-moi.

Elle me dévisage quelques secondes, en se mordillant la lèvre. Chaque fois que celle qui m'a brisé le cœur le faisait, ça me rendait fou. Mais face à Steffie, je reste de marbre.

3 – Pardonne-moi

— Je n'ai pas envie de perdre ton amitié.

La rouquine me lance ça sur un ton de reproche, avant de se glisser derrière son volant. Je reste un instant hors de sa caisse à méditer ses paroles. Puis-je lui en demander plus que cette simple amitié, en sachant pertinemment que notre histoire risque de se répéter ?

— Moi non plus, finis-je par répondre en me glissant sur le siège passager.

— Tu ne peux pas jouer avec moi, Logan. Pas comme ça.

Je me tourne pour lui faire face, sourcils froncés, complètement largué.

— Je ne comprends pas ce que tu veux dire.

Steffie fixe le mur devant elle à travers le pare-brise durant plusieurs secondes sans dire un mot.

— Ton sourire. Il n'était pas innocent.

— Si. Bien sûr que si.

Je feinte pour voir ce qu'il en ressortira.

— J'ai encore des sentiments pour toi. Alors, s'il te plaît, cesse de me baratiner.

Au vu de ses réactions, je m'en doutais. Ça fait tout de même drôle qu'elle me l'avoue. J'hésite un instant sur ce que je suis en droit de faire avec elle. C'est une fille bien qui mérite un gars à sa hauteur. Je ne pense pas être celui qu'il lui faut. Je suis encore accro à cette brune, dont je n'arrive même pas à penser le prénom, de peur de replonger dans mes démons. Puis, les mots prononcés par Deb s'insinuent en moi et m'aident à prendre ma décision. Je dois, moi aussi, avancer.

Contre toute attente, je pose mes mains sur les joues de Stef, la forçant en douceur à me faire face. Mes yeux s'ancrent aux siens. Sa bouche me tente. Je me penche sur elle, afin de venir emmêler nos souffles. Je ne sais pas ce qu'elle ressent à cet instant, son regard ne me laisse percevoir aucune émotion. Sans la perdre des yeux, je me rapproche encore un petit peu. Puis, un peu plus, lui laissant tout le loisir de se barrer avant que je ne franchisse une limite interdite. Comme elle ne fait aucun geste, je crois qu'elle le désire autant que moi. Alors, je me lance... Et me prends le plus beau râteau de ma vie ! Elle a tourné la tête à la dernière seconde et mon baiser a atterri sur sa joue. C'est bien ma veine !

3 – Pardonne-moi

Dégoûté d'avoir mal interprété ses signaux, je me rencogne dans mon siège, croise mes mains sur ma nuque et fixe le mur à mon tour.

Son regard pèse plusieurs secondes sur moi avant qu'elle m'appelle.

— Quoi ? réponds-je, un peu trop sec.

— Regarde-moi, s'il te plaît.

Sa voix suppliante me fait tourner la tête dans sa direction. Un voile de tristesse recouvre son regard. Je m'en veux aussitôt de l'avoir blessée. Qu'est-ce que je peux être con parfois !

— Pourquoi est-ce que tu as fait ça ?

Dans le ton de sa voix, j'entends encore les reproches.

— Qu'est-ce que tu veux dire ?

— Je ne sais pas ce qu'il s'est passé à Albuquerque, mais tu reviens et tu te mets à jouer avec moi. Je te l'ai dit, j'ai encore des sentiments pour toi.

— Je ne jouais pas. J'en avais envie.

— Pourquoi ?

Piégé par cette question, je ne sais pas quoi lui répondre. Pendant plusieurs secondes, elle se contente de m'observer. Je pensais qu'elle en resterait là, mais elle ajoute :

— Tu sais pour quelles raisons j'ai rompu avec toi. Je n'ai pas envie de sortir avec un mec qui pense en permanence à son ex. Si tu veux vraiment qu'on soit ensemble, dis-moi que tu ne ressens plus rien pour elle. Dis-moi que si elle se trouvait là devant toi, ce serait vers moi que tu viendrais et non pas vers elle.

J'essaie d'imaginer la scène que Stef me décrit et la réponse est sans appel. Si *elle* était là, je ramperais à ses pieds, je n'en ai aucun doute. C'est mon âme sœur, merde !

— Elle a un nouveau mec, finis-je par répondre.

Je n'ose pas la regarder, car je sais ce que Steffie doit penser. Je me sers d'elle pour oublier à quel point, malgré le temps qui s'est écoulé, ça me fait mal.

Vingt mois qu'elle est partie et cette bombe brune me hante toujours autant. Quand finirai-je par guérir ? Si je n'avais pas eu cet accident, je ne serais pas retourné chez mes vieux et je n'aurais pas posé mes yeux sur cette putain de photo qui m'a ramené en arrière.

— On ne construit pas sur un tas de ruines, Logan. Tant que tu n'auras pas tourné la page, il n'y aura pas de toi et moi. Je pense qu'il est préférable qu'on s'éloigne un peu, le temps que tu te remettes de cette histoire. Je suis désolée, mais c'est le mieux pour tous les deux.

Je hoche la tête avant de la tourner vers la vitre passager.

Sur ces dernières paroles, elle démarre la bagnole. Je regarde les rues défiler alors que nous nous dirigeons vers le campus. Lorsque nous y arrivons, elle me pose devant mon bâtiment, sans un mot. Encore une fois, j'ai été un gros con. Je viens de perdre la seule fille qui a réussi à maintenir ma barque à flot. À présent, je vais devoir m'en sortir seul.

— À bientôt, Logan, me salue-t-elle alors que j'ouvre la portière.

— Ouais, à bientôt.

Mon manque d'enthousiasme est évident.

Je ne perds pas de temps pour me diriger vers le bâtiment où se trouve l'appart que je partage avec Dylan, un de mes coéquipiers. Les couloirs de la résidence sont déserts à cette heure-ci. Tant mieux, je n'ai aucune envie de m'attarder à discuter avec des étudiants. Je suis pas mal connu et je pense que ça n'aurait pas manqué s'il y avait eu quelqu'un.

Dès que je suis dans ma chambre, je pose mon sac au sol, puis me dirige vers mon lit sur lequel je m'écroule. Les bras derrière la tête, je contemple le plafond en pensant encore à *elle*. Est-ce qu'un jour je pourrais m'affranchir de son souvenir ? Est-ce qu'un jour je pourrais à nouveau aimer comme je l'ai aimée ? Pourquoi ne suis-je pas capable de penser à autre chose depuis que j'ai posé les pieds chez mes vieux ? Elle a bien réussi à m'oublier et j'aurais dû en faire autant. Merde, ça fait deux ans que je vis dans son souvenir. Mais je n'arrive pas à concevoir qu'elle ait vraiment pu tourner la page sur nous deux. Est-elle vraiment heureuse avec son nouveau mec ? Prend-il soin d'elle comme je l'ai fait chaque jour que j'ai passé à ses côtés ? M'a-t-elle vraiment zappé ou pense-t-elle encore un peu à moi ? Comment réagirais-je si je la voyais devant moi avec son

3 – Pardonne-moi

nouveau gars ? Même si ce n'est pas près d'arriver, puisque des milliers de kilomètres nous séparent, tenterais-je de me faire pardonner ou bien la laisserais-je ? Tant de questions qui restent sans réponse, qui font mal, cependant. Je n'aurais jamais imaginé que le deuil d'une telle histoire puisse durer si longtemps.

Je suis toujours en train de réfléchir à tout ça lorsque j'entends la porte d'entrée claquer. Je me redresse sur mon pieu, attendant de voir si mon coloc va remarquer mon retour.

J'obtiens très vite ma réponse quand il vient s'appuyer avec nonchalance contre le chambranle.

— Oh, Baldwin, t'es rentré !

— Comme tu peux le voir.

— Ton bras ?

Je hausse les épaules, il n'y a pas grand-chose à dire en la matière. Mon épaule est là, toujours aussi douloureuse.

— Peu de chance que je puisse passer pro, lui avoué-je une pointe de nostalgie dans le timbre de ma voix.

— Merde ! Je suis désolé, mec.

Dylan est le receveur de l'équipe et en tant que tel, il peut comprendre ce que je ressens. Lui aussi rêve de devenir pro et c'est la raison pour laquelle, j'accepte sa compassion sans broncher. En général, je déteste ça, sauf quand ça vient de ma famille, je sais qu'avec eux c'est sincère.

— T'as vu le coach Zidermann ? me questionne-t-il.

— Non, pas encore, mais je sais déjà ce qu'il va me dire. Je préfère arrêter plutôt que d'accepter un poste de remplaçant.

Il hoche la tête, compréhensif.

— Je rentrais juste me changer, on va aller se prendre une bière avec Mike et Josh. Ça te branche de venir avec nous ?

— Ouais, laisse-moi juste dix minutes, le temps de prendre une douche et je te suis.

Une demi-heure plus tard, nous sommes tous les quatre assis autour d'une table, dans ce bar où nous avons l'habitude de nous retrouver, à proximité du campus.

3 – Pardonne-moi

Nous discutons du dernier match, qui, malgré mon accident, a été remporté par notre équipe. Je suis content de l'apprendre, même si en parler reste difficile pour moi. J'ai toujours cette boule d'amertume qui se bloque au fond de ma gorge lorsque ce jour est évoqué.

Depuis mon arrivée et malgré la conversation animée, Josh ne cesse de me dévisager. Son regard se veut lourd, comme s'il avait un truc à me reprocher.

— C'est quoi ton problème, Baldwin ? finit-il par lâcher.

Sous le coup de l'incompréhension, je lui jette un regard étonné. D'ailleurs, le ton cassant qu'il vient d'employer ne me plaît pas beaucoup.

— Et toi ? répliqué-je sans me dégonfler.

Ce n'est pas parce qu'il a deux ans de plus que moi et qu'il est capitaine de l'équipe que je vais le laisser me parler comme à un moins que rien.

— Qu'est-ce qu'il s'est passé entre Steffie et toi ? Elle devait aller te chercher à l'aéroport. Quand elle est revenue, je suis passé la voir. Et devine quoi ? Elle était en train de chialer. T'as une explication ?

Et merde ! J'aurais dû me douter que ça la concernait. Steffie est sa cousine et tous les deux sont très proches.

— Non, aucune qui te regarde.

— C'est drôle, parce que, moi, je pense le contraire. Stef est encore amoureuse de toi, ducon. Et c'est marrant parce que tu pars un mois à Albuquerque et quand tu reviens ma cousine est en larmes. Tu ressors avec ton ex ou quoi ?

Je serre les dents. Parler d'elle reste bien trop sensible. D'ailleurs, aucun de mes potes ici présents ne connaît mon histoire dans sa totalité.

J'avale une gorgée de soda avant de lui répondre mordant :

— Ne parle pas d'elle !

— Ouh ! On dirait que j'ai touché une corde sensible.

Sa façon de me parler me gonfle.

— Mon ex est en Australie, pauvre con. Alors j'aurais du mal à me refoutre avec elle.

— Et pourtant, t'aimerais bien... intervient Mike, qui m'observe lui aussi.

3 – Pardonne-moi

Putain, c'est quoi leur problème ?

— Qu'est-ce que t'as pas compris dans « elle est en Australie » ? lui demandé-je, en le fusillant du regard.

Énervé, je recule ma chaise dans le plus grand des fracas et quitte le bar. À quoi bon rester ? Cette putain de discussion finirait mal tant ça me soûle.

Je passe le reste de la soirée seul à l'appart. J'ai hâte de reprendre les cours demain, ça m'aidera à me changer les idées.

Allongé sur mon lit, de nouvelles questions fusent sous mon crâne. J'aimerais tant savoir si elle est vraiment heureuse. Le seul moyen à ma disposition pour m'en assurer, serait de lui envoyer un mail. Pourtant, à l'instant où je commence à taper quelques mots sur mon clavier, le courage me déserte et je finis par fermer l'écran. Il faut que je l'oublie avant de faire à nouveau du mal autour de moi, bien que ce soit déjà fait avec Steffie. Et dire que je pensais lui donner une nouvelle chance ? Je crois qu'elle a mieux vu que moi ce qui se tramait dans ma tête. Encore une fois, j'ai juste voulu oublier dans les bras d'une autre, celle qui a emporté mon cœur avec elle.

Quand je me réveille le lendemain, je suis toujours seul. Mon coloc' a dû passer une nuit agréable. Être un sportif a des avantages indéniables. Beaucoup de filles rêvent de passer une nuit avec l'un de nous, juste pour aller s'en vanter après. On peut être les pires connards avec elles, elles ne s'en formalisent pas. Sauf si bien sûr, c'est la cousine de l'un d'entre nous. Et quand je dis ça, je pense à Steffie. Pour le coup, je lui en veux un peu. Ce qui s'est passé entre nous aurait dû le rester.

D'ailleurs quand je la croise dans les couloirs de la fac de sciences, je ne lui adresse même pas un regard.

— Logan, attends ! m'interpelle-t-elle.

Je m'arrête net pour qu'elle me rejoigne si elle le désire. Ce n'est pas à moi de faire le premier pas. Quand elle passe devant moi, je lui lance un regard dans lequel je lui montre tout mon mécontentement.

— Je croyais que tu ne voulais plus t'approcher de moi, tant que je n'aurais pas tourné la page sur mon ex.

3 – Pardonne-moi

Déstabilisée par mon intonation, un peu trop sèche, elle porte son pouce à la bouche et se met à se ronger l'ongle.

Droit devant elle, la tête haute, j'attends qu'elle prenne la parole. Si elle m'a interpellé, c'est bien pour une raison, non ? Quand au bout de plusieurs secondes, elle n'a toujours pas sorti un mot, je souffle d'exaspération et commence à me barrer. Elle me rattrape par le bras. Son corps vient se coller contre moi tandis que ses yeux se plongent dans les miens.

— J'ai été stupide de te dire ça. Je sais qu'on n'oublie jamais son premier amour, et donc que tu ne l'oublieras jamais, mais, si tu en as envie, on pourrait peut-être tenter à nouveau quelque chose tous les deux pour voir où ça nous mène.

Sa proposition me plaît bien. Alors pour lui faire comprendre que j'accepte de faire un bout de chemin avec elle, je viens sceller mes lèvres aux siennes. Notre baiser est doux, rien de bien sensationnel. De toute façon, j'ai conscience que rien ne vaudra jamais ceux qui me faisaient perdre la boule avec *elle*.

Main dans la main, nous nous rendons jusqu'à la salle de physique. À peine y ai-je mis un pied, le prof m'interpelle.

— Ouais ?

— J'ai appris pour ton accident.

Qu'est-ce que ça peut lui foutre ?

— Et ?

— Le coach m'a dit qu'il y avait de fortes chances pour que tu arrêtes.

Un silence se fait entendre alors qu'il observe ma réaction.

— Tu es un excellent élève, poursuit-il. Et j'aurais une proposition à te faire.

Je hausse un sourcil dans l'attente de la suite.

— Allez-y, je vous écoute.

— L'université de Sydney a un des meilleurs programmes au monde en physique quantique. J'aimerais savoir si tu serais éventuellement intéressé par un échange. Bien sûr, tu n'es pas obligé de répondre tout de suite, mais, comme ils s'apprêtent à faire leur rentrée universitaire, il faudrait que tu me le dises le plus rapidement possible.

J'adore la physique quantique et ce serait une très belle opportunité pour moi de partir étudier à Sydney. Mais sur le coup, je reste sans voix. Je vais avoir besoin de quelques jours pour y réfléchir, avant de donner ma réponse.

— Prends le temps d'y penser, reprend mon prof, mais donne-moi ta réponse dans trois jours maximum. Si tu acceptes, tu devras partir avant la fin de la semaine prochaine, afin de ne pas rater trop de cours.

J'acquiesce d'un signe de tête. Quand je me retourne vers Steffie, elle est aussi blanche qu'un linge.

— Tu vas refuser, n'est-ce pas ? me demande-t-elle, d'une voix mal assurée.

— Je ne sais pas. Il y a peu de chance que je puisse passer pro et cette proposition est une belle opportunité, pour me diriger vers mon deuxième choix de carrière.

— Mais c'est l'Australie...

— Et ?

Son silence me fait comprendre où elle veut en venir.

— Tu penses à mon ex ?

D'un simple signe de tête, elle confirme mes soupçons.

— Elle est peut-être en Australie, mais c'est un grand pays. Personne ne m'a jamais dit dans quelle ville elle vivait.

Et c'est la vérité.

— Mais il y a des chances pour que tu tombes sur elle. Et tu réagirais comment si ça arrivait ?

— Déjà, il faudrait que ça arrive.

Stef n'a pas vraiment l'air convaincu. Elle hausse les épaules et passe son bras sous le mien.

Nous regagnons ainsi nos places en silence. Si j'accepte de partir et que le destin me permet de la revoir, mon cœur me dit que je me battrai pour me faire pardonner le mal que je lui ai fait. Mais d'abord, il faut que je prenne la décision de quitter les États-Unis, ainsi que ma nouvelle copine.

3. Logan

Ces deux derniers jours, je n'ai pas cessé de penser à cette opportunité. Pourtant, je ne parviens pas à me décider. Hier, notre prof m'a informé que si j'acceptais, ce serait pour six mois. Si cette proposition m'avait été faite lorsque j'étais encore en convalescence, j'aurais foncé tête basse sans demander mon reste. Mais à présent, je suis de nouveau avec Steffie et j'aurais bien aimé voir où nous mènerait notre nouveau couple. D'ailleurs, elle ne m'aide pas beaucoup à faire mon choix. Quand on en parle, elle ne dit rien. À mon avis, elle a la trouille que je trouve quelqu'un d'autre ou bien que ma route croise à nouveau celle de mon ex. Je crois que c'est surtout ce dernier point qui la tracasse. Elle est loin d'être conne, elle sait pertinemment que si je venais à la voir, je ferais tout pour dégager son mec. Même si je doute qu'*elle* me laisse une nouvelle place dans son cœur, vu comme elle me déteste.

Avant de recevoir la lettre de ce connard, ma vie était toute tracée et elle tenait, sans hésitation, en trois mots : *elle*, New York et football. J'en ai perdu deux sur trois. Quoique, New York n'était pas mon choix initial. Au final, je dois admettre que tous mes rêves se sont envolés. Aujourd'hui, on me laisse le choix entre une nouvelle carrière professionnelle et une nouvelle histoire qui, j'en suis certain, finirait par panser mon cœur si je lui donnais une vraie chance.

Au fond de moi, je sais que si je décide de partir, ce sera dans l'espoir de la revoir. D'autant plus que je n'ai pas vraiment arrêté mon choix sur mes futurs projets de carrière. Le football reste et restera toujours ma passion. Même si j'ai peu de chances de rejoindre la NFL, je peux toujours devenir coach dans un lycée, voire à l'université. J'y ai pas mal réfléchi ces derniers temps.

Assis sur mon lit, je me perds dans mes réflexions. Je me sens vraiment paumé face à cette possibilité, un peu comme si je me trouvais à un croisement entre deux chemins et que je n'étais pas foutu de me décider sur celui à suivre. Faut-il partir à gauche et donner une nouvelle impulsion à mon

3 – Pardonne-moi

cœur ou bien à droite pour m'ouvrir plus de choix professionnels ? Si je reste ici, je sais que rien n'est perdu, mais partir est tout de même une occasion en or. Puis, j'adore voyager et l'Australie, je ne connais pas encore.

Puis, surtout, il y a elle là-bas.

Cette voix, dans mon crâne, me soûle parfois et là, c'est clairement le cas. Je n'ai pas envie de repartir vers ce sujet douloureux. Pour éviter de laisser mes pensées vagabonder vers celle qui a gardé une part de mon âme, j'attrape mon smartphone posé à côté de ma jambe et lance un jeu.

Je suis en pleine partie quand j'entends quelqu'un frapper à la porte. À cette heure de l'après-midi, je ne vois pas qui ça peut être. De mauvaise grâce, je me lève pour aller ouvrir. Quand je tire le battant vers moi, un sourire en coin relève mes lèvres. Steff se trouve là, son manteau ouvert, sur un pull vert bien échancré, offre à ma vue son superbe décolleté parsemé de taches de rousseur. À son regard, espiègle, je capte très vite qu'elle n'a pas choisi de venir ici juste pour me taper la causette. Son idée va me permettre de décompresser. Il faut dire que j'en ai plus que besoin.

Je pousse un peu la porte afin de lui dégager un passage suffisant pour qu'elle puisse entrer. À peine l'ai-je refermée qu'elle se jette sur moi. D'une main sur ma nuque, elle attire mon visage vers le sien. Nos lèvres entrent en contact. Puis, ce sont nos langues qui viennent se trouver pour entamer un ballet des plus sensuels. Ce n'est peut-être pas *elle*, mais ça n'empêche que Steffie sait foutre le feu dans mon calbute.

Sans nous décoller l'un de l'autre, je l'entraîne dans ma piaule. Elle laisse tomber son manteau à même le sol, avant de retirer son pull et son jeans. Appréciateur, je laisse mon regard couler le long de son corps. Elle est super canon, j'admets. À mon tour, je retire mes fringues jusqu'à me retrouver à poil devant elle. Ma queue tendue demande à être soulagée au plus vite. Stef franchit le pas qui nous sépare. Sa bouche se colle à la mienne tandis que sa main glisse le long de mon torse, avant de s'emparer de ma bite. Ses doigts coulissent dessus dans un mouvement de va-et-vient qui me fait perdre la boule. Je grogne de frustration au moment où elle me relâche pour me pousser vers le lit. Je m'allonge sur le dos et elle vient me rejoindre. Nos bouches se

3 – Pardonne-moi

retrouvent et son sexe se frotte au mien. Putain, elle sait exactement comment me rendre fou.

J'essaie de prendre le contrôle de nos ébats, mais d'une main sur le torse, elle m'en empêche.

— On a tout notre temps, beau gosse.

À ces mots, mon esprit part très loin d'ici, dans une chambre d'hôtel, un certain soir de mai, deux ans plus tôt. *Elle* avait prononcé exactement les mêmes paroles. Cette nuit est l'une des plus magiques de ma vie. Putain, j'aurais pu en avoir des centaines comme ça, si je n'avais pas fait le con.

— À quoi tu penses ? Ou plutôt devrais-je dire, à qui ?

Surpris, je fronce légèrement les sourcils. Stef, toujours assise sur moi, me regarde bizarrement. Je ne sais pas ce que je viens de foutre, mais, visiblement, elle a dû capter que j'étais parti très loin d'elle.

Plutôt que de lui répondre, je m'empare de sa bouche avec gourmandise. Il faut que j'arrête de laisser mon esprit vagabonder, au risque de la faire fuir. J'ai besoin d'elle pour zapper l'existence de mon ex et surtout pour chasser cette putain de douleur qui reste plantée en moi chaque fois que j'y songe.

Steffie me surprend en me repoussant une nouvelle fois. À quoi elle joue ? Je croyais qu'elle voulait qu'on s'envoie en l'air. Alors, pourquoi j'ai l'impression qu'un froid sibérien vient de se placer entre nous ?

— À quoi tu pensais ?

Putain, qu'est-ce qu'elle peut être chieuse parfois !

— À toi.

Elle plante son regard saphir dans le mien et cherche à déceler ce qui se trame sous mon crâne. Je reste de marbre, sans laisser la moindre émotion me traverser.

— Je ne te crois pas.

C'est bien ma veine. Je ne pensais pas être si transparent que ça ou alors c'est cette étincelle de désir qui s'est éteinte et la fait douter. Je ne vois que ça pour expliquer qu'elle a su lire en moi.

Elle se redresse et s'installe sur le lit à côté de moi.

3 – Pardonne-moi

— Dans ce cas, dis-moi à quoi je pensais, dis-je en m'asseyant.

— À elle, m'avoue-t-elle, d'une toute petite voix.

— T'es vraiment sérieuse ? Franchement, si tu veux que ça marche entre nous, il va falloir que tu cesses de croire que je pense sans arrêt à mon ex, m'énervé-je en quittant rapidement le lit pour m'éloigner d'elle.

Bon d'accord, elle a raison, mais elle n'a pas besoin de le savoir. Ouais, ce con de cerveau m'a foutu une image de mon ex sous le crâne, mais c'est avec Steff que je voulais baiser.

Parce qu'elle n'est pas là, sinon je ne suis pas certain que t'aurais fait le même choix, mec.

Putain, cette voix m'emmerde, et Steffie aussi. Si elle avait repris notre étreinte, ce genre de conneries ne m'aurait même pas frôlé l'esprit.

Furax, je me lève et me rends jusqu'à la fenêtre. Son regard pèse sur moi. Je ne me retourne pas, me contentant de fixer la vue sur le campus qui s'offre à moi.

— Pardon, s'excuse-t-elle, en venant coller son corps contre mon dos. C'est juste que j'ai l'impression de me battre sans arrêt contre un fantôme. À chaque fois que tu m'embrasses, elle est entre nous. On fait l'amour et elle est encore là. Tu penses à elle sans cesse et c'est la raison pour laquelle j'ai rompu avec toi, la première fois. Quand mon cousin est venu me dire l'autre soir que ton ex était en Australie, je me suis dit que je pouvais essayer de te donner une nouvelle chance. Je ne risquais pas de te voir t'envoler avec elle. Sauf que tu n'as pas changé et tu penses à elle sans arrêt. J'ai même la sensation que c'est pire qu'avant depuis que tu es rentré d'Albuquerque.

Je ferme les yeux une seconde, acceptant la vérité qu'elle vient de me balancer. Je ne sais pas quel genre d'électrochoc il me faudrait pour pouvoir tourner cette page définitivement. Même si c'est difficile à admettre, je n'y arrive tout simplement pas.

Quand je rouvre mes paupières, je me retourne et plante mes prunelles dans celles de Steffie. Son regard laisse transparaître plusieurs émotions, de l'amour, de la tendresse, mais aussi de la peur. Elle doit être effrayée par ce que j'éprouve encore pour mon ex.

— Alors, on fait quoi ? Tu veux qu'on se sépare à nouveau ?

— Je n'ai pas dit ça, Logan. Je peux comprendre que tu aies vécu une très belle histoire avec elle...

— Ne dis pas ça ! la coupé-je, hargneux. Nous nous aimions plus que tu ne pourras jamais l'imaginer, mais je t'interdis de dire que notre histoire était belle ! Ce que nous avons vécu nous a laissés sur le carreau tous les deux.

Je me dégage de son étreinte et pars enfiler mon jeans à même la peau.

— Parle-moi d'elle, Logan.

— J'ai rien à dire !

— Je suis sûre que si !

— Putain, Steff. Tu ne peux pas me foutre la paix avec ça ?

Je suis tellement furieux qu'elle insiste de la sorte que ma voix gronde comme un roulement de tonnerre. Si elle ne me lâche pas la grappe, je vais exploser. Steff doit le sentir. Elle reste à quelques pas de moi, sans dire un mot. Seul son regard parle pour elle. Je vois bien que je lui fais de la peine, mais parler d'*elle* risque de me foutre à terre et ce n'est pas ce dont j'ai envie.

Plusieurs secondes s'écoulent sans qu'aucun de nous deux ne prenne la parole.

— Si je t'en parle, ça va me foutre K.O. et ce ne sera pas beau à voir.

— Si tu veux que ça fonctionne entre nous, j'ai besoin de savoir contre qui je me bats.

En ai-je vraiment envie ? Je fourrage dans mes cheveux et pose mes yeux sur Stef. Elle a remis son jeans et son pull. Les bras croisés, elle semble attendre ma réponse. J'ai la sale impression que tout va se jouer sur les mots qui vont franchir mes lèvres. Et à nouveau, je ressens cette dualité qui m'avait saisi avant son arrivée.

Alors, chemin de gauche ou de droite ? Le cœur ou la raison ?

La raison finit par l'emporter quand je lâche :

3 – Pardonne-moi

— On se connaissait depuis notre naissance… On a grandi ensemble… T'aurais vu comme elle était belle… C'était ma meilleure amie… ma fiancée…

Ma voix s'étrangle sur ce dernier mot. Putain, que ça fait mal de la revoir sourire alors que je la fais tournoyer dans les airs après ma deuxième demande !

— Vous étiez fiancés ? s'étonne Stef.

Un sourire triste se dessine sur mes lèvres.

— Ouais. Je voulais l'épouser à la fin de nos études. Parfois, j'imaginais même notre future vie avec deux ou trois gosses. Enfin ça, elle ne l'a jamais su. On aurait dû venir ici ensemble, c'était son rêve plus que le mien.

Parler d'*elle* me fait monter les larmes aux yeux et ma poitrine se serre. Un ange passe tandis que je tente de reprendre le dessus.

— Moi, je voulais intégrer l'université d'Atlanta pour leur équipe de foot. J'ai abandonné ce rêve pour elle. Mais, je l'aurais suivie jusqu'au bout du monde si elle me l'avait demandé. Je voulais partir la rejoindre en Australie.

— Pourquoi tu ne l'as pas fait ?

Les mots écrits dans son mail viennent me fracasser comme ce fameux jour de juin.

— Parce qu'elle me déteste.

Abasourdie, Steffie écarquille les yeux.

— Vu comme tu l'aimes, j'ai du mal à comprendre ce que tu as pu lui faire pour qu'elle te déteste. Tu l'as trompée ?

— Jamais !

Ma voix vient de claquer comme un ceinturon. Mais, c'est la vérité. Jamais, je n'aurais pu faire ça.

— Je l'ai larguée, ajouté-je sur un ton plus calme en posant mes yeux sur elle.

Stef me dévisage comme si elle ne croyait pas un traître mot de ce que je lui balance.

— Pourquoi tu as fait ça ?

Je hausse les épaules, je n'ai pas envie d'en déballer plus. Elle en sait bien assez à présent. Sans même lui jeter un nouveau regard, je pars en direction de la fenêtre.

3 – Pardonne-moi

Je reste là plusieurs minutes à observer les étudiants s'éclater en contrebas. Je me demande ce qu'aurait été ma vie si nous avions tous les deux été ici. Il est clair que je n'aurais pas partagé cet appart avec mon coloc. Je crois que je n'aurais pas supporté qu'il pose une seule fois les yeux sur *elle*. C'est drôle quand j'y pense, parce que Dylan a maté plus d'une fois Stef comme s'il avait envie de la croquer, pourtant je n'ai même pas serré les poings.

Une main se pose sur mon épaule. Sans même me retourner, j'amène mes doigts dessus.

— Tu devrais partir, Logan.

Surpris par ces mots, je passe ma tête par-dessus mon épaule pour planter mon regard dans le sien.

— De quoi tu parles ?

— En Australie. Tu devrais partir pour essayer de la retrouver.

Je me tourne à nouveau vers la fenêtre.

— Elle a refait sa vie, soufflé-je.

— Je sais, tu me l'as déjà dit. Mais ce qu'il y avait entre vous devait être très puissant, pour que, deux ans après, tu sois toujours incapable de tourner la page.

— Je l'ai forcée à partir, lui révélé-je. Je l'ai larguée au lieu de lui dire la vérité. Même si je la retrouvais, elle ne me pardonnerait jamais.

— Regarde-moi, Logan.

Son ton doux, mais autoritaire, me force à lui obéir. Elle m'observe un instant, sans que je puisse décrypter à quoi elle pense.

— Je suis sûre que t'avais une bonne raison de lui mentir.

J'acquiesce d'un hochement du crâne.

— Si tu la retrouves, donne-lui les raisons qui t'ont poussé à faire ça. Si ses sentiments étaient aussi forts que les tiens, alors elle ne pourra que te pardonner.

Un sourire triste se dessine sur mes lèvres. Je n'y crois pas une seule seconde.

— Puis, c'est une belle occasion pour ta carrière professionnelle, non ?

J'aimerais croire qu'elle puisse avoir raison, sauf que je n'en sais rien.

3 – Pardonne-moi

— Ou même si tu ne décides pas de faire carrière dans la physique quantique, c'est une opportunité en or que tu ne peux pas refuser.

Pourquoi ai-je la drôle d'impression qu'elle me pousse à partir ? Et si je le fais, que va-t-elle devenir ? C'est quelqu'un de bien, je n'ai pas envie qu'elle souffre à cause de mon départ.

Parce que tu penses que c'est mieux qu'elle souffre en jouant avec ses sentiments ?

— Et toi ?

— Je m'en remettrai, ne t'inquiète pas pour moi.

— J'ai du mal à comprendre. Tu acceptes de revenir avec moi, puis, deux jours après, tu me dis que je dois partir.

Elle hausse une épaule, comme si c'était la chose la plus banale qu'elle ait faite.

— Tu n'arrives pas à te décider, pourtant le mieux pour toi est de partir. Alors je t'aide un peu, même si ça me fait mal de savoir que, nous deux, ça ne sera jamais possible.

Une larme roule sur sa joue alors que son regard me fuit. Je voudrais la serrer dans mes bras, mais je ne sais plus si je suis en droit de le faire. Alors, je reste là, les bras ballants, et attend qu'elle prenne une décision à ma place. Si elle veut venir se réfugier contre moi, je ne la rejetterai pas. Si elle préfère se tenir à l'écart, c'est son choix.

Un silence gênant nous entoure durant plusieurs secondes. Alors que je ne m'y attends pas, elle vient poser ses lèvres sur ma joue. Son baiser est aussi doux que le frôlement des ailes d'un papillon.

— Merci d'avoir toujours été là pour moi, Steffie, murmuré-je.

Je la serre dans mes bras pour lui montrer ma reconnaissance. Sans elle, je serais toujours là à me triturer les méninges. J'ai beaucoup de chances de l'avoir rencontrée.

— Je ne fais rien de plus que d'aider le mec dont je suis amoureuse à prendre la meilleure décision pour lui. Parce que c'est ça aussi d'aimer, Logan. C'est savoir laisser l'autre partir quand on sent qu'il en a besoin. Je suis certaine que c'est ce que tu as fait pour ton ex, même si ta manière de faire a été des plus brutales.

3 – Pardonne-moi

Elle a raison sur toute la dernière partie. Depuis ce jour, je m'en suis toujours voulu de ne pas avoir été capable de prononcer le nom de ce connard. Je sais que si je lui avais parlé, elle aurait compris et nous serions encore ensemble aujourd'hui.

Même si Steffie garde la tête haute, son regard voilé m'informe que cette seconde rupture la blesse tout autant que la première. Ça me fait mal de la voir comme ça. Même si je ne l'aimerai jamais comme elle le souhaite, je tiens à elle, à la manière d'une petite sœur.

— Au revoir, Logan.

Ses mots ont un goût d'adieu, tout comme le baiser léger qu'elle pose sur ma joue. Malgré mes conneries, j'espère que lorsque je reviendrai, on pourra redevenir amis.

À bout de force

Vingt-cinq heures de vol pour rejoindre la capitale de la Nouvelle-Galles en Australie, un véritable enfer. Je n'ai qu'une putain d'envie, qu'on atterrisse. Les avions ne sont vraiment pas adaptés aux personnes plus grandes que la moyenne et avec mon mètre quatre-vingt-dix, j'en fais, malheureusement partie. Si seulement, j'avais pu me dégoter une place au niveau des portes, j'aurais pu étendre un peu mes jambes. Mais là, mes genoux se retrouvent collés contre le siège avant. J'imagine sans mal les bleus que je vais me payer. Et l'escale qu'on a faite à Hong-Kong n'y changera rien du tout. Exaspéré par cette foutue situation, je lâche un long soupir. Qu'est-ce qui m'a pris aussi d'accepter cet échange ?

T es certain d avoir envie d entendre la réponse ? Non, parce que t en connais la raison. Tu portes l initiale de son prénom sur ton biceps gauche.

Saleté de voix ! Elle n'a pas besoin de me rappeler que c'est avec l'espoir de la revoir que j'ai donné ma réponse au prof. D'autant plus que je sais à présent dans quelle ville elle se trouve. Sydney. Killian m'a balancé le morceau. La solidarité masculine, ça existe aussi, n'en déplaise à certaines. Et encore plus à ma frangine que j'ai entendue grogner quand il m'en a parlé. Elle m'a même envoyé un message par la suite pour me dire de ne pas chercher à la retrouver. Je n'ai rien répondu, elle n'a pas besoin de savoir que je m'apprête à passer les six prochains mois dans la même ville que sa pote.

Une heure plus tard, le Boeing787 se pose enfin, et le mot est faible, sur la piste d'atterrissage. Je suis un des premiers à sortir tant je suis pressé de pouvoir déplier mes longues jambes. La chaleur me percute au moment où je franchis les portes de cet oiseau métallique. Quelle idée, aussi, d'avoir enfilé un pull en laine juste avant de partir sans rien foutre en dessous ! Même si j'en relève les manches, c'est peine perdue. Je détonne vraiment parmi les autres voyageurs qui sont tous en t-shirts. Je suis le seul con à m'être cru encore dans l'hémisphère nord. Vivement que je puisse me changer, avant de complètement suffoquer sous cette fournaise. D'ailleurs, la sueur coule déjà le long de mon dos. Ma seule excuse, c'est que je me suis réveillé à la bourre et j'ai chopé le premier truc qui m'est tombé sous la main pour ne pas avoir à rater ce vol de malheur.

À peine ai-je mis les pieds dans l'aérogare, je file aussi vite que possible vers les tapis pour récupérer mes valises. La foule m'empêche d'avancer comme je le souhaite, mais je finis par me frayer un passage en jouant un peu des coudes. Je n'ai qu'une hâte, me rendre aux toilettes pour troquer cette tenue hivernale contre une de saison, sauf qu'avant, j'ai encore la douane à franchir. Fais chier !

Valises en main, chargé comme un baudet, je me dirige vers cette file interminable qui attend de pouvoir passer la frontière. Après une très longue demi-heure d'attente, c'est enfin mon tour. Je vais bientôt pouvoir aller retirer ce pull que je n'aurais jamais dû mettre.

Ouais, mais, si tu t'étais barré en t-shirt, tu te serais gelé les miches, mon gars.

Pas faux, mais là je suis en train de crever tant j'ai chaud. Bordel, j'ai survécu au plus grand enfer de ma vie pour clamser deux ans après à cause de la chaleur. En plus, je n'ai plus de flotte sur moi. Putain de karma !

Quand c'est mon tour de passer devant les douaniers, je me retrouve largué face à ce qu'ils me demandent. Je suis peut-être américain, on parle à peu près la même langue, sauf que je n'ai absolument rien capté. Leur accent est tel qu'ils m'auraient parlé chinois ça reviendrait au même.

Les Australiens semblent avaler les trois quarts de leurs mots lorsqu'ils ouvrent la bouche. Je sens que ça va me plaire. *Note d ironie à moi-même.* Plus sérieusement, je sens que je vais vite m'énerver si je ne comprends pas un traître mot de ce qu'on me raconte. Pires que des Texans, ces gars !

Je fais un effort de compréhension pour lui fournir le passeport qu'il me demande.

Après un coup d'œil sur ma pièce d'identité, je passe sous le portique de contrôle, tandis que mes affaires passent au rayon X. Comme tout semble bon, je peux enfin aller me changer. Du moins j'y crois, jusqu'au moment où j'arrive devant la porte des toilettes. Plusieurs hommes et femmes sont en

3 – Pardonne-moi

train d'y faire la queue. À vue d'œil, j'en ai encore pour une bonne demi-heure d'attente. Sérieux ? Ils se sont tous donné le mot ou quoi ? Mort du voyage, je décide de quitter l'aéroport.

Dès que j'ai foutu les pieds dehors, je pars à la recherche d'un taxi pour me rendre jusqu'au campus universitaire. Un logement en colocation m'a été attribué. Y a plutôt intérêt à ce que le gars avec qui je vais le partager soit aussi cool que Dylan. Je n'ai aucune envie de tomber sur un gros relou, surtout que je ne connais personne dans ce pays.

Quelques minutes plus tard, je finis par monter dans une bagnole conduite par un aborigène. Son accent est pire que celui des douaniers. Encore une fois, je regrette ce putain d'échange universitaire. Ouais, là, je n'ai qu'une envie prendre un vol retour pour repartir à New York.

Sauf que tu devrais remonter dans un avion pour ça !

Pas faux et je n'en ai aucune envie.

Lorsque le conducteur tente de me faire la causette, je lui fais vite comprendre que je ne suis pas d'humeur. Trop claqué, pour faire des efforts de compréhension, surtout avec cette putain de chaleur.

Quelques minutes plus tard, grâce notamment à l'air frais diffusé par la climatisation, je finis par me détendre. Mes yeux se ferment au moment où nous nous engageons sur une bretelle d'autoroute. Quand je les rouvre, nous sommes enfin arrivés. Délesté de soixante-dix dollars australiens, je sors du taxi, en me jurant de trouver un autre moyen de déplacement. Genre un bus ou tout autre transport en commun qui devraient me coûter bien moins cher. Là, j'ai comme la sale impression d'avoir été roulé dans la farine en beauté. La haine !

Je reste un moment sans bouger, aux abords du campus, à laisser mon regard découvrir l'environnement dans lequel je vais évoluer ces prochaines semaines. Face à moi se dresse un immense bâtiment de style victorien. J'apprécie beaucoup ce genre d'architectures, bien différentes de celles qu'on peut trouver à Albuquerque. Je reste quelques secondes à l'observer, avant de me décider à hisser mes sacs sur les épaules. Puis, en tirant ma lourde valise à mes côtés, j'avance en direction de l'entrée. Au fur et à mesure de mes pas, mon front se couvre de plus en plus de sueur. Au bout de quelques mètres, je m'arrête pour l'éponger un peu du revers de la main. J'en profite pour me familiariser avec les lieux en zieutant les alentours. Les étudiants ne me semblent pas bien différents de ceux que j'ai quittés. Certains sont assis dans l'herbe et profitent de la terrible chaleur de cette journée alors que d'autres discutent tranquillement, debout, une cigarette à la main. Comme à New York, plusieurs nationalités semblent se côtoyer. Je pense que je ne mettrai pas longtemps à trouver mes pairs lorsque j'aurai pris mes marques. Et surtout quand je me serai fait au décalage horaire.

Un coup d'œil sur mon portable m'indique qu'il est quinze heures dans cette ville, alors qu'il est vingt-trois heures, avec un jour de moins, dans celle que j'ai laissée derrière moi. Voilà pourquoi je suis aussi crevé. Je ne suis plus vraiment un oiseau de nuit depuis que les toubibs m'ont refourgué ces putains de médocs contre la douleur.

Alors que j'avance vers l'intérieur du bâtiment, je croise un groupe de cheerleaders. Que ce soit ici ou à New York, voire Albuquerque, leur look ne change pas. Deux d'entre elles se retournent sur mon passage et l'une murmure à l'oreille de sa voisine, avant de pouffer comme ces filles savent si bien le faire. Je me retourne vers elles, un sourire en coin sur la tronche. En attendant de retrouver l'amour de ma vie, je peux toujours m'éclater avec l'une d'entre elles. Toutes deux me reluquent comme si j'étais un morceau de premier choix. La plus petite des deux, une blonde, glisse sa langue sur sa lèvre supérieure. Pas besoin d'être sorcier pour capter qu'elle me foutrait bien dans son pieu. Si je n'étais pas si fatigué, je crois que j'irais m'amuser un peu, même si elle n'obtiendrait pas forcément ce qu'elle désire.

— Quand tu veux, beau gosse ! me lance sa copine.

Elles sont en train de me proposer un plan à trois ou quoi ? En tout cas, son accent ne laisse aucun doute sur ses origines américaines.

— Dans tes rêves, sûrement.

Face à ma réponse, elle affiche une mine dégoûtée, avant d'entraîner sa pote beaucoup plus loin. Je reprends ma marche et arrive enfin dans le hall du bâtiment. Je me dirige tout droit vers l'accueil pour y récupérer mes clés, ainsi que tout le

3 – Pardonne-moi

nécessaire dont j'ai besoin pour ma future scolarité dans cette université.

Une vitre en plexiglas me sépare d'une jeune femme. À vue de nez, je dirais qu'elle est à peine plus âgée que moi. Je frappe pour attirer son attention. Elle se retourne et, en découvrant ma présence, elle me sourit.

— Bonjour, vous désirez ?

— Bonjour. Je viens d'arriver de New York et on m'a dit de me présenter ici pour récupérer la clé de mon logement, ainsi que certains documents.

— Vous êtes ?

— Baldwin. Logan Baldwin.

Dès qu'elle obtient mon nom, elle se met à pianoter sur son clavier. Puis, elle se lève et part au fond de la pièce. Lorsqu'elle revient, elle me fournit le badge d'accès au bâtiment, la clé de l'appartement, ainsi que le plan du campus, sur lequel elle gribouille deux croix. L'une d'elles désigne l'endroit où nous sommes tandis que l'autre m'indique où se situe le lieu où je vais désormais crécher... À plusieurs centaines de mètres d'ici. Putain, je vais encore devoir affronter ce soleil de plomb ! Ça me tue, rien que d'y songer.

— Merci.

Ouais, même si je ne suis pas d'humeur, la politesse reste de mise.

— Bienvenue à vous, monsieur Baldwin.

Je lui lance un sourire de gratitude, avant de revenir sur mes pas.

Une fois dehors, je jette un œil au plan afin de prendre la bonne direction. Vivement que ce calvaire s'achève. Mort de chez mort, je n'ai qu'une putain d'envie, m'allonger. J'en suis même au point de me dire que je me fous carrément de la surface sur laquelle m'étendre du moment que je suis en position horizontale. D'autant plus qu'avec mes putains de bagages, la douleur dans mon épaule commence à méchamment se faire ressentir.

Après plusieurs minutes de marche, totalement en nage, j'arrive enfin devant le bâtiment en question. Je pose le badge d'accès à son emplacement avant de pousser la porte d'entrée. Un long soupir de soulagement quitte mes lèvres lorsque j'en franchis le seuil. Bordel, je suis enfin

3 – Pardonne-moi

arrivé. Plus qu'un petit effort à fournir et je pourrai enfin me poser.

Quand j'ai jeté un œil sur les documents remis par la fille à l'accueil, j'ai vu que l'appart se situait au deuxième étage. Si je n'avais pas été aussi encombré, je serais bien passé par les escaliers, ça aurait été beaucoup plus rapide. Là, je suis obligé d'attendre que l'ascenseur veuille bien se pointer. Sérieux, je n'en ai jamais connu d'aussi long de toute ma vie. À croire qu'il le fait exprès, pour que je crève avant même d'atteindre mon logement.

Enfin, les portes s'ouvrent. Je laisse ceux qui s'y trouvent déjà en sortir avant de m'y engouffrer. Quelques secondes plus tard, je foule le sol du deuxième étage. L'appart se situe tout au bout d'un très long couloir, pas bien large en plus. Je suis obligé de m'excuser à plus d'une reprise pour pouvoir passer entre les groupes qui blablatent ici et là.

Ce voyage est pire qu'un parcours du combattant. Et tout ça, pour quoi ?

Pour étudier, ducon !

Pour une fois que cette voix ne me baratine pas avec *elle*, j'en suis presque content. Mais, comme un con, c'est moi qui y pense. Mon pouls s'accélère alors que je m'imagine nos retrouvailles. J'espère vraiment avoir l'occasion de la revoir. Pas sûr que j'obtienne ce que je désire, mais je pourrais au moins tenter de regagner son amitié.

Enfin, pour ça, faudrait déjà que tu la revoies. Ce qui n est pas gagné.

Putain, elle m'emmerde grave cette voix. Toujours à ramener sa fraise ! Le pire, c'est qu'elle est toujours en contradiction avec mes pensées.

C'est dans cet état d'esprit que j'atteins enfin la porte d'entrée. Je sors la clé de la poche arrière de mon jeans, avant de l'enfoncer dans la serrure. Puis, je pousse tant bien que mal tous mes bagages dans cet appart. Des voix se taisent au moment où je fais mon entrée. Seul le murmure de la télé résonne à mes oreilles. Je pensais être seul en arrivant, mais visiblement ce n'est pas le cas.

Trois personnes, deux gars et une meuf, sont assises sur un long sofa marron. Un blond, style surfeur australien, se lève pour venir à ma rencontre,

3 – Pardonne-moi

une main tendue devant lui. Bien que son geste me surprenne, plus trop habitué à serrer la main, je la lui attrape tout de même.

— Tu dois être mon nouveau coloc'. Moi, c'est Riley, se présente-t-il.

Je suis chanceux. Même si son accent est fort, je le comprends facilement.

— Logan.

— Bienvenue chez toi, mec. Ta chambre est celle sur la droite, m'informe-t-il en désignant la porte d'un mouvement du menton. Sinon, si tu as soif, il y a des bières ou du soda dans le frigo. Je te laisse t'installer et je te présenterai mes potes après.

Sympa l'accueil. Ce type me paraît cool.

— J'aurais bien besoin d'une bonne douche, si tu pouvais m'indiquer la salle de bain…

D'un signe de la main, il me désigne une porte devant moi.

— Si tu n'as pas ce qu'il faut, tu peux prendre mon gel douche, ça ne me gêne pas.

— Merci, c'est sympa.

Un point de plus pour ce mec. S'il continue sur sa lancée, on pourrait devenir potes.

Peu de temps après, j'entre dans la piaule qu'il m'a désignée. La pièce n'est pas bien grande, mais elle possède tout le nécessaire : un lit double, un bureau et une armoire.

Je pose mes affaires près du bureau pour éviter d'encombrer le passage. Je suis trop clamsé pour les ranger maintenant. De toute façon, j'aurai tout le temps de m'installer correctement dans les jours à venir. Je prends juste un t-shirt, un bermuda et une serviette dans l'un de mes sacs, avant de me rendre dans la salle de bain.

Après ce long voyage et cette chaleur écrasante, la douche est un putain de délice. Je laisse l'eau s'écouler sur moi durant plusieurs minutes, jusqu'à ce que je me sente suffisamment rafraîchi. Un regard sur mes genoux m'indique que j'avais raison. Les ecchymoses commencent déjà à apparaître.

Quand je retourne dans la pièce commune, Riley, si je ne fais pas d'erreur, est en train de servir ses potes.

3 – Pardonne-moi

— Sois pas timide, viens avec nous, me lance-t-il en me tendant une bière.

Je me saisis de la bouteille avant de m'asseoir sur l'accoudoir du canapé.

— Moi, c'est Liam, se présente le second gars, un brun aux yeux noisette.

Ces types semblent légèrement plus vieux que moi. Deux ou trois ans de plus peut-être.

— Et elle, poursuit-il, c'est ma copine, Leah. Donc, bas les pattes.

Si je n'étais pas aussi crevé, je lui balancerais une réplique bien placée. Je fais ce que je veux avec qui je veux. Par le passé, les meufs en couple ne m'ont pas dérangé. Du sexe, pas d'attache, c'est tout ce que je voulais après notre rupture, et même avant d'être en couple avec celle qui me hante.

De toute façon, même si cette petite blonde aux yeux saphir est plutôt mignonne, elle n'est pas vraiment mon style.

— T'inquiète, mec, j'suis juste là pour bosser.

Ses yeux s'agrandissent de stupeur. Il doit se demander comment un type de notre âge peut faire passer les études avant le reste. S'il savait le nombre de gonzesses que je me suis tapé, il en serait plus que surpris.

— T'es sérieux ? Pas de meuf durant ton séjour parmi nous ?

Pas tant que je n'aurais pas retrouvé la seule que je désire.

Je ferme ma grande gueule plutôt que de lui sortir ce genre de conneries.

— Ça m'arrange. Ça m'évitera de me retrouver à la rue, se marre Riley.

— Par contre, lui risque de s'y retrouver plus d'une fois, si tu ramènes ma frangine ici.

— Tu sais très bien que Lucy ne quitte jamais Lachlan la nuit, donc ce n'est pas près d'arriver.

À ce nom, mon cœur s'affole. C'est plus fort que moi. Malgré les deux ans écoulés, elle continue à me faire vibrer.

— Oui, mais ça ne t'empêche pas de la ramener la journée.

5. Lucy

Dix-huit mois plus tôt

Je marche sur une corde raide en équilibre précaire. Au moindre faux pas, la chute me sera fatale. Ils n attendent que ça, que je dégringole pour ne plus jamais pouvoir me relever. Même si je ne les vois pas, je sens leurs regards peser sur moi. Ils sont ici, parmi la foule qui m observe. J entends l'écho de leur rire goguenard. Je ferme les yeux et tente d en faire abstraction. Quand je les rouvre, Logan est là, encore plus beau que dans mes souvenirs. Son sourire irrésistible me donne confiance. Dès que je l aurai rejoint, il me protégera d eux. Avide d'être dans ses bras, j avance aussi rapidement que possible. Je ne suis plus qu'à quelques pas quand je sens un changement dans l atmosphère. D abord subtil, je n y prête pas trop attention. Ce n est que lorsque je suis sur le point de le toucher que je remarque son regard. Des flammes dansent dans ses iris et son sourire n a plus rien de bienveillant.

Le public se met à rire, d'un rire qui me glace le sang. Perturbée, je perds l'équilibre. J'essaie de me rétablir. En vain. Alors que je chute, sa voix me percute.

— Regarde-toi. Comment as-tu pu croire que toi et moi c'était pour toujours ?

Je me réveille en sursaut. Des larmes perlent sur mes joues. J'agrippe le drap de toutes mes forces pour ne pas me mettre à hurler. Je n'en peux plus, chaque nuit, c'est pareil. Trois mois que ça dure. Trois mois que je meurs à petit feu. Et ce ne sont pas ces petites pilules bleues qui m'aident à vaincre mes démons. Elles les maintiennent seulement éloignés la journée, mais la nuit ils viennent me persécuter. Ils me rappellent, sans relâche, tout ce que j'ai perdu. Et le matin, je me retrouve dans le même état. À pleurer. À trembler. Ma douleur est telle que je n'arrive plus à la faire taire. Et c'est encore plus vrai aujourd'hui, parce que c'est la première fois que Logan profère des paroles aussi cruelles. Les autres nuits, je le revoyais quitter sa chambre sans un mot ni même un regard.

3 – Pardonne-moi

Il faut que ça cesse !

Je regarde l'intérieur de mon poignet. Ces traces rouges me rappellent ce que j'ai fait pour tenter d'endiguer mes démons. Souffrir physiquement pour ne plus rien avoir à ressentir à l'intérieur. Là, je sais que ce ne sera pas suffisant. Il faut plus. Bien plus.

Je repousse les draps et me lève. Mes pas me mènent jusqu'à la fenêtre d'où je peux observer l'océan. La nuit est en train de laisser place au jour. Je reste là plusieurs minutes, la poitrine déchirée.

Comment as-tu pu croire que, toi et moi, c'était pour toujours ?

Ces mots se répètent inlassablement dans ma tête. J'ai mal au cœur. C'est si douloureux que je crois mourir.

— *Bébé ?*

Surprise par sa voix, je me retourne. Je n'en reviens pas. Il est bel et bien ici, présent, encore plus beau que jamais. Un doute me traverse le crâne. Et si ce n'était qu'une hallucination ? J'en fais fi. Tout ce qui compte, c'est sa présence.

— *Tu ne croyais tout de même pas que j'allais te laisser seule ?*

Les mots me manquent tant je n'arrive pas à croire qu'il se soit enfin décidé à venir me rejoindre. Alors, pour lui répondre, je secoue la tête.

Il sourit, de ce sourire qui me rend totalement et irrévocablement accro à lui.

— *Viens, suis-moi. Je voudrais te montrer quelque chose.*

De peur qu'il m'échappe, je quitte ma chambre sans prendre le temps de me changer. Je le suis à travers la maison. À plusieurs reprises, il se retourne vers moi pour vérifier que je suis toujours derrière lui.

Sans même m'en rendre compte, je me retrouve dehors. Je panique un instant quand je crois l'avoir perdu. Puis, je l'aperçois au milieu de la pinède au fond du terrain. Malgré le froid mordant, j'accélère le pas. Tout ce qui compte pour moi, c'est lui. Je refuse qu'il me laisse seule à nouveau.

Je finis par pousser le portillon qui me mène sur la plage. Il est en train de retirer ses fringues. Mon cerveau essaie de me transmettre un message, mais

3 – Pardonne-moi

je l'ignore. Je ne veux pas l'entendre. Mes yeux et mon cœur ne sont concentrés que sur lui.

Le rire qu'il laisse échapper alors qu'il se dirige vers l'océan me réchauffe de l'intérieur. Pour ne pas le perdre, je cours derrière lui. Les vagues viennent me lécher les pieds. Je frissonne tant l'eau est glacée.

— *Viens, bébé. Ici, ils ne te feront plus jamais de mal.*

Je prends mon courage à deux mains et m'avance de plus en plus. Le froid me saisit violemment et m'empêche de raisonner correctement.

— *Encore un peu et je te promets qu'on sera ensemble pour toujours.*

Ensemble pour toujours, c'est tout ce qui m'importe.

Ces mots me donnent la force de faire un pas et puis encore un autre. Je sursaute à chaque vague qui me percute, mais je poursuis malgré tout mon avancée. Je m'enfonce de plus en plus profondément dans cette étendue d'eau encore sombre à cette heure-ci.

— Lucy ?

Ce n'est pas sa voix, alors je ne me retourne pas.

Une nouvelle vague me fait perdre l'équilibre. Je me rétablis de justesse. Logan est toujours là devant moi, son magnifique sourire aux lèvres. J'avance encore, je rêve de le toucher, de goûter à nouveau à ses baisers. Trois mois que je l'attends et je suis sur le point d'y parvenir.

— Bordel, Lucy ! Qu'est-ce que tu fous ?

Je finis par reconnaître cette voix. Elle appartient au meilleur ami du fils de ma belle-mère. Riley.

Je me tourne vers lui. Je veux qu'il s'en aille, qu'il nous laisse.

Assis sur sa planche de surf, il m'observe avec inquiétude

— Laisse-nous, Riley ! Tout va bien.

Il fronce les sourcils.

— Nous ?

Pourquoi cette question ? Nous sommes deux, le « nous » est de rigueur.

— T'es toute seule au milieu d'un océan qui doit à peine dépasser les cinq degrés, Lucy !

3 – Pardonne-moi

Je secoue la tête, il a tort. Logan est là, je sens sa présence dans mon dos.

— *Ne l'écoute pas, bébé. Je suis là.*

Rassurée par sa voix, je me tourne vers lui, sourire aux lèvres. Un immense rouleau s'abat sur moi. Je perds l'équilibre et me retrouve plongée sous la quantité impressionnante d'eau. Je tente de lutter, mais les courants m'empêchent de me redresser. Une main attrape mon avant-bras et me tire pour me faire grimper sur une planche.

Quand il me ramène vers la plage, je me débats. Je veux qu'il me laisse rejoindre Logan.

— T'es complètement folle, ma parole ! Je ne sais pas à quoi tu jouais, mais crois-moi, je n'ai aucune intention de te laisser y retourner.

— Lais... laisse... moi... moi. Lo.. Logan... veux... le... le... rejoindre.

Je bégaie, saisie par le froid. Riley secoue la tête, attristé visiblement par les mots qui franchissent mes lèvres.

— Il n'y a que toi et moi sur cette plage.

Je secoue la tête, je ne veux pas le croire. Pourtant, quand je porte mes yeux vers l'océan, je ne peux qu'admettre qu'il a raison. Anéantie par la réalité, je pousse un hurlement de désespoir et de rage avant que mon chagrin vienne me dévaster. La vie est trop dure sans lui. Je veux mourir. Je tombe à genoux, les poings enfoncés dans le sable. Riley s'assoit près de moi et m'attire contre lui.

— Je suis désolé, Lucy, de te faire du mal pour que tu puisses voir que ce n'était qu'une hallucination.

Il me berce plusieurs minutes, m'apportant en même temps la chaleur dont j'ai besoin pour me réchauffer et du réconfort. Quand mes larmes se tarissent, il me prend dans ses bras, une main sous mes cuisses, l'autre sous mes aisselles. Je glisse les miennes autour de son cou. En silence, il me ramène chez moi. Je pèse mon poids, pourtant j'ai l'impression d'être une plume tant il ne semble faire aucun effort.

Arrivés à l'intérieur, nous croisons Peter. Je n'arrive toujours pas à l'appeler « papa » malgré les efforts qu'il fait pour se racheter. Si je l'appelais ainsi, ça reviendrait à renier toutes ces années sans lui.

3 – Pardonne-moi

— Qu'est-ce qui s'est passé ?

J'entends une très grande inquiétude dans le son de sa voix. Sa femme arrive en courant et, quand elle m'aperçoit, elle repart dans l'autre sens. Riley me pose sur le canapé, puis raconte tout ce qu'il a vu à mon géniteur. Lorsque ma belle-mère revient, elle me tend une tasse fumante et m'enveloppe dans un plaid chaud.

— Ça fait trois mois, p'tite sœur. S'il n'est pas venu, c'est qu'il ne viendra pas, entends-je Liam prononcer.

Encore une vérité qui me terrasse.

— Ton frère a raison, Lucy ! Ça ne peut plus durer. Tu as beau voir des spécialistes, ton état reste le même. Je pensais pouvoir t'aider sans prendre une décision radicale, mais, vu ce que tu viens de faire, je crois qu'il va falloir que nous envisagions de t'envoyer dans un centre spécialisé.

Honteuse, j'avale une gorgée de la boisson chaude que m'a remise ma belle-mère pour ne pas avoir à le regarder.

— Vous n'êtes peut-être pas obligé d'arriver à cet extrême, intervient Riley.

Surprise, je porte mes yeux sur lui.

— Ma fille a besoin d'aide, gronde Peter.

— J'en ai conscience, monsieur. Et je sais exactement comment lui venir en aide. Laissez-moi juste une chance d'essayer.

Après avoir relu une dernière fois mon devoir, je range mes affaires dans mon sac. Je vais enfin pouvoir aller rejoindre Riley, Liam et Leah, qui doivent m'attendre avec impatience. Ce soir, on a prévu d'aller se faire une bouffe dans un petit resto que j'adore sur les bords de la plage. Un des meilleurs de la ville.

Tandis que je traverse la bibliothèque, je repense à la dernière fois où nous y avons mis les pieds. Ça remonte déjà à un bail. Il faut dire que je n'ai pas trop l'occasion de sortir, mais ce soir ma famille a absolument tenu à ce que je m'y rende. Depuis qu'elle est au courant de cette sortie, ma belle-mère n'a pas arrêté de me harceler avec, en me disant que ça me ferait du bien, que j'étais jeune et que je devais profiter de la vie. J'ai fini par capituler bon gré, mal gré. De toute façon, elle aurait fini par me foutre à la porte si je ne lui avais pas obéi. D'ailleurs, je me demande si elle n'a pas appris que ça fait neuf mois que je suis avec Riley aujourd'hui. Ça expliquerait sûrement pourquoi elle a tenu à ce que je sorte. Pourtant, ce n'est pas simple pour moi d'agir comme tous les autres de mon âge. Comment pourrait-il en être autrement alors que j'ai cette petite merveille qui m'attend à la maison ?

Je récupère ma voiture sur le parking. Une superbe Audi A3 Cabriolet de couleur bleue. Cadeau de mes dix-neuf ans. Parfois, mon père en fait beaucoup trop. Il me donne l'impression de vouloir racheter toutes les années qu'il a perdues à se tenir loin de moi. Ça me gêne beaucoup de le voir m'offrir des choses d'une telle valeur. Après tout ce temps à vivre dans la misère, j'ai vraiment du mal à me faire à cette opulence. Quand je vois certaines filles sur le campus étaler leur richesse aux yeux de tous et se prendre pour des starlettes, je me dis que je n'ai aucune envie de devenir comme elles. Je sais encore d'où je viens et ce que signifie ne pas avoir assez d'argent pour se payer un repas décent.

À peine cinq minutes plus tard, je me gare à côté de la Ford Ranger de Riley, à quelques pas de la résidence. J'aurais très bien pu faire le trajet à pied, mais avec cette chaleur, j'ai eu la flemme.

3 – Pardonne-moi

Une fois à l'intérieur du bâtiment aux allures victoriennes, je passe par les escaliers plutôt que d'attendre l'ascenseur. Quand il se montre capricieux, on peut poireauter des lustres avant que les portes s'ouvrent. Arrivée à l'étage, je longe le long couloir qui mène jusqu'à l'appartement de mon mec. Des types, déjà bien chauffés par l'alcool, tentent de m'aborder. Je les ignore royalement et continue mon avancée.

Je donne quelques coups contre la porte et attends qu'on vienne m'ouvrir, mes pouces enfoncés dans les poches avant de mon short en jeans. Quand la porte s'ouvre, une main agrippe mon bras pour m'attirer à l'intérieur. Je me retrouve aussitôt catapultée contre un torse de granit. Son parfum, doux mélange de gel douche et d'océan, m'enivre avant même que ses lèvres se posent sur les miennes. Son baiser est un des plus sensuels qu'il ne m'ait jamais donné.

— J'ai cru que tu n'allais pas venir, me susurre-t-il à l'oreille.

Je lève la tête vers lui et plonge mon regard dans le sien. *Émeraude contre émeraude.*

— Pourquoi ne l'aurais-je pas fait ?

D'un doigt sur ma bouche, il m'intime le silence. Surprise, j'arque un sourcil.

— Mon nouveau coloc' dort, m'informe-t-il à voix basse.

Oups, c'est vrai, j'avais zappé l'arrivée de ce gars. Il faut dire aussi que j'avais pris l'habitude qu'il vive seul ici. Pourtant, ce n'est pas faute qu'il me l'ait rappelé à plusieurs reprises ces derniers jours.

Comme Riley est le fils du doyen de la faculté de sciences, il en a très vite appris plus sur lui. Apparemment, c'est un New-Yorkais, super bon en physique. Depuis qu'il me l'a dit, j'ai une sale image de ce mec en tête. Je l'imagine petit, avec un bel embonpoint, les cheveux gras et des lunettes rondes qui tombent sans cesse sur son nez. Une sorte de premier de la classe qui passe plus de temps dans un labo que dans une salle de sport. Je ne sais même pas pourquoi je le visualise de la sorte, surtout que la majorité des étudiants en sciences sont plutôt beaux gosses. D'ailleurs, mon frère et son meilleur ami suivent ce cursus. Liam veut être ingénieur aéronautique. Quant à Riley, c'est plus un choix par

3 – Pardonne-moi

défaut. Son père l'a poussé à s'inscrire à l'université, bien que son rêve soit de devenir surfeur pro et qu'il fasse tout pour y parvenir. D'ailleurs, plusieurs sponsors l'ont déjà contacté. Pour le moment, il ne leur a toujours pas répondu.

Comme je ne dois pas faire de bruit, je marche sur la pointe des pieds pour aller saluer mon frère et Leah. Riley s'installe sur le canapé et attend que je le rejoigne. Je ne me fais pas prier et viens me lover dans ses bras. Je me sens tellement bien contre lui. Il n'y a aucun autre endroit au monde où je souhaiterais être.

— Tu m'as l'air bien songeuse, chaton.

Sa voix est toujours aussi basse, mais le fait qu'il m'ait appelé chaton me fait vibrer de la pointe des cheveux aux bouts des orteils. J'adore quand il le fait, je trouve ça hyper mignon comme surnom.

Il doit se rendre compte que ça m'émoustille, puisqu'il vient déposer de doux baiser un peu partout dans mon cou. Une douce chaleur se répand jusqu'à mon bas-ventre. Je crois que si nous avions été seuls, j'aurais grimpé sur ses genoux pour en demander plus. Il faut dire qu'entre les cours et tout le reste, les câlins passent très souvent à la trappe. Pourtant, c'est un excellent coup, même si ça n'a rien de comparable avec ce que j'ai vécu avec celui dont le nom me heurte encore. Notamment cette dernière nuit qui a irrémédiablement changé ma vie.

Il suffit, d'ailleurs, qu'un de mes compatriotes se pointe chez mon mec pour que je me mette à penser à mon ex. Suis-je bête ou stupide ?

— Je n'aime pas trop savoir qu'un Américain partage ton appart, réponds-je en chuchotant.

Les mots m'ont échappé sans que je m'y attende. Étonné, Riley cesse aussitôt son petit jeu. De deux doigts sur ma joue, il me pousse à lui faire face.

— Pourquoi ? T'as peur de tomber sur une de tes connaissances ?

Je sais qu'il me taquine, pourtant ça ne me plaît pas trop. Et s'il avait raison ? Et si le type en question venait de mon passé ?

Tu viens d'Albuquerque, pas de New York. T'as aucune chance de le connaître, pauvre idiote.

C'est vrai, mais... Et si c'était Logan ? Il devait partir à New York et devait s'inscrire en fac de

3 – Pardonne-moi

sciences... Oui, mais le football était sa priorité. Donc, il n'y a aucune raison pour que je puisse tomber sur lui, n'est-ce pas ?

Quatorze mois que je ne pense plus à lui et voilà qu'il suffit qu'un de mes concitoyens débarque dans cet appart pour que je me mette à le faire. Quelle conne je fais !

Je lui donne ma réponse d'un haussement d'épaules. Il n'a pas besoin de savoir que j'étais en train de penser à ce type qui m'a laissé avec un cœur meurtri. D'autant plus qu'il connaît notre histoire et la manière dont je me suis fait larguer. Si je lui disais, il grincerait des dents comme toutes les fois où je lui en ai parlé avant qu'on soit ensemble. Depuis qu'on s'est mis en couple, je n'ai plus jamais abordé mon passé avec lui. Il n'y a plus que le présent et l'avenir qui comptent désormais.

— Tu verras, il a l'air cool, me fait-il savoir.

— En plus, il est super canon, ajoute Leah, sur le ton de la confidence.

Liam, jaloux lui lance un regard noir. Pour se faire pardonner, elle se jette à son cou et l'embrasse avec une telle sensualité que j'en détourne les yeux.

— Bon, quand vous aurez fini de vous dévorer la bouche, on pourrait peut-être y aller, les surprend Riley.

Tous deux se tournent vers nous, un large sourire aux lèvres, complices comme à leur habitude.

Leah et Liam ont commencé à sortir ensemble lors de leur dernière année de lycée et depuis ils ne se quittent plus. Vu l'amour qu'il y a entre eux, je ne vois pas comment il pourrait en être autrement. D'ailleurs, je pense qu'ils ne vont pas tarder à s'installer ensemble. Ils en parlent de plus en plus, mais je crois que mon frère souhaite encore profiter un peu du confort matériel que mon père lui procure. Il sait qu'une fois qu'il ne sera plus à la maison, il devra se débrouiller par lui-même et je pense que ça l'angoisse un peu. Même si, à mon avis, mon paternel ne le laissera pas tomber. Il n'est peut-être pas son fils, mais je sais qu'il tient beaucoup à lui.

— Bon, vu que monsieur le rabat-joie a parlé, autant lui obéir, lance Liam en se levant.

Je suis étonnée que Riley ne lui rappelle pas que son coloc dort, mais je ne dis rien.

3 – Pardonne-moi

Mon frère tend la main à sa copine qu'elle s'empresse d'attraper pour se hisser sur ses pieds. Sans même nous prêter la moindre attention, ils se dirigent main dans la main vers la sortie.

— Bon, faudrait savoir, lance mon frère alors qu'il vient d'ouvrir la porte. Soit on y va, soit on continue à glander ici.

Devant l'air renfrogné de Liam, Riley et moi éclatons de rire, avant de nous lever.

Peu de temps après, nous descendons les escaliers vers le rez-de-chaussée, mes doigts enroulés autour de ceux de Riley. Sa main chaude contre la mienne me procure une sensation de bien-être. Avec lui à mes côtés, rien ne peut m'arriver. De toute façon, il y veillera, comme cette fois sur la plage, juste avant que j'apprenne cette nouvelle qui a changé le cours de ma vie. Superman n'existe pas, mais Riley si. Il est mon héros, celui qui a su apaiser mes maux et me rendre la vie bien plus belle.

Lorsque nous arrivons au restaurant, Jodie nous attend déjà. Elle est attablée en terrasse, ses lunettes de soleil sur le sommet de la tête. Comme si on ne l'avait pas vue, elle nous adresse un signe de la main pour signaler sa présence.

— Alors, ton nouveau coloc' ? demande-t-elle à Riley, alors que nous venons à peine de nous installer.

Jodie est le genre de filles à ne laisser passer aucun beau mec. Elle me rappelle un peu Kate, aussi bien par son physique de blonde pulpeuse que par son caractère. D'ailleurs, presque tous les mecs sont à ses pieds. Il suffit qu'elle claque des doigts pour qu'ils la suivent comme des toutous.

— Qu'est-ce que tu veux savoir ?

— Tout, sourit-elle.

— Je peux juste te dire qu'il s'appelle Logan et qu'il vient de New York.

Mon cœur manque un battement à l'entente de ce nom. Je reste focalisée sur ce prénom plusieurs secondes alors que mon esprit m'envoie des images d'un passé depuis longtemps révolu. J'attrape la carafe et me sers un verre d'eau pour tenter de camoufler mon trouble.

3 – Pardonne-moi

En même temps, Logan est un prénom très courant. Il faut que j'arrête de me faire des films et d'imaginer n'importe quoi. Et même si c'était lui, qu'est-ce que ça y changerait ? Je suis heureuse avec Riley.

La voix de Leah me ramène à la réalité quand elle se met à décrire le nouveau coloc de Riley. Selon elle, il est vraiment canon. Comme c'est la deuxième fois qu'elle le mentionne, je ne peux que la croire. Un brun aux yeux bleus, du style sportif au vu de sa carrure et très grand, selon ses dires. C'est vraiment très loin de l'image que je m'étais faite de ce type. En même temps, j'ai bien dit que les gars dans cette fac de sciences avaient tous une belle gueule, alors pourquoi aurait-il été une exception à la règle ? Le hic, c'est qu'entre le prénom et la description, j'ai de plus en plus de mal à faire abstraction de celui qui m'a brisé le cœur en me laissant seule au moment où j'avais le plus besoin de lui. Je me raccroche au fait que Deb m'en aurait parlé si son frangin avait décidé de traverser la Terre. Puis, pourquoi l'aurait-il fait maintenant que j'ai quasiment refermé le livre sur notre histoire ? Ça n'a aucun sens.

— Ça va ? me chuchote Riley à l'oreille en voyant que je me suis perdue dans mes pensées.

Je tourne la tête pour poser un doux baiser sur sa joue. Je n'ai aucune envie de l'inquiéter avec ce qui me traverse l'esprit.

— Rêve pas trop, Jodie, entends-je mon frère prononcer. Quand on lui a parlé des filles, ce type nous a répondu qu'il était juste là pour bosser.

Voilà un bon point. Mon ex n'était pas très studieux. En même temps, il n'avait pas besoin d'en faire trop pour obtenir de bons résultats, surtout dans ses matières préférées. Donc, là, je peux enfin me dire que ce n'est pas lui et participer à la conversation.

— Et vous avez pensé qu'il était peut-être gay ? demandé-je.

Si c'est le cas, ça ferait encore une différence et, cette fois, je pourrais vraiment être rassurée. Sauf que Jodie reprend la parole sans qu'aucun des deux gars ne m'ait répondu.

— Vous allez surfer ce week-end ?

3 – Pardonne-moi

— Qu'est-ce que t'en penses, chaton ? me questionne mon mec, en posant une main sur ma cuisse.

Je hausse les épaules. Je n'en sais rien. J'adore surfer, mais ça ne dépend pas que de moi.

— Ça va dépendre de sa mère, réponds-je en désignant Liam d'un signe de tête.

— Je ne pense pas que ça lui posera de problème. Tu sais qu'elle adore Lachlan. Sinon, Jordan n'aura qu'à le garder.

Jordan est son frère, mais entre lui et moi, il n'y a aucune entente fraternelle. Et s'il y a bien une chose qu'il déteste le plus au monde, c'est de s'occuper de Lachlan. Alors, je ne lui en confierai jamais la garde, même si ma vie en dépendait.

— Hors de question que Jordan le garde ! m'insurgé-je.

Riley presse ma cuisse pour que je m'apaise un peu.

— Je plaisantais, mais ma mère le fera. Donc si tu veux aller surfer, vas-y.

Je sais qu'il a raison, mais, à chaque fois, j'essaie de me trouver une excuse, aussi minable soit-elle, pour refuser toute sortie et rester avec lui. Mais, là, devant eux, avec la réponse qu'il vient de me fournir, je me sens obligée d'accepter. D'autant plus que j'en ai envie. Ça fait déjà bien trop longtemps que je n'ai pas mis les pieds sur une planche et ça me manque. C'est d'ailleurs grâce à ce sport que Riley a réussi à me faire tenir le choc, jusqu'à ce que ma vie prenne un tournant complètement inattendu.

— Bon, pourquoi pas alors !

— Bien dans ce cas, tu n'as qu'à ramener ton coloc' à la plage, je vérifierai pour vous, les gars, s'il est gay ou non. On sait jamais, il vaut peut-être mieux assurer vos arrières, pouffe Jodie.

Riley grimace à cette dernière phrase. Je sais, pourtant, qu'il se fout de la sexualité des autres. Tant qu'on ne l'emmerde pas, tout va bien.

7. Logan

Cet après-midi, direction l'océan. Riley a tenu à ce que je l'accompagne. Il veut me présenter sa meilleure pote, une grande blonde super sexy, selon ses dires. Moi, c'est surtout sa copine que je souhaite rencontrer, histoire d'arrêter de l'associer à mon ex. À force, j'en deviens barge. Le pire, c'est qu'il parle d'elle en permanence. Encore, elle s'appellerait Marie ou je ne sais quoi, je m'en foutrais royalement, mais là, l'entendre prononcer ce prénom qui me tue me fait perdre la raison. Cette sortie me permettra en plus de lutter contre ce fichu décalage horaire. Parce que, j'avoue, c'est bien plus difficile que je ne le pensais. Si je m'écoutais, je passerais mes journées à dormir, sauf que, dans deux jours, j'attaque les cours et je ne sais pas comment je vais tenir.

Arrivés à destination, Riley gare sa bagnole à côté d'une Audi A3 Cabriolet et d'une autre dont je ne connais pas la marque. En tout cas, ça pue le fric à plein nez par ici. Pourtant, je ne viens pas d'une famille pauvre, mais ce genre de caisse m'indique que la fortune de leur propriétaire est bien plus colossale que celle de mon vieux.

Nous descendons en même temps et alors qu'il récupère sa planche, j'en profite pour observer l'environnement. La nature à l'état sauvage, il n'y a pas d'autres mots pour décrire ce que je vois. En tout cas, j'adore. On se croirait coupé du monde.

— Ici, mon gars, tu as le meilleur spot de surf de toute la Nouvelle-Galles, lâche mon coloc en se plantant à côté de moi. Peu de personnes connaissent. On l'a un peu trouvé par hasard avec Liam, il y a un peu plus d'un an. Depuis, je m'entraîne seulement ici. Au moins, personne ne vient m'emmerder.

Vu ce que je vois, je veux bien le croire.

— Allez, viens. Les autres nous attendent déjà.

Sans perdre de temps, nous gravissons une falaise qui nous cache la vue sur l'océan. Une fois au sommet, je m'arrête un instant pour observer le magnifique panorama qui s'offre à moi. En face s'étend une sublime étendue bleu lagon. D'immenses rouleaux s'abattent sur les rochers qui

3 – Pardonne-moi

s'élèvent ici et là autour de cette petite crique de sable blond. Je capte très vite pour quelles raisons ce lieu est jalousement gardé. Ce type a vraiment de quoi s'éclater ici.

— T'en penses quoi ? me questionne Riley en se tournant vers moi.

— Wouah !

C'est le seul mot qui franchit mes lèvres tant j'en ai le souffle coupé.

Riley émet un léger rire devant mon air époustouflé.

— J'ai eu la même réaction que toi la première fois, me fait-il savoir avant d'emprunter un petit chemin qui semble descendre vers la crique.

Je reste encore quelques minutes à contempler le paysage, en me promettant que si un jour je la retrouve, je l'emmènerai ici. Elle qui adorait l'océan devrait vraiment apprécier cet endroit. Mon cœur se met à tambouriner contre ma poitrine, en nous imaginant elle et moi sur cette plage à l'abri des regards indiscrets. On pourrait y faire tellement de choses.

Arrête de délirer, mec, et file rejoindre les autres.

Si cette voix n'était pas intervenue, j'aurais pu rester là durant des heures, à me jouer des films qui n'existeront sûrement jamais.

Je glisse une main dans mes cheveux et les ébouriffe un peu, histoire de revenir à la réalité. Puis, je suis le chemin emprunté par Riley quelques minutes plus tôt.

Lorsque j'arrive en bas, mon coloc est en train d'embrasser sa copine. Ça a vraiment l'air bouillant entre eux. Leah et Liam, assis pas loin, fixent l'horizon. Je focalise mon attention sur la seule célibataire de ce groupe. Jodie, je suppose. La tête tournée vers moi, elle me déshabille du regard, sans scrupule. Elle a l'air de vraiment apprécier ce qu'elle voit, puisqu'elle me lance un sourire aguicheur.

— Riley, tu peux nous présenter ton coloc, lance-t-elle pour attirer son attention.

Il arrête aussitôt d'embrasser sa copine pour se retourner vers moi. En me voyant, il se relève et me fait signe d'approcher, un large sourire sur la tronche.

— Allez, viens. Je vais te présenter Lucy et Jodie.

3 – Pardonne-moi

Mes tripes se serrent et mon cœur s'affole. Dans quelques secondes, je serai fixé. Après ce que je viens de voir entre mon coloc et sa copine, je prie de toutes mes forces pour que ce ne soit pas elle.

Alors que j'effectue le peu de chemin qui nous sépare, tous se lèvent et se tournent dans ma direction. Et c'est là que je la vois, encore plus canon que dans mes souvenirs.

Ses longs cheveux dans lesquels j'adorais glisser mes doigts ont été remplacés par un carré qui la rend ultrasexy. Je ne peux empêcher mon regard de glisser le long de ce corps que j'ai si souvent serré. Son simple bikini vert me permet de la contempler dans les moindres détails. Elle semble avoir pris un peu de volume depuis la dernière fois que je l'ai vue. Ses hanches se sont légèrement élargies et me donnent envie d'y accrocher mes doigts. Ses seins qui tenaient parfaitement dans mes mains paraissent eux aussi un peu plus gros. Elle n'a plus rien à voir avec l'ado que j'ai connu, elle resplendit encore plus.

Ma queue semble du même avis que moi. Je la sens se tortiller dans mon calbut.

Putain, faut que je cesse de la regarder si je ne veux pas me mettre à bander. Ça ne le fait pas, encore moins devant son... son frère. Ouais, je préfère penser à son frangin, plutôt que de me vriller les tripes en admettant la réalité.

Mal à l'aise face à sa sexytude, j'enfonce mes mains dans les poches de mon bermuda. Mon pouls résonne dans mes oreilles. Fort. Tonitruant.

Pour ne pas me faire griller, je redresse la tête, mais mes prunelles viennent s'accrocher à son visage. J'aurais pu poser les yeux sur n'importe qui, la blonde notamment, dont le regard pèse sur moi, mais non c'est sur elle que mes pupilles sont venues s'ancrer, comme si elle détenait en elle un aimant qui m'attire irrémédiablement. Ressent-elle aussi ce lien invisible qui nous relie encore ? Même s'il s'est effiloché, il n'en reste pas moins présent pour ma part. Il fait circuler mon sang plus vite dans mes veines, me donne envie de dégager tous ceux qui nous entourent et de lui montrer les étoiles sur cette plage même.

À voir son visage fermé, je prends conscience qu'elle ne ressent pas la même chose que moi. Bien au contraire. Ma présence lui déplaît au plus haut

3 – Pardonne-moi

point. Aucun doute n'est permis, elle ne voulait pas me revoir alors que j'en crevais d'envie. Quand je plonge mes yeux dans les siens, la haine qu'elle laisse passer me fracasse pire que les rouleaux qui viennent s'abattre sur les rochers. Je déglutis tandis qu'elle secoue la tête. Tous sont tournés vers moi et ne remarquent pas son trouble.

— Salut ! lancé-je plus pour elle que pour les autres, mais ce sont eux qui me répondent tandis qu'elle me tourne le dos.

Je ne peux détourner la tête en découvrant les marques blanches que son enfer a gravées sur sa peau. J'enfonce mes poings dans mon bermuda pour ne pas hurler ma haine à l'encontre de ceux qui nous ont détruits. Comment a-t-elle réussi à se relever alors qu'ils l'ont marquée à vie ? Ses cicatrices me ramènent en arrière et me flinguent littéralement.

— Lucy, tu vas où ? Laisse-moi au moins te présenter.

Riley part aussitôt la rejoindre. Il passe un bras autour de sa taille pour l'emmener vers moi, mais elle se dégage de son étreinte et rebrousse chemin.

— J'ai besoin d'aller surfer, lui annonce-t-elle en se dégageant de son emprise.

Riley la suit du regard, tout comme moi. Mon cœur se serre alors qu'elle s'éloigne de nous. J'aimerais pouvoir lui courir après, me foutre à genoux devant elle, la supplier de me pardonner d'avoir été aussi con. Mais je n'en fais rien, bien trop sonné par sa colère à mon encontre.

— Je suis désolé, mec. Je ne sais pas ce qui lui arrive. Elle a eu une vie difficile et je crois que le fait que tu sois Américain lui rappelle trop de mauvais souvenirs.

Je me demande comment il réagirait si je lui disais que la vie difficile de Lucy a été également la mienne. Que nous avons partagé le même enfer. Que c'est moi qui l'ai aidée à se maintenir à flot quand elle s'est souvenue de tout. Que si elle ne veut pas me connaître, c'est qu'elle me connaît déjà. Que je suis le salopard qui l'a lâchée au moment où elle avait le plus besoin de moi.

— Je peux comprendre, mens-je.

— Je vais la rejoindre. Je pense qu'elle va avoir besoin de moi.

3 – Pardonne-moi

Je hoche juste la tête, vaincu sans même m'être battu. Tandis qu'il descend vers l'océan, je porte mon regard à nouveau sur celle pour laquelle mon cœur n'a jamais cessé de battre. Elle se tient assise à califourchon sur sa planche et observe l'horizon. Dès que Riley la rejoint, elle se tourne vers lui. J'aperçois un sourire sur les lèvres de mon grand amour quand il pose sa main sur son bras. De les voir si proches me fait un putain de mal de chien. Néanmoins, ce n'est rien comparé au moment où leurs têtes se rapprochent. Je détourne la mienne pour éviter de crever lorsque leurs bouches entreront en contact. Mon estomac se révulse alors que je repense à l'endroit où mon coloc a passé sa nuit. C'est entre ses bras qu'il s'est amusé jusqu'à point d'heure avant de rentrer.

Je dois être maso, parce que je finis par reposer mes yeux sur elle.

Je pense pouvoir à nouveau respirer quand elle part affronter une vague, mais la trouille qu'il lui arrive un accident me saisit au bide. Je ne peux pas m'empêcher de la regarder, en me disant que je serais foutu d'aller dans cet océan déchaîné si jamais elle se retrouvait en danger, et ce, malgré tout ce que les toubibs ont pu me dire.

— Logan ? Tu m'écoutes ?

Surpris, je me retourne vers la blonde qui tente d'engager la conversation avec moi. Je note les détails de son visage avant de lui répondre. Ses yeux bleus en amande, son petit nez retroussé et ses lèvres pulpeuses la rendent jolie, mais ce n'est pas *elle* et personne ne sera plus belle qu'*elle* à mes yeux.

— Pardon ?

Elle me regarde comme si j'étais un demeuré.

— Je te demandais si tu surfais aussi.

— J'en ai fait un peu à New York, mais je ne peux plus pour le moment. J'ai eu un grave accident lors d'un match de football.

Elle acquiesce d'un signe de tête, comme si elle comprenait, ce dont je doute réellement. Puis, elle m'invite à m'asseoir avec elle sur le sable. Je reste un moment debout, plus trop certain de savoir où est ma place dans cette bande. Riley et moi sommes amoureux de la même fille. Je devrais me tirer au plus vite pour ne pas créer d'embrouilles. Pourtant,

3 – Pardonne-moi

face à l'insistance de Jodie, je finis par aller me poser à côté d'elle.

Tandis qu'elle tente de me parler, je fixe à nouveau mon ex. Elle vient de rejoindre son... mon coloc. C'est plus facile à dire ainsi, si je ne veux pas clamser sur cette plage. Seulement, quand elle l'embrasse une nouvelle fois, mon cœur hurle sa douleur, terrassé par cette vision digne de mes pires cauchemars. Deb m'avait prévenu, mais, comme à mon habitude, je n'en ai fait qu'à ma tête. À présent, j'en paie les conséquences. Voir ce mec rayonner grâce à mon ex me débecte. J'ai envie de me servir de mes poings et de lui dire que cette place est la mienne. Que c'est ma fiancée, la femme de ma vie !

— Elle te plaît ?

Ahuri, je fronce les sourcils. Ai-je été si transparent pour qu'elle me pose la question ?

— Pardon ?

— Lucy, la copine de Riley, elle te plaît ?

Si tu savais à quel point. Plutôt que de lui sortir la vérité, je joue le mec détaché qui ne comprend pas vraiment où elle veut en venir.

— Pourquoi tu me demandes ça ?

— Tu n'arrêtes pas de la mater... euh... À moins que ce soit lui...

Moi, gay ? Sérieusement ?

— J'admets, elle est pas mal, mais je ne touche pas aux meufs des autres. D'ailleurs, ça fait longtemps qu'ils sont ensemble ?

Faites qu'elle me dise que c'est super récent. Si c'est le cas, je peux espérer encore avoir une chance avec elle. Je l'ai haïe et pourtant ça ne nous a pas empêchés de vivre quelque chose de très fort ensuite. L'inverse peut donc être vrai. Il suffit que je trouve comment la ramener vers moi.

— Huit ou neuf mois, je crois. En tout cas, ils sont vraiment bien tous les deux. Je connais Riley depuis des années et je ne l'ai jamais vu aussi heureux que depuis qu'il est avec elle. Je serais toi, j'oublierais de suite.

Jamais, je ne pourrai l'oublier.

Pour être avec lui depuis aussi longtemps, c'est qu'elle doit vraiment avoir des sentiments. Et rien que cette pensée fout tous mes espoirs en l'air.

3 – Pardonne-moi

Combien de fois un cœur peut-il se briser ? Parce que, là, j'ai grave l'impression qu'il vient une nouvelle fois de voler en éclats.

— T'inquiète, je n'ai aucune vue sur elle. Puis, à la manière dont elle m'a regardé, je crois qu'elle n'apprécie pas les Américains.

— Moi, par contre, j'aime bien les Américains, me déclare-t-elle d'une voix sensuelle en posant une main sur mon genou.

Et moi, je n'aime les filles dans ton genre que pour les baiser. Et là, clairement, je n'ai aucune envie de m'envoyer en l'air. Je suis bien trop dévasté.

Quand je porte à nouveau mon attention sur Lucy, elle me fixe d'un regard indéchiffrable.

Qu est-ce qui se passe dans ton crâne, bébé ?

À bout de force

8. Lucy

Combien de fois ai-je rêvé de ce moment ? Combien de fois ai-je prié pour qu'il vienne me retrouver, pour qu'il me serre dans ses bras, me dise que tout ça n'était qu'un sale cauchemar, que nous étions deux et qu'on s'en sortirait ensemble ? Combien de larmes ai-je laissé couler parce qu'il ne venait pas alors que j'avais besoin de lui ? Mais tout ça, c'était avant. Bien avant. Le jour où mon bébé est né, j'ai décidé de tirer un trait définitif sur son père, de tourner la page à tout jamais sur notre histoire. Alors, pourquoi revenir maintenant ?

Les yeux fixés sur lui, je n'arrive toujours pas à admettre sa présence. Je suis furieuse après lui. Furieuse après Deb qui ne m'a même pas informée de sa venue. Si je l'avais su, j'aurais demandé au père de Riley de lui trouver un autre logement. Je ne voulais plus le revoir. *Jamais.* Ma colère s'accroît au fur et à mesure des secondes qui s'écoulent et ce n'est pas la vague que j'ai affrontée qui m'a temporisée. J'y ai juste gagné l'inquiétude de Riley, qui m'a incendiée quand je suis revenue. Pourtant, d'habitude, il reste super cool, quelle que soit la situation. J'admets, j'ai exagéré en allant affronter ce rouleau, mais il me fallait quelque chose à la hauteur de toutes ces émotions qui me percutent.

— Qu'est-ce qui ne va pas ?

La voix de mon mec me fait tourner la tête dans sa direction. Perdue dans mes pensées, je ne l'ai même pas vu revenir. Le pire, c'est que je ne l'ai même pas regardé surfer. Il aurait pu lui arriver n'importe quoi, je ne l'aurais même pas remarqué. Si on surfe toujours à deux, c'est pour assurer nos arrières en cas de pépins et c'est encore plus vrai ici qu'ailleurs. Nous adorons cet endroit, mais c'est un des plus dangereux du coin. Les lames de fond y sont traîtres.

Bordel, je suis une vraie quiche !

— Tu connais ce mec ou quoi ?

Lèvres pincées, je le fixe un instant. Au vu de son expression grave, je sais qu'il attend ma réponse. J'hésite à lui dire la vérité, néanmoins je finis par secouer la tête. Si je venais à la lui dévoiler, il risquerait de se mettre en colère. Il sait ce que j'ai vécu les six premiers mois après mon arrivée dans cette ville et surtout il en connaît la raison. Depuis, il a une dent contre mon ex.

Devant ma réponse muette, Riley se détend aussitôt et vient poser ses lèvres sur les miennes. Son baiser au goût salé me permet d'oublier quelques secondes le type qui se trouve dans mon dos.

— On va les rejoindre ? me propose-t-il.

Je tourne la tête vers la plage. Bizarrement, mon cœur se serre en voyant Logan et Jodie rire ensemble. J'adore cette fille, mais je sais qu'elle ne laisse passer aucun mec qui lui plaît. Vu son attitude avec Logan, je sais qu'elle va tout faire pour le mettre dans son lit.

Si je l'émascule, elle ne devrait plus avoir envie de lui, je me trompe ?

Voilà que je deviens folle ! Qu'est-ce qui me prend d'avoir de telles idées ? S'il a envie de s'envoyer en l'air avec elle, il peut bien faire ce qu'il veut. Je suis heureuse avec Riley et ce n'est pas son retour dans ma vie qui va venir changer ce que je vis avec lui.

— Ce gars me semble bizarre, il me met mal à l'aise, finis-je par lâcher.

Une drôle d'expression passe dans le regard de Riley. Il s'interroge sans aucun doute sur ce que je viens de lui balancer.

— Je ne connais pas beaucoup ce type, mais je n'ai pas l'impression que ce soit un mec louche. Au contraire, il me paraît cool, pas comme cet enfoiré de Paul.

Je sais exactement où il veut en venir. Ce Paul était un lourdingue qui a foutu plus d'une fois mon copain à la porte de leur appart pour être tranquille avec les meufs qu'il ramenait. Combien de fois Riley a-t-il été obligé d'aller dormir chez son père ? Et Dieu sait qu'il déteste s'y rendre, à cause de sa mégère de belle-mère qui lui rend la vie infernale.

En même temps, il ne connaît pas Logan, comme je le connais et rien ne peut dire qu'il ne fera pas la même chose que Paul.

— Qu'est-ce que t'en sais ?

Mon ton un peu trop mordant lui fait tirer une petite grimace.

3 – Pardonne-moi

— Et toi ? Ce n'est pas parce qu'il est Américain que tu dois avoir peur de lui.

Perspicace comme à son habitude, il a su relever exactement l'émotion principale qui me traverse. Mais, que puis-je lui dire sans lui avouer que le mec qui partage son appart est en réalité le père de mon fils ?

— Fais-moi confiance, Lucy. Je te promets que ce gars ne te fera pas de mal.

Sa promesse arrive bien trop tardivement. Logan m'en a déjà fait beaucoup trop.

— Je vais essayer de faire des efforts, soufflé-je malgré tout.

Pas très convaincu, il tire une nouvelle grimace, avant de rapprocher sa planche de la mienne. Il attrape mon poignet et m'attire vers lui.

— Je suis sûr que tu peux faire mieux que ça.

La moue qu'il tire finit par me convaincre. En même temps, il est tellement craquant quand il me regarde ainsi, que je ne vois pas comment je pourrais lui résister.

— Ok, je vais faire un effort, mais juste pour toi.

Il me sourit, de ce sourire à croquer qui me fait fondre à chaque fois.

— Bien. Je ne t'en demande pas plus.

— Tu peux me faire une promesse à ton tour ?

— Bien sûr, tu sais que je ne te refuse rien.

Et c'est la vérité. Il se plierait en quatre pour moi, si je lui demandais.

Et toi, pour lequel des deux, tu te plierais en quatre s'ils te le demandaient ?

Bordel, c'est quoi cette question ? La réponse est évidente, non ? Logan ne représente plus rien pour moi, contrairement à Riley. La preuve en est, je reste furax après mon ex d'avoir fait irruption ainsi dans ma vie.

— Ne lui parle pas de Lachlan, s'il te plaît.

Stupéfait, il plante ses yeux dans les miens. Je vois à travers son regard qu'il n'arrive pas à saisir le sens de ma promesse.

— Il n'a pas besoin de savoir que j'ai un enfant.

— Lucy, je pense que ce type va faire partie de notre bande, alors pourquoi lui cacher l'existence de ton fils ?

Je me retiens de justesse de lui répondre que je n'ai pas envie que Logan connaisse l'existence de son fils.

— Je ne souhaite pas qu'il me regarde avec pitié comme les autres l'ont fait quand ils ont vu mon ventre s'arrondir.

— Je ne crois pas qu'il soit ce genre de gars.

Putain, qu'est-ce qu'il me soûle ! Pourquoi remet-il toujours en question ce que je lui dis ? Si ça continue, on va finir par se prendre la tête méchamment. Il suffit que mon ex se pointe dans ma vie pour qu'on soit sur le point d'avoir notre première dispute.

— Comment peux-tu dire ça ? Ça fait à peine deux jours que tu le connais ! m'emporté-je.

— Et toi, tu ne le connais même pas et tu le juges déjà ! Mais si c'est vraiment ce que tu veux, je ne lui dirai rien.

Heureuse qu'il aille dans mon sens, je pose ma main sur sa nuque et viens m'abreuver de ses lèvres au délicieux goût de sel et de soleil.

— On y va cette fois ? me questionne-t-il quand je relâche notre étreinte.

D'un simple signe de tête, j'acquiesce.

De retour sur la plage, je sens le regard brûlant de Logan peser sur moi. Sans même lever les yeux vers lui, je me dépêche de poser ma planche sur le sable pour venir me réfugier contre Riley. Je veux qu'il comprenne que je ne suis plus libre, que je vis quelque chose de beau avec mon nouveau petit-ami.

— J'ai envie que tu me serres contre toi.

— Attends deux secondes, chaton, et je suis tout à toi.

Je laisse mon copain poser sa planche avant de lui sauter dans les bras. Il a à peine le temps de me réceptionner que j'enroule mes jambes autour de ses hanches. Nos bouches se trouvent rapidement et nos langues suivent.

— Tu devrais laisser un peu plus Lachlan, p'tite sœur, pour t'occuper de ton mec. Parce que là, vous

3 – Pardonne-moi

risquez de faire un mioche devant nous si ça continue.

Merde, je n'avais pas pensé à mon frangin.

— Et si on allait faire un tour au Bear ? demande Jodie.

Heureusement qu'elle est là pour changer le sens de la conversation !

— Pourquoi pas ? répondent Liam et Leah en chœur.

Riley me repose sur le sable et me fait tourner pour blottir son torse contre mon dos, les bras autour de ma taille.

— On y va aussi ? me questionne-t-il à l'oreille.

J'accepte d'un simple mouvement de tête.

— Et toi, Logan, ça te dit de te joindre à nous ? le questionne la jolie blonde, en lui adressant son plus beau sourire.

Hors de question que je supporte sa présence ! Je viens peut-être de dire oui à Riley, mais je peux encore changer d'avis.

— Désolée, mais vous savez que j'ai du mal avec les inconnus. On ne peut pas rester entre nous ? m'emporté-je, en lui jetant un regard noir, pour bien lui faire comprendre que je ne tolérerai pas sa présence.

Ma phrase tombe comme une sentence et un silence de mort s'ensuit, alors que tous me dévisagent, abasourdis par ma réponse.

— Chaton, tu m'as promis de te montrer cool avec lui, murmure Riley.

J'aimerais pouvoir m'y tenir, mais avec Logan si près, je ne parviens pas à retenir cette haine qui me bouscule.

— Il vaudrait mieux que tu me ramènes, Riley. Je n'ai pas envie d'emmerder ta copine, intervient le brun sans me quitter du regard.

— Tu ne l'ennuieras pas, n'est-ce pas, Lucy ?

Qu'est-ce que je peux répondre à ça ? Cette foutue promesse me coince. Pour toute réponse, je me dégage des bras de Riley et prends la direction du chemin qui nous ramène au parking. En passant à côté de Logan, je n'omets pas de l'assassiner du regard.

3 – Pardonne-moi

— Allez, viens avec nous, mec. Prête pas gaffe à ma frangine. Des fois, elle déraille grave.

Non, mais quel con ! Je me retourne vers Liam et lève mes deux majeurs dans sa direction sous ses éclats de rire.

****

Trois quarts d'heure plus tard, nous nous retrouvons au Bear, le bar le plus branché de Sydney. Nous dégotons une table ronde en terrasse. Riley se place à ma droite tandis que mon frère se met à ma gauche, comme souvent lorsque l'on sort. Puis vient Leah. Face à moi se trouve mon ex. J'hésite un instant à échanger ma place avec Riley, surtout quand je vois Jodie tirer sa chaise pour se rapprocher un peu plus de lui.

— Bon, mec, commence Liam, les yeux posés sur Logan. Dis-nous tout. On aimerait savoir si tu es gay.

Logan le dévisage, avant d'éclater de rire. Je me mords la joue pour éviter d'en faire de même. Je pense que ça serait malvenu de me laisser aller.

— Pourquoi cette question ? C'est la seconde fois qu'on me la pose aujourd'hui.

Il se tourne vers Jodie, qui, prise sur le fait, se met à rougir.

Sérieusement ? Depuis quand ses joues deviennent écarlates quand un mec la mate ?

Et en plus, il faut que ça soit lui qui lui fasse cet effet.

— On est un peu surpris qu'un mec comme toi n'ait pas envie de ramener une fille à l'appart, argumente Riley.

— Qui vous dit qu'il n'a pas de copine à New York ? interviens-je.

— Non, je n'en ai pas, me répond-il, sur un ton lourd de reproches, comme si tout était de ma faute.

Furieuse qu'il puisse insinuer de telles choses, je le foudroie du regard. Il reste stoïque, sans laisser la moindre émotion filtrer à travers son regard.

— Quelqu'un t'a brisé le cœur ? lui demande Jodie.

— N'importe quoi comme question. Sérieux, Jodie, ce n'est pas parce qu'il n'a pas de copine que ça signifie forcément qu'il a eu le cœur brisé, répliqué-je avant même qu'il ait eu le temps d'en placer une.

— En fait, elle a raison. J'ai eu le cœur brisé et je n'ai jamais pu l'oublier.

Il continue à me fixer comme si encore une fois tout était de ma faute. Pourtant, je n'y suis pour rien. Il veut vraiment que je lui rappelle qui a largué l'autre ?

— Nous étions fiancés, poursuit-il.

Bordel, mais c'est quoi son problème ? Pourquoi en parler là devant mes potes ? Il cherche quoi, sérieusement ? Que j'explose ?

— J'ai vu que tu avais un tatouage. C'est l'initiale de son prénom ? lui demande Leah.

En toute discrétion, j'essaie de voir où est ce fameux tatouage. Puis, je l'aperçois sur son biceps gauche. Un L comme nos deux prénoms. Mon cœur se met à bondir en découvrant qu'il s'est fait graver mon initiale sur la peau.

— Oui, répond-il en regardant Leah, avant d'ajouter en me désignant d'un signe du menton, elle s'appelait comme toi, Lucy. Je l'ai fait faire en

France, peu de temps après son départ, pour ne jamais oublier celle qui m'a brisé le cœur.

Je crispe les mâchoires pour me retenir de lui balancer ses quatre vérités à la tronche.

— Qu'est-ce qu'il s'est passé ? l'interroge Jodie, en posant sa main sur la sienne.

Ce geste me donne la nausée. J'attrape mon cocktail que je mène à ma bouche pour éviter que quiconque remarque mon trouble.

— Elle m'a envoyé un mail pour me dire qu'elle me détestait.

Cette fois, c'en est trop pour moi et je vois rouge. S'il avait répondu à ce foutu mail, écrit sous la colère et le chagrin, s'il s'était battu, on serait peut-être encore ensemble. Mes nerfs me lâchent et je pousse ma chaise avec fracas.

— Tu vas où, chaton ?

— Faire un tour aux chiottes. Je déteste les pleurnicheurs qui font passer leurs ex pour des connes.

Je ne sais pas s'il capte ce que je suis en train de lui dire, mais je m'en fous. Ce n'est pas mon problème, je veux juste être loin de ce type qui me fait passer pour la méchante dans cette histoire.

Tandis que je rentre à l'intérieur du bar, j'inspire et expire profondément, afin de tenter de retrouver mon calme. En vain. Je n'aurais jamais dû accepter de venir.

— Lucy, attends !

En entendant Leah m'appeler, je m'arrête et fais demi-tour pour lui faire face. Bras croisés sur la poitrine, j'attends qu'elle prenne la parole, tout en lui faisant comprendre que ce n'est pas le moment de m'emmerder.

— Je me plante ou tu le connais ?

— Qu'est-ce qui te fait dire ça ? lancé-je sur la défensive.

— J'en sais rien. Peut-être le fait qu'il te dévore des yeux. Ou bien parce que tu donnes l'impression d'avoir envie de le bouffer. Ou encore parce que tu étais prête à te jeter sur Jodie au moment où elle a posé sa main sur la sienne. Attends, laisse-moi réfléchir...

Face à tout ce qu'elle énumère, je déglutis difficilement. Une boule s'est formée dans ma gorge et m'empêche de le faire correctement.

Elle laisse passer un silence durant lequel elle se tient le menton, comme si elle réfléchissait réellement à la réponse adéquate à me fournir. Je pousse un soupir d'exaspération, histoire qu'elle en vienne au fait, et rapidement si possible.

— Ou tout simplement, parce que quand il s'est mis à raconter son histoire, t'as vu rouge. Sans compter que son tatouage est l'initiale de ton prénom. Donc, je te repose la question, tu le connais ?

Honteuse, j'entortille une mèche autour de mon index et fuis son regard. J'aimerais pouvoir me confier, mais j'ai la trouille que si je lui dis, elle aille le répéter à mon frère qui ne se gênera pas de le redire à Riley. Et ensuite… Que se passe-t-il ensuite ? Je n'ai aucune envie qu'ils se battent tous les deux, ni même que Riley se barre chez son père. Je ne veux pas qu'il soit blessé ni dans un sens ni dans l'autre.

— Lucy ? Est-ce que c'est le père de Lachlan ?

Je ne dis rien, mais mon regard me trahit.

3 – Pardonne-moi

— Merde ! Est-ce que tu l'as dit à Riley ? Est-ce que Logan sait qu'il a un gosse ?

Je secoue la tête et c'est valable pour les deux questions.

— J'ignorais qu'il allait venir en Australie. Deb, sa sœur et ma meilleure amie, ne m'a rien dit.

— Et ça te fait quoi qu'il soit là ?

J'essaie d'analyser tous mes sentiments, dont ceux camouflés par ma colère et ma haine. Mon cœur tente de m'envoyer un signal, mais je préfère ne pas l'écouter, car j'ai la trouille de ce qu'il pourrait me dire à cet instant.

— Ça me fout en rogne.

Leah m'observe un moment avec minutie.

— Et ça te perturbe aussi, conclut-elle.

Je ne relève pas, car elle a malheureusement raison.

— Riley est quelqu'un de très bien, mais Logan est le père de ton fils, j'espère que tu sauras faire le bon choix... Pour ton gamin surtout.

— N'en parle à personne, s'il te plaît.

— Tu as ma parole, mais, toi, tu devrais leur parler à tous les deux. Riley a le droit de savoir que Logan est ton ex et maintenant qu'il est là, tu n'es plus en droit de lui cacher qu'il est père. Bon, je retourne voir les autres. Ton frère va se demander si je ne suis pas en train de draguer le serveur. Je leur ai dit que j'allais me chercher une autre paille.

Je la regarde s'éloigner en repensant à ses derniers mots. Je sais que je vais devoir leur parler, mais je ne sais pas encore comment, ni même quand.

9. Logan

Adossé contre la bagnole de Riley, bras croisés sur la poitrine, mon regard peine à quitter cette fille dont j'ai tant rêvé depuis son départ. La scène qui se déroule sous mes yeux meurtrit un peu plus mon cœur. Je crève d'envie d'être à la place de mon coloc pour pouvoir la prendre comme lui dans mes bras, poser mes lèvres sur les siennes, susurrer des mots doux à son oreille. Il l'embrasse, elle sourit et je dois garder contenance pour ne pas dévoiler que je suis son ex. J'ai bien compris son manège quand nous étions encore sur cette foutue terrasse, elle tient à ce que les autres ignorent qui je suis pour elle. Pourtant, je voudrais crier au monde entier qu'elle était mienne, avant que ce salopard envoie ce putain de mot. Qu'elle devrait encore être avec moi si nous n'avions pas été obligés de traverser les sentiers tumultueux de l'enfer. Si je n'avais pas été dans l'obligation de la larguer afin de la protéger.

Je l'ai fait pour elle, putain !

Si seulement l'autre blonde était restée pour me permettre de donner le change, j'aurais pu éviter d'assister à cette scène qui me fout l'estomac en vrac. Je glisse une main dans mes cheveux pour tenter de paraître détaché, mais tout ça me bouffe de l'intérieur.

Toi et moi pour toujours.

Ces mots écrits au dos de la photo retrouvée dans ma chambre chez mes vieux sont devenus faux. Il n'y a plus de nous, juste du elle et lui.

La voir dans les bras d'un autre écorche un peu plus mon âme déjà bien trop esquintée par tout ce que nous avons vécu et notre rupture. La jalousie est un bien vilain défaut, mais c'est ce qui me ronge à cet instant. Je voudrais retourner dans ce bar, pour me soûler jusqu'à oublier à quel point j'ai mal. À quel point je l'aime.

— On se voit demain ? entends-je mon coloc demander.

Mon calvaire est sur le point de se terminer et j'en ressens une vague de soulagement. J'ai hâte qu'il ouvre sa bagnole pour qu'on rentre à la résidence. Je m'enfermerai ensuite dans ma piaule et n'en ressortirai que pour bouffer. Ce gars a été des plus cools depuis mon arrivée, mais je ne vois pas comment je vais pouvoir le regarder en face à présent. Faire semblant est au-dessus de mes forces. J'ai vraiment hâte de commencer les cours pour me faire de nouveaux potes.

Ses prunelles me percutent lorsqu'elle se tourne vers moi. Son regard en dit long sur ce qu'elle ressent à mon égard. Mes yeux se plantent dans les siens, hors de question de fuir devant sa haine. Plusieurs secondes défilent sans qu'aucun de nous dévie la tête. Elle est la première à le faire quand elle capte que je n'en ferai rien.

— Il sera là, *lui* ?

Aujourd'hui, je ne suis plus que *lui* à ses yeux, un parfait inconnu. Quelle serait la réaction de Riley, s'il apprenait que, moins de deux ans plus tôt, j'étais son beau gosse, celui qui la faisait craquer ? Celui qui lui faisait oublier son propre nom. Je ne suis pas certain qu'il me regarderait avec autant de sympathie qu'il le fait là maintenant.

— Je ne vais quand même pas le foutre dehors ?

Un léger sourire s'étire sur mes lèvres.

Pas de bol, bébé. Que vas-tu répondre à ça ?

— J'en sais rien, alors. Je crois que je vais rester avec Lachlan.

À peine a-t-elle fini sa phrase qu'elle tourne la tête vers moi. Grossière erreur de sa part, je la connais encore assez pour pouvoir lire en elle. Et là, visiblement, elle semble avoir commis une énorme bourde. Intrigué, je fronce les sourcils.

Que me caches-tu, Lu ? Qui est ce Lachlan, dont je n'arrête pas d'entendre parler depuis mon arrivée, et qui semble tenir une grande place dans ta vie ?

— J'aurais bien aimé qu'on passe un peu plus de temps ensemble.

— Viens à la maison alors. Je suis désolée, Riley, mais je n'ai vraiment pas envie de tomber sur *lui*, réplique-t-elle en me désignant d'un vague signe de main.

Riley m'observe quelques secondes avant de se tourner à nouveau vers elle.

— D'accord. Je vais voir pour qu'on ne soit que tous les deux à l'appart demain.

3 – Pardonne-moi

Il peut toujours rêver s'il croit que je vais me barrer comme ça, surtout que je sais ce qu'ils feront si je suis absent. Mes tripes se tordent rien que de l'imaginer.

Contente, elle se jette à son cou pour lui offrir une galoche du tonnerre. Et dire que c'est moi qui ai été son premier, celui qui lui a montré comment embrasser. Je ferme les yeux pour échapper à cette vision digne de l'apocalypse... du moins, c'est ce que je ressens dans tout mon être.

Quand je les rouvre, je me rends compte qu'elle n'est plus là et que mon coloc me regarde bizarrement.

— T'étais en train de dormir debout ou quoi ?

Non, j'étais en train de souffrir le martyre parce que tu roulais une pelle à mon ex-fiancée, pauvre nase !

— Ouais. Toujours ce foutu décalage horaire.

En vrai, je ne sais même pas quelle heure il est à New York.

Compréhensif, il hoche la tête, avant de m'inviter à monter dans sa bagnole.

Le trajet se fait dans le plus grand des silences. Tant mieux, je ne suis pas enclin à tenir une conversation. Encore moins avec lui.

Ce n'est qu'au moment où il s'engage sur le parking de la résidence qu'il ouvre sa gueule.

— Lucy doit venir demain, est-ce que ça te dérange...

— Oui, le coupé-je, mordant.

Aucune envie de lui faciliter la tâche.

— Écoute, c'est rare que Lucy et moi puissions passer un peu de temps juste tous les deux. Liam nous a promis de garder...

Il laisse tomber sa phrase en suspens, comme s'il se rendait compte qu'il était sur le point de trop m'en dire.

— Garder qui ?

Mal à l'aise, il glisse une main dans ses cheveux tandis que je hausse les sourcils, curieux de sa réponse.

— Laisse tomber, mec. Elle ne veut pas que j'en parle. Si jamais, elle apprenait que je l'ai fait, elle me

3 – Pardonne-moi

tuerait. Et je t'assure qu'il ne vaut mieux pas la voir en colère, elle peut être une vraie furie.

Elle, une furie ? Je me retiens de justesse d'éclater de rire. Je l'ai rarement vu hors d'elle si ce n'est cette fois où elle a capté que nous lui avions menti pour l'accident de bagnole. Rien, néanmoins, que je n'ai su canaliser. Les souvenirs de la suite de cette prise de gueule se fraient un passage dans mon crâne. Je me rappelle à quel point ça avait été l'extase de pouvoir ne faire plus qu'un avec elle après tout ce que j'avais enduré. Bien que rien ne pourra surpasser notre dernière nuit ensemble, la plus belle de toute ma vie.

— Est-ce en relation avec Lachlan ? finis-je par demander alors qu'il s'apprête à sortir de sa caisse.

À la vitesse à laquelle il se retourne, je sais que j'ai vu juste. Son visage est empreint de gravité. Il doit vraiment avoir la trouille de se faire griller. Ce qui me fait dire qu'il est encore plus accro à elle que j'aurais voulu l'admettre. Putain de douleur ! J'enfonce les ongles dans mes paumes pour l'encaisser.

— De quoi tu causes ?

— Vous avez prononcé ce prénom plusieurs fois. D'abord le jour de mon arrivée, puis Liam sur la plage et enfin Lucy tout à l'heure, énuméré-je en comptant sur mes doigts.

Un éclair passe à travers son regard. Visiblement, il ne supporte pas que j'aie pu le retenir aussi facilement. Ce qu'il ignore, c'est que tout ce qui concerne mon ex attise mon intérêt. Et je compte bien découvrir qui est ce Lachlan.

— T'écoutes la conversation des autres ? me reproche-t-il, sur un ton très calme.

— En même temps, si vous ne vouliez pas que j'entende, vous n'aviez qu'à vous éloigner !

Et s'ils l'avaient fait, je n'aurais pas été sur le point de rendre mes tripes en les voyant se galocher.

— Ouais, c'est à cause de lui, mais ne dis jamais à Lucy que je t'en ai parlé. Je suis un mec très cool, sauf si on m'emmerde.

C'est une menace ou quoi ? J'espère pour lui que ce n'est pas le cas. Ce n'est pas un surfeur qui va me foutre la trouille.

— C'est son frère ?

3 – Pardonne-moi

Il plante un regard défiant dans le mien, puis sans même me répondre il quitte l'habitacle.

Pourquoi veux-tu que j'ignore qui est ce Lachlan, bébé ? Est-ce en lien avec notre histoire ?

Si je ne veux pas passer la nuit à cogiter, je dois appeler les seuls qui sauront me répondre. Deb et Killian.

Dès que je franchis la porte de ma chambre, je jette un coup d'œil sur mon portable afin de connaître l'heure à Albuquerque. Minuit. Si j'appelle ma frangine et qu'elle est en train de pioncer, elle risque de me brailler aux oreilles. *Rien à foutre !*

Je compose son numéro, puis me mets à faire les cent pas, en attendant qu'elle veuille bien décrocher. Après dix tonalités, je crois tomber sur sa messagerie quand sa voix s'élève à l'autre bout de la ligne.

— Vaut mieux pour toi que t'aies une bonne raison de m'appeler à cette heure-ci !

Vu comme elle grogne, pas de doute, je l'ai réveillée.

— J'ai revu Lucy.

Un court silence me fait croire qu'elle m'a raccroché à la tronche. Je regarde vite fait mon écran et constate que je suis bien toujours en ligne.

— Bordel, Logan, je t'avais dit de rester loin d'elle !

— Ce n'est pas vraiment comme si j'avais cherché à la trouver. Mon coloc est son mec.

Cette vérité me fait un mal de chien. Anéanti, je me laisse tomber sur mon pieu et porte un intérêt soudain au plafond. Comme si ce blanc immaculé aller m'aider à y voir plus clair.

— Merde ! Comment tu te sens ?

— Comment veux-tu que je me sente ? Mais je ne t'ai pas appelé pour ça.

— Pourquoi, alors ?

— Est-ce que t'as déjà entendu parler d'un certain Lachlan ?

— Qui ?

Au son de sa voix, je sais qu'elle ne feint pas l'ignorance. Toutefois pour m'en assurer, je répète ce nom. Un nom que j'apprécie beaucoup d'ailleurs.

3 – Pardonne-moi

— Si ça a un rapport avec ton ex, je n'en ai aucune idée. En tout cas, elle ne m'en a jamais parlé.

— Ok, merci. Bonne nuit, p'tite sœur.

— Bonne nuit, grand frère.

Sur ce, nous raccrochons.

Je reste plusieurs minutes à fixer ce plafond, complètement largué, face à toutes mes interrogations. En même temps, est-ce vraiment mon problème ? Si elle ne veut pas m'en parler, alors c'est que ça ne me concerne sûrement pas. Du moins, espérons-le. En attendant, je dois accepter qu'elle ne partagera plus aucun secret avec moi. Que, désormais, c'est à lui qu'elle se confiera. C'est avec lui qu'elle partagera ses doutes, ses espoirs et ses nuits.

Une larme silencieuse roule le long de ma joue. Aucune autre fille ne m'aura jamais autant fait pleurer qu'elle. D'un geste rageur, je la chasse, avant de quitter ma chambre. Le mec qui partage cet appart avec moi n'a pas besoin de savoir à quel point je me sens mal.

Sans lui prêter la moindre attention, je vais me servir une bière que j'avale cul sec. Puis une autre et encore une derrière.

— Si j'avais su que tu buvais autant, j'aurais fait un plus grand stock, se marre Riley.

Sans répondre, je continue à descendre ma bouteille, tout en le fixant d'un regard pesant, pour bien lui faire capter que je n'ai aucune envie de parler.

— Bon, raconte. Je t'ai entendu discuter. C'est à cause de ton ex que tu descends toutes ces bouteilles ?

Apparemment, les Australiens ne doivent pas avoir le même langage corporel que nous.

— Ouais, réponds-je en jetant ma troisième bouteille à la poubelle.

— Tu veux en parler ?

Que pourrais-je lui dire ? *Oh, au fait, ta copine, c est mon ex-fiancée. Et je suis encore dingue d elle.* À mon avis, ça lui resterait en travers de la gorge.

3 – Pardonne-moi

Je préfère ignorer sa question et faire ce que je sais si bien faire quand Lucy me blesse, me soûler la gueule pour l'oublier.

À bout de force

10. Lucy

Assise sur le grand canapé blanc, encore en pyjama, je regarde Lachlan empiler des cubes les uns sur les autres. Qu'est-ce qu'il ressemble à son père ! Jusque-là, je ne m'en étais pas rendu compte ou plutôt, pour être honnête avec moi-même, j'ai préféré ne pas le remarquer. Désormais, je ne peux plus ignorer que mon fils est le portrait craché de Logan, mêmes yeux bleus, même nez, même fossette quand ils sourient. Tout en lui me rappelle le mec que j'ai tant aimé et que je déteste désormais.

Pourquoi a-t-il fallu qu'il revienne dans ma vie ? Je commençais tout juste à laisser mon passé derrière moi. Les cauchemars avaient cessé de me hanter depuis plusieurs semaines déjà, jusqu'à cette nuit. Je me suis réveillée plusieurs fois en sueur, après avoir rêvé à nouveau de ces salopards qui m'ont détruite. Mon père et ma belle-mère ont un sommeil très lourd, rien ne peut les réveiller. Du coup, seuls Lachlan et Jordan m'ont entendue hurler. Le frère de Liam est juste venu s'assurer que tout allait bien, que personne n'était en train de m'agresser, avant de retourner dans sa chambre, sans me poser la moindre question, ni même tenter de me rassurer. D'ailleurs, pour une fois, je le remercie de m'avoir ignorée de la sorte. En ce qui concerne l'aîné de la fratrie, je suppose qu'il était avec Leah, sinon, tel que je le connais, il ne m'aurait pas lâchée jusqu'à ce que je lui explique les raisons de mes mauvais songes. Je ne vais pas lui en vouloir de se montrer si protecteur envers moi. Après tout, il réagit comme un aîné. Tout comme Logan l'aurait fait avec Deb.

Pourquoi aujourd'hui tout me ramène à lui ? L'avoir revu me perturbe bien plus que j'aurais pu l'envisager. Aurais-je encore des sentiments pour lui et serait-ce pour cela que je me sens aussi troublée lorsqu'il se trouve à proximité ? Non, mon cœur appartient désormais à Riley, même si, en neuf mois de relation, je n'ai jamais réussi à lui dire que je l'aimais.

Normal, puisque ces mots n appartiennent qu'au père de ton fils !

3 – Pardonne-moi

Sérieusement ? Je n'ai jamais rien entendu d'aussi stupide. Je tiens à Riley, presque autant que je tenais à Logan. La différence entre les deux, c'est que mon ex était mon meilleur ami avant qu'on soit en couple. C'est juste pour cette raison que mes sentiments étaient plus forts pour lui, que pour mon copain actuel. Rien de plus.

La porte d'entrée s'ouvre au moment où je m'y attends le moins, trop perdue dans mes pensées. Lachlan se dirige vers son oncle et Leah en marchant à quatre pattes. Un doux sourire s'étire sur mes lèvres, il est tellement craquant, mon petit bébé d'amour.

Comme son père !

Je lève les yeux face à l'absurdité qui vient encore de franchir mon stupide cerveau.

— T'es pas encore prête ? lance Liam en attrapant mon fils dans ses bras.

Je hausse les épaules. Dois-je sortir ou non ? J'ai promis à Riley de passer mon après-midi avec lui, mais j'hésite vraiment. Je risque de tomber sur ce grand brun aux yeux bleus qui a toujours eu un effet indéniable sur mon cœur et je crois que ça me fout la trouille.

— Je ne suis pas très en forme.

Bien que ce ne soit pas la vérité, ce n'est pas totalement un mensonge non plus. Ma nuit agitée me laisse pas mal fatiguée.

— Tu devrais profiter que je garde mon adorable neveu pour aller t'éclater un peu. Je mettrais ma main à couper que tu reviendras en pleine forme, contre-argumente mon frère, un sourire qui en dit long sur son état d'esprit.

— J'en sais rien.

Je déteste la manière dont Liam me scrute. Qu'est-ce qu'il cherche à savoir ? Et pourquoi, à présent, il affiche une drôle de mine en regardant Lachlan.

— On l'a vu tout à l'heure et crois-moi qu'il t'attend avec impatience.

Hier encore, l'insinuation de Liam m'aurait poussée à me dépêcher pour aller retrouver mon petit-ami. Mais, là, je n'y arrive pas. Je n'arrête pas de me dire qu'il n'a peut-être pas pu virer son colocataire. Connaissant le caractère borné de Logan, je sais que c'est tout à fait possible qu'il n'y soit pas parvenu. Puis, je sais également ce que ça fait de se prendre autant de décalage horaire dans la tronche. Il faut pas mal de temps pour s'en remettre. Au moins deux bonnes semaines, si mes souvenirs sont bons.

— Qu'est-ce qui ne va pas, Lucy ? me questionne Leah posant un regard inquiet sur moi.

— Rien. J'ai juste passé une mauvaise nuit.

— Un gros dodo dans les bras de ton mec te fera du bien, me vanne Liam. Et je suis certain qu'il ne sera pas contre cette petite sieste.

Visiblement, quoi que je dise, il relèvera. Il fera tout pour que j'aille passer cette après-midi, voire la soirée avec son meilleur ami. Vaincue, j'abdique.

Je fais un dernier câlin à mon fils, qui joue déjà avec son oncle, puis monte me préparer. Devant mon armoire, j'hésite sur la tenue adéquate pour cette sortie. Pourquoi cette hésitation ? Je suis avec Riley depuis neuf mois maintenant, ce n'est pas comme si c'était notre premier rencard. Faire des efforts pour lui plaire oui, mais de là à ne pas savoir quoi porter...

Peut-être parce que ce n'est pas à lui que tu cherches à plaire et que tu as envie d'être aussi désirable à ses yeux que lors de votre dernière nuit ?

Je chasse cette pensée aussi vite qu'elle est venue me perturber.

Quelques minutes plus tard, j'arrête mon choix sur une petite robe rouge.

C'est un choix parfait si tu veux plaire à ton ex. Il adorait cette robe, tu te souviens ?

Mais, merde, quoi !

Énervée par cette satanée voix, je balance la robe à travers la chambre. Hors de question que je la reporte un jour ! Puis, si ce type pouvait sortir de mes pensées, ça serait une très bonne chose. Il ne faut pas que j'oublie pour quelle raison, je le déteste autant. Je l'ai attendu des lustres et il n'est jamais venu. J'étais seule, sans lui, le jour où j'ai cru perdre mon bébé. Alors, maintenant, c'est trop tard. Beaucoup trop tard.

Alors que je farfouille à nouveau dans mon armoire à la recherche d'une tenue qui, cette fois, ne devrait plaire qu'à Riley, la sonnerie de mon smartphone retentit. Je le récupère sur mon lit. D'un coup d'œil sur mon écran, je vérifie mon interlocuteur. Un sourire illumine mon visage en découvrant qu'il s'agit de Deb.

— Logan m'a appelé hier soir, m'annonce-t-elle, à peine ai-je décroché,

Si j'avais su que c'était pour me parler de lui, je n'aurais pas pris l'appel, je n'ai aucune envie d'entendre son nom.

— En parlant de lui, t'aurais pu me prévenir qu'il allait débarquer ici.

— Je n'en savais rien. Il m'a juste appelée la semaine dernière pour me demander dans quelle ville tu te trouvais, mais je lui ai demandé de ne pas chercher à te voir.

J'émets un léger rire, amer.

— Le pire dans l'histoire, c'est que mon copain est son coloc.

— Je suis désolée, Lucy. Je te jure que je ne savais pas. Si je l'avais su, crois-moi que je t'en aurais parlé. Tu sais, depuis votre séparation, on ne se voit pas très souvent et il m'appelle rarement. Pour tout te dire, il n'a remis les pieds ici que le mois dernier et, dès qu'il s'est senti un peu mieux, il est reparti. Je sais qu'il fuit vos souvenirs. Après ce que vous avez vécu, je crois que c'est normal. Il est toujours amoureux de toi, Lucy.

Pourquoi mon cœur se met-il à battre la chamade maintenant ? Plus très à l'aise face à ce que je viens d'entendre, j'arpente ma chambre de long en large. Deb ne dit plus rien. Soit elle attend que je lui réponde, soit elle me laisse le temps d'encaisser ce qu'elle vient de m'avouer.

Je finis par me planter devant la fenêtre. La vue sur la plage est magnifique avec ce ciel dégagé. Des mouettes volent au ras des vagues, puis s'envolent. Regarder leur ballet m'apaise.

— Enfin bref, m'interrompt Deb dans ma contemplation. Je ne t'appelais pas pour ça. Hier, mon frère m'a parlé d'un dénommé Lachlan.

Je déglutis.

3 – Pardonne-moi

— Qui ? demandé-je, faussement étonnée. Je suis désolée, Deb, mais je ne vois pas de qui tu parles.

— Vraiment ? C'est drôle, j'ai un peu de mal à te croire. Tu veux savoir pourquoi ?

Je marmonne un vague son incompréhensible, avant qu'elle ne reprenne la parole.

— Parce que Lachlan Byron est le joueur favori de mon frère, celui dont il a toujours eu envie de suivre les traces.

— Et ?

Cette fois, c'est elle qui rit jaune.

— Je sais que tu me caches un truc et Logan aussi. Crois-moi, on finira par trouver. Je vais même te dire, j'ai ma petite idée là-dessus. En tout cas, j'espère que ce n'est pas ça, parce que, sinon, ça serait vraiment dégueulasse de ta part.

J'en prends conscience. Elle a raison, ce que j'ai fait est dégueulasse. J'aurais dû lui en parler, mais je n'ai pas eu le courage de le faire. Quand votre âme est écorchée vive, comment peut-il en être autrement ?

— Écoute, Deb, je suis désolée, mais mon mec m'attend, je dois me préparer.

— J'attends ton appel avec impatience pour que tu me parles de ce fameux Lachlan.

D'un coup, alors que je raccroche, je regrette d'avoir choisi ce prénom pour mon bébé. Ma seule excuse, j'ai pensé à lui jusqu'à ce qu'on m'accouche. Et c'est en fonction de lui que j'ai prénommé mon fils. Lachlan comme son joueur préféré, Mike comme son père et Logan comme lui.

Maintenant, je vais devoir expliquer aux deux Baldwin, et, peut-être, même à Killian, pour quelles raisons, je ne leur en ai jamais parlé. Ils vont me détester tous les trois.

En même temps, tu l'auras bien cherché !

Il va vraiment falloir que je trouve le courage de lui en parler, mais chaque chose en son temps. D'abord, je dois finir de me préparer pour aller retrouver Riley, avant que Liam débarque dans ma chambre pour m'en déloger. J'attrape les premières fringues à portée de main, un short en jeans et un débardeur tout simple. De toute façon, c'est ainsi que m'apprécie le plus mon copain, sans fioriture.

3 – Pardonne-moi

Trois quarts d'heure plus tard, je suis devant chez eux à frapper à la porte. J'attends, en croisant les doigts pour que ce ne soit pas Logan qui m'ouvre, mais bien Riley. Quand je vois son visage apparaître, je pousse un soupir de soulagement.

— Je pensais que tu ne viendrais plus, me dit-il en m'attirant vers lui, avant de refermer la porte derrière nous.

— C'était sans compter sur ton meilleur pote.

Il sourit, puis pose ses lèvres sur les miennes. Son baiser des plus sensuels allume immédiatement un brasier en moi. Pourtant, alors que ses mains commencent à se faire baladeuses, mes pensées s'envolent vers mon ex.

— Ton coloc' est sorti ?

— Non, il dort encore. Il s'est pris une sacrée cuite, hier soir. À mon avis, on ne va pas le voir de la journée. Une histoire avec son ex, apparemment. Bon, j'espère qu'elle ne va pas trop l'emmerder, je n'ai pas envie de faire le stock d'alcool tous les jours. Ça devait être une sacrée conne.

S'il savait que je suis l'ex en question, je pense que Riley ne verrait pas les choses de la même façon.

— Riley…

— Quoi, chaton ?

Je me mordille la lèvre tandis que je cherche les mots pour lui avouer que Logan est mon ex, mais quand je vois son regard plein de sentiments pour moi, je n'y arrive pas. Je refuse de le voir partir chez son père où il recevrait brimade sur brimade de sa belle-mère.

— Et si on allait dans ta chambre…

Un sourire relève un coin de sa bouche, avant qu'il n'attrape ma main et m'y entraîne.

****

Après ce que nous venons de faire, je meurs de soif. La tête, encore, dans les étoiles, j'enfile un des t-shirts de Riley. Un sourire béat sur les lèvres, je le regarde un instant dormir avant de quitter la chambre. Ainsi assoupi, on dirait un ange. Parfois, souvent même, j'aimerais ne pas être maman pour passer ma nuit entre ses bras et voir à quoi il ressemble à son réveil. Mais, avec Lachlan, ça reste seulement un rêve. Hors de question de ne pas être présente la nuit auprès de mon fils, ni même qu'il me voie entre les bras d'un gars qui n'est pas son père.

3 – Pardonne-moi

Non, mais ça veut dire quoi, ça ? Que si c'était son père, tu accepterais qu'il passe la nuit dans votre chambre ?

Ces questions me perturbent un instant, avant que je me traite de folle à lier. Son père et moi, c'est fini depuis longtemps. Pourtant, au moment où je franchis la porte et que mes yeux se posent sur le gars en question, mon cœur manque un battement. Il est en face, les mains, en arrière, posées sur le plan de travail, un simple boxer porté bas en guise de fringue. Mes yeux coulent le long de son torse pour venir s'arrêter là où son vêtement cache le reste de sa nudité, je remarque au passage un lion tatoué sur son pectoral ainsi que le numéro vingt-trois en chiffre romain. Bordel, il est encore plus sexy que dans mes souvenirs.

— Ça va, tu te rinces bien l'œil ?

Si j'avais un peu chaud en le matant sans discrétion, je me prends vite une douche glacée sous la tonalité de son timbre. Je déglutis et relève les yeux vers lui. D'un simple regard, il me cloue sur place. Je devrais revenir dans la chambre, attendre que Riley se réveille, plutôt que de rester immobile, incapable de sortir le moindre mot.

Je ferme les paupières et tente de me rappeler pour quelles raisons je suis venue dans la pièce principale. Lorsque je les rouvre, je décide de faire comme s'il n'était pas là, comme si le voir si peu vêtu ne me troublait pas. J'avance en direction des placards afin d'y récupérer un verre en l'ignorant royalement, malgré son regard lourd qui me suit. Dès que j'atteins ma destination, je me hisse sur la pointe des pieds. Quelle idée aussi d'avoir entreposé les verres aussi hauts ! Je suis sur le point d'atteindre mon objectif quand je sens un corps se coller au mien. Au parfum, je sais que ce n'est pas Riley, mais son coloc. Malgré moi, un incendie prend naissance dans mon bas-ventre. Ma peau se recouvre de chair de poule. Il a dû le remarquer, puisqu'il laisse un doigt glisser le long de mon bras.

— Tu as froid ?

Je déglutis, incapable de lui fournir la moindre réponse. À quoi il joue, là ?

Je ferme les yeux pour tenter de repousser ce feu qui brûle dans mes veines. Première erreur de ma part. Si je m'étais retournée pour le foudroyer du regard, il ne serait pas là à présent à poser ses lèvres sur ma nuque. Ses baisers sont comme un tison qui

3 – Pardonne-moi

grave ma peau. Je ressens leurs empreintes à chaque endroit où sa bouche vient me marquer.

— Tu devrais peut-être te changer ?

Je défaille au son de sa voix rauque et sensuelle. Il laisse un doigt glisser le long de ma colonne vertébrale, puis attrape le bas de ce t-shirt qui ne lui plaît pas. Il le relève pour découvrir mon shorty. J'aimerais être plus forte, mais là, contre lui, je ne suis plus qu'une poupée de chiffon.

— Ce t-shirt ne te va pas, de toute façon.

Ces mots sont comme un électrochoc. Si je porte le t-shirt de Riley, c'est parce que nous sommes ensemble et ce n'est pas ce que Logan vient de me faire ressentir qui va y changer quoi que ce soit. Furax qu'il ait pu me sortir une telle idiotie, je me retourne vivement vers lui. Grave erreur. Je me retrouve collée à son torse, mes tétons encore tendus par... par... par... Je ne sais plus par quoi. Un rictus étire ses lèvres tandis que ses yeux assombris par son désir se plantent dans les miens. Il réduit l'écart entre nous, déjà bien trop insuffisant pour moi. Son érection vient se coller à mon bas-ventre. J'ai chaud. Terriblement chaud.

— Tu te sens bien, Lucy ? Tu respires vite, je trouve.

Je secoue la tête et glisse mes bras entre nos deux corps pour venir les croiser sur ma poitrine. Mon cœur bat beaucoup trop vite et je sais que ce n'est pas lié qu'à ma colère.

— Ne prends pas tes rêves pour des réalités. Tu ne me fais aucun effet.

— Ce n'est pas l'impression que tu me donnes.

De la pulpe du pouce, il caresse mes lèvres. Et me voilà en train de planter mes incisives dedans à présent. Un peu comme une invitation à venir y goûter. Une lueur incandescente illumine son regard.

— Tu sais que ça m'a toujours rendu fou et ça n'a pas changé.

Quand il se penche en avant pour venir titiller ma bouche du bout de sa langue, je pousse un gémissement. Ce son me remet les idées en place. Qu'est-ce que je suis en train de foutre, bordel ? Riley est dans la pièce voisine et je ne peux pas lui faire ça. Hors de question de lui faire du mal. Je me dégoûte de m'être ainsi laissée aller. Il faut absolument que

3 – Pardonne-moi

je repousse Logan.. Cette attraction qu'il a sur mon corps est juste intolérable.

— Je te jure que si tu ne t'éloignes pas, j'appelle Riley.

Une expression fugace filtre à travers le regard de Logan. J'ai l'impression de l'avoir blessé, cependant il se reprend si vite que je n'en mettrais pas ma main à couper. Sans perdre de sa superbe, il se penche vers mon oreille, laisse son souffle glisser le long de mon cou, avant de me lancer :

— Vas-y, fais-toi plaisir, appelle-le. J'aimerais bien voir comment il réagirait si je lui disais l'effet que j'ai encore sur mon ex-fiancée.

Non, mais n'importe quoi, il est malade, ma parole !

— Tu délires grave, pauvre type !

— Tu veux que je vérifie ? Je suis certain que tu es toute mouillée et ce n'est pas ton mec qui te fait cet effet.

Cette fois, j'ai assez entendu de conneries venant de sa bouche. Je pose mes mains sur son torse et le repousse avec force. Il éclate de rire comme si mon geste était le truc le plus loufoque qu'il ait connu tandis que je fulmine.

— Fiche-moi la paix, Logan ! Pourquoi t'es là d'abord ?

À quelques centimètres de moi, il m'observe en silence quelques secondes. Je n'arrive pas à savoir ce qui lui passe par le crâne.

— Et toi, pourquoi tu n'es pas resté avec Lachlan ?

Troublée par le nom de notre fils dans sa bouche, je me retourne aussitôt pour ne pas lui montrer qu'il vient de toucher une corde sensible. D'autant plus que ça le concerne. Putain, je me sens coincée dans cette situation. Heureusement pour moi, j'entends la porte de la chambre de Riley s'ouvrir. Je pousse un soupir de soulagement quand sa voix s'élève dans mon dos.

— Ah, t'es réveillé, mec. J'espère que ce n'est pas à cause de nous.

11. Logan

Les derniers mots de Riley me rappellent pour quelle raison j'ai quitté mon pieu et ont le don de me faire atterrir. Quand je suis sorti de ma piaule, j'étais furieux d'entendre son putain de lit grincer. Ici, les murs sont dignes d'une feuille de papier, on entend tout ce qui se passe dans la chambre voisine. J'ai eu beau foutre ma tête sous l'oreiller, ça n'y a rien changé. Et savoir que c'était avec elle qu'il s'envoyait en l'air a éveillé ma jalousie et m'a dégrisé direct. Pour ne plus avoir à supporter ce son infernal, je me suis rendu dans la kitchenette, le plus loin possible d'eux. Quand elle a ensuite débarqué dans cette pièce, juste fringuée de ce foutu t-shirt, j'ai vu rouge. Je n'avais plus qu'un putain de désir, lui montrer qu'il n'y avait que moi pour elle. Que j'étais le seul capable de la faire vibrer de la tête aux pieds. Ça n'a tenu qu'à un cheveu avant qu'elle ne craque.

— Pourquoi t'es aussi près de ma copine ?

Bonne question, mon gars ! Sûrement parce que j'ai envie de la faire grimper au rideau. Je suis certain d'y parvenir mieux que toi. Cette alchimie qui nous relie n'existe qu'entre elle et moi. J'ai assez trempé ma queue ailleurs pour en être conscient.

En tout cas, il n'a pas besoin d'en rajouter pour que je capte pourquoi il me pose cette question. La distance entre elle et moi est bien trop proche pour ne pas éveiller ses soupçons. Je peux toujours reculer, ce que je fais d'ailleurs, mais pas me retourner. J'ai besoin d'encore une minute ou deux pour ne pas qu'il puisse voir la trique de malade qui déforme mon calbut. Ça fait longtemps que je n'avais pas ressenti une telle vague de désir m'envahir. Normal, puisqu'il n'y a qu'elle qui peut me faire cet effet.

Je passe ma tête par-dessus mon épaule pour le regarder au moment où elle prend la parole.

— Vos verres sont trop hauts, il m'a juste aidée à en attraper un.

Une drôle d'expression passe dans le regard de mon coloc.

3 – Pardonne-moi

Bravo, Lu, tu m'épates de mentir avec autant d'aisance.

— J'espère que ce n'est que ça. Ça me ferait chier que ce gars soit comme Paul, du genre à draguer tout ce qui bouge.

J'ignore qui est ce Paul, mais il est très loin du compte. Je ne la draguais pas, je ne crois pas en avoir besoin, pas après avoir vu cette lueur de désir dans son regard.

— Évidemment, qu'est-ce que tu crois ? Dois-je te rappeler que je n'ai aucune confiance envers les étrangers, mon cœur ?

Elle est sérieuse, là ? Moi, un étranger ? Ahuri, je tourne la tête dans sa direction. Son regard en dit long sur ce qu'elle éprouve à mon égard, elle me déteste encore plus.

C'est quoi ton problème, Lu ? Tu as tellement apprécié notre rapprochement que tu m'en veux encore plus ? Si ce n'est que ça, je peux continuer. J'adore ce petit jeu, surtout après avoir été réveillé de la sorte.

— Y a Terence qui vient de m'envoyer un SMS, fait Riley en se rapprochant d'elle, et il voulait savoir si j'étais partant pour un barbecue sur la plage. Ça vous branche qu'on y aille tous les trois ?

La fille de mes rêves est à présent lovée contre mon coloc. Les voir ainsi me vrille les tripes. J'en ai limite la gerbe au bord des lèvres.

— J'en sais rien. Tu sais...

Elle laisse sa phrase en suspens. Je suis certain qu'elle s'est tue pour ne pas parler de ce fameux Lachlan. D'ailleurs, elle n'a pas trop apprécié quand j'ai prononcé ce nom. Je ne sais pas ce qu'elle me cache, mais je finirai par le trouver. Quoique, je ne suis pas très certain d'avoir envie de connaître la vérité, j'ai la trouille de ce que je pourrais découvrir.

— Putain, chaton, ne me sors pas cette excuse ! Liam et Leah le gardent, alors, trouve autre chose.

— Parce que je n'ai pas envie de jouer à la baby-sitter avec lui, réplique-t-elle en me désignant du menton. Ça te va comme excuse ?

— Lui a un prénom, grogné-je plus pour moi-même.

Quand tous deux tournent la tête en même temps vers moi, je me mords la langue. Pas de doute, j'ai dû parler un peu trop fort. Quel con !

— Ce n'est pas avec lui que tu vas passer ta soirée, mais avec moi. Et si t'as la frousse qu'il nous colle trop, on peut toujours inviter Jodie. Elle n'attend que ça, de le revoir, lui annonce mon coloc en reportant les yeux sur elle.

Sympa comme idée. Après avoir vu l'effet que je lui faisais, j'aimerais bien connaître sa réaction si je drague une de ses copines.

— En tout cas, moi, je suis partant. J'ai dormi une grosse partie de la journée et je suis en pleine forme.

Mes yeux posés sur elle, je la défie de me contredire. Elle secoue la tête, dépitée par la situation. Deux gars contre elle, elle n'a que très peu de chances d'en sortir vainqueur.

— Bon, d'accord, capitule-t-elle en fixant Riley. Mais, avant, on pourrait retourner dans ta chambre.

Je n'entends pas le reste de ce qu'elle dit, puisqu'elle lui murmure à l'oreille. Cependant, la façon dont il l'embrasse ensuite m'indique clairement la teneur de ses propos. Elle veut s'envoyer en l'air avec lui, encore une fois.

Fais-le donc, bébé. Va lui demander d'éteindre l incendie que j ai allumé entre tes cuisses.

Même si c'est moi qui devrais jouer au pompier maintenant avec elle, et non lui. C'est moi qui l'ai fait frissonner, il y a, à peine cinq minutes, pas lui. Je déglutis et serre les poings pour ne pas exploser.

— Désolé, mec. Tu sais ce que c'est.

Je fais semblant de comprendre d'un hochement de tête et d'un large sourire sur la tronche. Bien que, là, je crève juste d'envie de lui balancer mon poing dans la gueule, histoire de le foutre hors jeu.

— On se retrouve après. Ce que madame veut, madame a, me lance mon coloc, accompagné d'un clin d'œil.

Je te le ferais bien ravaler ce putain de clin d'œil, moi !

— Pas de problème. Ça me laisse le temps de me préparer.

3 – Pardonne-moi

Pour sortir cette phrase sans ciller, j'ai été obligé de faire appel à tout mon sang-froid. Encore heureux que j'aie des années de football derrière moi.

Je les suis des yeux alors qu'ils se dirigent main dans la main vers sa piaule. Mes tripes se serrent en imaginant ce qu'ils vont faire. Se rend-elle compte de la manière dont elle piétine mon cœur ? Au regard discret qu'elle me jette par-dessus son épaule, je n'en ai aucun doute.

Très bien, bébé. Tu veux jouer, jouons. On verra qui de nous deux en ressortira gagnant. Tu sembles avoir oublié à quel point je peux être un véritable connard quand je suis jaloux. Je vais te rafraîchir la mémoire.

Un poids sur la poitrine, je me dirige vers ma piaule pour y récupérer quelques affaires. Un jeans bleu et mon t-shirt gris des Lions devraient faire mon affaire. Puis, je me rends dans la salle de bain. Je retire mon calbut et me glisse sous la douche. Les mains posées sur la faïence, je laisse l'eau tomber sur ma nuque et chasser avec elle la douleur qui me ronge en imaginant son corps nu allongé sous celui de l'autre. Je ne sais pas combien de temps j'y reste, néanmoins, je me sens un peu plus détendu quand j'en sors. Mes idées sont désormais claires et je sais ce qu'il me reste à faire. Je vais moi aussi m'amuser, éteindre l'incendie qui ravage mon corps entre les cuisses d'une autre. Et cette autre, je n'aurai pas besoin d'aller la chercher bien loin, on va me l'apporter sur un plateau d'argent.

Deux heures après, nous sommes assis sur la plage. Un immense barbecue a été installé et nous sommes au moins une quinzaine de personnes. Depuis que Jodie nous a rejoints à l'appart, je m'éclate. Cette fille est super réceptive à mon charme, c'est un excellent point pour moi. Lu ne semble pas perdre une miette de ce qui se déroule entre sa pote et moi. Je le sais parce que j'observe la moindre de ses réactions dès que je me penche vers l'oreille de la blonde ou qu'elle pose sa main sur moi. Riley semble être passé à la trappe, Lu ne lui a pas prêté la moindre attention depuis au moins une bonne demi-heure. Je crois qu'ils se sont même pris la tête. D'ailleurs, je ne sais pas où il est, mais, en tout cas, il n'est pas près d'elle.

— J'ai envie de t'embrasser, me sort Jodie au moment où je m'y attends le moins.

Au moins, ses intentions sont claires, même si elle aurait pu être encore plus directe.

T as voulu me foutre au tapis, voyons comment tu t en sors avec ça, bébé.

Mes yeux se posent un instant sur mon ex, elle regarde toujours dans notre direction. Cool, aucun de mes gestes ne va lui échapper.

Au lieu de répondre à Jodie, je plante mon regard dans le sien et, d'une main sur sa nuque, je l'attire vers moi. Au moment où ma bouche est sur le point d'entrer en contact avec la sienne, je tourne légèrement mes prunelles pour les fixer sur mon ex. Elle se tend et sa mâchoire se crispe. Si son regard était une arme, je serais déjà mort, tué sur le coup.

On ne joue pas dans la même cour, bébé. Plus d un an à te haïr et te mettre plus bas que terre me donnent bien plus d expérience.

Des sifflements s'élèvent autour de nous. Je ne comprends pas vraiment pourquoi, ce baiser n'a rien d'extraordinaire. Il me laisse même de marbre. Néanmoins, quand Jodie s'installe sur mes genoux pour approfondir notre échange, je la laisse faire et ferme même les yeux.

— On a plutôt intérêt à se foutre des boules quies, cette nuit. Deux couples bouillants dans le même appart, ça risque de s'entendre dans toute la résidence.

Je ne sais pas qui vient de sortir cette merde, mais, à ces mots, je rouvre les yeux. Mon regard se porte aussitôt sur l'autre couple en question et cette putain de pelle qu'ils se roulent m'arrache la poitrine.

Vraiment ? T'inquiète, je n'ai pas dit mon dernier mot, Lu.

— On passe la nuit ensemble, joli cœur ?

Merci pour la perche, même si je n'ai jamais entendu un surnom aussi stupide. Moi, un joli cœur ? Si je n'étais pas aussi vert de jalousie, je repousserais la blonde et me foutrais à rire comme un débile. Là, je plante mon regard dans le sien, étire un coin de mes lèvres dans un sourire qui fait tomber les meufs comme des mouches et hoche la tête.

— Tu ne vas pas le regretter, m'annonce-t-elle d'une voix terriblement sensuelle.

Il se pourrait que toi, oui, si je n'arrive pas à me la sortir du crâne. Sauf si je pense à elle et ce qui s'est passé dans la kitchenette tout à l'heure. Là, t'as intérêt de te montrer à la hauteur.

Durant le reste de la soirée, Lu ne me jette pas un seul regard. Il n'y a plus que mon coloc qui compte à ses yeux. Ça serait sympa de lancer un action ou vérité, pour voir comment elle se démerderait si je lui demandais de me dévoiler un de ses secrets. Lequel choisirait-elle de balancer ? Ce fameux Lachlan ou moi ?

Je n'ai pas le temps de proposer ce jeu à ma voisine que Riley se pointe devant nous.

— Lu est crevée, elle veut rentrer.

— Pas de souci, on a d'ailleurs prévu de continuer la soirée juste tous les deux. Ça ne te dérange pas ?

Mon coloc me lance un sourire goguenard.

— Pour quelqu'un qui ne voulait se consacrer qu'aux cours...

— Pour rappel, je ne commence que demain. Ça me laisse une dernière soirée.

— Pas de problème, finit-il par répondre à sa pote.

Une bonne vingtaine de minutes plus tard, nous sommes garés devant la résidence. Dès que nous sortons de la bagnole, Jodie vient plaquer son corps contre le mien et se met à m'embrasser. Son baiser a un goût de promesse de ce qui m'attend ensuite.

— Tu montes un peu ? entends-je Riley demander.

— Non, je vais rentrer.

— Dommage.

— On se voit demain de toute façon.

— Ouais.

Sa déception s'entend clairement dans sa voix. À mon avis, il aurait bien aimé qu'elle dorme avec lui. Moi, ça me plaît bien que ce ne soit pas le cas. Je crois que la blonde ne se rend pas compte que je ne suis pas totalement avec elle. Elle continue à m'embrasser comme si de rien n'était.

Ce n'est qu'au moment où Lu l'interpelle qu'elle cesse pour se retourner vers elle. Jodie reste, cependant, collée à moi.

— Quoi ?

— Tu veux que je te raccompagne ?

3 – Pardonne-moi

Malgré moi, mes lèvres s'étirent. Je sais que ce qui va suivre risque de lui déplaire au plus haut point. J'en jubile d'avance.

— Non, ça ira. J'ai prévu un truc bien plus intéressant pour cette nuit, si tu vois ce que je veux dire ? lui annonce sa pote en laissant couler un doigt sur mon torse.

Lu blêmit à vue d'œil et me lance des éclairs à travers son regard.

Maintenant, continue à croire que t es amoureuse de ton mec. Moi, j ai ma réponse et je ne cesserai pas de jouer tant que tu continueras à te mentir à toi-même.

À bout de force

12. Lucy

Mon réveil sonne pour m'annoncer une nouvelle journée. Pour moi, elle a déjà un goût plein d'amertume. Je ne sais pas comment je vais réussir à y faire face. Toute la nuit, je n'ai pas cessé de penser au père de mon fils, si bien que j'ai à peine fermé l'œil. La scène dans la kitchenette, puis celle avec Jodie se sont rejouées en boucle derrière mes paupières closes. Je ne sais pas ce qu'il cherchait à se prouver en agissant de la sorte, mais je l'en déteste encore plus. Pourquoi coucher avec l'une de mes meilleures amies alors qu'il aurait pu se taper n'importe quelle fille ? J'ai bien vu comment il attirait le regard des autres sur la plage, hier soir. Mais non, il a fallu qu'il la fasse monter chez lui. Je serre mes draps de rage, avant d'entendre le léger grognement de Lachlan, sûrement mécontent d'avoir été tiré de son sommeil par mon alarme. Au son de sa voix, mon cœur de maman prend la relève et plus rien ne compte maintenant, hormis lui. Je me détends aussitôt et porte mes yeux sur son petit lit.

— Ma-man.

Son unique petit mot me tire un doux sourire. Ce petit être plus qu'unique, fruit d'un amour puissant, me donne la force de me battre tous les jours. Et aujourd'hui, encore plus qu'hier.

En attendant que j'arrive jusqu'à lui, il se relève et agrippe les barreaux de son lit d'une main. Il me suit des yeux, un sourire sur les lèvres. Dès que je suis assez près, il tend les bras dans ma direction. Je m'empresse de le soulever, de le serrer contre moi et de déposer un tendre bisou sur le sommet de sa petite tête.

— Bien dormi, mon cœur ?

Il ne répond pas, mais au vu de ma nuit, aucun doute de permis, lui a dormi comme un loir.

— On descend manger ?

Je sais qu'il ne répondra pas non plus, mais j'aime lui parler. Il me comprend, j'en suis certaine, rien qu'à voir les sourires qu'il me lance ou ses drôles de mimiques qui passent sur son visage quand il semble perplexe.

3 – Pardonne-moi

Liam est déjà installé dans la cuisine lorsque nous y parvenons. Comme tous les matins, il consulte son smartphone. Je ne lui ai jamais demandé, mais je crois qu'il regarde très souvent les dernières nouveautés dans le milieu aéronautique. À l'instant où il remarque notre présence, il se lève, range son portable dans la poche arrière de son jeans, avant de venir prendre mon fils dans ses bras. Depuis la sortie de Lachlan du service de néonatologie où il a passé les trois premiers mois de sa vie, c'est devenu notre rituel à tous les trois. Je profite chaque fois d'avoir les mains libres pour aller préparer le biberon tranquillement. Mais contrairement aux autres matins, tout ne se passe pas comme prévu. Épuisée par mon manque de sommeil, j'échappe une cuillerée de lait sur le plan de travail. Frustrée, je grogne mon mécontentement, ce qui n'échappe pas, bien entendu, à celui que je considère comme mon frère depuis que nous partageons le même toit.

— Mal dormi ?

— Mouais, réponds-je en nettoyant mes conneries.

— Mon neveu aurait-il encore fait des siennes ?

Je ne sais pas ce qui me prend de tourner la tête à cet instant, mais j'aurais mieux fait de m'en abstenir. Voir Liam faire sauter Lachlan dans les airs me fout hors de moi. Il sait que je déteste ça. J'ai trop peur qu'il l'échappe et de perdre mon bébé.

— Arrête ça tout de suite ! m'emporté-je.

Mon ton le stoppe net, il se tourne vers moi et me dévisage, incrédule. Il faut dire que, d'habitude, mon ton est beaucoup moins cassant quand je lui demande de le faire. Mais, ce matin, je n'arrive pas à retenir mes nerfs. Le manque de sommeil doit y être pour beaucoup.

— T'as vraiment l'air de trèèès mauvaise humeur. Prends ton fils, je vais lui faire son biberon pendant que tu me raconteras ce qui te fous autant à cran, si ce n'est pas mon adorable neveu. Va t'asseoir ton grand frère super génial s'occupe de tout, même de ton café.

Un léger sourire s'étire sur mes lèvres tandis que je prends Lachlan dans mes bras. Je l'emmène dans sa chaise haute pendant que Liam prépare le reste. Puis, je prends place à table.

3 – Pardonne-moi

— Tiens, un café bien serré. Je pense que tu vas en avoir besoin, me lance mon frère en posant une tasse fumante devant moi.

Il est loin d'avoir tort. La journée va être horrible entre les cours et Jodie qui va se faire un plaisir de me fournir les moindres détails sur la super nuit qu'elle a passée avec Logan. Je bouillonne déjà rien que de l'imaginer me raconter à quel point le père de mon fils est un bon coup.

Meilleur que ton mec ?

Non, mais sérieux, elle ne va pas s'y mettre non plus, cette petite voix. Je préfère ignorer cette question et avaler une gorgée de ce liquide amer.

— Bon, alors, t'accouches ou quoi ?

Surprise, je lève les yeux vers Liam. Je remarque, alors que Lachlan tient déjà son biberon tandis que mon frère me scrute avec attention. Perdue dans mes pensées, je n'ai pas prêté attention à son retour.

— C'est à cause du coloc de mon pote ?

À ses mots, j'avale ma nouvelle gorgée de café de travers et bien sûr il faut que je me mette à tousser. Mais, bordel, c'est quoi cette question ?

— De quoi tu parles ?

Au vu de son expression, le mener en bateau risque d'être difficile. Cependant, je ne veux pas qu'il en apprenne davantage. C'est à moi de parler à Riley, dès que je me sentirai prête à le faire. Certes, je ne dois pas tarder, mais j'ai encore besoin de temps pour me remettre de tout ça.

— Ne me prends pas pour un con, p'tite sœur. Riley m'a dit que tu détestais ce type, mais tu n'es pas du genre à te mettre à haïr les gens juste comme ça. Si ce que t'as dit à ton mec lui suffit, ce n'est pas mon cas. Puis, tu vas peut-être me prendre pour un taré, mais hier en regardant ton fils, après avoir vu ce gars, j'ai trouvé qu'ils se ressemblaient étrangement. Tu m'expliques ?

J'écarquille les yeux, sous le choc. Le silence qui plane joue en ma défaveur. Je vais vraiment avoir du mal à m'en sortir si je mets trop de temps à répondre. Bordel, vite un truc, n'importe quoi !

— T'es malade, mon pauvre frère ! Ce n'est pas parce qu'ils sont bruns tous les deux, ont les yeux bleus et la même fossette...

Il éclate de rire. Médusée, j'en reste bouche bée et le reste de mes mots se perd dans le vide. Je garde les yeux sur lui, attendant qu'il cesse de se marrer.

— Je ne vois pas ce qu'il y a de drôle ! m'insurgé-je en croisant les bras sur la poitrine, vexée, quand il arrête de rire comme une baleine.

— Vraiment ? Pour quelqu'un qui ne peut pas blairer ce type, je trouve que tu l'as bien regardé pour avoir retenu qu'il avait une fossette. Parce que si je me souviens bien, il n'a souri qu'une seule fois.

Je déglutis, totalement grillée. Là, c'est sûr, je ne peux pas m'en sortir.

— Et alors ? J'ai une mémoire visuelle, voilà tout.

Son regard pèse lourdement sur moi, mais je ne cille pas.

— Je suis certain que tu me caches un truc. Mais, vu que tu ne me diras rien, j'irai lui demander. Il sera peut-être plus enclin que toi à me répondre.

Je hausse les épaules, avant de finir d'avaler mon café d'une traite. Puis, je prends mon fils et remonte à l'étage. La journée va être encore pire que je ne le pensais.

Une fois dans ma chambre, je tente de faire le vide, tout en habillant Lachlan. Ses petits sourires m'y aident assez facilement. Heureusement que j'ai mon bébé d'amour. Ma force. Mon roc.

Je viens juste de finir d'enfiler son body quand mon téléphone se met à sonner. Je laisse ce premier appel tomber sur la messagerie. Cependant, quand il retentit une nouvelle fois, je dépose Lachlan sur le sol et file répondre.

— Je ne te dérange pas ?

Entendre la voix de Killian me fait un bien fou. Malgré les kilomètres qui nous séparent, il est resté mon frère de cœur.

— J'étais juste en train de me préparer pour aller en cours, mais j'ai un peu de temps devant moi. Comment tu vas ?

— Deb est en train de me faire péter un câble, sinon ça va.

Y aurait-il de l'eau dans le gaz entre eux ? Ce serait vraiment dommage que ce soit le cas, ils vont si bien ensemble.

— Vas-y, raconte. Qu'est-ce qui se passe ?

3 – Pardonne-moi

— C'est à cause de Logan.

Ils se sont concertés ou quoi ce matin ? Pourquoi mes deux frères me parlent de lui ? Énervée, je me mets à faire les cent pas devant mon fils. Il me regarde avec une drôle de mimique, comme s'il se demandait à quel jeu joue sa maman. Quand il se met à me suivre à quatre pattes, je me dis que je ne suis peut-être pas si loin que ça de la vérité.

— Vous en avez pas marre de me parler de lui ! explosé-je, après plusieurs secondes de silence.

Réalisant la brutalité de mon ton, je m'arrête net pour me retourner vers mon fils. Ses yeux plissés et sa bouche qui fait une petite moue m'alertent. Il est sur le point de pleurer et ce n'est pas ce que je voulais. Je l'attrape dans mes bras et lui fais des papouilles dans le cou. Ça l'amuse aussitôt et il se met à rire.

— Pourquoi t'es autant sur les nerfs, p'tite sœur ? Qu'est-ce qu'il t'a fait ?

Je pousse un soupir de soulagement lorsque je réalise que Killian n'a pas entendu le son si agréable de mon fils. Je le repose au sol et vais poser mes fesses sur mon lit.

— Ce con revient dans ma vie, s'amuse avec moi, avant de coucher avec une de mes amies. Alors, excuse-moi du peu, mais je n'ai absolument pas envie d'entendre parler de lui.

— Quoi ?

À son ton, je sais que ce que je lui ai annoncé l'a choqué.

— T'as très bien compris, ne me fais pas répéter, s'il te plaît.

— Dommage que vous ne soyez pas là, sinon j'te jure que je lui botterais le cul.

Je n'en doute pas une seule seconde. Même si mon ex est devenu son meilleur pote, il mettrait ses paroles à exécution pour me protéger.

— Laisse tomber. De toute façon, je le déteste. Il m'a fait trop de mal.

Qui essaies-tu de convaincre, Lucy, Killian ou toi ?

N'importe quoi cette question. Je lève les yeux, dépitée par mes propres pensées.

— On dit qu'entre l'amour et la haine, il n'y a qu'un pas.

3 – Pardonne-moi

— Pas pour moi !

Killian émet un léger ricanement qui me met les nerfs en boule. Qu'est-ce qu'il croit ? Que je lui mens ? Que j'ai encore des sentiments pour le père de mon fils ?

— Arrête de rire comme un con !

— Désolé, mais tu me fais marrer. Si tu veux mon avis, t'es encore amoureuse de lui, sinon tu ne réagirais pas au quart de tour, lorsque je te parle de lui.

Impossible ! Je ne ressens plus rien pour lui, j'en suis certaine.

— Écoute, Killian, je dois me préparer pour aller en cours. Donc si tu m'as appelée pour me parler de Logan, je raccroche.

— En fait, pas vraiment. Debbie est en train de me rendre fou. Elle a demandé à une amie nerd de cracker les réseaux informatiques des hôpitaux de Sydney. Elle est persuadée que t'as eu un gosse et, comme tu n'as rien voulu lui dire, elle mène ses propres investigations.

C'est quoi ce délire ? J'hallucine méchamment.

— Sérieusement ?

— Lucy, tu sais à quel point je suis accro à elle et, franchement, je n'ai aucune envie qu'elle aille en taule pour ce genre de conneries. Il faut vraiment qu'elle arrête, mais le seul moyen dont je dispose est que tu me dises qui est Lachlan.

Pourquoi aller jusqu'à cet extrême ? Bon d'accord, j'ai préféré ne rien lui dire, mais elle aurait pu insister et j'aurais sûrement fini par craquer. Merde, je n'ai aucune envie qu'elle aille en prison parce que j'ai tenu secret l'existence de son neveu. Je me masse l'arête du nez pour tenter de faire le vide dans mon esprit.

— C'est mon fils, soufflé-je.

— Et celui de Logan, n'est-ce pas ?

— Ouais. Tu peux le dire à Debbie, mais, s'il te plaît, promets-moi de tout faire pour qu'elle ne lui en parle pas.

Un silence se fait entendre durant quelques secondes, si bien que je me demande s'il est encore en ligne.

— Tu devrais le dire à Logan. Il a le droit de savoir.

Je secoue la tête rapidement, il en est hors de question.

— Non. Je ne veux pas que mon fils connaisse son connard de père.

— Connard ? N'exagère pas, Lucy ! Puis, que tu le veuilles ou non, il a le droit de connaître son fils et ton gamin de connaître son père. Vous étiez deux pour le faire, ce môme !

Une boule vient se placer dans ma trachée. J'ai du mal à déglutir maintenant. Les larmes me piquent les yeux alors que je repense au jour de sa naissance.

— Mais je l'ai eu seule. Logan n'était pas là lorsque j'ai failli le perdre, ni même le jour de l'accouchement. Alors, ne me dis pas que Lachlan est son fils. C'est juste le mien.

— Logan cherchait seulement à te protéger de ce fils de pute !

Il n'a pas besoin d'en rajouter pour que je sache de qui il parle. Le salopard à cause duquel tout est arrivé. Sans lui, Logan aurait su l'existence de son enfant dès que j'ai appris ma grossesse, il aurait été là pour me tenir la main quand le cœur de mon bébé a lâché au monitoring. Il l'aurait aimé au premier regard tout comme moi.

— Lucy, t'es encore là ?

À ces mots, je reviens à la réalité. Loin de toute cette souffrance. Loin de ces jours maudits.

— Oui, mais pourquoi tu me reparles de ça ?

— Parce que tu lui en veux encore de t'avoir larguée. Mais, t'as pas été la seule à en souffrir, lui aussi a eu très mal. Après ton départ, il ne parlait plus à personne. Et ça a été pire quand tu lui as envoyé ton dernier mail, j'ai vraiment cru qu'il allait en crever. Il s'est barré en France, puis à New York sans remettre les pieds à Albuquerque jusqu'au mois dernier. Et la dernière fois que je l'ai vu, j'ai compris que vos souvenirs le hantent encore, que c'est pour ça qu'il ne revenait plus nous voir. Alors, ouais, t'as le droit de lui en vouloir de t'avoir menti, mais pas de le détester parce qu'il a cherché à te protéger. Tu n'as pas le droit non plus de le tenir loin du fruit de votre amour. Et n'oublie pas que s'il n'était pas avec toi, c'est à cause du mail que tu lui as envoyé. Je

3 – Pardonne-moi

connais mon pote, et je sais que s'il l'avait su, il aurait été présent.

Les mots de Killian se fraient un passage dans ma tête et descendent jusqu'à mon cœur. Touchée douloureusement par cette vérité, une larme unique roule sur ma joue.

— Je dois y aller, annoncé-je d'une voix tremblante avant de raccrocher.

Je m'effondre sur le dos, totalement perdue face à ce que j'éprouve. Est-ce que Killian a raison ? Est-ce que mon cœur bat toujours pour le père de mon fils ? Pourquoi son retour me perturbe-t-il autant ? Suis-je capable de lui donner une autre chance pour le bonheur de notre fils ?

À bout de force

13. Logan / Lucy

Logan

La sonnerie de mon portable me sort de mon sommeil. Une chevelure blonde recouvre mon torse, Jodie dort encore dans mon pieu un bras en travers de mon torse. Je darde un regard sombre sur elle. Pourquoi elle ne s'est pas barrée ? Certes, ce qu'on a fait était sympa, bien que j'ai déjà connu mieux, mais je ne lui ai jamais demandé de rester pioncer avec moi. Je me dégage sans ménagement. Elle grogne, tente de me retenir, mais je finis par m'extirper de mon plumard. Le bruit tonitruant de mon smartphone cesse pendant que j'enfile mon boxer.

Si c'est vraiment important, on n'aura qu'à me rappeler plus tard.

J'ai à peine formulé cette pensée et foutu un pied dans mon survêt qu'il retentit à nouveau. Je tends la main vers la table de nuit, me saisis de mon téléphone et décroche sans même regarder qui cherche à me joindre. Grossière erreur. La voix de mon meilleur pote résonne à l'autre bout de la ligne. Vu comme il gronde, je vais passer un sale quart d'heure.

— C'est quoi ton putain de jeu, là, Baldwin ?!

Et lui, c'est quoi son problème ? S'il m'appelle pour me brailler dessus alors que je viens à peine de me réveiller, il va être servi.

— Fais pas chier, mec. Je viens de me lever.

— Et ? Ta nuit a été bonne au moins ? Non, parce que j'aimerais bien capter comment t'as pu t'envoyer en l'air avec une pote de ton ex ?

Putain, nous y voilà ! J'aurais dû me douter que si je la blessais, elle irait tout lui raconter. *Comme avant.* Pourtant, avec la distance, j'ai cru que leur lien s'était distendu. Je me suis grave fourvoyé.

Je glisse une main dans mes cheveux et pousse un soupir d'exaspération, avant de finir d'enfiler mon survêt. Puis, je me lève et me dirige vers la fenêtre. J'admire la vue sur le campus, sans répondre à mon pote. Que puis-je lui dire ? Qu'elle a tendu le bâton pour se faire battre en baisant avec mon coloc ? Connaissant McKenzie, il ne laissera rien passer, quoi que je dise pour ma défense.

3 – Pardonne-moi

— Surtout que si j'ai bien compris toute l'histoire, tu t'es permis de t'amuser avec elle peu de temps avant, reprend-il.

Je déglutis, mal à l'aise maintenant. Je tourne la tête et jette un regard sur ma partenaire de la nuit.

Qu'est-ce que j'ai foutu, bordel ?

— Tu vas répondre, putain ! s'emporte mon pote si fort que je suis obligé de décoller mon portable de l'oreille.

— J'ai rien à dire.

Cette fois, c'est lui qui laisse planer le silence. Je peux presque l'entendre réfléchir d'ici.

— Tu nous paies une nouvelle crise de jalousie ou quoi ?

Les souvenirs de la veille viennent me bousculer. Elle, si belle, malgré ce t-shirt que je déteste. Son corps collé au mien qui me fait vibrer. Ses lèvres si douces sous la pulpe de mon pouce. Puis, sa bouche contre celle de Riley, les sourires qu'elle lui lance. Et tout ça me vrille à nouveau les tripes.

— Je t'ai dit, je n'ai rien à dire.

— Elle est encore amoureuse de toi, alors cesse de faire le con !

— Foutaises ! m'époumoné-je, même si ce que j'ai vu hier m'a prouvé l'inverse.

Ce matin, j'ai juste du mal à y croire.

— Logan ? Qu'est-ce qu'il y a ?

Et merde, je viens de réveiller Jodie en criant de la sorte. Je me retourne vers elle et lui lance un regard qui la cloue sur place. Ce n'est pas le moment qu'elle vienne me faire chier.

— T'es sérieux ? Elle est encore dans ta piaule ?

— Ouais et alors ? Tu sais quoi, McKenzie, va t'occuper du cul de ma frangine et arrête de te charger du mien !

— Ta sœur a autant envie que moi de te botter le cul, vieux. Dis-moi, tu préfères que ce soit elle ou moi qui te passe ce putain de savon ? Non, parce que Deb est prête à te tuer, là !

J'imagine Deb rouge de colère et un sourire se dessine sur mes lèvres. Si j'étais face à elle, elle n'hésiterait pas à me dire ses quatre vérités et comme à chaque fois, je finirais par perdre.

— J'aimerais bien te voir à ma place, soufflé-je.

— Si j'étais à ta place, j'irais lui parler, mais je ne me foutrais pas en mode connard comme tu viens de le faire. Si tu veux vraiment la récupérer, ce n'est pas comme ça que tu y parviendras !

— De toute façon, elle ne me pardonnera jamais. Ce que j'ai fait est irréparable.

Je ne vois pas comment elle pourrait le faire, pas après avoir couché avec l'une de ses potes. Un nœud se forme dans ma trachée, mes yeux me brûlent et un poids énorme comprime ma poitrine. Si j'avais la moindre chance de revenir en arrière, à cause de mon erreur, j'ai tout foutu en l'air.

— Tu ne sauras pas tant que tu ne lui auras pas parlé. Je t'ai dit, elle a encore des sentiments pour toi. Vous avez commis tous les deux des erreurs, à vous de passer outre... Faut que j'y aille, ta frangine m'attend. Passe une bonne journée, mec. Et n'oublie pas, si j'entends encore ce genre de conneries, je viens te foutre mon pied au cul.

— Mouais, à plus.

Après avoir raccroché, je reste encore un moment, les yeux dans le vague, à repenser à cette foutue conversation. Putain, qu'est-ce qui m'a pris d'emmener cette blonde dans ma piaule ? Pourquoi chaque fois que je crève de jalousie, je suis obligé d'être un connard fini avec elle ? À croire que le passé ne m'a pas servi de leçon.

Des mains se posent sur mon dos, avant que des lèvres suivent le même chemin. Je me retourne et plante mon regard dans celui de Jodie. J'ignore ce qu'elle y lit, certainement tous les sentiments contradictoires qui se jouent sous mon crâne et dans mon cœur, néanmoins elle se recule, stupéfaite.

— Tu n'as pas apprécié cette nuit ?

Un léger rire amer franchit mes lèvres. Comment réagirait-elle si je lui disais que cette nuit est l'une des plus belles conneries que j'ai faites de ma vie ?

— Tu demandes ça à tous les mecs avec lesquels tu baises ?

Ses yeux s'arrondissent sous le choc de mes propos.

— Je ne sais pas qui t'a appelé, mais, en tout cas, il ou elle semble t'avoir mis hors de toi.

— Qu'est-ce que ça peut te foutre ?

3 – Pardonne-moi

— C'est à cause de ton ex ?

Mais, merde, qu'est-ce qu'elle cherche ? Je ne lui ai rien demandé ni même promis. Pourquoi elle ne me lâche pas la grappe ?

— Cette fille devait être une sacrée conne !

Déjà bien énervé par le coup de fil de mon pote, mon sang ne fait qu'un tour dans mes veines. Je fonce sur elle et la fait reculer jusqu'à ce qu'elle se retrouve acculée, dos à la porte.

— Un conseil ne me dis jamais que mon ex était une conne !

Malgré mon regard noir, elle ne flanche pas.

— Je pourrais t'aider à l'oublier.

— Quelqu'un a déjà tenté, ça a été un échec cuisant.

Je pense d'un coup à Steffie. Depuis mon arrivée ici, je ne lui ai pas passé un seul appel. Que devient-elle ? Comment va-t-elle ? Je déteste me dire qu'elle est peut-être super triste par ma faute, cependant je ne veux pas la joindre pour lui donner de faux espoirs.

— On…

— On ? Il n'y a pas de on, la coupé-je sèchement. Toi et moi, c'était juste une fois. Rien de plus. Maintenant, si tu veux bien te rhabiller et dégager d'ici...

Putain de regrets qui me font devenir un vrai salaud !

— Comme tu voudras, me jette-t-elle en allant récupérer ses fringues éparpillées un peu partout.

Elle ne met pas longtemps à se revêtir, avant de sortir sans même me lancer un regard. La porte d'entrée claque au moment où j'enfile mon t-shirt.

Quand je retrouve mon coloc dans la pièce principale, ses yeux sont rivés sur la porte.

— Je ne sais pas ce que tu lui as fait, mais je ne l'ai jamais vue dans cet état. T'as pas intérêt à l'avoir blessée, Jodie est comme une sœur pour moi.

Super ! Je suis ravi de l'apprendre. Maintenant, ça risque d'être plus que tendu entre nous.

Bordel, Stef, je crois que je n'aurais jamais dû t'écouter !

3 – Pardonne-moi

Lucy

Je n'arrête pas de penser à Logan et à ce que m'a dit Killian depuis que je suis partie de chez moi, si bien que cette heure passée à la bibliothèque du campus a été d'une inutilité totale. J'ai été incapable de peaufiner mon devoir alors que je dois le rendre demain.

Ce qui veut dire, ma vieille, que tu vas devoir passer une grosse partie de la nuit à bûcher !

Ouais et je m'en réjouis d'avance. Si seulement, je pouvais le sortir de ma tête...

Peut-être que si tu allais lui parler de Lachlan, tu te sentirais mieux ensuite.

Sûrement. Riley m'a dit qu'il lui avait proposé de déjeuner avec nous à midi, j'en profiterai pour dire la vérité à tout le monde. En attendant, je dois rejoindre Leah et Jodie au café, même si je n'en ai pas vraiment envie. Je traîne du pied pour y arriver le plus tard possible, néanmoins, je n'ai pas d'autre choix que de m'y rendre. Si je n'y vais pas, Leah risque de s'inquiéter, puis elle appellera mon frère. Le connaissant, il risque de démonter tout le campus pour mettre la main sur moi. Alors, je suis en droit de prendre tout mon temps, d'arriver à la bourre, mais certainement pas de ne pas y aller.

Lorsque j'y arrive, quinze minutes après l'heure de notre rendez-vous habituel, mes amies y sont déjà. Assises là-bas, sur ces banquettes bleues dignes des années cinquante, en pleine conversation. Je les salue, un sourire faux accroché sur mes lèvres, et m'assois près de Leah.

— Tu tombes bien, j'étais en train de raconter à Leah la merveilleuse nuit que je viens de passer avec le coloc de Riley.

À ces mots, j'attrape le pli de ma jupe et le serre avec force.

— Si tu pouvais me passer les détails, ça serait sympa !

Elle arque un sourcil, visiblement surprise par ma répartie lancée sur un ton un peu trop cinglant.

— Comme tu veux, mais ça ne m'empêche pas de le raconter à Leah.

Ouais et de m en faire profiter au passage, alors que je n ai aucune envie de savoir comment s y est pris mon ex pour te faire monter au rideau.

3 – Pardonne-moi

Je retiens ma respiration quand elle reprend la parole. J'aimerais pouvoir me boucher les oreilles, sauf que je n'ai pas envie ensuite d'expliquer pourquoi je le fais.

— Ce mec est…

— Bonjour. Je peux prendre votre commande ?

J'adresse un sourire de gratitude à la serveuse, avant de lui indiquer que je désire un café. Mes amies commandent la même chose que moi et la jeune femme repart en direction du bar.

— Je disais quoi déjà ? Ah, oui, ce mec est juste génial. Dès qu'on est rentrés chez lui, il m'a traînée jusque dans la chambre, il m'a plaquée contre la porte et s'est mis à m'embrasser avec une telle sensualité que j'ai failli avoir un orgasme direct…

À ces mots, je décroche et laisse mon esprit vaquer très loin d'ici. Dans un endroit où ce qu'elle racontera ne pourra plus me blesser, où je n'aurai pas l'impression de suffoquer et où mon cœur cessera de pleurer. Je ne comprends pas pour quelles raisons ce qu'elle dit me fait aussi mal, j'ai Riley à présent et je tiens à lui. Les mots de Killian se rejouent alors dans ma tête : « tu es encore amoureuse de lui ». J'essaie de me raccrocher à n'importe quel souvenir que j'ai avec mon fils, avec mon copain, pour ne pas me laisser submerger par ces sentiments qui ne devraient pas être les miens.

Une main presse la mienne et je rouvre les yeux pour fixer Leah. Elle me sourit, d'un sourire compatissant, qui me met encore plus mal à l'aise.

— Vous allez vous revoir ? lui demande Leah en me serrant les doigts.

Qu'elle me soutienne me fait du bien. Je croise tout de même les doigts pour que Jodie réponde non. Au sourire qui étire ses lèvres, je sais que ce ne sera pas assez.

— Au début, il était réticent. Je crois qu'il a du mal à se remettre de sa séparation avec son ex, mais j'ai fini par le convaincre.

Elle achève sa phrase en posant un regard lourd de sens sur moi. Est-ce qu'elle aussi a des doutes sur ce que lui et moi sommes l'un pour l'autre ?

— C'est génial ! Depuis Matt, tu n'avais plus eu aucune relation sérieuse.

3 – Pardonne-moi

Je ne sais pas si Leah surjoue ou non, cependant la voir approuver cette relation me fait grincer des dents. Elle aurait pu lui dire que ce mec est un connard, de se méfier ou je ne sais quoi pour l'éloigner de lui.

— Tu ne dis rien, Lucy ? m'interroge Jodie.

— Tu veux vraiment mon avis ? Ce mec est un con et il te brisera le cœur dès qu'il en aura l'occasion !

Elle retrousse son nez et, moi, je me sens comme une conne face à l'aigreur de mes propos. Si je veux encore me faire griller, je suis très bien partie.

— Qu'est-ce que t'en sais ? T'as craqué sur lui ou quoi ?

Ouais, mais c'était il y a longtemps et mon cœur en saigne encore !

— Suis-je la seule à me rendre compte que ce mec a l'air super louche ? grogné-je.

— D'où il est louche ? J'ai passé une super nuit avec lui et crois-moi, il est tout à fait normal. Il ne m'a rien fait sans mon accord. Si t'avais écouté un peu ce que je racontais, tu l'aurais su !

Leah doit sentir ma colère, car elle raffermit sa prise sur ma main. Je jette un œil dans sa direction. Discrètement, elle remue sa tête de gauche à droite, m'intimant de ne pas en rajouter.

— Je ferais mieux d'y aller. J'ai passé une nuit atroce, du coup je ne suis pas d'humeur d'entendre parler de tes prouesses de la nuit dernière.

— Si t'étais restée avec Riley, tu serais peut-être de meilleure humeur.

Je crois pas, non !

— On se voit plus tard, fais-je en m'extirpant de la banquette.

D'un pas déterminé, je file en direction de la sortie. Après tout ce que je viens d'entendre, j'ai besoin d'air. Beaucoup d'air.

Pourquoi as-tu fait ça, Logan ? Jodie est mon amie et je n'arrive même plus à la regarder. Je te déteste.

J'ai à peine franchi la porte que mon portable se met à sonner. Décidément, c'est la journée. Je l'en sors de mon sac, regarde le nom de Deb s'afficher sur l'écran avant de décrocher.

3 – Pardonne-moi

— Ton mec et toi, vous vous êtes donné le mot pour m'appeler aujourd'hui ?

— Tu sais très bien pourquoi je t'appelle ! T'es ma meilleure amie, mais comment t'as pu faire un coup pareil à mon frère ? Franchement, Lucy, c'est vraiment dégueulasse de ta part. Putain, t'aurais dû lui dire !

Killian a dû lui parler de Lachlan. Je déteste me disputer avec elle, néanmoins, je crois que je la comprends. Si mes deux meilleures amies faisaient un coup pareil à l'un de mes frères, je crois que je serais aussi en colère qu'elle.

— T'as fini, oui ? grogné-je.

Parce que je n'ai vraiment pas envie de me faire enguirlander. Ma journée est bien assez pourrie comme ça, pour qu'elle en rajoute en plus.

— Non ! J'te laisse un mois pour lui parler de votre fils, si, d'ici la fin du délai, il ne m'a rien dit, j'te jure que j'me ferai un plaisir de tout lui avouer. À mon avis, il le prendra encore plus mal que si c'est toi qui lui annonces.

— Tu fais chier, Deb !

— C'est toi qui as déconné, Lucy ! Un mois, pas un jour de plus.

Sur ce, elle me raccroche au nez. Je suis vraiment vernie aujourd'hui. Saleté de journée !

Logan

Je déambule dans les couloirs à la recherche de ma salle de TD, un café à la main, quand quelqu'un me fonce dessus. Le liquide gicle et se déverse sur mon t-shirt. Je regarde la tâche qui commence à s'y former, sans faire gaffe au connard qui vient de me bousculer.

— Putain, tu ne peux pas regarder où tu fous les pieds ! tonné-je hors de moi.

Ce t-shirt est un de mes préférés. C'est Stef qui me l'a offert quand on était ensemble.

— Tu aurais très bien pu m'éviter, si tu avais regardé devant toi, Logan !

Bordel, cette voix ! Mon cœur manque un battement et, quand mon regard descend vers elle, j'en oublie tout le reste. L'appel de McKenzie. La nuit passée avec l'autre blonde. La façon dont j'ai joué comme un connard avec elle. Sa façon de me rendre jaloux. Il n'y a plus qu'elle et moi au milieu de ce couloir. Mon univers ne gravite plus qu'autour d'elle.

— Tu vas rester longtemps planté devant moi comme ça ?

Sa voix tranchante me rappelle combien elle me déteste. Combien j'ai dû la blesser hier soir. Les mots de mon pote me reviennent en tête. Si je veux la moindre chance, je dois lui parler, m'excuser peut-être même.

— T'as cours ?

Ma question est à mille lieues de ce qu'elle vient de me demander. Mais, là, je ne souhaite pas bouger, pas sans elle du moins.

— Ouais et juste ici, me fait-elle en désignant ma gauche d'un mouvement de la tête.

Je tourne la mienne pour voir ce qu'elle me désigne et je me rends compte que si je ne me décale pas elle ne pourra pas franchir la porte qui s'y trouve.

— Donc, si tu veux bien dégager, je n'ai aucune envie d'être en retard !

Au léger rougissement que prennent ses joues, elle me ment. A-t-elle oublié que je connais toutes les réactions de son corps sur le bout des doigts ? Quand elle détourne légèrement la tête, je sais que ce n'est pas le cas.

— J'aimerais te parler.

Elle se retourne vers moi et une légère grimace de dégoût déforme ses traits. Cette réaction me fait un mal de chien.

— On a rien à se dire, Logan ! Tu ferais mieux d'aller retrouver Jodie, elle n'attend que ça !

De quoi elle me parle là ? J'ai dit à l'autre blonde de se barrer. Il me semble avoir été assez clair pourtant, je ne veux rien avoir à faire avec elle. Putain, j'espère qu'elle n'a pas été se confier à sa pote sur ce qu'on a fait cette nuit. Parce que même si ça a été bouillant, ce qu'elle ignore, c'est que, derrière mes paupières closes, je ne voyais que cette jolie brune qui me fait encore face, les bras croisés sur sa poitrine.

— J'ai dit que je voulais te parler, alors fais pas chier, Lucy !

3 – Pardonne-moi

Sans lui laisser le temps de protester, je l'attrape par le poignet et l'entraîne à ma suite dans la salle où elle est censée avoir cours. Je dis bien censée, parce qu'aucun étudiant ne vient nous déranger pendant la demi-heure où nous y restons. Faut qu'elle cesse de se foutre de ma gueule !

À bout de force

Depuis le début de la semaine dernière et la discussion que j'ai eue avec Lu, je fais tout pour me tenir loin d'elle et de ses potes. Je me suis excusé d'avoir agi comme un connard, elle m'a demandé de garder mes distances. Je lui ai dit à quel point je m'en voulais de ne pas avoir eu le courage de prononcer le nom de ce salopard. Elle m'a répondu que mon retour dans sa vie la perturbait bien trop et que, pour le moment, elle avait juste besoin d'air. Même si ça me fait mal de me tenir à l'écart, je la laisse respirer. J'essaie même de trouver un appart pour éviter qu'on se croise là où je crèche. Je me suis d'ailleurs dégoté un taf pour pouvoir dégager au plus vite.

Je viens de me taper quatre heures de boulot à une cadence infernale. Mon épaule me brûle et je suis complètement lessivé. J'ai hâte d'aller pioncer. Du moins, je prie pour pouvoir le faire. Riley a organisé une soirée pour son anniversaire, comme je lui parle à peine, je ne sais pas si ce sera une grosse fête ou pas. En tout cas, je suis sûr qu'elle y sera, elle ne pourrait pas lâcher son mec. Pas ce soir, même pour ce fameux Lachlan. Je ne sais toujours pas qui il est, à dire vrai, je n'ai pas cherché à savoir. Pour quoi faire ? Pour qu'elle m'envoie bouler encore une fois ? De toute façon, si ça me concernait, elle aurait largement eu l'occasion de me le dire. Si elle ne l'a pas fait, c'est que je n'ai pas à m'en mêler. Elle a beau me détester, je ne crois pas qu'elle soit foutue de me cacher quelque chose d'important. Pas après tout ce que nous avons vécu. J'ai encore confiance en elle.

Lorsque j'arrive dans le couloir qui mène à mon appart, un attroupement de quelques mecs s'est formé. Je les observe un instant afin de savoir s'il y a un problème ou non. De longues jambes fuselées, une robe rouge et une chevelure brune attirent mon attention. *Qu'est-ce qu'une meuf fout au milieu d'eux ?* Un espèce d'instinct de protection me saisit. Je ne sais pas qui elle est, mais je n'ai pas l'impression qu'elle se plaît à être parmi eux. J'avance d'un pas décidé tout en tentant d'écouter leur conversation.

— Laissez-moi tranquille, sinon je vous jure que...

3 – Pardonne-moi

Cette voix est tremblante. Cette voix, je la reconnaîtrais entre un millier d'autres. *Lu.*

— Que quoi ? se marre l'un des types.

Putain, je suis crevé, mais je jure que si un de ces salopards la touche, je lui explose la tronche. Et je n'en ai rien à foutre qu'ils soient plusieurs. Personne n'est en droit de poser ses sales pattes sur elle. Jamais. Elle en a déjà bien trop bavé.

— Que je vous explose la tronche si vous ne lui foutez pas la paix !

Tous se retournent vers moi. Ma carrure impressionne en général et ce soir n'échappe pas à la règle. Je pose mes yeux sur elle afin de m'assurer qu'ils ne lui ont rien fait. Quand j'aperçois ses larmes, mon sang ne fait qu'un tour dans mes veines. Les poings serrés, je me rue vers eux, prêt à défoncer celui qui l'a ne serait-ce qu'effleurer.

— Lequel ?

Elle secoue la tête, comme si elle refusait mon intervention. Mais, je ne peux pas, c'est plus fort que moi.

— Lequel, Lu ? répété-je sur un ton beaucoup plus dur.

Au son de ma voix, elle sursaute. Je m'en veux aussitôt de m'être laissé emporter. Mais, merde, elle doit comprendre que, moi aussi, j'ai vécu ce putain d'enfer et que mes séquelles restent bien présentes. Que je veux juste la protéger de ces types qui n'ont qu'une idée en tête, parce que je n'ai pas été foutu de le faire ce jour-là. Que si j'avais été plus prompt, que si je ne l'avais pas abandonnée aux chiottes, son âme ne porterait pas autant de cicatrices. Que nous serions sûrement ensemble, non pas à Sydney, mais bien à New York. Qu'elle ne sortirait pas avec ce type que je ne peux plus blairer à cause de cette foutue jalousie, mais qu'elle serait encore ma fiancée. Ma future femme.

— Laisse tomber, s'il te plaît.

Malgré ses mots, mes mâchoires n'arrivent pas à se décrisper. Je ne parviens qu'à quitter ces gars du regard pour plonger mes yeux dans les siens. Silencieusement, elle me supplie de le faire. Quand sa main se pose sur mon avant-bras, mon regard s'y porte très lentement, comme si son geste me paraissait irréel.

— Personne ne m'a touchée.

Je relève la tête et plonge à nouveau mes yeux dans les siens. Un échange silencieux se déroule entre nous. Une bulle semble s'être créée et il n'y a plus qu'elle et moi. Mon cœur tambourine, ma respiration s'accélère. Je voudrais franchir la courte distance qui nous sépare pour goûter de nouveau à ses lèvres qui m'envoûtent.

— Putain, le con, il s'envoie la meuf de Riley !

Ces mots semblent comme un électrochoc pour Lu. Elle se recule aussitôt, avant de se retourner et de fuir en courant jusqu'à la porte de l'appart.

— Le premier qui la touche, je le tue, compris ?

Je ne prends pas le temps de vérifier s'ils prennent ma menace au sérieux. Tout ce qui compte pour moi, c'est de la rattraper. Je traverse le reste du couloir au pas de course. Alors qu'elle est sur le point de frapper, je retiens son bras et la retourne vers moi. Mon mouvement, un peu trop vif, la plaque contre mon torse. Ses joues prennent feu. Notre proximité semble lui faire de l'effet. Je me retrouve à bander comme un con, parce qu'elle ne me laissera jamais insensible. Mon regard accroché au sien, j'écrase de la pulpe du pouce les larmes qui perlent sur sa joue.

— Pourquoi tu pleures ?

— Pourquoi tu ne m'as pas laissée me démerder ? J'aurais très bien pu m'en sortir seule.

J'en doute, néanmoins je me la ferme. Elle trouverait forcément quelque chose pour me convaincre qu'elle a raison.

— C'est nouveau, cette façon de répondre à une question par une autre ?

Un léger sourire étire ses lèvres tandis qu'elle hausse les épaules.

— Peut-être.

Sa voix est si douce que j'en frissonne. Son cœur semble avoir pris une drôle d'allure, je le sens battre tout contre moi. Mon pouce descend vers cette bouche qu'elle a recouverte d'un peu de gloss et la caresse avec délicatesse. Pourquoi ne me fuit-elle pas ? Pourquoi ne me repousse-t-elle pas ?

— Si tu ne veux pas que je t'embrasse, tu ferais bien de m'arrêter maintenant, parce qu'après ce sera trop tard.

À son tour, elle fixe mes lèvres. Elle le désire autant que moi, pourtant je n'atteindrai jamais mon objectif. Des ricanements s'élèvent près de nous et lui font tourner la tête. J'en fais de même afin d'être sûr qu'aucun con n'est en train de nous filmer. On ne sait jamais. J'ai vu des gens brisés à cause de conneries sur les réseaux sociaux. Il suffit de connaître l'histoire de la frangine de Killian pour savoir à quel point ça peut détruire une personne. Rien ne m'alerte, ce sont juste des filles qui sortent en soirée, vu les fringues qu'elles portent. Quand je reporte mon attention sur Lu, son expression a changé. Elle semble ne plus trop apprécier notre proximité. Je recule d'un pas, puis d'un autre sans la lâcher du regard. Elle est tellement belle dans cette petite robe rouge. Pourquoi a-t-elle choisi cette couleur ce soir ? Est-ce pour moi ou pour lui ? Cette question n'a pas lieu d'être, car c'est avec lui qu'elle est en couple. Pourtant, quelque chose en moi semble vouloir croire qu'elle l'a peut-être fait pour moi.

— Riley doit m'attendre avec impatience, me sort-elle de ma contemplation. Je suis à la bourre, je n'étais pas très bien aujourd'hui. C'est pour cette raison que j'étais au bord des larmes devant eux, mais je te promets qu'ils ne m'ont pas fait de mal.

Ça me fait tout drôle de l'entendre se confier ainsi à moi. Je ne pensais pas qu'un jour, elle le referait.

Je hoche juste la tête et attrape la clé dans la poche avant de mon fut'. Je la glisse dans la serrure, ouvre la porte, puis l'invite à entrer. Dès qu'elle franchit la porte, son mec se jette sur elle. Je reste là, impuissant, à assister à cette scène qui me vrille les tripes. Encore plus avec ce baiser avorté que nous aurions dû partager.

— On dirait un clebs en train de baver devant un os. À croire que tu veux te la taper.

Surpris par ce que j'entends, je tourne la tête vers Jodie. Elle me lorgne bizarrement et je n'arrive pas à déterminer ce qui se passe dans son crâne.

— À moins que ce ne soit déjà fait.

Ouais, tu ne peux pas savoir le nombre incalculable de fois où on l a fait.

Je me mords la joue pour éviter de lui en sortir trop et m'éloigne en haussant les épaules. Des bières ont été disposées sur le comptoir, j'en récupère une, la décapsule et la porte à ma bouche. Le liquide ambré descend le long de ma gorge. Agréable. Apaisant. Liam me salue d'une claque sur l'épaule.

— Ça fait un bail qu'on t'a pas vu. Qu'est-ce que tu deviens ?

Ouais et pour cause...

— Entre les cours et le taf, je n'ai pas trop le temps de traîner.

À sa moue dubitative, je vois qu'il ne me croit pas, toutefois il ne relève pas. Il se contente de me fixer, avant de reporter son attention sur Leah, qui discute avec l'autre blonde.

La soirée avance et je reste avec eux au lieu d'aller me réfugier dans ma piaule. Grossière erreur. Voir Lu en permanence avec son mec me flingue. Mes poings se serrent, ma mâchoire se crispe. J'ai beau me dire qu'il faut que je cesse de les mater, je n'arrive pas à détourner les yeux.

— Et si on se faisait un action ou vérité ? lance Jodie.

Je me tourne vers elle, suspicieux. À raison, je crois, vu sa façon de me mater. Il n'y a absolument rien de sympathique dans ses traits. Elle a prévu un mauvais coup. Elle n'a pas intérêt de casser mon ex, sinon je jure de la foutre plus bas que terre.

— T'as pas passé l'âge de ce genre de conneries ? lui demande Lu.

L'idée ne semble vraiment pas lui plaire. Dos contre le torse de mon coloc, elle croise les bras sur sa poitrine. Elle, aussi, doute des bonnes intentions de sa copine.

— Allez, soyez cool.

— Moi, je suis Lucy. Si elle ne veut pas jouer, je ne joue pas, fait savoir Riley.

— Toi, t'es un vrai toutou depuis que t'es avec elle, se moque Jodie. D'ailleurs, je crois que t'es pas le seul, y en a un autre qui bave devant elle.

Putain, c'est quoi cette connerie ?

Lu se tend tandis que je fusille sa pote des yeux. Riley ne répond pas, mais il me dévisage comme s'il avait un doute sur ma culpabilité.

— Pourquoi tu me fixes comme ça ? lancé-je, avec un peu trop de hargne.

3 – Pardonne-moi

Alors que je m'attends à ce qu'un truc franchisse ses lèvres, il se contente de faire tourner Lu pour qu'elle se retrouve face à lui. Puis, il l'embrasse avec tant d'ardeur que mon estomac se révulse. Je tourne la tête pour échapper à cette vision d'horreur, mais mes yeux tombent sur Jodie. Elle semble scruter la moindre de mes réactions avec attention. Son sourire railleur me fout en rogne. Je me lève, prêt à me rendre dans ma piaule quand la voix de Riley s'élève dans mon dos.

— Au final, je crois que ce serait une bonne idée, ce jeu. Et comme c'est mon anniversaire, vous ne pouvez pas me le refuser. Toi, non plus, Logan.

Je me retourne avec vivacité, un sentiment d'être piégé au creux de mes tripes.

— Je suis claqué, je préfère aller me coucher.

— Aurais-tu quelque chose à nous cacher ? me questionne la blonde.

Cette soirée commence méchamment à me soûler. C'est quoi son problème ?

— Non, rien.

Ma voix se veut aussi assurée que possible. Je veux juste qu'on me foute la paix.

— Bien dans ce cas, pourquoi ne pas jouer ? On ne te demande pas de rester des heures, mais ce serait sympa de te connaître un peu plus, intervient à nouveau Riley.

Je pose mes yeux sur mon ex, qui ne semble pas plus à l'aise que moi. Elle paraît, cependant, résignée à suivre Riley dans ce putain de jeu. Est-ce que si je me casse la blonde se montrera plus sympa avec elle ou dois-je rester pour la protéger ? Je balance plusieurs secondes entre deux eaux, sans savoir de quel côté arrêter mon choix. Mon besoin de la protéger se fait plus fort que tout. Surtout ce soir, en cette date maudite, où les souvenirs se font plus présents. C'était il y a deux ans, jour pour jour. Est-ce qu'elle aussi y pense ?

— Ok, je joue.

Lu baisse la tête, ma décision semble la chagriner. Aurait-elle préféré que je refuse ? Sûrement, mais je ne pouvais pas la laisser seule, sans protection. Pas aujourd'hui.

3 – Pardonne-moi

— Super ! s'enthousiasme Jodie en tapant dans ses mains.

Et dire qu'elle est plus vieille que moi... cette fille doit avoir une case en moins pour réagir comme une lycéenne. J'ai intérêt de me méfier, elle pourrait faire beaucoup de dégâts.

T'auras qu'à t'en prendre qu'à toi-même, pauvre con !

Qu'est-ce qui m'a pris de la ramener dans ma piaule ? J'ai la drôle de sensation qu'elle cherche à se venger de l'avoir ensuite repoussée. Mais, je n'avais pas prévu plus, je ne pensais pas qu'elle était du genre à coller un type après une nuit avec lui. Je voulais juste blesser mon ex, tout comme je l'étais. Œil pour œil, dent pour dent, c'est ainsi que je fonctionne quand la douleur est trop intense. Quand la jalousie me bouffe et que je n'arrive plus à y faire face.

On s'installe autour de la table basse. Riley, Lu, Liam et Leah s'installent sur le canapé tandis que Jodie et moi posons nos culs sur les poufs. Les premières questions sont soft. Leah me demande pour quelles raisons j'ai choisi de venir ici. Je lui parle de mon accident et de la proposition qu'on m'a faite ensuite.

— Je suis désolée pour ton accident, me lance Lu.

Venant d'elle, je sais que c'est sincère. Elle savait combien je souhaitais devenir pro, ce qu'elle ignore, c'est que je le désirais par-dessus tout pour pouvoir lui offrir la vie qu'elle méritait.

Je pose des questions à mon tour ou lance des actions suivant ce qu'ils me demandent. Les règles ont un peu changé. Chacun notre tour, on interroge tous les autres. Puis, c'est au suivant.

— Action ou vérité ? demandé-je à Lu en posant mes yeux sur elle.

— Action.

La vérité ne semble pas être vraiment son fort. Elle n'a demandé que des actions jusqu'à présent. Je refoule la première idée qui me franchit le crâne. Je ne pense pas qu'elle accepterait de m'embrasser devant les autres.

— Danse !

Ses prunelles me questionnent. Pourtant mon action est des plus simples. Je veux qu'elle danse, ça fait trop longtemps que je ne l'ai pas vue se déhancher devant moi. Plus depuis cette dernière nuit.

— Danse, répété-je.

— Je ne sais pas si je suis encore capable. Je n'ai pas dansé depuis que je suis arrivée dans ce pays, m'avoue-t-elle en plantant son regard dans le mien.

Personne, hormis moi, ne peut comprendre ce que ces mots signifient. Elle n'a pas dansé depuis le bal de promo. J'ai envie de lui demander pourquoi, mais ce serait lui faire sortir une vérité alors qu'elle veut une action. Je me mords la langue pour éviter à la question de franchir ma bouche.

— Tu ne m'as jamais dit que tu dansais, chaton, intervient Riley.

Elle hausse les épaules et se lève. Visiblement, il ignore bien plus de choses que moi à son sujet.

Durant trente secondes, elle bouge avec sensualité sur le tempo qui emplit la pièce. Mon regard n'arrive pas à se décrocher d'elle et les souvenirs viennent s'implanter dans mon crâne. Elle. Moi. Cette nuit que je n'oublierai jamais. Cette nuit où je lui ai fait l'amour sans aucune barrière entre nous.

— Satisfait ? me questionne-t-elle en retournant s'asseoir.

Je lui décroche un sourire et ses joues rougissent. Est-ce qu'elle aussi s'est souvenue de notre dernière nuit pendant qu'elle dansait ?

— C'était sympa.

— C'était bouillant, tu veux dire. Chaton, je veux une danse juste pour moi.

Elle lui sourit. Elle l'embrasse. Et moi, je crève d'envie d'être à sa place.

Jodie reprend la main et, à son sourire démoniaque, je sais que les règles vont changer. Que l'ambiance va vite virer à l'orage. J'en ai confirmation lorsque ses yeux se posent sur moi et qu'elle me lance son action ou vérité.

— Vérité.

À choisir entre les deux, je préfère la vérité, je n'ai pas grand-chose à cacher. Puis, je crains qu'une action soit bien pire venant de sa part. Un sourire carnassier étire à présent ses lèvres. Elle ne va pas me rater.

— Est-ce que t'as envie de baiser la meuf de Riley ?

Je déglutis, tente de masquer mon malaise en glissant ma main dans mes cheveux, puis plante un instant mes yeux dans les siens. Je sais que le temps joue en ma défaveur. J'aurais déjà dû répondre. Mais si je lui balance un "non", elle saura que je mens et quel sera son gage à ce moment-là ?

— Oui, finis-je par répondre en posant mes yeux sur celle qui fait battre mon cœur un peu trop vite.

Du coin de l'œil, j'aperçois son mec se tendre. Il ne dit rien, il se contente de la rapprocher un peu plus de lui. Lu m'envoie un triste sourire.

— J'en étais sûre, lance Jodie un peu trop enthousiaste. Maintenant à ton tour, Lucy.

— Vérité.

Pourquoi avoir changé, bébé ?

Surpris, je lui lance un regard. À ses yeux, je réalise qu'elle a la trouille et que la vérité pourrait être moins difficile à encaisser qu'une action qui pourrait nous foutre à terre, aussi bien elle que moi.

Jodie fait semblant de réfléchir, mais il faudrait être con, ou totalement neuro, pour croire que sa question n'aura rien à voir avec celle qu'elle vient de me balancer.

— Est-ce que tu t'es déjà envoyée en l'air avec Logan ?

— À quoi tu joues, Jodie ? l'interroge Liam, sourcils froncés.

— Pose-moi une autre question, Jodie ! s'énerve Lu.

Putain, t aurais pas dû dire ça, Lu ! Ton mec va se poser un milliard de questions à la seconde maintenant.

D'ailleurs, il ne me faut que quelques secondes pour réaliser qu'il est déjà en train de le faire vu le regard qu'il me lance.

— C'est soit tu réponds, soit c'est un gage. Mais, je ne crois pas que tu apprécierais plus.

— C'est quoi ton gage ? demande Leah.

— Ce serait drôle qu'elle l'embrasse pendant dix secondes.

Putain, salope ! Si Lu pose ses lèvres sur les miennes, je ne serais pas foutu de me retenir et cette pétasse le sait.

— Chaton, dis-moi que tu ne m'as pas trompé ?

Pourquoi ce silence, Lu ? Pourquoi tu ne lui réponds pas ? Cette question est facile, on n a rien fait depuis qu on s est revus.

— Elle ne t'a pas trompé, interviens-je rapidement pour ôter tous doutes à ce gars. Mais elle mentirait si elle disait qu'on a jamais couché ensemble.

— Pourquoi tu lui dis ? Pourquoi Logan ? m'engueule-t-elle.

— T'es son ex ?

La voix de Riley est morne, comme si cette révélation venait de lui ôter toute vie.

— Oui, c'est mon ex-fiancée, confirmé-je en posant mes yeux sur lui.

— Oh, putain !

Ce sont les seuls mots que mon coloc arrive à lâcher avant que la porte d'entrée ne claque en se refermant sur Lu.

15. Lucy / Logan

Lucy

Je cours à en perdre haleine. Cours aussi vite que mes larmes dévalent sur mes joues. Pourquoi le lui avoir dit ? C'était à moi de le faire. Pas à lui. Déjà que Riley se posait des milliers de questions, qu'il ne comprenait pas pourquoi Logan s'était éloigné de nous. Que va-t-il penser à présent ? Que va-t-il s'imaginer ? Que je ne l'aime pas ? Le pire, c'est qu'il aura certainement raison. Depuis le retour de mon ex, je me sens totalement larguée, prise entre deux bords, sans être foutue de trancher. Je tiens à mon copain. Beaucoup. Mais est-ce suffisant pour dire que c'est de l'amour ? Ce que me fait ressentir mon ex quand son corps frôle le mien est d'une intensité sans égale. Jamais Riley ne m'a autant fait vibrer. Me suis-je moquée de lui ? Me suis-je moi-même fourvoyée en pensant qu'il pouvait être mon nouvel amour ? Ou l'ai-je seulement utilisé comme un baume pour panser mon cœur qui souffrait bien trop ? Je ne sais pas. Je ne sais plus. Je me sens vide et anéantie. Je pensais que mettre cette distance entre nous serait suffisant pour que ma vie continue comme ces derniers mois. C'est faux ! Sa présence me ramène en arrière. Elle me rappelle tout ce que nous avons vécu. Tout ce que nous avons perdu. Combien je l'aime. Combien je le déteste.

— Lu !

Je ne m'arrête pas et continue à courir en direction de ma voiture. Je veux fuir. Fuir loin d'ici. Loin de toutes mes questions. Loin de ce qu'il me fait ressentir.

— Merde, Lu, attends !

Je ne l'écoute pas. Je ne veux pas m'arrêter, je veux juste aller retrouver mon bébé. Mon petit ange. Le seul qui ne me fera jamais souffrir.

Une main me saisit par le coude et me force à me stopper. Je grogne intérieurement, j'aurais dû me douter qu'il finirait par me rattraper. Il me fait pivoter et je me retrouve encore une fois collée contre son torse. Son parfum m'enivre. Sa force me rassure. Je me noie dans le bleu de ses yeux. Plus rien ne compte que son regard hypnotique. Il m'envoûte. M'ensorcelle. Je ne me pose plus de questions quand ma main vient crocheter sa nuque pour l'attirer vers moi. Nos lèvres s'aimantent. Nos bouches se goûtent. Nos langues se lient. Se délient. Se caressent de la plus sensuelle des manières. Une douce chaleur se répand jusqu'à la moindre de mes cellules lorsqu'il m'attire un peu plus près de lui. J'en oublie tout. Les deux années qui nous ont séparés. La douleur que j'ai ressentie jusqu'à ne plus avoir de souffle. Riley. Jodie. Tout s'efface dans ma mémoire. Il n'y a plus que lui. Que moi. Que nous sur ce parking seulement éclairé par les réverbères. Mon cœur saute dans tous les sens, fou de joie d'avoir retrouvé le seul qu'il n'a jamais aimé. Nos souffles deviennent de plus en plus hachés alors que notre baiser s'intensifie. Lorsque nous ne parvenons plus à respirer, il pose son front sur le mien. Ses prunelles s'accrochent aux miennes pour ne plus me lâcher. Elles me transmettent tout ce qu'il me tait. Ces trois mots qui m'ont tant manqué.

— Tu aurais dû lui dire qui j'étais, brise-t-il notre silence.

Ce n'est pas vraiment un reproche, juste une affirmation. Ces mots ont, toutefois, le don de me faire remettre les pieds sur Terre. Je me rends compte, alors, de ce que je viens de commettre. Mon estomac se révulse, furieuse contre moi de m'être laissée emporter par mes sentiments. Que se serait-il produit si nous avions été seuls dans son appart ? Je m'en veux d'avoir trahi la confiance de Riley. Horriblement. Pourtant, je n'arrive pas à avoir de regret, seuls des remords, qui risquent de me hanter longtemps. Je me dégage de son étreinte et le fixe. Je ne sais pas ce qu'il lit dans mon regard, mais je vois sa pomme d'Adam descendre et remonter avec lenteur, comme s'il avait du mal à déglutir.

— Je te déteste, Logan !

Des mots qui sonnent faux, même à mes oreilles. Parce que je ne sais plus, je suis trop perdue.

— Lu ? s'étonne-t-il.

Il tente un pas dans ma direction, mais, d'une main, je le tiens à distance. Je ne veux pas qu'il s'approche, encore moins qu'il me touche, car je sais que je ne serai pas assez forte pour le tenir à l'écart s'il venait à le faire. Son regard s'humidifie et son cœur se brise sous mes yeux. Le mien me hurle de lui dire combien il l'aime, combien ces deux années sans lui ont été atroces. Combien il a cru en mourir.

— Ne t'approche plus de moi, Logan Alexander Baldwin !

— Tu ne peux pas me demander ça, Lu. Pas maintenant qu'on vient de se retrouver. Je t'ai...

— Non ! m'écrié-je. Je ne veux pas que tu prononces ces mots.

Contre toute attente, il sourit. Qu'est-ce que j'ai dit pour qu'il réagisse de la sorte ?

— Pourquoi refuses-tu de les entendre, puisque c'est la vérité ? Mes sentiments pour toi n'ont jamais changé. Je n'ai jamais cessé de t'aimer. Et je sais que c'est la même chose pour toi.

Je secoue la tête.

— C'est faux, je te déteste ! Je te déteste parce que tu m'as abandonnée. Parce que tu es revenu et as chamboulé ma vie. Parce que tu as couché avec une de mes amies. Et parce que depuis que je t'ai revu, je n'arrête pas de penser à toi.

— Je ne t'ai pas abandonnée, je t'ai juste protégée. Je te l'ai déjà dit, je regrette ce que j'ai fait. J'ai couché avec ta pote, parce que je n'ai pas supporté de savoir que tu t'envoyais en l'air avec un autre. Je voulais te faire du mal pour que tu remarques à quel point je souffrais. Mais ça aussi, tu le sais. Et si tu n'arrêtes pas de penser à moi, c'est peut-être parce que, toi aussi, tu n'as pas cessé de m'aimer, même si tu sembles préférer te voiler la face en me disant que tu me détestes. C'est peut-être plus facile pour toi d'y croire, j'en sais rien. En tout cas, je ne baisserai pas les bras, sache-le.

Je reste là, pantoise, à tenter d'encaisser ce qu'il vient de me dire. A-t-il raison ? Est-ce que je préfère me mentir que de m'avouer que je n'ai jamais cessé de l'aimer ? De nouvelles larmes roulent sur mes joues. Je n'ai plus la force de lutter. Ni contre lui. Ni contre moi. Je veux juste que cette soirée s'achève, me réfugier dans ma chambre, voir mon bébé dormir comme un bienheureux, loin de tout ce tumulte. Respirer en entendant les petits bruits qu'il émet. Lui susurrer des mots tendres.

Je me sens tellement mal.

3 – Pardonne-moi

Logan

Ses larmes me blessent comme à chaque fois que son visage se retrouve inondé de pleurs. Perdue dans son chagrin, elle me laisse approcher, puis la prendre dans mes bras. Ce soir, mon retour dans sa vie a détruit bien plus que j'aurais pu l'imaginer. La vérité a mis à mal toutes ses fondations.

Elle m'aime encore, ça ne fait aucun doute. Tout en elle me le prouve. Ses réactions à mes mots. À mes caresses. Sa façon de m'embrasser comme si sa vie en dépendait. Pourtant, elle refuse de l'admettre, sûrement à cause de son mec.

Ce type est autant accro à elle que je le suis. Je l'ai vu quand il s'est rendu compte qu'elle venait de se barrer. Dans ses yeux, la même douleur que dans les miens. Liam l'a entraîné dans sa piaule, en lui disant d'attendre que Lu se reprenne pour lui parler, d'éviter de me foutre un coup même si je le méritais. Je suppose que c'est ce qu'aurait fait Killian si les rôles avaient été inversés. J'en ai profité pour me barrer sous le regard noir de l'autre blonde. Je sais qu'elle n'en a pas fini avec nous, je l'ai clairement lu sur sa tronche. J'espère qu'elle ne détruira pas plus la femme que j'aime. Tiendra-t-elle encore debout si elle prend un coup de plus ? Elle est forte, bien plus que la plupart des personnes que je connais. Combien se seraient relevés après tout ce que la vie lui a fait subir ? Combien se seraient retrouvés enfermés dans un hôpital drogué jusqu'à la moelle ?

Je pose mes lèvres dans ses cheveux et tente de lui apporter tout mon soutien. Elle a besoin de moi à cet instant et, malgré ce qu'elle m'a fait ressentir en me disant qu'elle me détestait, je ne partirai pas. Je veux qu'elle comprenne que, même si plus rien n'est possible entre nous, je resterai à ses côtés quoi qu'il advienne. Avant d'être ma fiancée, elle était ma meilleure amie. On pourrait le redevenir si c'est ce qu'elle préfère, mais je ne veux plus être tenu loin d'elle. Jamais.

— J'aurais dû lui dire, sanglote-t-elle. Il va me détester maintenant.

Je ne sais pas si ses paroles me sont vraiment destinées ou bien si elle se parle à elle-même.

— Je voulais juste le protéger.

— De quoi tu voulais le protéger, Lu ?

3 – Pardonne-moi

Elle lève les yeux vers moi et fronce les sourcils comme si elle remarquait tout juste ma présence alors que je la tiens depuis plusieurs minutes déjà.

— S'il avait su pour nous, il serait parti chez son père où sa belle-mère lui en fait voir des vertes et des pas mûres.

J'admire sa volonté de toujours vouloir protéger les autres à son propre détriment. Seulement le silence peut parfois se révéler pire que la vérité. Je suis trop bien placé pour savoir de quoi je parle.

— Si tu décides de rester avec lui, malgré ce que tu ressens pour moi, ne répète pas nos erreurs, Lu. Le silence tue tout sur son passage. Il détruit bien plus que les mots.

Elle me lance un sourire, qui n'atteint pas ses yeux.

— Je vais rentrer, m'annonce-t-elle en se dégageant de mon étreinte.

— Ok.

C'est tout ce que je parviens à dire.

Je la regarde s'éloigner de moi, le cœur lourd. Qui de nous deux choisira-t-elle ? Dois-je l'empêcher de vivre sa relation ? Selon Deb, sa meilleure amie est heureuse aux côtés de ce gars. N'est-ce pas tout ce qui compte pour moi, son bonheur ?

Planté à l'endroit même où elle m'a laissé, je ne rate aucun de ses gestes. Ni quand elle sort son smartphone de son sac et le porte à son oreille. Ni même quand son corps commence à s'agiter. Et encore moins quand elle le fait tomber. Quelque chose ne tourne pas rond. Est-ce lui qui l'a appelé pour lui dire que tout était terminé ? Lorsque je la vois fouiller nerveusement dans son sac, je me précipite vers elle. Je la contourne pour lui faire face et mes tripes se serrent en la voyant si blême.

— Qu'est-ce qui se passe ?

— Mon f...

Elle plante un drôle de regard dans le mien sans même achever sa phrase. Que voulait-elle me dire ? Quel est ce mot qui commence par « f » ? Son frère ? Son fils ? Je n'ai pas le temps de m'attarder sur la question qu'elle reprend la parole.

— Lachlan est à l'hôpital, balbutie-t-elle.

Encore ce Lachlan.

3 – Pardonne-moi

Que me caches-tu, bébé ? Est-ce mon gosse ?

J'espère que ce n'est pas ça, parce que je ne suis pas certain de pouvoir l'encaisser. Cacher la vérité sur notre lien à son mec passe, mais, me cacher l'existence de mon fils, j'aurais du mal à l'avaler.

— Il faut que j'y aille, poursuit-elle en me laissant en plan avec mes interrogations.

Quand mes neurones se reconnectent, je l'interpelle. Elle ne peut pas se rendre à l'hôpital dans cet état-là, elle se foutrait en l'air avant même de l'atteindre.

— Qu'est-ce que tu n'as pas compris dans Lachlan est à l'hôpital ? Je n'ai pas le temps de m'amuser !

Elle se montre forte, pourtant à ses yeux, je peux lire que c'est tout l'inverse.

— Laisse-moi tes clés, je vais t'y conduire.

Elle farfouille dans son sac d'une main tremblante. Plus les secondes s'écoulent et plus je la vois sur le point de s'écrouler. Je pose mes mains sur ses épaules. Ce qui traverse son regard me bouleverse. Le lien qui l'unit à ce Lachlan est très puissant, sinon elle ne serait pas dans cet état. La panique me gagne. J'ai la frousse d'avoir vu juste.

— Regarde-moi, Lu !

Ma voix est douce, mais suffisamment ferme pour qu'elle m'obéisse. Elle plante ses beaux iris émeraude dans le bleu des miens.

— Tu vas me passer ton sac et je vais trouver tes clés, d'accord ?

J'essaie de maîtriser ma voix, mais, avec toutes ces questions qui me bousculent, j'ai du mal à me contenir.

Qui es-tu pour moi, Lachlan ? Un parfait inconnu ou quelqu'un qui brisera mes rêves à jamais ?

Elle hoche la tête et me tend son sac. Je trouve son trousseau en bien moins de temps qu'elle. Sa main dans la mienne, elle me dirige vers sa caisse. Mon cœur bat à tout rompre, pas seulement à cause de notre proximité, mais parce que je suis sur le point de découvrir qui est ce Lachlan dont elle a voulu me tenir éloigné depuis le début.

16. Lucy

Fichue journée ! J'aurais mieux fait de rester en boule sur mon lit comme les heures précédentes. Au moins, je n'aurais pas été là, les mains agrippées à mes cuisses, priant de toutes mes forces pour que mon bébé s'en sorte. Pourquoi faut-il que la date du vingt-trois février soit un jour maudit ? Deux ans plus tôt, je me faisais enlever, séquestrer, violer. Et ce n'est pas d'avoir appris, peu de temps après mon arrivée ici, que ma génitrice n'était plus de ce monde, ni que l'autre croupissait derrière les barreaux qui ont allégé cette sensation d'être totalement oppressée depuis mon réveil. Maintenant, c'est pire. Totalement irrespirable. Je suis en train de perdre tous mes repères. Tous mes remparts. Si ça n'avait pas été l'anniversaire de Riley, je n'aurais pas bougé de ma chambre. J'aurais été près de mon fils lorsqu'il a commencé à avoir du mal à respirer.

Quand je l'ai quitté, tout allait bien, juste un simple rhume. Que s'est-il passé pour que tout déraille en à peine quelques heures ? Pourquoi la vie s'acharne-t-elle ainsi sur moi ? J'ai dû commettre l'irréparable dans une autre vie pour que, depuis mes six ans, mon quotidien soit un véritable enfer. Entre le départ de mon père, ma génitrice camée jusqu'à la moelle, ces enflures qui m'ont usée de la pire des manières, Logan qui n'a pas toujours été tendre avec moi, la naissance de mon bébé catastrophique et maintenant ça, je suis vernie. Et dire que je n'ai même pas vingt ans. Que sera le reste de ma vie ? Combien de galères devrais-je encore connaître pour pouvoir avancer sur un chemin tranquille, sans heurt ? Comme tout le monde, je n'aspire qu'à être heureuse. Pourquoi me le refuse-t-on ?

Je déglutis face à toutes ces questions, face à l'angoisse qui m'aspire vers le néant.

La main de Logan presse la mienne. Ce simple contact devrait m'apaiser, cependant c'est loin d'être le cas. Je sens son agitation à travers ses doigts et ça me stresse encore plus. J'ai comme l'impression qu'il cherche à se raccrocher à n'importe quoi pour ne pas sombrer face à ses propres démons. Il n'a pas décroché un mot depuis que nous avons quitté le parking. Je l'observe à la dérobée et mes doutes ne sont plus permis. Ses mâchoires crispées me montrent toute l'étendue de son combat intérieur. Est-ce à cause de notre baiser ? De notre discussion ? Ou de mon... notre fils ?

Notre bébé. Le fruit de notre amour démesuré.

Je ne vais pas avoir le choix que de lui dire la vérité. Je dois absolument trouver la force de le faire avant qu'on atteigne l'hôpital. Avant que quelqu'un lui annonce à ma place. Je ne veux pas revivre ce qui s'est passé chez lui. Mais, j'ai encore besoin de ce moment de répit pour tenter de calmer les battements frénétiques de mon palpitant. Je ferme les yeux, tente la respiration abdominale comme me l'a appris Leah. Ça ne fonctionne pas. Rien ne fonctionne. Dans ma tête, la tempête souffle fort. Trop fort. Je ne parviens plus à coordonner mes pensées. J'ai peur. J'ai mal. Je voudrais revenir en arrière, ne serait-ce qu'à la journée d'hier. Même si dans l'absolu le mieux serait de remonter à l'été de mes seize ans quand j'ai compris que Logan et moi étions bien plus que des amis. Juste avant que les ténèbres m'engloutissent. Dès que ma mère est sortie, j'aurais dû lui dire de m'emmener avec lui, loin d'elle. Je serais restée la fille que j'étais, celle qui ne se laissait jamais marcher sur les pieds, celle qui choyait la vie, malgré ses difficultés.

Un coup de klaxon me fait sursauter et me tire de mes pensées.

Anxieuse, je dégage ma main de l'emprise de celle de mon... je n'arrive même plus à définir ce que ce beau brun est pour moi. Est-il seulement mon passé ? Mon présent ? Ou bien mon futur ? Je n'en sais rien, je suis perdue et je n'ai pas envie d'y réfléchir. Tout ce qui compte, là, de suite, c'est mon bébé. Mon père ne m'en a pas assez dit pour me rassurer. Il m'a juste annoncé que Lachlan avait de plus en plus de mal à respirer. Quand le médecin est arrivé, il était en train de désaturer. Mais qu'est-ce que ça veut dire ? Je n'en sais rien, enfin si je sais, je me rappelle trop bien les fois où le moniteur de contrôle s'est affolé alors qu'il était en réanimation. Les infirmières qui s'affairaient autour de lui pour que son taux d'oxygène remonte. Pour que son cœur continue de battre. Et moi en larmes, totalement, viscéralement, sous le choc.

Faites que mon bébé s'en sorte. Il est mon plus beau rayon de soleil. Le seul qui maintient tous mes démons loin de moi.

— Qui est Lachlan, Lu ?

Arrêté à un feu, Logan me jette un rapide coup d'œil, bien trop bref pour que je puisse saisir ce qui se trame sous son crâne. Ses doigts enserrent le volant avec tant de force que ses phalanges en blanchissent.

Mon temps imparti est terminé, l'heure de vérité a sonné. Je dois lui dire. Il faut que je lui dise. Je ne peux plus le laisser dans l'ignorance.

— Je ne crois pas que ce soit ton frère, je me trompe ? demande-t-il sans m'avoir laissé le temps d'ouvrir la bouche.

Je tourne la tête de gauche à droite. Concentré sur la route, il ne voit pas mon geste.

— Est-ce que je me trompe ? insiste-t-il.

Sa voix est plus forte, plus pressante. Mon sang pulse violemment dans mes oreilles. Si au moins, il me laissait le temps de répondre, mais là, il enchaîne sans que j'aie le temps de prononcer le moindre mot.

— Non, réussis-je à souffler d'une voix ténue.

Je l'entends déglutir avec difficulté alors qu'il enclenche la vitesse. La voiture redémarre dans un silence de mort. Ce n'est qu'une fois garé sur le parking qu'il me repose la question. Afin que je ne puisse pas me dérober, il pose ses mains en coupe sur mes joues et me force à le regarder.

— C'est mon fils.

Je ne pouvais plus lui mentir, pas avec ses yeux suppliants plantés dans les miens. Mon cœur engage à nouveau une course effrénée. Mon estomac se contracte, effrayée face à la réaction qu'il pourrait avoir.

Une lueur passe dans son regard. Elle est si fugace que je n'arrive pas à en déterminer la teneur. Est-ce de la peur ? De la colère ? Du doute ? Je suis incapable de le dire. Toutefois, ses mains retombent le long de son corps.

— Riley est son père ?

Cette fois, je suis certaine qu'il a la frousse. Il doit s'imaginer qu'entre lui et moi, aucune chance ne subsiste si Lachlan est le fils de Riley. Pour ma part, je suis convaincue qu'aucun retour en arrière ne sera possible quand il saura que c'est le sien. Je suis à deux doigts de briser sa confiance. Si j'étais un mec, je me sentirais trahie de la plus ignoble des manières. Je serais incapable de passer outre. Je ferme les yeux, tentant de rassembler mon courage, de blinder mon cœur.

— C'est… C'est notre fils.

L'incrédulité est la première émotion qu'il semble ressentir quand il pointe son index sur moi puis sur lui. Au moment où il saisit ce que ça implique, la colère le gagne, puis le dégoût. *Je le débecte.* Sans un mot ni plus un regard il quitte la voiture. Je le suis des yeux, la poitrine serrée, le cœur lourd, alors qu'il se dirige vers l'entrée des urgences. Je voudrais le rattraper, m'excuser, lui expliquer pourquoi je l'ai tenu à l'écart. Le laisser me hurler dessus, m'insulter même si ça lui permet de se défouler. Je préférerais mille fois ça que son silence. Il l'a dit lui-même, le silence tue bien plus que les mots. Alors pourquoi ne me dit-il rien ? Pourquoi me fuit-il ?

Je reste je ne sais combien de temps à l'intérieur de mon Audi, encaissant son indifférence à mon égard. Et dire qu'il y a à peine quelques minutes, il m'embrassait comme si mes lèvres étaient sa seule source d'oxygène. Je ne peux m'en prendre qu'à moi. Si je lui avais dit dès que j'ai appris ma grossesse, il aurait pu décider par lui-même de vouloir être aux côtés de son fils ou non. J'étais tellement déçue, atterrée, anéantie par notre séparation que je n'ai pas pu m'y résoudre. Par la suite, j'ai fini par me convaincre que s'il n'était pas venu à Sydney, alors rien ne pourrait l'y faire venir, pas même son enfant. Qu'il était donc inutile de lui en parler. Mais, la vérité, c'est que je n'ai pas supporté son absence et que j'ai préféré lui dissimuler ce qui nous reliait et aurait continué à le faire s'il n'était pas venu en Australie. Certes, le fait qu'il se soit trouvé avec moi au moment où...

D'un coup, je me souviens où je suis et surtout pour quelles raisons je m'y trouve. Mes sens, qui semblaient anesthésiés, se réveillent brutalement. Ma poitrine se comprime de nouveau. Mon sang afflue à une vitesse impressionnante à mes tympans. Je me précipite hors de la voiture et me rue vers l'entrée des urgences. Arrivée devant les portes, je me retiens un instant d'une main posée sur le mur, essayant de récupérer mon souffle, qui semble m'avoir désertée.

3 – Pardonne-moi

Des doigts se posent sur mon épaule et me font sursauter. Je me retourne vivement pour découvrir Liam, le visage marqué par l'inquiétude.

— Ton père m'a prévenu. Comment va-t-il ?

Mon cœur de maman se contracte douloureusement.

— J'en sais rien. Je viens d'arriver. Tu aurais dû rester avec Riley.

D'un signe du menton, il m'indique un endroit derrière lui. Je regarde par-dessus son épaule et découvre mon... Je ne sais même plus qui il est pour moi. Ou plutôt qui je suis pour lui après ce mensonge de ma part. Quand mes yeux se posent sur lui, un léger sourire étire ses lèvres. Je contourne mon frère pour aller me réfugier près de lui. Quand tout va mal, Riley est toujours là, présent pour moi, prêt à me tenir la main. Cette fois ne semble pas déroger à la règle. Je me précipite dans ses bras, le laisse me serrer contre son torse et hume son parfum réconfortant.

— On parlera de tout ça plus tard. L'important pour le moment, c'est Lachlan. Viens, on va aller voir comment il va.

Forte de sa présence, je me laisse guider jusqu'à l'intérieur, ses doigts enroulés aux miens. À peine ai-je franchi les portes que j'avise Logan. Adossé au mur, les bras croisés sur la poitrine, il me jauge d'un regard mauvais. Ses yeux s'attardent sur nos doigts entremêlés avant qu'une moue de dégoût se dessine sur ses lèvres. Face à moi, je n'ai plus mon ex-fiancé, mais le mec qui m'a mise plus bas que terre durant plus d'un an. Celui qui me voue une haine féroce. Celui qui fera en sorte que je souffre plus que lui.

Tu croyais quoi, ma pauvre fille ? Qu'il allait sauter de joie en apprenant qu'il avait un gosse alors que tu l'as tenu éloigné de lui pendant des mois ? Sans compter que tu lui roules une pelle et que tu te pointes ensuite avec Riley. Viens pas chialer maintenant.

Honteuse, je détourne le regard la première. Le sien continue à peser lourdement sur moi. Je déglutis, de plus en plus mal à l'aise.

— Je m'occupe de lui, si tu veux, murmure Riley à mon oreille.

Bien que je sente combien il est tendu, sa voix est douce. Presque trop calme. Mais, ça, c'est lui tout

3 – Pardonne-moi

craché. Rarement un mot plus haut que l'autre. Quand il est hors de lui, il préfère aller affronter les vagues les plus dangereuses que de se laisser emporter.

D'un signe de tête, je l'en empêche.

— Il mériterait mon poing dans sa gueule, pourtant. Tu n'es pas la seule à ne pas avoir dit la vérité, chaton. Il aurait très bien pu le faire le soir même de votre rencontre. Si je peux essayer de comprendre ta raison, lui n'en a aucune de valable.

— Il ne te connaît pas. Puis, ce n'était pas à lui de le faire, mais...

D'un petit baiser sur les lèvres, il me fait taire.

— Cette partie-là, on en reparlera plus tard. J'ai juste une question, qu'est-ce que cette tête de con fout ici ?

— Il m'a accompagnée. Il était avec moi quand mon père a appelé.

À ses doigts qui se crispent autour des miens, je me demande si dire la vérité est mieux que de la dissimuler.

— Tu lui as dit ? Pour Lachlan ?

J'acquiesce d'un mouvement du chef.

— C'est une bonne chose. Pour ton fils, je veux dire. Il a besoin de connaître son géniteur. Tant que ton ex ne s'approche pas de toi, ça me va.

Je peine à respirer en repensant au baiser que nous avons échangé sur le parking. L'arrivée de mon père devant moi me sort de cette position inconfortable.

— Comment va-t-il, papa ?

Mon pouls s'emballe et mon estomac se tord. Je croise mentalement les doigts, mais comprime réellement ceux de Riley, qui n'a pas lâché ma main depuis notre arrivée.

— Les médecins l'ont mis sous oxygène et sous antibiotiques. Il va s'en sortir, ne t'inquiète pas.

À peine m'a-t-il rassurée que je sens l'air pénétrer à nouveau dans mes poumons, totalement soulagée, même si je déteste le savoir ici.

— Bonjour, monsieur Calaan, le salue Logan. J'aimerais voir mon fils. Où est-il ?

Mon père émet un léger rire jaune.

3 – Pardonne-moi

— Il t'aura fallu quinze mois et les nombreuses larmes de ma fille pour que tu daignes venir voir ton enfant !

Logan braque un regard meurtrier sur moi.

— Encore aurait-il fallu que je le sache !

Cette fois, c'est mon père qui me porte un regard lourd de sens. Dans ses yeux, je peux lire combien je le déçois et je m'en veux terriblement. J'ai menti à tout le monde, par omission la majorité du temps, mais ça n'en reste pas moins des mensonges. Logan est furax. Mon père, déçu. Riley, quoi qu'il en pense, reste calme. Quant à moi, je voudrais que le sol m'engouffre à tout jamais, tellement je m'en veux de les avoir blessés.

À bout de force

17. Logan

Putain ! Je suis hors de moi, déçu, écœuré. Toutes mes certitudes se sont envolées au moment où j'ai capté que c'était bien mon gosse. Comment a-t-elle pu me cacher son existence ? Elle n'en avait pas le droit ! Nous étions deux à le faire, merde !

J'ai juste du mal à concevoir comment ça a pu arriver. On a toujours pris nos précautions, même notre dernière nuit ensemble. Elle prenait la pilule. C'est carrément incompréhensible ! Inimaginable. Inconcevable.

Bordel, je suis papa et j'ai à peine vingt ans ! Est-ce que je serai à la hauteur ? Est-ce qu'il va vouloir de moi alors que sa mère nous a maintenus loin l'un de l'autre durant... Je ne sais même pas quel âge il a. Je suis complètement déboussolé. Paumé. Anéanti.

Mes narines se dilatent exagérément et je pousse un long soupir d'exaspération. Tout ça me fout la haine. Jamais, je ne me suis senti aussi trahi. Et dire que, malgré tout ce que nous avions vécu, je gardais confiance en elle. Dire que j'ai vraiment cru qu'elle avait juste besoin d'espace pour se reconstruire. Mon cul, ouais. Elle voulait juste s'accaparer de notre gosse. Je suis certain qu'elle savait déjà qu'elle était enceinte le jour où elle m'a balancé son putain de mail.

Je tente de faire le vide en moi tandis que je longe ce long couloir en marchant derrière Peter. Mais, impossible, tout ça me dégoûte bien trop. Bordel, quand je repense à ce que son père a dit, j'ai encore plus la rage. Comment a-t-il pu croire que j'avais abandonné sa fille et mon fils ?

Pourquoi nous as-tu menti à tous ? Qu avais-tu à y gagner, ou à y perdre ? Est-ce à cause de ton mec ? Voulait-il prendre ma place auprès de mon gamin en plus de celle qu il a prise dans ton cœur ? Pourquoi avoir fait ça, Lucy ? Ouais, plus possible que je continue à t appeler par ton surnom. Ça, c'était valable avant que tu me fasses un coup aussi crade.

Brusquement, je pense à ma frangine et la haine me brûle les veines. Est-ce qu'elle, aussi, m'a mené en bateau pour protéger sa copine ? Et mon meilleur pote, son frère de cœur ? Je suis certain qu'elle le lui a dit, à lui. Putain, le con, il devait bien se marrer en sachant que j'ignorais tout. C'était quoi le but ?

Dès que je sors d'ici, je jure que je vais l'appeler et lui passer un putain de savon. Il va s'en souvenir toute sa vie. Il a du bol de ne pas être dans le coin, sinon je lui aurais bien défoncé sa gueule. Merde, on est pote quoi ! Lui non plus n'avait pas le droit de se la boucler. Il aurait dû me le dire, c'était à moi de savoir si oui ou non, je voulais le connaître. Et la réponse aurait été oui, même si je n'étais qu'un gamin moi-même.

— C'est ici.

La voix de Peter me sort de mes putains de réflexions. Mes yeux se portent sur sa fille, toujours accrochée à son connard de mec. Bordel, comment ai-je pu la laisser m'embrasser comme si elle voulait m'insuffler son propre souffle ?

Machinalement, je frotte ma bouche du dos de la main. S'il n'y avait eu que son mec, je n'aurais eu aucun regret, ni même remords, mais là je regrette chacune des secondes que j'ai passé à lui dévorer les lèvres.

— Je t'appelle, ok ? entends-je mon coloc prononcer.

Putain, ça veut dire quoi cette connerie ? Il n'a pas l'intention de se barrer au moins ? Il n'a pas intérêt à le faire ! Hors de question que je me retrouve seul avec elle. À choisir, je préfère largement les voir se galocher. Bordel, et dire qu'il y a moins d'une heure je pensais l'inverse.

Je fronce les sourcils, perplexe, sans les quitter des yeux.

Au moment où elle pose les lèvres sur celles de son mec – ouais, cette fois, je suis foutu de le dire – je frotte encore plus fort les miennes. Ce que les autres peuvent penser de mon geste me passe par-dessus la tête. Je veux juste retirer son putain de goût, qui s'est accroché à ma bouche.

À peine quelques secondes plus tard, elle ouvre la porte de la chambre. Mon sang vient percuter rapidement mes oreilles. Je ne sais pas si je suis prêt à faire cette rencontre qui va indéniablement changer le cours de ma vie. Mes pensées ne se focalisent plus que sur lui maintenant. Exit sa mère et tous ceux qui m'ont trahi. Mes mains se mettent à trembler d'appréhension.

J'ai hâte de voir à quoi il ressemble et en même temps je voudrais arrêter le temps, voire revenir en arrière, avant ce putain de coup de téléphone. De nouvelles questions me traversent le crâne. Est-il brun comme nous ? Yeux verts ou bleus ? A-t-il mon nez ? Comment va-t-il réagir en me voyant ?

Comme un con, je reste planté à quelques pas de la porte, incapable de déterminer où est ma place. Est-ce que ça aurait été différent si j'avais été présent le jour de son accouchement ?

— Tu viens ? me questionne-t-elle. À moins que tu n'en aies rien à faire ?

T'amuse pas à ça, Lucy ! Pas quand tu as désamorcé une bombe. Pas quand je suis sur le point d'exploser.

Sous mon regard qui doit lui montrer les flammes de l'enfer, elle déglutit, puis recule d'un pas.

— Après tout, fais comme tu veux.

Quelqu'un me presse l'épaule. Je serre les dents pour ne pas le dégommer dans la seconde qui suit, avant de tourner la tête vers l'intrus. Peter me fixe d'un regard que je ne saurais définir. Il laisse passer un ange, même plusieurs, durant lequel il me dévisage avec attention, puis il finit par prendre la parole.

— Excuse-moi pour ce que je t'ai dit précédemment. J'ignorais qu'elle ne t'en avait jamais parlé. Ne sois pas trop dur avec elle, elle allait très mal à l'époque et ça n'a pas été simple pour elle de porter votre enfant.

Je lui balancerais bien un : « qu'est-ce que ça peut me foutre ? », mais vaut mieux que je me morde la langue. Pas certain qu'il apprécierait.

Je hoche juste la tête, toutefois je me retiens bien de lui en faire la promesse. Je n'ai qu'une parole et ça me ferait chier de la foutre en jeu alors que je sais pertinemment que je ne la tiendrai pas.

— Va le voir. Il te ressemble beaucoup.

Il m'encourage à le faire en me donnant un léger coup sur l'épaule. Je puise au fond de mes tripes le peu de force qu'il me reste et entre dans la chambre. Je me retourne aussitôt pour refermer la porte, sans avoir porté mes yeux sur lui. Mes paupières s'abaissent et mon cœur semble vouloir foutre le camp tellement j'ai la trouille de le regarder. Puis-je être un bon père ? Que vais-je pouvoir lui offrir maintenant que ma carrière chez les pros est plus que désengagée ? Ne suis-je pas trop jeune pour être papa ? À quel âge le mien m'a-t-il eu ? Que vont penser mes potes à New York ? Putain de questions qui vont me faire virer barge.

Sans que je m'y attende, sa voix enfantine s'élève dans mon dos. Une pure merveille. Je n'ai jamais rien entendu d'aussi beau. D'aussi ensorceleur. Est-ce parce que c'est notre enfant ? Lentement, je pivote vers lui. Mes yeux se portent instinctivement sur ce gamin. *Mon gamin.* J'avance d'un pas, puis d'un autre, sans me presser. Quand j'arrive devant son lit, je peux enfin découvrir ses traits. Personne ne peut ignorer que je suis son père tant il me ressemble. Même forme de visage. Mêmes yeux bleus. Même nez. Je ne capte même pas comment mon coloc a pu passer à côté en me voyant. Je suis certain qu'il a dû passer beaucoup de temps avec lui et doit connaître ses traits par cœur. Qui dit que Lachlan ne l'appelle pas papa d'ailleurs ? Rien que cette idée me vrille le bide.

Je passe nerveusement ma main à plus d'une reprise sur ma gueule, histoire de me reprendre. Échec cuisant, je suis toujours une putain de grenade.

Hormis mater mon fils, je ne sais pas ce qui peut m'apaiser. Du coup je porte toute mon attention sur lui et le contemple. En silence. Encore et encore. Je ne sais pas combien de temps, je reste là à le fixer, à scruter le moindre de ses mouvements. De ses petites mains potelées qui tiennent une espèce de doudou à son petit ventre qui se creuse beaucoup trop, je trouve.

Le regard de Lucy pèse sur moi, je l'ignore. Elle n'est plus digne de mon intérêt, je reste bien trop en colère pour ça. Et ce n'est pas cette bouille à croquer qui va me faire changer d'avis sur sa mère. De notre histoire, il ne restera que lui.

— Salut, petit bonhomme, finis-je par briser mon mutisme. Ta maman semble avoir oublié que t'avais un papa aussi.

Son regard aussi bleu que le mien m'observe. Il ne sourit pas. Du tout. Mais merde, même comme ça, il est terriblement beau. Lucy pose sa main sur son petit ventre. Il tourne la tête vers elle et ses lèvres dessinent un sourire qui me réchauffe l'âme. Un lien indestructible semble les unir et je me mets à rêver qu'un jour, je pourrais obtenir autant qu'elle. On va devoir s'apprivoiser tous les deux, même si je crois qu'il m'a déjà conquis. À moi d'en faire autant à présent pour obtenir de sa part le même amour inconditionnel qui le lie à sa mère.

— Logan...

— Non, Lucy, ne dis rien. Je n'ai aucune envie de t'entendre.

Je lui jette un regard en biais, pas foutu à cet instant de tourner la tête vers elle.

Elle ferme les yeux, se mordille l'intérieur de la lèvre, avant de baisser la tête. Je sais que mon rejet la blesse, je m'en tape. Ce qu'elle m'a fait est pire que tout. À choisir, j'aurais préféré qu'elle me trompe avec un autre gars. On se serait pris la tête, j'aurais bousillé le mec, mais j'aurais fini par passer l'éponge. Là, j'en suis tout bonnement incapable.

— Je suis...

— Je t'ai dit de te la fermer !

Ma voix est aussi sourde qu'un grondement de tonnerre. Je me retiens au lit pour maîtriser mes nerfs, si elle ne se la boucle pas je risque d'exploser. Chose que je voudrais à tout prix éviter. Je ne veux pas que mon fils me voit comme un connard, un putain de gars qui hurle sur sa mère.

Lucy relève aussitôt la tête et porte ses yeux sur moi. J'évite toujours de la regarder, j'ai la frousse de mes propres réactions. Je suis furax, mais mon cœur semble vouloir se réveiller pour pleurer à chaudes larmes, alors qu'il n'avait plus rien dit jusqu'à présent.

On aurait pu être heureux tous les trois si elle me l'avait annoncé dès le début ou même dès sa naissance. C'est ce qu'il semble vouloir me dire.

Ouais, on aurait pu, mais elle a opté pour un tout autre choix, qui me laisse un foutu goût amer sur la langue.

Putain de désillusion. Et dire que lorsque nous étions fiancés, je rêvais de lui faire deux ou trois gosses. On en a un, mais nous ne sommes plus ensemble et aucune chance pour qu'on le soit à nouveau.

— Alors, fais-le, Logan. Parle-moi, me supplie-t-elle.

— Je n'ai rien à dire. Ni maintenant ni jamais.

— Tu m'as dit toi-même que le silence tue.

Comment ose-t-elle me sortir ça alors qu'elle ne m'a jamais rien dit depuis des mois ?

— Et j'avais raison ! Le tien m'a flingué.

Je darde un regard lourd de reproches sur elle. Son visage se décompose. Je verrouille mon cœur derrière une porte blindée pour que ça ne m'atteigne pas.

— Je peux t'expliquer.

Ses explications, elle peut se les garder. Peu m'importe ses raisons, elles ne seront jamais valables. On ne cache pas ce genre de choses, c'est bien trop important.

— Tu ne veux pas te la boucler ? Très bien, je me casse, alors ! Si on doit se revoir, ce ne sera que pour lui. C'est tout ce qui reste de nous. Par contre, crois-moi, je ne vais pas en rester là. Je vais faire valoir mes droits pour avoir aussi une place auprès de lui.

Tu voulais la guerre ? Tu vas l'avoir ! Tu ne peux pas imaginer à quel point je t'en veux.

Des larmes perlent au bord de ses cils. Elle tente de se montrer forte pour ne pas s'effondrer devant moi. Dans ses yeux, je peux lire toute sa douleur. Je ferme les miens afin de rester insensible devant elle.

Quand je les rouvre, c'est pour les poser sur mon fils. Et uniquement sur lui.

— Papa reviendra te voir dès que ta maman ne sera pas là.

— Je ne le laisserai jamais seul ! Tu ne sais pas ce qu'on a vécu.

Qu'est-ce que je m'en fous !

— Dans ce cas, j'attendrai qu'il soit sorti pour le voir. Je trouverai une solution pour qu'il n'y ait que lui et moi. Tu ne pourras pas m'enlever ce droit.

— Je n'ai jamais voulu...

— Pourtant, c'est ce que tu as fait ! la coupé-je, durement. Tu m'as enlevé tout droit sur lui. Tu ne m'as même pas demandé si je voulais qu'on le garde ou non. T'as pris tes décisions seule sans même me consulter !

3 – Pardonne-moi

Elle pose un baiser sur le front de notre fils. Quand elle s'éloigne du lit, je la suis des yeux. Elle se poste dos à moi devant la fenêtre. Son corps se met à être secoué par de légers spasmes. Elle pleure, je n'en ai aucun doute. Mon cœur se fend de la voir si triste, mais je n'en reste pas moins hors de moi. Elle pourra chialer toutes les larmes de son corps, que je n'irai pas vers elle pour la réconforter. Qui me console moi de ce putain de coup bas qu'elle m'a fait ?

— Au revoir, mon p'tit gars, lancé-je à mon fils avant de sortir de la chambre.

Dès que j'ai franchi la porte, je me rue vers la sortie. J'entends qu'on m'appelle, mais je ne m'arrête pas. J'ai juste besoin de sortir pour pouvoir à nouveau respirer. Faire le vide. Oublier ce qu'il se trouve dans ce foutu hôpital.

Une fois les portes franchies, je m'adosse au mur et m'y laisse glisser. Le ciel est chargé d'électricité et ça ne fait que rajouter à ma sensation d'étouffement. Les yeux fermés, j'essaie de canaliser toutes mes émotions.

Dans un geste rageur, j'empoigne mes cheveux et tire dessus. Je voudrais pouvoir encaisser à la vitesse de la lumière pour pouvoir passer à autre chose. Me concentrer que sur mes études et rien de plus. Si seulement, je n'avais pas écouté Steff, je ne serais pas là à me lamenter. Seconde fois que je lui reproche mon départ. Seconde fois que je me dis que j'aurais mieux fait de ne jamais foutre un pied dans ce pays. S'il n'y avait pas Lachlan, je sauterais dans le premier vol en partance pour New York. Rien à foutre de cette putain d'opportunité.

J'en veux tellement à Lucy. J'ai beau me poser la question, je n'arrive pas à comprendre comment elle a pu me cacher une chose avec autant d'importance. Est-ce lié à tout ce qu'elle a subi ? Me tient-elle pour responsable de tout ? Putain, j'aurais donné ma vie pour elle ! Mais, maintenant…

Si nous avions seize ans, je la roulerais dans la boue pour lui faire comprendre combien elle m'a blessé. Seulement, j'ai passé l'âge de ces gamineries. La seule chose dont je suis certain, je ne veux plus qu'elle m'approche. Putain de date maudite ! Il y a deux ans, jour pour jour, on me l'arrachait et aujourd'hui, je la perds à nouveau. Mais, cette fois, aucun miracle ne sera possible. Personne ne pourra nous sauver. Son putain de mensonge m'a littéralement mis hors course. Une chance pour son mec. Si je m'étais battu comme sur le terrain, elle aurait fini par me revenir. J'en suis convaincu. Là, je n'en ai ni la force ni l'envie.

À bout de force

18. Logan

Six heures du matin et je cherche encore le sommeil. Je tourne et retourne dans mon lit, toujours avec cette foutue rage au bide. Toute la nuit, j'ai cherché à trouver une explication à son putain de coup bas, sans en trouver aucune. J'ai appelé mon meilleur pote, espérant qu'il pourrait m'en fournir une. Pour moi, il savait forcément. Après avoir poussé plusieurs gueulantes, j'ai dû finir par admettre qu'il l'ignorait. D'après ce qu'il m'a dit, il a découvert l'existence de mon fils il y a quelques jours à peine. J'ai parlé à Deb aussi, qui m'a demandé de me méfier de mon côté impulsif, qu'avec mon caractère, j'avais tendance à exploser avant de réfléchir. Pourtant, c'est déjà tout vu pour moi. Elle m'a sorti ensuite tout un tas de conneries. Je ne l'ai pas contredite, juste lancé de vagues onomatopées.

Prendre mon temps. Réfléchir. Discuter avec Lucy. Comprendre. Ouverture d'esprit. Éviter de tout perdre. Ne pas faire de conneries.

J'ai entendu son mec confirmer chacune de ses paroles, puis me menacer de débarquer si je venais à dérailler et à faire encore du mal à sa petite protégée. Qu'on me rappelle pourquoi c'est mon meilleur pote déjà ?

Les deux heures suivantes, je les ai passées à ressasser ce qu'ils m'ont dit. À me rejouer aussi toute la soirée. Du moment où j'ai pris sa défense dans le couloir, ce que je referais sans hésiter, à celui où j'ai compris que Lachlan était mon fils.

J'ai essayé de me changer les idées en regardant un film sur Netflix, mais la notification d'un nouveau mail m'a empêché de me concentrer. Il devait être deux ou trois heures du matin quand elle me l'a envoyé. Je ne l'ai pas lu. Par manque de cran ou juste parce que je ne voulais plus rien savoir d'elle ? Un peu des deux, je crois. Je m'en fous de toute façon.

Soûlé, j'ai fini par contacter Mike, un de mes potes à New York. Je me suis dit qu'avec sa grande gueule, il allait pouvoir me changer les idées. Je lui ai plus ou moins expliqué la situation, sans entrer dans les détails. Il n'a pas besoin de savoir que je suis papa. Il ne m'aurait pas cru de toute façon. Même moi j'ai encore du mal à le concevoir.

3 – Pardonne-moi

Quand j'ai fini de tout lui raconter, il est parti dans un grand éclat de rire. Avec lui, je suis habitué, rien d'offusquant ou d'offensant dans son attitude.

Prends-la dans tous les sens, mec. Ça ira mieux ensuite.

Voilà ce qu'il m'a sorti dès qu'il a réussi à se contenir. Quelle connerie ! Quoique... Un jour plus tôt, j'aurais tout mis en pratique pour suivre son conseil. Là, impossible !

Les yeux grands ouverts, je fixe le plafond, comme si ce con allait me dire quoi faire. Je laisse mes pensées vagabonder vers ce petit bonhomme qui me ressemble, puis vers sa mère. Je me souviens d'elle dans sa magnifique robe rouge, le soir du bal. Je me rappelle à quel point je la désirais. À quel point je crevais d'envie de la ramener dans la chambre d'hôtel louée pour l'occasion. Et la suite... Jamais je n'ai connu une telle nuit. On n'a pas fait l'amour cette nuit-là, c'était bien plus que ça. Nos âmes ont fusionné comme jamais.

Putain, pourquoi on ne peut pas remonter le cours du temps ? Ça serait tellement plus simple. Je dirais à mes vieux que je me casse aussi. Qu'il ne reste plus rien de cours, que les évaluations sont passées, que je me fous de la remise des diplômes, parce que sans elle, plus rien n'a d'importance. On passerait notre été à découvrir l'Australie. On apprendrait sa grossesse ensemble. Je baliserais à l'idée de devenir papa alors que je n'ai même pas dix-neuf ans. On en parlerait. On s'embrasserait. On en parlerait encore et s'embrasserait à nouveau. On s'enflammerait. Se caresserait. On s'aimerait ici et là pendant des heures, des jours et des nuits. Et je finirais par croire que cette graine qui pousse dans son ventre est un cadeau béni. Qu'il est là pour nous rappeler que notre amour est plus fort que tout. Plus fort que ces fils de pute qui nous ont détruits l'un et l'autre.

Quelque chose d'humide roule le long de ma joue. Il me faut plusieurs secondes pour capter que je suis en train de chialer comme un gosse. D'un geste rageur du revers de la main, j'essuie ma tronche, avant d'attraper mon smartphone posé sur ma table de nuit. La pente que je viens d'emprunter est un peu trop glissante et je risque de me casser la gueule si je n'y fais pas gaffe. Je dois absolument me changer les idées.

3 – Pardonne-moi

Un bras derrière la nuque, je fais défiler les actus de Columbia. S'il n'y avait pas Lachlan, je prendrais le premier vol qui m'y ramènerait. Je lis quelques conneries dont je me fous royalement. Puis, je parcours la rubrique sport. L'équipe de hockey semble en bonne voie pour se qualifier. Avant de lire l'article sur le club de théâtre, sans vraiment savoir pour quelles raisons j'y porte un intérêt.

Sois honnête avec toi-même, mon gars. Si tu le fais, c est à cause de Steff. Je suis certain que t es en train de te dire que c est la seule à pouvoir apaiser ton esprit tourmenté.

Pas tout à fait faux. C'est elle qui a su me relever quand je perdais pieds.

Avant même que je réalise ce que je fous, le téléphone se retrouve vissé à mon oreille et la première tonalité retentit.

— Logan ? J'ai cru que tu ne voulais plus me parler. Ça fait plus de trois semaines que tu es parti et pas un seul coup de fil ! me sort Steff dès qu'elle décroche.

Je ne perçois aucun reproche dans sa voix, juste un fort soulagement. Elle a sûrement cru que je l'avais laissée derrière moi. Elle n'aurait pas vraiment tort.

— Désolé, j'étais pas mal occupé. Comment tu vas ?

— Bien et toi ?

— Mal.

Putain, j'aurais pu inventer un énorme bobard, lui dire que je m'éclatais comme un fou, qu'elle me manquait malgré tout. Mais au lieu de ça, je lui balance la vérité et d'une voix morne en plus, presque éteinte. Elle va s'engouffrer dans la brèche et tenter de me faire parler maintenant.

Bravo, Baldwin !

— Qu'est-ce qui ne va pas ?

Comment je peux lui expliquer sans la blesser que je suis papa, que mon ex dont je reste fou m'a fait le pire coup qui soit ? Que je me sens totalement paumé et, malgré tout, je ne suis pas foutu de lui pardonner ?

Un silence s'invite dans notre conversation, seulement brisé par le brouhaha qui règne autour d'elle. Elle doit certainement se trouver au milieu d'un des couloirs de la fac, peut-être même en train de se rendre à sa salle de cours.

— Logan ?

— J'ai pas envie d'en parler.

— Pourquoi tu m'appelles, alors ?

C'est la bonne question. Sûrement parce qu'elle a été la seule à savoir soigner mon cœur en morceaux et qu'au fond de moi, j'aimerais qu'elle y applique encore un peu de son baume magique.

— J'avais juste envie d'entendre ta voix.

Putain de mensonge !

Je peux presque entendre le sourire qui doit illuminer ses traits maintenant. Et moi, je me traite de gros connard. Je suis en train de lui laisser croire qu'elle me manque, alors que c'est totalement faux. J'ai à peine pensé à elle depuis mon arrivée ici. Une ou deux fois peut-être. Et encore, je n'en suis même plus certain, tant tout est embrouillé dans mon esprit depuis hier soir.

— Je peux te poser une question ? me demande-t-elle, presque timide.

— Ouais, bien sûr.

Alors que le silence me fait à nouveau face, je l'imagine en train de se mordiller la lèvre. Cette fille est jolie et tellement agréable.

Pourquoi je me suis cassé à l'autre bout de la Terre ? Pourquoi je n'ai pas laissé une chance à notre nouvelle histoire ? Elle aurait su prendre soin de moi, me rendre heureux aussi, même si je ne l'aurais jamais aimé aussi fort que Lucy...

Tu sais très bien pourquoi, ducon !

Ouais et j'aurais mieux fait de me foutre en l'air plutôt que d'accepter ce foutu échange.

Et ne pas connaître ton gamin ?

Mon cœur se met à battre un peu plus vite. Je ferme les yeux pour revoir son visage à croquer. Je rêve de me rendre à l'hôpital, de le prendre contre moi. De lui apprendre des tas de conneries qui feront enrager sa mère. Même si tout ça me fout la trouille.

— Tu l'as revue ?

Sa question amène un tout autre visage derrière mes paupières closes. Son corps contre le mien. Ses lèvres qui me goûtent avec une telle sensualité que j'en perds la tête. Ma poitrine se serre devant ces quelques minutes de bonheur partagées. Je me suis pourtant promis de ne plus laisser mes sentiments pour elle dicter ma conduite. Si je viens à le faire, je risque de me brûler les ailes. Plus jamais ! Je préfère crever de mille morts que de lui redonner ma confiance. Elle n'avait qu'un mot à dire et je serais venu la retrouver. J'aurais été présent pour elle, je l'aurais accompagnée dans sa grossesse, je lui aurais tenu la main au moment de l'accouchement. J'aurais appris à changer des couches, à donner un biberon, à prendre soin de lui et d'elle en même temps. Putain, je la hais de ne pas l'avoir fait ! Je la hais de m'avoir tenu à l'écart du bonheur qu'on méritait après tout ce qu'on a traversé !

— Faut que j'y aille ! lancé-je comme si j'avais le feu au cul.

— Logan ? s'inquiète-t-elle

Elle a sûrement entendu l'urgence dans ma voix. Mais, je ne peux pas lui parler de Lucy, si je le fais, je risque de me refoutre à chialer. Hors de question de me montrer faible, que ce soit devant elle ou n'importe qui d'autre.

— Je te rappelle, mets-je fin à cette conversation qui n'aurait même pas dû avoir lieu.

— Promis ?

— Ouais.

Même si, en vérité, je ne suis pas certain de le faire.

Dès que j'ai raccroché, je me lève et pars enfiler une tenue de sport. Ça m'étonnerait que je puisse dormir, pas plus que les heures précédentes. Autant aller se défouler. Une bonne séance de running devrait pouvoir m'aider à faire le vide. Ne plus penser à rien. Et surtout ne plus avoir l'esprit focalisé sur celle qui m'a trahi de la pire des manières en me retirant le droit de partager de beaux moments avec mon gosse. Avec elle. Avec eux.

Il n'y a personne dans la pièce principale quand je sors de ma chambre. Aucune idée de l'endroit où se trouve mon coloc. Tout ce que je sais, c'est que je ne l'ai pas vu après l'hôpital ni même entendu rentrer. De toute façon, il fait bien ce qu'il veut, sa vie ne me concerne en rien. Et même s'il était avec elle, ce ne serait pas mon problème. Plus maintenant. Tant qu'il ne vole pas la place qui me revient de droit auprès de mon fils, tout me va.

C'est pas beau de se mentir à soi-même.

Foutue voix ! Un rire jaune, amer, quitte mes lèvres sans que je puisse le retenir.

Une fois à l'extérieur, je fixe mes écouteurs aux oreilles et balance une playlist de mon répertoire. La seule qui ne me fera pas penser à Lucy. Et pour cause, c'est Steffie qui me l'avait enregistrée.

J'étire mes muscles, sous ce magnifique ciel, sans l'ombre d'un nuage, avant de me lancer sur le bitume. D'abord à petite foulée, puis de plus en plus rapidement jusqu'à rejoindre la plage. Je cours encore au bord de l'eau, là où mes pas laissent leurs traces. Là où l'eau et la terre se mélangent. Je ne m'arrête que lorsque mon souffle se fait court pour crier ma rage face à cette étendue aussi bleue que les yeux de mon fils. Des passants s'arrêtent pas loin, je sens leur regard m'épier. Certains même osent parler dans mon dos, comme cette blonde et ses copines qui se sont arrêtées à même pas trois pas de moi. Elles ont beau ne pas parler fort, leurs mots ne m'échappent pas.

— Il est peut-être canon, mais ça a l'air d'un dingue.

— Tu crois qu'il est dangereux ? C'est peut-être un psychopathe ?

C'est quoi leur putain de problème ? Elles n'ont jamais vu une personne furax. Leur attitude me soûle et me fout encore plus en rogne.

Sans m'attarder sur la douleur qui pourrait en ressortir, je fais des lancées à vide face à cette immensité qui s'étend jusqu'à l'horizon. Mon épaule se réveille. Je m'oblige à serrer les dents pour ne pas m'arrêter. De toute façon, ça ne peut pas être pire que cette souffrance qui me vrille les tripes.

Je ne sais pas combien de temps je poursuis mon geste. De plus en plus fort. De plus en plus vite. Trop longtemps sûrement. Les médecins vont me tuer, mais je me fous de leur putain d'avis. Ça ne changera rien à cette foutue tornade que je traverse.

Vidé, épuisé, je finis par rebrousser chemin. Un putain de coup de poing dans l'estomac m'accueille à l'appart. Plié en deux, le souffle court, je regarde d'un air mauvais l'enfoiré qui vient de me faire ça.

— Putain, t'es malade ! grogné-je, haineux.

— Ça, c'est pour toutes les larmes que Lucy a versées par ta faute. Et celui-ci, c'est pour celles qu'elle verse encore aujourd'hui.

Toujours le souffle coupé, je ne parviens pas à esquiver l'uppercut qu'il me balance dans la tronche. Sonné, ma tête tourne. Je perds l'équilibre et me retrouve sur le cul.

— Chaque fois que tu lui feras du mal, tu pourras compter sur moi pour te rappeler à l'ordre. Elle a bien assez pleuré pour ta gueule.

Putain, c'est le monde à l'envers. D'où il se permet de me balancer de telles conneries ?

Sidéré par ce que j'entends, je lève un regard incrédule sur mon ennemi. Puis, j'éclate de rire. Le son qui franchit mes lèvres n'a rien de joyeux, c'est celui émis par un gars totalement dépassé par ce qui lui arrive et qui ne parvient plus à contrôler ses nerfs.

Je me relève pour lui faire face, et surtout pour le jauger de toute ma hauteur. Le regard que je lui lance est froid, glacial même. Il ne se démonte pas et me défie même des yeux.

— Lucy est fragile. Je n'ai aucune envie de la ramasser encore à la petite cuillère.

— Tu te plantes carrément, mec. Elle est forte et je suis mieux placé que toi pour le savoir. On se connaît depuis qu'on est gosses.

— Si tu le penses, c'est que tu ne la connais pas aussi bien que tu le crois.

Merci de me rappeler que je ne la connaissais pas aussi bien que je le croyais. Jamais je n'aurais pensé qu'elle puisse me cacher des choses aussi importantes que notre fils. Même si en y réfléchissant bien, ce n'est pas la première fois qu'elle le fait. Elle ne m'a jamais parlé de cette ordure jusqu'à ce qu'elle craque devant moi.

— J'ai compris le message, t'inquiète. Et si ça peut te rassurer, je ne m'approcherai plus d'elle.

— Dans ce cas, tu confirmes que tu ne la connais pas si bien que ça. Même si ça me fait chier de l'avouer, encore plus à toi, qu'un autre, ce n'est pas de moi dont elle a besoin, mais de toi.

— Foutaises ! éructé-je. Elle a préféré me tenir à l'écart avec son putain de mail plutôt que de me dire qu'elle attendait notre gosse ! Alors ne va pas me faire croire qu'elle a besoin de moi à ses côtés.

Vénère, j'enfonce mes ongles dans ma paume.

— Je ne sais pas de quel mail tu parles et tu peux penser ce que tu veux, mais, moi, je sais ce qu'elle a vécu les mois après son arrivée. Je sais à quel point elle a souffert de ton absence. Ce que tu ignores totalement, puisque ce n'est pas toi qui l'as sortie de l'océan alors qu'elle pensait t'y rejoindre. Ce n'est pas toi non plus qui lui as tenu les mains pour qu'elle cesse de se donner des coups dans le ventre, en croyant pouvoir perdre votre fils ainsi. Ce n'est pas toi non plus qui l'a rassurée le jour où le cœur de votre gosse a lâché et qu'ils ont dû l'accoucher en urgence. Et pourtant, malgré mes bras, malgré mes mots, c'est ton nom qu'elle pleurait sans relâche ce jour-là.

Je suis largué, je ne comprends plus rien. Tout ce que je sais, c'est que cette vérité vient de me déstabiliser. De me foudroyer. Que je suis en train de perdre pied, que je n'arrive plus à associer mes pensées. Et surtout que je n'ai aucun mot pour répondre à ça.

Si t avais tant besoin de moi a tes côtés, pourquoi tu ne m as pas demandé de revenir ?

Trop ébranlé pour rester dans la même pièce que lui, je le contourne et me dirige vers ma piaule. J'ai à peine appuyé sur la poignée de la porte que sa voix s'élève dans mon dos. Je ne me retourne pas, je l'écoute seulement, aussi raide et droit qu'une statue.

— Elle ne m'a jamais dit qu'elle m'aimait.

Ses « je t'aime » résonnent dans mes oreilles. Moi, elle me l'a dit des centaines de fois. Je me souviens du tout premier, c'était à Taos, là où notre histoire a vraiment pris naissance. Un nœud se forme dans mes entrailles et me tord les tripes. Entre nous, ça n'a jamais été simple et pourtant on s'aimait plus que tout. Plus que la vie même.

Je ferme les yeux un instant. Quand je les rouvre, je pousse la porte sans même lui répondre. Alors que je franchis le seuil, il reprend la parole.

— Vous étiez amis avant. Tu devrais au moins essayer de faire en sorte de le redevenir.

Je me tourne vers lui et le fixe longuement. Je n'arrive pas à comprendre à quoi il joue. Pourquoi essaie-t-il de me pousser vers elle ? Il a tout à y perdre.

— Pourquoi j'ai l'impression que tu me pousses vers elle ?

— Parce que je l'aime et que je veux qu'elle soit heureuse. Je serais stupide de croire qu'à moi seul je peux y parvenir.

Il se gratte une seconde le menton comme s'il n'était pas tout à fait certain de ce qu'il vient de me balancer.

— J'aurais pu si tu n'étais pas revenu dans sa vie.

— Tu crois que tout ça est simple pour moi. Sérieux, j'aimerais bien te voir à ma place. Elle me demande de lui laisser de l'air...

Cette discussion me tue. Je frotte mes yeux comme si ce simple geste allait me permettre d'y voir plus clair.

— Elle était perdue. Totalement. Elle en voulait à la Terre entière. À toi. À Son père. À ta frangine. Elle...

— Elle m'a caché l'existence de mon fils !

— Ouais, je comprends. Je lui en voudrais aussi, mais je crois que j'essaierais de comprendre pourquoi elle a fait ça, de redevenir amis avec elle, au moins pour lui.

— Je pourrais jamais être à nouveau ami avec elle. C'est soit tout, soit rien.

Il hoche la tête tout en mordillant l'intérieur de sa lèvre. Au moins, ma mise en garde est claire. Si un jour, je lui pardonne, il n'a plus aucune chance. Au fond de lui, je suis sûr qu'il le sait.

— Si tu la rends heureuse, je saurais m'écraser. En attendant, ne compte pas sur moi pour laisser passer la moindre larme que tu lui feras verser.

Sa menace est tout aussi limpide que la mienne.

Je finis par refermer la porte de ma chambre et pars m'écrouler sur mon lit. Ce con ne m'a pas raté. Ma paupière me fait mal. Mon cœur saigne. Et en plus de ça, la douleur dans mon épaule ne m'a pas lâché.

J'attrape mon smartphone et pars consulter mes mails. Ou plutôt le mail. Après ce que m'a dit son mec, j'ai besoin de comprendre ce qui s'est passé dans sa tête. Pourquoi voulait-elle tuer notre enfant ?

****

De : Lucy

3 – Pardonne-moi

À : Logan

Logan,

Je sais que tu m'en veux énormément et je peux le comprendre. Ou du moins essayer. J'aurais dû te le dire dès que je l'ai appris, mais ça n'a pas été simple pour moi. J'étais déjà à quatre mois passés quand je l'ai su. Mon ventre ne s'était pas arrondi avant et je n'avais aucun symptôme. Les médecins ont parlé de déni de grossesse. Ils avaient sûrement raison. Je ne voulais pas de cet enfant. Pas sans toi. Pas si loin de toi. J'ai tenté de le tuer en donnant des grands coups de poings dans mon ventre. Si Riley n'avait pas été là, j'aurais fini avec un couteau dans les mains. Je n'aurais pas eu peur de me blesser. De toute façon, je n'avais plus envie de vivre. Il me manquait la moitié de mon âme et, sans elle, plus rien n'avait de goût. Mes démons se marraient de ma faiblesse et m'entrainaient de plus en plus dans les profondeurs. Je ne pouvais pas donner naissance à notre enfant alors que je n'avais qu'une envie, mourir.

À six mois de grossesse, Lachlan a fait un arrêt circulatoire du sang. On m'a fait une césarienne en urgence et mon miracle est né. Il était si petit à l'époque... Je regrette de ne pas avoir eu la force de te dire que j'étais enceinte pour que tu puisses le voir. Je suis sûr que tu aurais vu en lui, un ange. Notre ange gardien envoyé du Ciel pour qu'on puisse quitter notre enfer.

Quand on m'a demandé comment je voulais l'appeler, je n'ai pas hésité une seule seconde. Je voulais qu'il ait un rapport avec toi, alors je l'ai prénommé Lachlan Mike Logan. Son nom est Calaan, mais je suis prête à aller au tribunal avec toi pour que ton nom soit accolé au mien. Contrairement à ce que tu peux croire, je ne t'empêcherais jamais d'exercer tes droits sur lui. C'est ton fils autant que le mien.

Oui, je sais, il m'a fallu du temps pour le réaliser. J'avais juste la trouille de souffrir encore. Je n'aurais pas pu encaisser que tu ne viennes pas alors que tu connaissais l'existence de notre enfant. Mais, cette nuit, je regrette amèrement mon silence. C'était à toi seul de prendre ta décision. Je t'ai infligé la pire des blessures. Je suis tellement désolée. Tu ne peux pas savoir combien je m'en veux. Combien j'ai mal. Je n'arrête pas de pleurer depuis ton départ et de prier pour que tu reviennes.

3 – Pardonne-moi

Je sais que tu ne le feras pas, je te connais par cœur, Logan. J'ai dépassé largement tes limites. Tu ne me pardonneras pas. Et moi, je ne suis pas du genre à ramper comme toi tu l'as fait après ce que tu m'as fait subir au lycée. Je n'en ai pas la force. Alors, je resterai loin de toi, comme tu me l'as demandé. Je veux seulement te dire que tu as raison sur toute la ligne, je ne te déteste pas. C'était juste plus simple pour moi d'y croire. Si je laisse mes sentiments me guider, je ne pourrais pas me relever alors que, pour notre fils, je n'ai pas le droit de flancher. Il a besoin de moi.

Au revoir, mon amour.

Lucy.

****

Quand je finis de lire son mail, mes joues sont trempées par mes larmes. Je ne sais plus qui de nous deux a gâché notre histoire. Moi, pour ne pas avoir poursuivi ma lutte ? Mais, j'étais tellement anéanti à l'époque que je n'avais plus la force de me battre. J'avais déjà bien trop donné. Elle, à cause de son mail qui m'a tué ? Mais, elle était tellement faible qu'elle n'a pas eu la force de revenir en arrière.

Je suis encore plus paumé que la veille. Je lui en veux terriblement de ne m'avoir rien dit, néanmoins, je reste fou d'elle, sinon je ne serais pas là en train de chialer comme un môme. Cependant, elle a raison, je ne suis pas le genre de gars à pardonner facilement et elle, pas le genre de fille à ramper. Je peux la comprendre, elle a vécu bien trop de choses pour courber encore l'échine. Désormais, tout est entre mes mains. Je suis le seul à savoir si je veux nous sauver ou nous détruire pour toujours.

19. Lucy

Voilà déjà cinq jours que mon fils est à l'hôpital. Les médecins sont très optimistes, Lachlan devrait pouvoir sortir avant la fin du week-end. La journée, je l'aide à trouver le temps un peu moins long entre deux siestes. On joue avec ses petites voitures. Je lui raconte des histoires, celles avec des animaux. Ses préférées. Je lui parle énormément de son père, je ne veux plus lui cacher qui est Logan ni qu'il est issu du plus bel amour qui puisse exister. Un jour sur deux, Riley passe nous voir. Je le trouve de plus en plus distant, que ce soit avec moi ou même avec mon fils. Je n'arrive pas à savoir s'il me cache des choses ou s'il a déjà compris ce que je ressens pour mon ex. J'ai beau insister pour savoir ce qui ne va pas, il refuse de m'en parler. Liam n'est pas plus bavard pour le coup, pourtant je suis persuadée qu'il en sait bien plus que moi. Je déteste leur silence, mais je n'ai aucune idée de comment les forcer à m'en dire plus. Sans compter qu'après ce que j'ai fait, je ne peux obliger personne à le faire.

J'ai encore passé une grosse partie de la nuit à bûcher mes cours. Dormir m'est quasiment devenu impossible. Dès que je tente de fermer les yeux, le visage de Logan apparaît. J'ai le choix entre son regard joueur ou celui plein de déception et de rancœur. Le plus douloureux, même si les deux font mal. Je sais que je l'ai perdu pour toujours au moment où il a découvert la vérité sur Lachlan. Mon mail n'y changera rien. Je ne suis même pas certaine qu'il l'ait lu. Ma culpabilité me ronge un peu plus chaque jour.

Mon petit ange dort encore les poings fermés lorsque Maria, l'une des infirmières, rentre dans la chambre. La soixantaine, cheveux grisonnants, elle me fait beaucoup penser à Nanny avec son visage avenant. Un sourire compatissant se dessine sur ses lèvres au moment où elle pose les yeux sur moi. Par politesse, je me force à sourire à mon tour, bien que le cœur n'y soit pas vraiment.

— Vous devriez vous reposer un peu plus. Vous ne tiendrez jamais si vous continuez à lutter contre le sommeil.

Chaque matin, c'est toujours elle qui vient voir mon fils la première. On discute souvent toutes les

3 – Pardonne-moi

deux et elle m'aide à supporter le temps. Elle connaît les raisons pour lesquelles je dors peu, elle m'a même proposé un somnifère pour que je puisse me détacher de tout ça et passer au moins une nuit paisible. J'ai refusé, j'ai bien assez pris de médicaments à mon arrivée dans ce pays. Je ne veux plus ressembler à un zombie. Lachlan a besoin de sa mère, pas d'un mort-vivant. Surtout que son père est toujours aux abonnés absents.

— Son papa n'est pas venu le voir, n'est-ce pas ? demande-t-elle comme si elle avait lu dans mes pensées.

D'un air triste, je secoue la tête, avant de hausser les épaules comme si ça n'avait aucune importance. Au fond de moi, je rêve de le voir, au moins pour notre fils.

— Je suis certaine qu'il viendra. Ça fait un énorme changement dans sa vie, sans compter les responsabilités qui en découlent. Puis, vous savez, un homme ne devient pas père du jour au lendemain, même s'ils sont présents durant toute la grossesse. Laissez-lui juste un peu de temps, il finira par vous surprendre.

— Il est si têtu...

— Quel homme ne l'est pas ?

Elle sourit de nouveau et cette fois, son sourire vient directement s'implanter dans mon cœur pour me donner la force d'y croire, ne serait-ce qu'un tout petit peu.

Lachlan émet un léger grognement qui attire aussitôt notre attention. Ses petits yeux bleus viennent agripper mon regard dès qu'il le trouve, pour ne plus le lâcher une seconde. J'y puise tout l'amour dont j'ai besoin, avant de lui rendre au centuple. Maria s'affaire autour de lui. Quand elle a fini, elle vient me prendre la main.

— Ne perdez pas espoir, Lucy et faites-moi plaisir, cessez de vous torturer.

Cette femme est une source de lumière dans toute cette obscurité qui m'entoure.

Dès qu'elle franchit la porte, je vais chercher Lachlan pour l'emmener avec moi sur le seul fauteuil de la pièce. À force de m'y asseoir, il commence à porter les empreintes de mes fesses. Ensemble, nous attendons avec la plus grande impatience notre petit-déjeuner. Un biberon pour lui, un café et quelques tartines pour moi. Pour le faire patienter, je m'amuse à le chatouiller. Ses éclats de rire m'emmènent très loin de mes démons. Ils envahissent mon univers pour le rendre beaucoup plus coloré, beaucoup plus beau. Beaucoup plus doux.

Mon petit rayon de soleil ne quitte pas mes bras de la matinée, sauf quand je le change. On joue. On se fait d'énormes câlins. Il tente de se mettre debout sur mes genoux à plus d'une reprise. Je suis obligée de le faire se rasseoir à chaque fois pour éviter qu'il ne retire les lunettes qu'il lui fournisse l'oxygène dont il a encore besoin, même si c'est à une dose de plus en plus faible. Il rouspète, retente encore jusqu'à ce que, fatigué de son jeu, il finisse par se lover dans mes bras. Maria passe en début d'après-midi pour lui retirer les lunettes quelques heures. Dès qu'elle repart, je parle encore à Lachlan de son père, de notre enfance, de ce qu'il a toujours représenté pour moi jusqu'à ce que mon petit ange pointe son index en direction de la porte. Je tourne les yeux pour regarder ce qu'il me désigne. Mon cœur se met à battre très vite lorsque je découvre son père souriant, adossé avec nonchalance contre le chambranle de la porte. Nos regards s'aimantent, s'accrochent, juste le temps pour lui de se reprendre et de détourner la tête vers notre fils.

— Tu es venu ?

— Ouais, mais juste pour lui, fait-il en désignant notre bébé d'un signe du menton.

— Je ne t'en demande pas plus.

Il finit d'entrer dans la chambre pour venir jusqu'à nous. Tandis qu'il s'approche, je ne peux pas m'empêcher de l'observer. Sa beauté continue à me couper le souffle comme toujours depuis de nombreuses années. Sa barbe de quelques jours lui donne une grande virilité qui enflamme mes sens. Je laisse mon regard couler sur son torse qui porte un t-shirt blanc moulant. Comment ai-je pu être aussi bête pour croire que Riley pourrait un jour le remplacer dans mon cœur ? Il s'arrête à quelques pas de nous et porte sa main sur sa nuque comme s'il se demandait ce qu'il fait ici.

— Tu veux le prendre ? demandé-je en me levant pour aller à sa rencontre.

3 – Pardonne-moi

— J'en sais rien. Je ne sais même pas ce que je fous ici. Je crois que j'avais besoin de savoir s'il allait bien.

Lachlan dévisage son père, avant de venir réfugier sa petite tête dans mon cou. Puis, il se redresse, regarde à nouveau son père et revient se cacher contre moi. Ce petit manège se répète plusieurs fois jusqu'à ce que Logan prenne la parole de sa voix grave et amusée.

— Je te fais peur, mon p'tit gars ?

Lachlan se tourne une nouvelle fois vers son père et tend la main dans sa direction. La magie opère au moment où ses petits doigts viennent se poser sur la joue de Logan. Leurs yeux s'accrochent et je me sens planer devant cette scène irréelle. Jamais, je n'aurais pu croire que cette vraie première rencontre entre le père et le fils, pas celle en coup de vent de l'autre jour, puisse être aussi intense. Je suis en train de fondre complètement devant eux.

— Je peux ? demande Logan en tendant les bras vers Lachlan.

D'un signe de tête, j'acquiesce, un sourire béat sur les lèvres. Entre lui et moi, c'est sûrement mort, mais à cet instant, je ne désire rien de plus que cet échange entre eux. Lachlan se laisse porter par son père jusqu'au fauteuil sur lequel il s'assoit. Logan semble serein. J'ai l'impression qu'il apprécie tout particulièrement ce moment avec son fils. Son mini-lui. Attendrie, je n'arrive pas à les lâcher des yeux. Ils apprennent à se découvrir, à s'apprivoiser et ça me plaît énormément.

— Parle-moi de lui, lâche le brun aux yeux couleur de l'océan en les plantant sur moi.

Je hausse un sourcil, pas très certaine de savoir ce qu'il désire connaître sur son fils.

— Qu'est-ce que tu veux savoir ?

— Tout, répond-il avant que Lachlan lui pince la joue.

Il lui attrape la main avec douceur et la porte vers sa bouche pour y poser ses lèvres dessus. Ses yeux me quittent pour venir se poser sur son p'tit gars.

— Tu m'as déjà parlé de ta grossesse et de sa naissance. J'ai lu ton mail, Lucy, ajoute-t-il en relevant la tête vers moi.

3 – Pardonne-moi

Son regard n'exprime que de la sincérité. Il veut que je le crois sur parole.

— Même si ça ne change rien à ce que je t'ai dit l'autre jour.

— Je ne te demande pas de me pardonner, mais juste d'être présent pour lui.

— Alors, dis-moi tout sur... commence-t-il en portant ses iris vers Lachlan. Sur mon fils. Combien de temps est-il resté à l'hôpital ? Est-ce qu'il sait marcher ? Est-ce qu'il parle ? Enfin pour le moment, j'ai plus l'impression qu'il préfère me pincer la joue ou m'attraper les tifs que de me raconter ce qui l'éclate dans la vie. Si, j'ai bien compris le message de ton père, il a quinze mois, c'est bien ça ?

J'opine du chef tandis que Lachlan tire fort la chevelure de son père. Devant la grimace de Logan, j'éclate de rire. Il tourne à nouveau la tête vers moi et l'espace de quelques secondes, plus rien n'existe autour de nous, avant que son regard ne devienne dur et plante une lame acérée dans mon cœur.

— Il est resté trois mois à l'hôpital. Un parcours sans faute. Un seul retour en arrière, mais il n'a eu besoin que d'une unique transfusion, alors que d'autres bébés bien plus costauds que lui à la naissance ont eu besoin de plus de soins. Il ne marche pas encore seul, mais adore le faire quand on lui tient les mains. Il ne dit que maman.

Lui parler de Lachlan me permet d'oublier la douleur qu'il m'a causé en me regardant si durement.

— Il me ressemble beaucoup physiquement, même s'il a un peu de toi, comme ce petit nez adorable, fait-il en posant son doigt dessus. Son caractère ? C'est toi ou moi ?

— C'est un Baldwin, sans aucun doute. Il est aussi têtu que...

— Ouais, un Baldwin, mais qui porte ton nom, me coupe-t-il sèchement.

Sa pique fait mouche. Je tourne mon visage pour ne pas lui montrer à quel point ça m'atteint.

— Je ferais mieux de partir. J'ai cru que ce serait une bonne chose de venir, mais je crois que je me suis planté.

Incrédule, je me retourne aussitôt vers lui. Ses gestes sont devenus plus nerveux, Lachlan le sent et

3 – Pardonne-moi

commence à s'agiter dans les bras de son père. Moi, je suis complètement perdue. Qu'est-ce que j'ai dit pour le contrarier ? Mon ange se met à pleurer, ce qui fait paniquer le père. Comme si notre fils n'était qu'un ballon, il me le plaque sur le ventre. J'ai à peine le temps de le tenir correctement qu'il s'éloigne déjà de nous. Je le suis des yeux alors qu'il se dirige vers la porte à grand pas.

— Logan ?

Il s'arrête net, me regarde et porte sa main sur sa nuque comme s'il faisait face à un grand dilemme. Je connais par cœur chacun de ses gestes et leur signification. Il pince les lèvres et secoue la tête.

— Je ne suis pas sûr d'être fait pour être père.

Choquée, je recule d'un pas. Mon souffle se coupe comme s'il venait de me balancer un uppercut en plein estomac. Je cherche dans son regard sa sincérité, mais il détourne les yeux avant même que j'obtienne ma réponse.

— Tu mens ! éructé-je.

J'essaie de prêcher le faux pour savoir le vrai. Il fourrage dans ses cheveux et je sais que j'ai vu juste.

— J'y arrive pas, ok ?

Je ne comprends absolument rien. Il s'en sortait comme un chef. Pourquoi me ment-il ? Je sais qu'il m'en veut, mais il ne peut pas le faire payer à notre fils. Lachlan n'y est pour rien.

— Tu t'en sortais parfaitement !

— Laisse-moi juste tranquille, Lucy !

Et cette fois, il s'en va pour de bon, me laissant seule avec mes milliers de questions et notre fils. Est-ce qu'il reviendra ? J'ai du mal à y croire. Que dirai-je à Lachlan quand plus tard il me demandera qui est son père ? Est-ce que je pourrais lui dire que Logan a préféré s'enfuir que de prendre ses responsabilités ?

Mon petit ange pleure dans mes bras. Il n'a pas compris ce qui venait de se passer. Comment le pourrait-il alors que j'ai du mal aussi ? Où est-ce que ça a dérapé ? Il m'a juste posé une question et je lui ai répondu sincèrement. Lachlan est le portrait craché de son père. Même physique. Même caractère. C'est un Baldwin à part entière. C'est vrai, il ne porte pas le même nom, mais dans mon mail je lui ai dit qu'on pouvait se rendre au tribunal pour l'accoler au mien. Quelle erreur ai-je commise cette fois ?

— Ça va ?

Maria me fait sursauter en entrant dans la chambre.

— Je l'ai vu partir, il n'avait pas l'air dans son assiette. C'est son père, n'est-ce pas ?

Je n'ai que la force de relever mon regard triste vers elle et de hocher faiblement la tête.

— Il semblait perdu.

— Il ne se sent pas capable d'être père, expliqué-je d'une voix morne.

Elle émet un léger rire qui m'agace. Je ne suis pas d'humeur à ce qu'on se moque de moi.

— Moi, je dirais plus tôt que le problème n'est pas votre fils, mais vous.

Surprise, je hausse un sourcil interrogateur et pointe mon index sur ma poitrine.

— Il doit vous en vouloir beaucoup de lui avoir caché l'existence de Lachlan, mais je pense qu'il reste amoureux de vous et qu'il est tiraillé entre ses deux sentiments.

— Vous êtes devin ?

Elle pose sa main devant sa bouche pour camoufler le sourire que j'ai fait naître sur ses lèvres. Cependant, je perçois dans ses yeux que je l'amuse.

— Non, j'ai juste étudié la psychologie des gens au cours de ma carrière. Laissez-lui du temps, il reviendra. D'ailleurs, je vous l'avais dit ce matin qu'il viendrait voir votre fils, me suis-je trompée ?

Je ne sais pas d'où sort cette femme, mais j'ai l'impression d'avoir fait la rencontre de mon ange gardien.

— On va remettre les lunettes et les électrodes à Lachlan. Vous permettez ?

Je hoche la tête et lui tends mon fils qui a fini par s'apaiser sous la voix douce de cette femme incroyable. Tout comme moi.

20. Logan

Entre les cours, le projet en binôme et mon travail au bar, je n'ai pas eu une minute à moi depuis la dernière fois que j'ai vu mon p'tit gars, voilà déjà deux semaines. Ses petites mimiques, sa façon de me toucher, de me pincer les joues, de vouloir m'arracher les cheveux me manquent. Je n'imaginais pas qu'on pouvait ressentir ce genre d'amour en si peu de temps. Je ne le connais pas et pourtant j'ai l'impression que ma vie ne serait plus complète s'il venait à disparaître. J'ai eu le temps d'y penser plus d'une fois alors que je le croyais encore à l'hôpital. Un immense soulagement m'a envahi lorsque Liam est venu m'annoncer, en début de semaine dernière, que mon fils allait bien et qu'il était rentré chez eux. L'avantage dans ce manque flagrant de temps, c'est que je n'ai pas eu à approcher sa mère. Être près d'elle est le pire des supplices. Je bataille constamment entre ce que me dicte mon cœur et cette colère que je n'arrive pas à atténuer. C'est à cause de ces putains de sentiments contradictoires que je me suis cassé de l'hôpital l'autre jour. Rien à voir avec ce que je lui ai dit. Jamais je ne rejetterai notre enfant. C'est le plus beau cadeau qu'elle ait pu me faire. Si seulement elle me l'avait dit bien plus tôt, je ne serais pas là à naviguer en permanence entre deux eaux. On aurait pu former une famille tous les trois et être heureux. J'aurais fait beaucoup plus gaffe sur le terrain pour ne pas gâcher mes chances de passer pro afin de leur offrir une vie de rêve.

Voilà dix bonnes minutes que j'attends ma binôme qui doit venir me rejoindre pour bosser à l'appart et je n'arrête pas de penser à eux, à m'en faire des putains de nœud dans le crâne. Si je peux comprendre ce manque que j'ai de lui, je n'arrive pas à capter pourquoi mon esprit se focalise sans arrêt sur elle. Je devrais la rayer une bonne fois pour toute de ma vie. Pourtant, j'ai l'impression d'être un véritable camé, elle est pire qu'une drogue dont on ne parvient pas à se sevrer. Pourquoi dès que je pense à lui, il faut obligatoirement que je pense à elle ? Je voudrais qu'elle arrête de prendre une place phénoménale sous mon crâne et dans mes putains

3 – Pardonne-moi

de rêves. Je voudrais que son corps cesse de me hanter quand je ferme les yeux sous la douche.

Bordel, elle arrive quand Marina ? Si elle continue à traîner, j'aurais perdu la boule avant qu'elle frappe à la porte.

Comme si mes prières venaient d'être entendues, quelqu'un toque à cet instant. Je pousse un soupir de soulagement avant de filer ouvrir. Le sourire qui s'était affiché sur mes lèvres s'efface au moment où mes yeux se posent sur ma meilleure ennemie. Et bordel, qu'est-ce qu'elle est sexy dans cette jupe évasée qui lui arrive à mi-cuisse et ce petit haut échancré qui me laisse apercevoir la naissance de ses seins !

Sans même que je l'invite à le faire, Lucy entre dans l'appartement. Je la suis des yeux, la langue pendante comme un putain de clebs ou un mec grave en manque. Elle est belle à se damner, putain !

— T'en as sûrement rien à foutre, mais je suis là pour te parler de ton fils !

Son ton cinglant me ramène direct sur Terre.

— T'as rien à foutre ici, Lucy ! Je t'ai dit de ne plus m'approcher ! explosé-je.

Mon corps semble ne pas être du tout en accord avec moi. Sans vraiment le réaliser, je me rapproche dangereusement d'elle. Ses courbes semblent être un aimant ultra-puissant qui exerce une attraction sur le mien dont je ne peux me défaire.

— Lachlan n'y est pour rien dans tout ça. Tu n'as pas le droit de le lâcher. Il a besoin de son père !

— La faute à qui, hein ?

J'aurais aimé que mon ton la déstabilise, mais ma voix rauque obtient l'effet inverse. Elle se frotte les bras comme si la pièce venait de perdre quelques degrés. Je ne suis pas con, je sais que ses frissons n'ont rien à voir avec un quelconque rafraîchissement de l'air.

Mes pieds continuent d'avancer comme s'ils étaient poussés par leur propre volonté. *À quoi je joue, bordel ?*

Et elle, pourquoi elle ne recule pas ? Et pourquoi elle plante ses incisives dans sa lèvre ? Je ne suis qu'un mec plein de faiblesses, surtout face à mon plus grand amour. Encore plus quand mon cœur prend la décision d'être seul maître à bord, claquant la porte à la tronche de ma raison.

3 – Pardonne-moi

— La mienne...

Elle me dit ça de façon si sensuelle que ma queue se réveille. Elle se met à frétiller dans mon calbut, prête à se mettre au garde-à-vous pour en découdre avec ma meilleure ennemie. Et mon cœur, ce traître, m'ordonne de céder à la tentation. Lucy esquisse un pas dans ma direction sans quitter mes lèvres de ses sublimes yeux.

Juste une dernière fois, histoire de clore pour de bon notre histoire. Un dernier corps-à-corps torride et on oublie à quel point on s'est aimés. Chacun repart ensuite à sa petite vie... Rien qu'une fois.

Quelqu'un frappe à la porte. Je m'en fous. Il n'y a plus que cette bombe brune qui compte. Ma proie qui ne se trouve plus qu'à un pas de moi. Elle attend. *Elle m'attend.*

— Arrête-moi, Lucy, avant qu'il ne soit trop tard !

— J'en ai pas envie, Logan.

— Alors tu veux quoi ?

Je sens que je vais me brûler les ailes et le regretter très amèrement ensuite, mais rien ne pourra m'empêcher de le faire. Encore moins ces coups qui n'arrêtent pas de retentir contre la porte.

— Toi.

C'est tout ce qui me fallait comme réponse pour que je me jette sur elle.

Putain cette bouche ! Divine. Exquise. Je m'en délecte et en redemande encore. Ses mains s'accrochent à ma nuque, à mes cheveux tandis que les miennes se faufilent partout dans le but de redécouvrir ce corps qui m'a tant manqué. Je suçote ses lèvres, les mordille. J'en veux encore et toujours plus. Ma langue se fraie un passage jusqu'à la sienne. Elles s'unissent l'une à l'autre dans un ballet de plus en plus langoureux. De plus en plus torride.

Je crois que mon portable sonne, mais je n'en suis pas très certain. Mes neurones sont en train de griller les uns après les autres. Plus rien ne compte à part celle qui vient de glisser une main sous mon t-shirt et s'amuse à redessiner chacun de mes muscles de ses doigts, me marquant au fer rouge à chacune de ses caresses. Les miens suivent le même chemin sous son t-shirt pour venir se poser sur ce tissu qui recouvre ses seins. Un gémissement quitte ses lèvres au moment où j'effleure un de ses tétons. Et ce son sonne si beau à mes oreilles que j'ai encore besoin de l'entendre. Alors, pour qu'elle l'émette une seconde fois, je frôle, pince, titille ses zones sensibles que je connais encore par cœur. À mon tour de pousser un râle lorsqu'elle glisse sa main sous mon survêt pour venir la poser sur mon érection.

— Pourquoi tu me fais un tel effet, Lu ?

Elle sourit contre mes lèvres, avant de plaquer sa bouche sur la mienne. Je crève de chaud et je ne crois pas être le seul, vu comme je la sens bouillir entre mes bras. Elle tire sur l'ourlet de mon t-shirt, m'intimant silencieusement de le retirer. Je lui obéis aussitôt, passe cette fringue par-dessus ma tête et la balance en direction du canapé. Sous son regard fiévreux, je m'enflamme.

— Déshabille-toi ! ordonné-je d'une voix rauque, éraillée par le désir.

Ses joues virent au cramoisie tandis qu'elle commence à retirer son petit haut. Les yeux plissés, je n'en perds pas une miette alors qu'elle m'offre un spectacle des plus érotiques. Ma gorge et mes lèvres s'assèchent. Du bout de la langue, j'humidifie ces dernières. Jamais, une autre fille m'a mis dans un tel état. Je me consume littéralement devant elle.

Le jeu a assez duré, je n'en peux plus. Je vais virer barge si je reste à distance de cette sublime tentatrice.

Tel un félin, je fonce sur ma proie. Mes mains se plaquent sous ses fesses et je la hisse dans mes bras. Ses jambes s'enroulent autour de mes hanches. Son intimité se colle à ma trique et me fait pousser un nouveau râle de plaisir. Nos bouches se retrouvent, s'aimantent, ne se lâchent plus.

Tout gagne en intensité. Nos caresses. Nos jeux de langue. L'incendie qui brûle dans nos veines ne demande qu'à être éteint. Sans la lâcher, je l'emmène dans ma chambre. Je la dépose sur mon lit avec délicatesse, comme si elle était la chose la plus fragile que je n'ai jamais eu entre les doigts. Sous ses gémissements, je pars reconquérir ce corps avec lequel j'ai fait qu'un plus d'une fois. Mon cœur bat vite, tout comme le sien que je sens cogner sous ma paume pendant que je prends possession de son sein.

3 – Pardonne-moi

C'est à ce moment que les coups contre la porte et mon téléphone décident de revenir à la charge. D'une main sur la nuque, Lu m'attire vers elle. Son baiser est tel que j'en oublie le reste jusqu'à ce que mon visiteur insiste encore et encore.

Putain ! Il peut pas me foutre la paix !

D'un coup, je me rappelle que ce n'est pas celle qui se trouve sous moi que j'attendais. Merde, le projet. Marina doit se demander ce que je fous, peut-être même qu'elle s'imagine que je lui ai posé un lapin. Je fixe Lucy plusieurs secondes, partagé entre mon cœur et ma raison. Entre mon amour et ma haine. Cette fois, c'est au tour de ma tête de prendre le contrôle. Elle me rappelle sa putain de trahison. Furax, en particulier contre moi de m'être montré si faible, je bondis hors du lit.

— Qu'est-ce qu'il y a ? s'inquiète-t-elle.

— Rhabille-toi et casse-toi ! Ce qui vient de se passer ne se reproduira plus.

Son regard me supplie de ne pas la rejeter. Je détourne la tête pour ne pas me laisser avoir. Son pouvoir sur mon cœur est encore bien trop puissant pour que je puisse lutter. Quand je reviens vers elle,

elle est en train de se glisser hors de mon pieu, un regard déterminé et froid à m'en glacer les sangs.

— N'oublie pas que ce n'est pas moi qui me suis jetée sur toi. À la base, je suis seulement venue pour te parler de notre fils.

Devant ses mots, je grimace. Sans attendre de réponse, elle se casse dans la pièce principale. Et moi, je m'affale sur mon lit, largué. Qu'est-ce que j'ai foutu bon sang ? Qu'est-ce qui m'a pris ?

La porte d'entrée s'ouvre et la voix de Lucy tonne.

— Je comprends mieux maintenant pourquoi tu n'as pas de temps pour lui ! C'est tellement mieux de s'envoyer en l'air que de prendre ses responsabilités.

Putain, qu'est-ce qu'elle raconte ? Surtout qu'entre Marina et moi, il n'y a jamais rien eu. En plus, je ne suis pas du tout son genre. Elle a déjà une copine.

Je me précipite dans la pièce voisine. Lucy fusille mon binôme de ses grands yeux verts. En me voyant arriver, les cheveux en pétard et torse nu, Marina hausse un sourcil.

3 – Pardonne-moi

— J'ai l'impression d'avoir interrompu un truc. Tu veux que je repasse plus tard ?

— Non, c'est bon. Elle allait partir.

Ma meilleure ennemie se tourne dans ma direction. Son regard me lance des flèches empoisonnées qui atterrissent en plein dans mon cœur.

— Elle, elle a un prénom.

— Que je préférerais oublier !

Son visage se décompose et je sais que je l'ai atteinte. Cependant, elle se reprend si vite que je crois l'avoir rêvé.

— Et moi j'avais raison de te tenir loin de lui ! Tu l'abandonnes tout comme tu l'as fait avec moi le lendemain du bal !

Putain, pourquoi elle sort ça ? Elle sait que c'est faux, je n'ai jamais voulu que ça se termine entre nous, pas plus que je désire laisser mon p'tit bonhomme derrière moi. Ses mots viennent de me percuter méchamment, si bien que je la laisse se barrer sans réagir.

— Je ne sais pas ce qu'il y a entre vous, mais tu ferais mieux de la rattraper. Je repasse plus tard.

La voix de Marina me réveille. Je file récupérer mon t-shirt, avant de foncer dans le couloir, pieds nus. Je rattrape Lucy avant qu'elle ne s'engouffre dans les escaliers. D'une main sur son avant-bras, je la retiens. Elle se retourne vivement pour me confronter de son regard aussi obscur que les ténèbres. Son mouvement brusque me fait lâcher prise.

— Tu sais quoi ? C'est moi qui n'aurais jamais dû te pardonner ! éructe-t-elle, les bras croisés sur sa poitrine en signe de repli.

— De quoi tu parles ?

— De l'enfer que tu m'as fait vivre au lycée. Tu te souviens de toutes ces fois où tu me traitais comme une pute.

— Si tu m'avais parlé, ça ne serait jamais arrivé !

— De cette fois où je me suis retrouvée face contre terre au milieu du couloir, parce que vous aviez trouvé ça drôle de me faire tomber, poursuit-elle comme si je n'avais rien dit. Ou encore celle où vous

vous étiez amusés à placarder mon casier de photos pornos.

Putain, elle va me rendre dingue à me balancer toutes les crasses que je lui ai faites. Elle sait que j'ai changé, que j'ai agi comme un connard avec elle que pour me protéger.

— Ferme-la ! explosé-je.

— À moins que tu préfères que je te parle de la fois où tu m'as volé mon livre. Je me souviens encore de vos mots. Pour toi, j'avais bien trop besoin de ma langue...

Et pour bien que je m'en souvienne, elle mime exactement le même geste que j'avais eu à l'époque. Celui d'une fellation. Mes doigts s'enroulent autour de son poignet pour l'empêcher de continuer son mouvement devant moi.

— Ne fais plus jamais ça devant moi, Lu ! Tu sais à quel point je m'en suis voulu de t'avoir fait subir tout ça et je m'en veux encore. Mais, ça ne change pas ce que tu as fait. Tu m'as caché l'existence de mon fils, merde !

Elle mordille l'intérieur de sa lèvre tout en secouant la tête.

— Si je ne t'avais pas pardonné, tu ne m'en voudrais pas autant de t'avoir caché son existence, puisqu'il n'aurait jamais vu le jour ! Alors, oui, je regrette d'avoir effacé ton ardoise. Tu veux savoir pourquoi ? Parce que lui aussi, tu vas le faire souffrir, mais il n'y est pour rien !

Sonné par cette vérité, mes bras retombent le long de mon corps. Le pire, c'est qu'elle a raison. Sans son pardon, on ne serait pas en train de se prendre la tête pour son mensonge. Mes poings viennent appuyer sur mes yeux. J'ai besoin d'y voir clair. Quand je les rouvre, l'unique larme qui roule sur sa joue me brise le cœur. Putain, je l'aime à en crever.

— Je n'ai pas l'intention de renier mes responsabilités vis-à-vis de lui, contrairement à ce que j'ai pu te laisser croire. Je manque juste de temps en ce moment, mais je ne passe pas une minute sans penser à lui, lui assuré-je en plantant un regard sincère dans le sien.

— Alors, trouve ce temps, parce qu'il a besoin de son père, même s'il est entouré de son grand-père et de ses oncles.

3 – Pardonne-moi

Je hoche la tête.

— Je t'en fais la promesse.

De la pulpe du pouce, je chasse cette larme qui me fait bien trop de mal.

— Garde tes promesses pour toi, Logan. Je préfère les actions. Appelle-moi si tu veux le voir.

Et sur ce, elle s'évanouit dans la cage des escaliers, me laissant totalement vide et anéanti. Je me laisse glisser le long du mur. Les genoux remontés contre mon torse et la tête basse, je repense à tout ce qui vient de se passer et j'en arrive à la conclusion qu'entre nous, malgré nos nombreuses blessures, c'est loin d'être fini.

Quand je me relève, je tombe nez-à-nez avec Jodie. Un rictus mauvais est placardé sur sa gueule.

— Quoi ? lancé-je sur un ton qui ne peut que lui laisser capter ma sale humeur.

Elle hausse les épaules et disparaît de ma vue. Putain, je ne sais pas ce qu'elle a, mais ça sent le sale coup a plein nez.

À bout de force

21. Lucy

Assise au bord de la piscine familiale, les orteils dans l'eau, je profite de la douceur de la soirée pour réfléchir à ce qui s'est passé un peu plus tôt entre Logan et moi. Je n'ai pas vraiment compris à quel moment ça a dérapé entre nous. Je voulais juste lui parler de notre fils et je me suis retrouvée en sous-vêtement allongée sur son lit, brûlante de désir pour lui. Est-ce que je le regrette ? Pas un seul instant. J'aurais même aimé que rien ne vienne nous interrompre. Les yeux fermés, j'imagine ses lèvres à nouveau sur les miennes et je ne peux m'empêcher de porter mes doigts dessus. Des picotements se font sentir sur ma peau aux endroits où il a laissé ses empreintes indélébiles.

— Je peux ?

Malgré le ton très doux que vient d'utiliser Riley, je sursaute, surprise. Mes joues prennent aussitôt feu comme s'il m'avait prise en flagrant délit, en train de coucher avec Logan. Sous son regard plein de tendresse, je secoue la tête pour remettre mes idées en place. Un doux sourire illumine ses traits alors que j'accède à sa demande en tapotant la place à mes côtés. Sans un mot, il s'installe tout près de moi et pose sa main sur la mienne. Sa présence me fait du bien, me rassure même, bien qu'entre nous ce ne soit plus comme avant. Je n'ai pas encore eu le courage de lui dire que j'en aimais un autre et qu'il valait mieux qu'on se sépare. De toute façon, je suis persuadée qu'il le sait déjà. Bien qu'il vive ici depuis un peu plus de deux semaines, je ne lui ai jamais autorisé à dormir avec moi. Sans compter que je refuse de plus en plus ses démonstrations affectives devant les autres, surtout à l'université. Chaque fois qu'il le fait, j'ai l'impression de trahir mon unique amour, alors qu'en vrai c'est tout l'inverse. Je trompe mon mec. Comment ai-je pu en arriver là ? Jamais, je n'ai été infidèle. Durant nos neufs mois de relation, pas une seule fois, j'ai fantasmé sur un autre gars. Il a suffi que Logan revienne dans ma vie pour que je change du tout au tout. Maintenant, je suis devenue ce genre de filles qui me débectent par-dessus tout. Une garce.

3 – Pardonne-moi

— Je vois bien que tu n'es pas dans ton assiette, chaton. Dis-moi ce qui ne va pas.

L'entendre m'appeler par le surnom qu'il me donne depuis le début de notre histoire me couvre de honte. Je ne le mérite pas. Plus maintenant. Pas après avoir failli coucher avec le père de mon fils. Je me sens tellement mal vis-à-vis de lui. Honteuse, je baisse les yeux vers mes pieds qui font remuer l'eau.

— C'est à cause de lui que tu m'échappes, n'est-ce pas ?

Étonnée par ce que j'entends, je porte mes yeux sur lui et le dévisage, la bouche entrouverte. Je me doutais qu'il l'avait senti, mais je ne m'attendais pas à ce qu'il me pose ce genre de questions.

— Je suis loin d'être con. Je vois bien que tu n'es plus la même depuis son arrivée et tu es de plus en plus distante avec moi. Encore plus, depuis que votre gamin s'est retrouvé à l'hôpital. Puis quand t'es rentrée, t'avais l'air sur une autre planète. À table, t'étais carrément enfermée dans ton monde. J'ai essayé de te parler, ton père et tes frères aussi, mais t'étais si loin, que personne n'a réussi à capter ton attention. J'ai besoin de savoir, chaton... Y a...

Un silence tombe entre nous tel un couperet. Les yeux dans le vague, il semble se blinder pour faire face au pire.

— Y a quoi entre vous ?

Comment lui dire que je l'ai trompé ? Si ce gars n'était pas aussi extraordinaire, je ne tergiverserais peut-être pas autant. Mais, Riley est un ange et je vais lui couper les ailes dès qu'il saura ce que j'ai fait. Je reporte à nouveau mes iris sur mes pieds. À cet instant, je souhaiterais disparaître plutôt que de lui avouer la vérité. Mais, je ne peux pas continuer à le laisser croire que tout ira mieux demain. Tout simplement, parce que ça ne sera jamais le cas.

— On s'est embrassés, lui avoué-je d'une voix hésitante, sans oser le regarder.

Sa main se crispe sur la mienne, signe d'une grande tension en lui.

— Juste embrassés ?

Sa voix reste, comme toujours, très calme.

J'ignore sa question en continuant à fixer mes pieds. De deux doigts, il me force à venir affronter ses prunelles. Je peux y lire toute la peine que mon

3 – Pardonne-moi

aveu lui cause. J'ai tellement mal pour lui. Qu'ai-je fait ? J'aurais dû me montrer plus forte, repousser Logan chaque fois qu'il a tenté une approche. Lui dire que j'étais heureuse avec Riley et que rien ne pourrait venir perturber ce bonheur. Même pas lui. Encore moins lui ! Pourquoi je l'ai laissé faire ? Pourquoi je me suis laissée avoir par ses beaux yeux aussi bleus qu'un ciel d'été ?

— Juste embrassés ? réitère-t-il. Ou est-ce que vous avez été plus loin ?

Mes paupières se ferment malgré moi. Quand sa main quitte mon visage, j'ouvre les yeux pour lui faire face. Il sait et je me hais de lui faire autant de mal.

Son regard rivé droit devant lui, il pince l'arrête de son nez. Le mutisme qu'il observe me tue littéralement et tout ça par ma faute.

— Contre lui, je n'avais aucune chance de toute façon. Comment ai-je pu croire que si je te laissais un peu d'espace, tu finirais par me revenir ?

Je ne sais même pas quoi lui répondre. La seule chose que je peux faire, c'est de m'excuser. Lui dire combien je me sens minable de lui faire un coup pareil. Que je n'avais pas prévu tout ça.

— Je suis désolée. Je...

D'un doigt sur la bouche, il m'intime le silence.

— Je sais que tu n'as jamais cessé de l'aimer. Ça a toujours été lui et seulement lui. Ce que je ressens pour toi ne sera jamais assez fort pour lutter contre l'amour qui vous unit.

Une larme roule le long de ma joue. Ma vie est devenue tellement compliquée en quelques semaines. Riley enroule un bras autour de mes épaules et m'attire vers lui. Le monde tourne à l'envers. Je le blesse et c'est lui qui me réconforte. Je crois que j'aurais préféré qu'il me hurle dessus et qu'il se casse en claquant la porte, plutôt que cette étreinte que je ne mérite pas.

— Même si on n'est plus ensemble, je serai toujours là pour toi. Et je te connais, peut-être pas autant que lui, mais je sais que là tu t'en veux de me faire du mal. Je ne veux pas que tu te fasses du souci pour moi, je m'en remettrai, ok ?

De deux doigts sous mon menton, il relève mon visage afin que mes yeux accrochent les siens. D'un simple regard, il essaie de me convaincre de la véracité de ses mots, mais je vois bien qu'il souffre et je ne peux pas faire autrement que de m'en vouloir. Moi qui cherche à toujours protéger les autres, voilà qu'en moins de trois semaines, j'ai blessé les deux mecs qui comptent le plus pour moi.

— Il a intérêt à te rendre heureuse.

Je ne sais pas ce qu'il lit dans mes prunelles, cependant, vu la ride soucieuse qui barre son front, ça n'a pas trop l'air de lui plaire.

— C'est compliqué.

— Tu veux m'en parler ?

Sidérée, j'écarquille les yeux. Serait-il devenu maso ? Qui demande à son ex de lui parler du mec dont elle est amoureuse ?

— Non. Ne t'inquiète pas, j'arrive à gérer.

Même si c'est faux. Il fronce les sourcils et me scrute avec attention, comme s'il espérait pouvoir déceler mon mensonge. Pour qu'il cesse de s'inquiéter plus que nécessaire, j'affiche un visage impassible.

— Dans ce cas, je vais rejoindre ton frangin. Il voulait qu'on se fasse une partie de Gran Turismo, mais je t'ai vue sortir et j'avais besoin de savoir où on en était tous les deux. Maintenant, je sais, me dit-il d'une voix dans laquelle je décèle une partie de sa tristesse.

De l'entendre parler sur un ton qui n'est plus tout à fait le même qu'avant me serre la poitrine. Sa bouche esquisse un sourire qui n'atteint pas ses yeux. J'essaie à mon tour de lui en renvoyer un, mais mon cœur n'y est pas et ce n'est qu'un demi-sourire que je lui lance. Il me serre fort contre lui une dernière fois, pose ses lèvres sur ma joue, avant de se lever et de regagner la villa.

Je reste encore au bord de la piscine plusieurs minutes, à me demander si je n'aurais pas dû lutter pour éviter qu'on se sépare. Avec lui, tout était tellement plus simple. Même si mon amour pour lui était moins fort que pour mon beau brun, je me sentais en sécurité. J'étais sûre de ne jamais souffrir autant qu'avec mon ex. De ne pas perdre une partie de mon âme, même s'il venait à me fuir.

Lorsqu'un léger vent frisquet se lève, je décide de rentrer à mon tour. Liam, Jordan, le second fils de ma belle-mère, et Riley sont tous les trois assis sur le grand canapé blanc en train de disputer une partie de leur jeu favori. Je sens leur regard peser sur moi pendant que je referme la porte-fenêtre. Quand je me retourne, celui que je considère comme mon frère à une main posée sur l'épaule de son meilleur ami en signe de soutien. J'envoie un sourire triste à Riley qui ne me quitte pas des yeux et m'excuse du bout des lèvres. Il désapprouve en secouant la tête.

Le cœur lourd, je monte me réfugier dans ma chambre. Dès que j'y entre, je jette un œil sur mon petit ange qui dort à poings fermés. Mon cœur de maman se met à battre très vite devant son visage angélique. Du bout des lèvres, je dépose un baiser sur son front. Puis, sur la pointe des pieds pour ne pas trop déranger son sommeil, je me rends jusqu'à ma salle de bain pour prendre une douche, L'eau pourra peut-être entraîner avec elle tout ce qui me ronge. Dans la mesure où je ne peux me confier à personne à cette heure-ci, ça sera toujours mieux que rien. J'aurais eu vraiment besoin de mes amis pour vider mon sac, surtout après une telle journée. Mais, Leah passe sa soirée avec sa famille et il est hors de question de la déranger. Quant à Killian et

Deb, ils doivent être en train de tranquillement roupiller, sans penser que de l'autre côté de la Terre, leur meilleure amie aurait bien besoin d'eux. Ils me manquent terriblement tous les deux. C'est encore plus vrai ce soir alors que ma vie a pris une toute autre tournure. Je viens de perdre Riley et je suis incapable de déterminer ce qu'il y a réellement entre Logan et moi.

Je reste sous la douche un long moment à tenter de faire le vide. Quand je ressors de la salle de bain, je me sens un peu plus apaisée. Je retourne dans ma chambre pour me glisser directement sous mon drap. J'essaie de trouver le sommeil, mais tout se mélange dans ma tête. Ma rupture avec Riley. Les quelques minutes plus que torrides avec Logan. Je pense à l'un autant que je pense à l'autre, même si ce n'est pas pour éprouver la même chose. Quand mes pensées appartiennent au père de mon fils, mes pulsations s'affolent alors que mon cœur se serre de tristesse quand elles se dirigent vers le beau surfeur. Lassée de ne pas pouvoir m'endormir, j'allume ma lampe de chevet et attrape un bouquin sur ma table de nuit. J'ai de la chance que la lumière ne dérange jamais Lachlan, ça me permet de lire jusqu'à ce que je m'écroule les nuits où le sommeil me fait défaut. Comme ce soir.

Mes yeux parcourent les mots, cependant mon manque de concentration ne me permet pas de réellement comprendre ce que je déchiffre. Dans ma tête règne une perpétuelle cacophonie qui ne me lâche plus depuis cet après-midi. Encore une fois, je repense à Logan. À nos baisers plus que torrides. Aux mots échangés. À ses mains qui redécouvrent mon corps avec urgence. À ces regrets que je lui ai balancés sous le coup de la colère et de la jalousie que j'ai ressenties au moment où je suis tombée nez-à-nez avec cette fille aux cheveux roses.

Mon portable se met à vibrer à cet instant m'annonçant l'arrivée d'un message. Je tends la main machinalement vers la table de nuit pour le récupérer. Un numéro inconnu s'y est affiché. Curieuse, mais méfiante, j'hésite un instant à en lire le contenu. La première émotion se fait alors plus forte et je finis par l'afficher sur mon écran.

Inconnu : **Je ne regrette pas ce qui s'est passé entre nous. Ni aujourd'hui. Ni avant. Encore moins notre fils. Bonne nuit, Lu.**

Mon cœur bondit dans tous les sens en découvrant qui en est l'expéditeur. Un immense sourire s'affiche sur mes lèvres et cette fois, je souris vraiment, sans pointe de chagrin.

Moi : **Je ne regrette pas de t'avoir pardonné. Ni aujourd'hui. Ni avant. Ni d'avoir donné naissance à notre fils. Bonne nuit, Logan.**

Comme je crois qu'il ne va plus me répondre, je tends mon smartphone vers ma table de nuit pour le reposer. Avant même qu'il touche son emplacement, il vibre une nouvelle fois dans ma main, ce qui fait grogner mon bébé dans son sommeil. La lumière ne le dérange peut-être pas, mais le bruit un peu plus. Malgré tout, ce n'est pas ça qui va le réveiller.

Logan : **Laisse-moi un peu de temps pour que je puisse encaisser l'existence de Lachlan.**

J'ai à peine le temps de finir de lire ce message qu'un nouveau arrive juste derrière. Puis encore un.

Logan : **Tu m'as pardonné malgré tout le mal que je t'ai fait. C'est à moi de le faire maintenant.**

Logan : **Je suis fou de toi, bébé.**

En lisant ce dernier message, j'en viens à me demander s'il n'aurait pas un peu abusé de la bouteille. Malgré tout, ses mots viennent s'ancrer en moi et une douce chaleur se diffuse dans mes veines. Tout espoir n'est pas perdu. Je vais retrousser mes manches, lui montrer qu'il peut à nouveau me faire confiance et le récupérer. Riley représente peut-être la sécurité, mais je suis prête à faire le grand saut sans filet pour retrouver mon âme sœur. Mon unique amour. Le seul qui peut me compléter et me combler.

Moi : **Au fait, comment t'as eu mon numéro ?**

Logan : **Accepte de manger avec moi demain midi et je te le dirai.**

Moi : **Je ne suis pas sûre que ce soit une bonne idée si tu as besoin de temps...**

Logan : **Je n'ai pas dit que je ne voulais plus te voir, juste que j'avais besoin de temps pour encaisser.**

Moi : **Qu'as-tu fait du : « je ne veux plus que tu t'approches de moi, Lucy ? »**

Il a dû se rappeler combien il m'en veut après mon dernier message, puisqu'il ne me répond plus. Au bout de plusieurs minutes d'attente, je décide de reposer mon smartphone et cette fois il retrouve son emplacement sans qu'il se mette à vibrer.

Qu'est-ce que je peux être stupide parfois ! Pourquoi j'ai été lui sortir ça après tout ce qu'il venait de me dire ?

Je suis sur le point de trouver le sommeil quand j'entends la vibration que j'attendais avec impatience plusieurs minutes plus tôt.

Logan : **Désolé, des potes de la fac ont trouvé l'idée sympa de me piquer mon portable.**

Logan : **Pour répondre à ta question, je ne vois pas du tout de quoi tu parles.**

Mais bien sûr ! Il se fout de moi là, non ? Je commence à tapoter une réponse sur mon écran pour lui rappeler ses propres mots qui m'ont heurtée quand ça vibre à nouveau entre mes doigts. Lachlan s'agite à nouveau dans son sommeil. À cette allure-là, on va finir par le réveiller.

3 – Pardonne-moi

Logan : **J'ai dû perdre la tête cet après-midi quand tu m'as enflammé.**

Logan : **Repasse quand tu veux pour me parler de notre fils. J'ai envie de finir ce qu'on a commencé.**

Ma libido se réveille instantanément, même si, cette fois, je suis quasi-certaine qu'il est soûl.

Moi : **T'as bu quoi ?**

Alors que je m'attends à ce qu'il m'envoie un nouveau message, je suis surprise de voir qu'il m'appelle carrément. Je décroche instantanément et pars me réfugier dans la salle de bain, afin que ma voix ne réveille pas mon fils.

— Tu crois que je suis soûl ?

Au brouhaha que j'entends derrière lui, il n'y a pas de doute qu'il se trouve à une des soirées organisées sur le campus. Je m'asseois sur le sol, adossée à la porte, avant de lui répondre.

— T'es à une fête, non ?

— Ouais, mais ce n'est pas pour autant que j'ai bu. J'étais sincère dans tout ce que je t'ai dit.

À sa façon de parler, je sais qu'il l'est vraiment.

— Tu me manques, Lu, reprend-il de sa voix grave. J'ai vraiment envie qu'on se retrouve. Ça prendra peut-être du temps, mais si on se bat ensemble tous les deux, je suis sûr qu'on peut y arriver.

Une flopée de papillons prend son envol dans mon estomac. Je garde le silence, rêveuse, imaginant notre lien invisible nous relier à nouveau.

— T'es toujours là ?

— Oui. J'étais juste en train de rêvasser.

Je peux presque entendre son sourire à l'autre bout de la ligne. Je ferme les paupières afin de visualiser ses yeux rieurs. Ce mec est la perfection incarnée.

— Et ta copine ? lui demandé-je alors que je revois le visage de la fille aux cheveux roses.

Il éclate de rire. Jamais un son ne m'a paru aussi beau que celui-ci. J'en frissonne.

— Marina est juste une bonne pote. Si elle ne posera aucun souci pour qu'on se retrouve, tu crois que ton mec...

— On vient de rompre, le coupé-je.

3 – Pardonne-moi

— Je suis désolé, me fait-il, sincère. Je sais que c'est à cause de moi.

Un sourire triste étire mes lèvres en repensant à celui qui m'a tenu la main depuis mon arrivée ici. Bien que je sois au téléphone avec celui qui fait battre mon cœur, ma peine pour Riley ne s'efface pas.

— Alors, rien ne t'empêche de manger avec moi demain midi ?

— Évite de trop boire, ça serait dommage que ta gueule de bois t'empêche de venir me rejoindre. À demain, Logan.

— Je suppose que c'est un oui.

Je ne réponds rien, histoire de le faire cogiter un peu.

— Bonne nuit, Lu. Rêve bien de moi.

— Bonne nuit, idiot. À demain.

Je garde le téléphone vissé à mon oreille pendant un long moment. Cette conversation vient totalement de me déconnecter de la réalité.

À bout de force

22. Logan

— N'oubliez pas que l'échéance pour vos projets est dans moins de quinze jours. C'est tout pour aujourd'hui.

Enfin. Pas trop tôt. J'ai cru que ce cours n'allait jamais finir. J'adore la matière, le prof est génial, mais j'ai d'autres projets en tête bien plus intéressants. Comme aller rejoindre une petite bombe brune qui doit déjà m'attendre. Si je ne me magne pas, elle va finir par se demander ce que je fous. Chez elle, la ponctualité a toujours été importante et je ne crois pas qu'elle ait beaucoup changé sur ce point-là. Je n'ai aucune envie qu'elle s'imagine que je lui ai posé un lapin ou que je joue au con depuis hier pour la blesser à nouveau.

Je fourre rapidement mon ordi dans mon sac et hisse tout aussi vite celui-ci sur mon épaule, sous le regard amusé de Drazic, un de mes nouveaux potes. Ce petit imbécile semble prendre un malin plaisir à étendre ses jambes pour me bloquer le passage.

Manque de bol pour moi, je ne peux pas sortir en passant de l'autre côté puisque le mur s'y trouve.

— Tu bouges ou t'as l'intention de rester poireauter ici jusqu'au prochain cours ? grogné-je.

Il gratte sa barbe blonde, comme si ma question lui demandait une réflexion intense. Il le fait exprès, l'enfoiré !

— J'sais pas. J'y gagne quoi ?

— Si tu ne vires pas de là, je te promets que tu vas le regretter.

Je ne sais pas ce qui l'alarme le plus, mes poings serrés ou mon regard assassin, mais il finit par ranger ses affaires. Un peu trop lentement à mon goût.

— J'espère qu'elle en vaut le coup.

Il me parle de quoi là ? Mes yeux s'arrondissent d'étonnement. Je suis si transparent que ça, sérieux ?

— Je peux t'assurer que c'est le cas, intervient Marina qui vient de nous rejoindre. Tu verrais la bombe que c'est. Euh, dis-moi, Logan, elle n'est pas bi par hasard ta copine ?

3 – Pardonne-moi

— Tu la connais ? lui demande à son tour Hayden, le dernier de la clique qui est monté nous retrouver.

Ses problèmes de vue ne lui autorisent pas à s'installer ailleurs qu'au premier rang. Et pour moi, comme pour Draz, il est hors de question de se poser aussi près du prof. Je n'ai aucune réputation à protéger ici, mais ce n'est pas pour autant que j'ai envie de me faire passer pour l'intello de service.

— Ouais, je l'ai croisée hier quand elle sortait de chez lui. Je crois même que j'ai interrompu un truc super bouillant entre eux.

— Vas-y, raconte ! balance Drazic alors que je commence vraiment à perdre patience.

Surtout qu'ils sont en train de jaser sur mon dos comme si je n'étais pas là. Rien de tel pour me foutre les nerfs en boule.

— J'avais rencard avec ce grand con pour le projet en binôme. Je me suis pointée à la bourre et j'ai poireauté un bail devant sa porte. J'avais beau frapper...

— C'est bon, Marina, t'es pas obligée de tout raconter, la coupé-je, grincheux. J'ai quand même le droit de baiser qui je veux, nan ? Ça signifie rien du tout.

Elle me jette un regard de biais, avant de reprendre son récit comme si je n'avais rien dit. Je glisse une main nerveusement dans mes cheveux alors qu'elle raconte tout ce qu'elle a vu la veille, sans omettre le moindre détail, allant jusqu'à leur balancer que je suis allé rattraper cette bombe sexuelle, selon ses termes, sans même avoir enfilé mes godasses. Bordel, j'ai l'impression de me trouver dans un salon de thé. Et moi qui croyais que ce n'était que l'apanage des nanas ce genre de truc, vu comme les gars écoutent Marina, je me suis carrément planté. Hay et Draz explosent de rire dès qu'elle conclut son histoire, en ajoutant que lorsqu'elle est revenue pour bosser notre projet, j'avais le cerveau complètement retourné.

— Ouais, bon, ça va, râlé-je.

— C'est quoi son prénom ? demande Hay à Marina.

Non, mais ils n'ont pas bientôt fini leurs conneries ?

— Aucune idée.

3 – Pardonne-moi

— Lucy, grogné-je. Mais, je vous avertis les gars, le premier qui s'approche d'elle, je lui explose la tronche. Entre elle et moi, c'est déjà bien assez compliqué pour que l'un d'entre vous s'amuse à me foutre des bâtons dans les roues.

Les trois se tournent vers moi et me fixent comme si j'étais devenu un foutu alien débarqué d'une planète jusque-là inconnue.

— Qu'est-ce que vous avez à me regarder comme ça ?

— Pour quelqu'un qui ne fait que baiser cette nana, tu m'as bien l'air jaloux, me fait remarquer Draz.

Ouais, je l'ai toujours été et ce n'est pas parce que c'est compliqué entre nous que ça change cette foutue jalousie. En tout cas, savoir qu'elle n'est plus avec Riley m'enlève déjà un énorme poids. Il ne reste plus qu'à réparer tout ce que nous avons brisé tous les deux. En gros, notre confiance. Et j'admets que c'est un sacré challenge. Je ne suis même pas sûr que nous allons pouvoir y arriver.

— Je vous ai dit entre elle et moi, c'est compliqué.

— Et en quoi, ça l'est ? me questionne Marina en ouvrant grand ses yeux noirs.

— Vous allez me gonfler longtemps avec vos putains de questions ! éructé-je.

— C'est bon, mec, relâche un peu la pression, on te chambre, me fait savoir Drazic.

Ça, je l'avais bien capté, mais, s'il ne dégage pas rapidement, ils vont vite se retrouver face à une grenade dégoupillée.

— Je dois la rejoindre et si je me magne pas, elle va croire que je me suis bien foutu d'elle. Et comme je vous ai dit, c'est...

— Compliqué, me coupent-ils tous les trois en même temps.

D'un signe de tête, je confirme.

— Vous mangez en tête-à-tête ou tu veux bien que tes nouveaux potes se joignent à vous ? me demande Hayden.

— Je préférerais qu'on soit seuls. On a besoin de parler tous les deux.

3 – Pardonne-moi

— Parce que c'est compliqué, me chambre une nouvelle fois Drazic en levant la main vers Marina pour qu'elle y frappe la sienne.

Je lève les yeux, sidéré par leur attitude de gamins. Ils ont quel âge, sérieux ?

Drazic daigne enfin bouger son cul pour me laisser sortir d'ici. Sans perdre de temps, je me précipite vers la sortie de la salle. Bien que je les entende se marrer dans mon dos, je ne me retourne pas, À quoi bon ? Je suis certain qu'ils sont pliés en deux. J'ai à peine franchi la porte que mon smartphone se met à sonner. Je le sors de la poche arrière de mon jeans et décroche sans prêter gaffe à celui qui m'appelle.

— Ça va mieux, vieux ? demande la voix de mon meilleur pote.

— Ouais, je dois bouffer avec elle à midi.

— Super nouvelle ! Bon, je te laisse, on m'attend.

— Merci, mec. Je te rappelle.

Je suis bien content de l'avoir appelé hier après le départ de Lu. C'est en partie grâce à lui que je me suis rebranché le cerveau et que j'ai décidé de la rappeler au cours de la soirée. Je crois que j'avais besoin d'un bon coup de pied au cul pour capter que je devais me bouger pour ne pas la perdre définitivement et il l'a fait sans hésiter.

Je cours à travers les couloirs de la fac en direction de la cafèt 'lorsque je tombe nez-à-nez avec Jodie. Elle s'arrête net devant moi, m'obligeant à en faire autant. Décidément, je dois avoir une poisse d'enfer aujourd'hui. Tous les éléments semblent s'être alliés pour m'empêcher de rejoindre Lu. Elle me jauge un moment d'un air mauvais avant de prendre la parole.

— J'espère que t'es content de toi ? Comment as-tu pu briser leur couple ? s'énerve-t-elle en me poussant légèrement.

Elle a pété un câble ou quoi ?

— Tu sais quoi ? J'ai mieux à foutre que de t'écouter ! Alors, si tu veux bien te barrer de là, ça m'arrangerait pas mal.

Elle secoue la tête en m'observant avec dédain.

— T'aurais franchement pu avoir bien mieux que cette petite sainte-nitouche. Tu vas vite regretter ton choix. Il n'y a que son gosse qui compte pour elle.

3 – Pardonne-moi

Oups, pardon, fait-elle en mettant sa main devant sa bouche. Je voulais dire votre gosse, celui qu'elle t'a si bien caché.

Je n'ai pas pour tendance de balancer une droite à une femme, mais là, elle le mériterait vraiment. Remuer le couteau dans la plaie n'est pas très malin de sa part. Si elle pense que c'est comme ça qu'elle pourra obtenir plus de moi, elle se fourre le doigt où je pense et bien profond.

— J'ai fait un gosse à Lucy, donc tu ne pourras jamais me faire croire que c'est une sainte-nitouche. Comme je suis du genre sympa, je vais t'avouer un petit secret.

Je laisse planer le silence pour la faire douter de ce que je vais dire.

— Je me suis servie de toi pour blesser Lu. C'est en pensant à elle que je t'ai baisée. Tu peux aller lui répéter, elle le sait. Elle me connaît mieux que personne.

Sa grimace de dégoût me fait jubiler. Échec et mat.

— Tu croyais vraiment qu'un mec comme moi pouvait s'intéresser à une fille de ton genre ? Des meufs, j'en ai connu un paquet et tu n'arrives à la cheville d'aucune d'elles. Par contre, Lu les bat toutes à plate couture. Maintenant, dégage de ma route, j'ai autre chose à foutre.

— Toi et ta pute, vous ne perdez rien pour attendre ! tonne-t-elle alors que je la repousse pour enfin pouvoir avancer.

Je me retourne à la vitesse de la lumière et fonce sur elle. Sous mon regard qui se veut meurtrier, elle recule jusqu'à se retrouver acculée dos au mur.

— Traite-la une nouvelle fois de pute et je te jure que t'iras pleurer dans les jupes de ta mère ! craché-je d'une voix caverneuse en frappant le mur au-dessus de sa tête pour lui foutre la trouille.

Personne n'est en droit d'insulter la femme de mes rêves et encore moins avec ce mot qui me retourne les entrailles. Associer Lu et pute dans la même phrase me file la gerbe. J'ai peut-être été assez con pour l'insulter avec ce genre de termes, mais, ça, c'était dans une autre vie, révolue depuis bien longtemps.

— T'es un pauvre malade, Logan !

3 – Pardonne-moi

Je hausse les épaules – peut-être, je m'en tape – et recule sans la quitter des yeux. Elle a plutôt intérêt à comprendre que je ne plaisante pas quand il s'agit de protéger celle dont je reste dingue, malgré toutes les blessures que nous nous sommes infligées.

Quand, enfin, je parviens devant la cafèt', je m'arrête net en apercevant la fille la plus belle de l'univers. Mon cœur fait une embardée en la découvrant si sexy. Aujourd'hui, elle a opté pour un look classe avec son pantalon noir court, des escarpins rouges et un chemisier blanc. Plongée dans un bouquin, elle ne me remarque pas. J'en profite pour la contempler plusieurs secondes, adossé au mur, dans une attitude nonchalante. J'ai laissé une gamine à peine sortie de l'adolescence pour retrouver une vraie femme aujourd'hui. J'ai tellement hâte qu'on finisse ce qu'on a commencé hier. J'ai encore ce goût de trop peu sur la langue.

Pas si vite, mon gars. Même si tu crèves d'envie de la posséder, rétablir votre confiance mutuelle est ta priorité.

Exact et ça commence dès maintenant. Je me redresse et m'avance dans sa direction sans entrer dans son champ de vision. Quoique, absorbée comme elle est dans son bouquin, je ne suis même pas certain qu'un tremblement de terre arriverait à la faire réagir. Je me faufile dans son dos et, quand je suis assez proche, je me penche vers son oreille en laissant mon souffle remonter le long de sa nuque.

Ouais, bon d'accord, ce n'est pas trop comme ça qu'on va rétablir notre confiance. Là, je suis plus en mode joueur. Pas vraiment ma faute, c'est à cause du putain d'effet qu'elle a sur moi.

Son corps se tend et je sais qu'elle a senti ma présence. Est-ce qu'elle sait que c'est moi ? Si elle ressent comme moi ce lien invisible qui nous relie, il y a de très fortes chances.

— Salut, lui murmuré-je d'une voix rauque.

— Hmmm, hmmm, me répond-elle en continuant de bouquiner comme si elle se foutait royalement de ma présence.

— Intéressant ?

Je m'approche d'elle afin de pouvoir lire par-dessus son épaule. Son parfum, douce fragrance d'agrumes et de je-ne-sais quoi, m'embaume. Elle sent bon le soleil et j'ai envie de la croquer.

— Tu m'interromps au moment le plus intéressant. Ils étaient sur le point de s'embrasser.

Elle se retourne vers moi et nous nous retrouvons collés l'un à l'autre. Une étincelle de désir s'illumine aussitôt dans ses deux billes émeraude. Ça va être très dur de garder assez de distance pour qu'on se redécouvre autrement que physiquement. Cependant, je n'ai pas le choix si je veux plus qu'un simple coup avec elle. À contrecœur, je recule d'un pas pour éviter à la tentation de prendre le dessus.

— Tu lis toujours le même genre de romans ? demandé-je en désignant son bouquin de l'index.

Le sourire qu'elle me lance me fait vibrer.

— Oui, mais pas que. Je lis aussi des bouquins de psychos, des thrillers, du fantastique...

Sa façon d'énumérer ce qu'elle bouquine en comptant sur ses doigts à le don de m'amuser et j'émets un léger rire.

— Et toi ? Toujours pas attiré par la lecture ?

— Tu veux dire, hormis toutes les revues scientifiques que j'avale ?

— Ouais, hormis ça.

Je secoue la tête. La lecture et moi, on n'a jamais été très pote. D'ailleurs quand Lu partageait ma couette, j'adorais la taquiner pour qu'elle lâche son bouquin et s'occupe de moi. Elle détestait que je lise par-dessus son épaule alors que j'en raffolais à cause de ses réactions qui ne tardaient jamais à arriver. Chaque fois, elle entrait dans mon jeu et finissait à califourchon sur moi, prête à abattre son pavé sur mon crâne. Putain, que ces moments me manquent ! *Elle me manque.*

— Vous êtes parti où, monsieur Baldwin ?

Je glisse une main dans mes cheveux, histoire de me reconnecter au présent.

— Loin dans le passé, là où tout était possible entre nous.

Son regard s'assombrit et je m'en veux de lui avoir rappelé cette époque où nous deux, c'était pour toujours. Où tous mes rêves ne demandaient qu'à être réalisés.

— Peut-être que rien n'est totalement perdu, rétorque-t-elle, en affichant un demi-sourire.

— T'as raison, à nous d'écrire notre nouvelle histoire. On peut redevenir les meilleurs amis de

3 – Pardonne-moi

l'univers, comme on adorait dire quand on était gosse, ou... tu peux être ma future femme comme c'était prévu.

Ses joues s'empourprent et mon cœur s'emballe face à cette dernière idée. Si la vie n'avait pas été une telle salope avec nous, c'est ce qu'elle aurait dû être dans moins de deux ans ou même avant si j'avais décroché ma place chez les pros.

Ma femme.

Nos regards se trouvent, s'aimantent et s'accrochent. Plus rien n'existe autour de moi si ce n'est cette petite brune aux yeux émeraude. Sans me lâcher du regard, elle esquive un pas dans ma direction, se hisse sur la pointe des pieds et vient poser un léger baiser sur ma joue. Ce moment plein de douceur me réchauffe de l'intérieur. Avec elle à mes côtés, je crois encore en mes rêves. Même ceux pour lesquels j'ai perdu tout espoir.

— À nous d'écrire notre nouvelle histoire. À trois, elle sera forcément belle quelle que soit la tournure qu'on lui donne.

À bout de force

Mes yeux ne le quittent pas une seconde tandis qu'il pose sa main sur sa joue à l'endroit même où ma bouche vient de l'effleurer. Le sourire qu'il me lance me fait vaciller. De peur de tomber, je pose mes mains sur ses pectoraux. Son regard s'accroche à nouveau au mien et me rend incapable d'effectuer le moindre mouvement. Son cœur bat vite sous ma main, certainement aussi rapidement que le mien. La Terre pourrait cesser de tourner que, ni lui ni moi, ne nous en rendrions compte.

— C'est vrai qu'elle est canon, entends-je.

Logan se crispe et détourne la tête pour aller fusiller du regard trois personnes, dont cheveux roses.

— Vu qu'on est là, tu pourrais nous présenter « miss c'est compliqué », lance un des deux gars.

Je ne sais pas pourquoi il m'affuble de ce surnom, mais ça a l'air de les amuser tous les trois.

— C'est bon, les gars, foutez-moi la paix avec ça ! grogne le père de mon fils.

Logan ne semble pas du tout apprécier la boutade de ce gars. Pour détendre l'atmosphère et éviter à Logan d'exploser, je décide d'intervenir :

— Ce sont les fameux voleurs de téléphone ?

Surpris par le son de ma voix, Logan me fait à nouveau face. Il m'observe quelques secondes, sûrement le temps qu'il analyse ma question. En comprenant son sens, un sourire en coin se dessine sur ses lèvres.

— Ouais. Le blond là-bas, c'est Drazic. Celle aux cheveux roses, c'est Marina. Et le troisième, Hayden. Les gars, je vous présente…

— C'est compliqué, l'interrompt le dénommé Drazic avant de tendre la main vers Hayden, en se pliant en deux.

Qu'est-ce qu'il peut être lourd !

Je me tourne vers Logan et le fixe, un sourcil arqué, me demandant pour quelles raisons ses amis le chambrent de la sorte.

— Ils ont un problème tes potes ?

3 – Pardonne-moi

Il n'a pas le temps de me répondre que Marina m'entraîne par le bras à l'intérieur de la cafèt.

— Laisse tomber. Parfois, ils peuvent être de vrais chieurs, pire que des meufs. Je les connais tous les deux depuis des années et je peux te dire que ton mec va se faire chambrer pendant un long moment. Ces deux zigotos ont bien capté que t'avais retourné le cerveau de notre nouveau pote.

Je dégage mon bras de son étreinte pour venir le croiser avec son jumeau sur ma poitrine.

— Logan n'est pas mon mec.

Elle lève les yeux, comme si elle n'y croyait pas un seul instant.

— Tu ne vas pas me sortir, toi aussi, qu'entre vous c'est compliqué ?

Bon, maintenant, je comprends pourquoi les deux autres zigotos, comme elle les nomme, m'affublent du surnom de « miss c'est compliqué ». Logan a dû leur sortir un truc du genre.

— Non, je ne dirais pas ça. Seulement, ce n'est pas mon mec, voilà tout..

— Ouais, à d'autres. Entre ce que j'ai vu hier et aujourd'hui, tu ne vas pas me faire croire qu'il n'y a rien entre vous.

— C'est compliqué.

Et merde ! Les mots sont sortis tout seul de ma bouche et à présent la fille aux cheveux roses se marre comme une baleine.

— Au moins, on peut être sûr d'une chose, vous êtes tous les deux sur la même longueur d'onde.

Mal à l'aise, je retire la mèche coincée derrière mon oreille pour me créer un rempart entre nous, avant de me tourner pour chercher du regard mon pseudo-mec. Je ne sais pas ce qui se dit derrière moi, mais ça semble bien le faire rire. Dès qu'il capte mes yeux posés sur lui, il cesse aussitôt et son visage se fait bien plus sérieux. Sous la force de son regard pénétrant, ma peau se recouvre de chair de poule. Et le temps d'un instant, notre bulle vient à nouveau nous envelopper.

— Bon, mec, même si ce n'est pas simple entre vous, tu ferais mieux d'aller la baiser au lieu de la bouffer du regard, lui balance Drazic.

3 – Pardonne-moi

Morte de honte, mes joues s'empourprent. Qu'est-ce que je fous ici, bon Dieu ?

— Dès que nos comptes seront réglés, je passerai des jours et des jours à lui faire prendre son pied.

Il a vraiment dit ça ? Qu'on me trouve un trou de souris pour que je m'y planque !

Choquée, ma bouche s'ouvre dans un O parfait tandis que mes yeux deviennent aussi ronds que des soucoupes. Si j'avais su qu'on allait se coltiner ses amis lourdingues, je ne suis pas certaine que j'aurais accepté son invitation. Surtout que maintenant, je ne suis pas sûre d'obtenir ma réponse quant à la personne qui lui a filé mon numéro. Bien qu'en y réfléchissant hier soir, j'ai fini par admettre qu'il n'y avait que deux possibilités : sa sœur ou Killian.

— Tu ne m'en crois pas capable ? vient me chuchoter mon beau brun en posant sa main dans le creux de mes reins, me faisant frissonner encore plus.

— N'as-tu pas dit que tu ne savais pas quelle tournure prendrait notre histoire ?

Son sourire ravageur me fait littéralement fondre. Me voilà guimauve devant un feu de bois et s'il continue à me fixer avec autant d'intensité, je vais finir par me liquéfier sous ses yeux.

— Disons que j'ai ma petite idée de ce que je veux vraiment, mais que rien ne me dit qu'elle pourra se concrétiser. En attendant, j'ai le droit de rêver qu'on finisse ce qu'on a entrepris hier.

Je me consume littéralement et mon bas-ventre est en ébullition. L'incendie augmente encore en intensité lorsqu'il laisse sa main glisser jusqu'à mes fesses.

Quelques minutes plus tard, on se retrouve assis tous les cinq à la seule table libre. En même temps, vu l'heure, ce n'est pas étonnant. D'autant plus que le temps est pourri et que les autres étudiants ont largement préféré s'attabler à l'abri plutôt que de déjeuner sous les rafales de vent. Je mange en silence, écoutant d'une oreille discrète la conversation entre les deux trois mecs et Marina. Rien de bien folichon, ni même d'intéressant, puisqu'ils discutent de leur cours et du projet qu'ils doivent rendre dans quinze jours. Leur discussion est tellement technique que je ne comprends pas un seul mot. Bien que, portant un très grand intérêt à ce que ses amis lui disent, Logan pose à plus d'une

3 – Pardonne-moi

reprise un regard lourd sur moi, m'obligeant à lever les yeux vers lui. Ce que je lis dans ses prunelles me fait monter le rouge aux joues.

— Tu devrais l'inviter pour le week-end, entends-je le mec à ma gauche prononcer.

Je me tourne vers lui, ne sachant ni à qui il parle, ni de qui il parle. Il ne me faut pas deux plombes pour comprendre que c'est à Logan puisque son regard est porté sur lui. Quant au signe de tête qu'il lance dans ma direction, il m'indique clairement que la personne concernée n'est autre que moi.

Logan semble hésiter. Drazic, si je ne me trompe pas, ne lui laisse pas le temps d'arrêter sa décision, puisqu'il me lance :

— Vu que tu sembles intimider mon pote, je vais te le demander à sa place. On se fait un week-end dans les Montagnes Bleues, ça te branche de venir avec nous ?

Je ne relève pas, mais ça me fait rire qu'il pense que j'intimide Logan. Jamais je ne lui ai fait ce genre d'effet. Ce serait même plutôt l'inverse.

Quant au reste, je ne vais pouvoir que le décevoir, si son souhait était vraiment que je passe le week-end avec lui. Mon regard vient trouver le sien dans le but de lui fournir la réponse avant même de l'énoncer.

— J'ai des obligations. Je ne vais pas pouvoir.

Son visage s'assombrit tandis que les trois autres repartent dans une discussion qui leur est propre, comme si ce que je venais de dire leur importait peu. Après tout, ils ont raison. On ne se connaît pas et ce que je fais ne les concerne pas.

Mal à l'aise face au regard peiné de Logan, j'attrape mon verre et le mène à ma bouche. J'ai à peine avalé une gorgée que mon téléphone se met à sonner pour m'annoncer l'arrivée d'un message. Comme j'ai toujours la frousse qu'il arrive quelque chose à Lachlan, je le sors aussitôt de mon sac. En voyant le nom de Logan s'y afficher, je lève les yeux dans sa direction. D'un signe de tête, il m'enjoint de lire ce qu'il m'a envoyé.

Logan : **Si tes obligations sont notre fils, sache que j'ai aussi mon mot à dire. Tu ne pourras pas tout me refuser comme tu le faisais avec ton ex.**

3 – Pardonne-moi

Lèvres pincées, je viens une nouvelle fois chercher son regard. Sa déception s'y lit clairement. Je déteste le voir ainsi par ma faute. Après tout ce que nous avons vécu, après tout le mal que je lui ai fait, je veux le voir sourire.

Une idée germe alors dans ma tête. Je ne sais pas quelle mouche me pique, cependant, contrairement à mes habitudes, je ne prends pas le temps de réfléchir et tape vite fait ma réponse avant que je ne change d'avis.

Moi : **Et si tu changeais de plan pour ce week-end ? Mon père possède un chalet à Jervis Bay, on pourrait y aller tous les trois. Toi, Lachlan et moi.**

Cette fois, quand je relève la tête, un coin de ses lèvres s'est étiré, m'offrant un de ces sourires devant lesquels je n'ai jamais su résister. Il va dire oui et mon cœur s'emballe comme jamais. Lui, Lachlan et moi, seuls durant deux jours. Jamais, je n'aurais cru que ce moment puisse un jour exister. Les deux garçons qui ont le plus d'importance dans ma vie enfin réunis le temps d'un week-end.

Logan : **Ton idée est encore plus alléchante que celles de ces p'tits cons.**

— Changement de plan, les gars. Je ne suis plus des vôtres ce week-end. On vient de me proposer de passer deux jours de dingue que je ne peux pas refuser, lance-t-il à l'attention de l'assemblée sans me lâcher des yeux, toujours ce sourire en coin accroché à ses lèvres qui me rend dingue.

****

Debout depuis sept heures du matin, je suis sur le pied de guerre à préparer les affaires de Lachlan et les miennes pour ce fameux week-end.

Je vérifie une dernière fois que j'ai pris tout le nécessaire pour mon fils. Les couches et lingettes y sont. Les biberons, le lait en poudre et les petits pots également. Trois tenues de rechange et deux pyjamas, juste au cas où il y aurait des accidents... Ah, mince, j'allais zapper les doudous ! Sans, mon ange sera incapable de s'endormir. Je file les récupérer dans son lit et les fourre dans mon sac, sous les yeux de mon bébé, qui doit être en train de se demander quel est le nouveau jeu de sa maman. Lachlan et moi allons dormir loin de la maison et ça me stresse. En vrai, je ne sais pas si c'est le fait que nous quittions notre lieu sécurisé qui me rend si fébrile ou bien si c'est parce que son père sera également avec nous. Sûrement un peu des deux.

Bon, maintenant que tout est prêt, il me reste une dernière étape cruciale avant de pouvoir partir, me préparer. Et là, le jeu se corse. Je ne sais absolument pas quoi mettre. J'ai envie de plaire à Logan et en même temps, j'ai peur d'en faire trop. Je farfouille dans mon armoire pendant plusieurs minutes, foutant un bordel monstre dans ma chambre. Je finis par opter pour un ensemble de lingerie ni trop basique, ni trop sexy, le juste milieu entre les deux, ainsi qu'une jupe longue évasée et un débardeur. Les températures sont encore estivales en cette mi-mars. J'attrape deux tenues de rechange. Une classique et une un peu plus sexy, on ne sait jamais, si je me sentais l'envie de lui plaire. Je prends également un short et un t-shirt large qui me serviront pour la nuit. Mon père m'a dit qu'il y avait deux chambres dans son chalet, toutes deux composées de lits doubles, mais je ne sais pas comment on va s'organiser. Est-ce qu'il voudra dormir avec moi ? Ou peut-être juste avec son fils ? À moins que je ne sois pas prête à laisser Lachlan et que je partage sa chambre ? Je n'en ai aucune idée et tout ça m'affole.

Lorsque, enfin, je suis prête, je hisse mon sac sur mon épaule, attrape mon ange dans mes bras et quitte ma chambre. Arrivée au rez-de-chaussée, je tombe nez-à-nez avec Riley. On s'arrête net l'un devant l'autre. Il observe mon sac à dos tandis que je le salue du bout des lèvres.

— Tu t'en vas ? demande-t-il en désignant le sac du menton.

— Oui, je vais passer le week-end à Jervis Bay.

— Avec son père, je suppose ?

Des fois, j'aurais préféré qu'il ne soit pas si perspicace, ça m'aurait évité de le blesser comme je m'apprête à le faire.

— Oui.

Son cœur se brise sous mes yeux. Il inspire profondément et glisse une main sur sa nuque.

— Comment ai-je pu être aussi con pour croire que tu viendrais malgré notre rupture ?

Je fronce les sourcils, ne voyant pas du tout où je devais aller avec lui ce week-end.

3 – Pardonne-moi

— Il t'a tellement retourné le cerveau que t'en as oublié la finale du championnat à ce que je vois.

Oh, merde ! Il a raison, j'aurais dû être à ses côtés. C'est quelque chose de super important pour lui, pour sa future carrière. C'est le jour où il va pouvoir prouver à son père que le surf n'est pas qu'une lubie, qu'il peut devenir pro et moi, comme une conne, j'ai choisi de me casser au lieu de lui apporter mon soutien.

— Je suis tellement désolée, Riley.

Son rire amer me fait froid dans le dos.

— Dis-lui de ma part que c'est un chanceux, qu'il lui suffit de claquer des doigts pour que tu rappliques illico-presto. Combien de fois en neuf mois, je t'ai demandé de passer le week-end avec moi ? Combien de fois tu as refusé sous prétexte que tu ne pouvais pas à cause de ton fils, que ce n'était pas bon de le sortir de son environnement habituel ?

— Riley...

Mon cœur se serre au moment où il se pince l'arrête du nez.

— Tu sais combien aujourd'hui est important pour moi ! J'avais besoin de ton soutien, merde !

L'entendre me hurler dessus, lui si calme habituellement, me fait sursauter. Je m'en veux tellement de lui faire autant de peine.

— Je peux annuler si tu veux.

Il me foudroie de ses beaux yeux verts.

— C'est trop tard, Lucy. Tu as fait ton choix. Et comment tu lui expliquerais, hein ? « Désolée, je t'ai promis deux jours avec notre fils, mais au final, je préfère accompagner mon ex, pour lequel je n'ai jamais eu de sentiments, au championnat de surf », c'est ça que t'as l'intention de lui dire ?

Ses mots me blessent. Jamais, je n'aurais cru qu'il puisse être capable d'autant de ressentiments. Il m'en veut terriblement d'avoir fait un choix, loin de celui dans lequel je m'étais engagée au départ.

Effrayé par sa tonalité, Lachlan se met à pleurer. Je tente de l'apaiser, mais rien n'y fait. Honteuse, je voudrais pouvoir fixer mes pieds, mais ma seule échappatoire est de poser ma tête sur celle de mon fils.

3 – Pardonne-moi

— Pourquoi tu cries, mon pote ? intervient mon frère en débarquant de je-ne-sais où au pas de course.

— Ta sœur préfère passer le week-end avec ce connard d'Amerloque plutôt que de venir au championnat !

Liam me jette un coup d'œil en biais, avant d'enrouler son bras autour des épaules de son meilleur ami et de l'entraîner loin de moi. Quand il revient, je suis toujours plantée à la même place, hésitante sur l'endroit où j'ai envie d'être. Il avance vers moi, prend mon fils dans ses bras et le console en un rien de temps.

— Va rejoindre son père, fait-il en posant un baiser sur le sommet de la tête de son neveu. Je m'occupe de mon pote. Il va tout déchirer ce week-end, t'en as ma parole.

À bout de force

Après deux heures trente de route, nous voilà garés devant un magnifique chalet en bois appartenant au père de Lu. Rien que de ce que j'ai pu lire sur internet au sujet de la baie de Jervis ne peut décrire avec précision la beauté de cet endroit. Une plage de sable blanc s'étale en contrebas et les eaux turquoises du Pacifique s'étendent à perte de vue. La jolie demeure est entourée de pins qui nous isolent du reste du monde. Un lieu rêvé pour faire plus ample connaissance avec mon gamin et tenter de renouer avec sa mère. Sans compter que le temps est magnifique et que nous allons pouvoir envisager de superbes balades tous les trois.

Alors que je sors les sacs du coffre, je ne peux empêcher mes yeux de venir se poser sur Lu. Elle est en train de détacher Lachlan du siège-auto, sans vraiment prêter attention à ma présence. Lorsqu'elle sent, enfin, mon regard sur elle, elle tourne la tête dans ma direction et ses pupilles accrochent les miennes pour mieux m'hypnotiser. Le reste du monde s'évapore et il n'y a plus qu'elle qui compte. Elle et ses deux billes émeraude. Elle et son putain de sex-appeal. Elle et ses foutues lèvres qui sourient à m'en faire perdre la boule. Elle et cette poitrine que je finis par reluquer, sans même en avoir honte.

J'ai grave envie d'elle et je n'ai pas l'intention de le lui cacher. Même si je lui ai proposé de redevenir son meilleur pote, ce n'est pas du tout dans mes intentions. Je veux plus. Beaucoup plus. Je veux qu'elle soit mienne comme avant. Non, faux. Encore plus maintenant qu'avant.

— Ma-man.

La voix de mon p'tit gars a le don de me ramener à la réalité. Je fourrage dans mes cheveux pour me faire redescendre sur Terre, puis attrape les valises tandis que Lu prend notre petit bonhomme dans ses bras. Je marche derrière elle, reluquant son joli p'tit cul qui se trémousse à chacun de ses pas. Un léger rire me fait relever les yeux de ce spectacle magnifique pour en tomber sur un autre tout aussi beau. Lachlan est en train de se contorsionner dans les bras de sa mère qui lui fait je ne sais quoi. Je fonds littéralement devant cette scène. Du bonheur

3 – Pardonne-moi

à l'état pur, voilà ce que c'est. Lui, elle, moi, réunis au même endroit, je ne pouvais pas rêver mieux.

Arrivée à l'intérieur, ma petite bombe brune dépose notre fils sur un tapis. Je reste à l'entrée, parcourant la pièce des yeux. Les meubles sont sommaires, mais suffisants pour passer un agréable séjour. Il y a une table et six chaises devant moi. Un canapé qui me donne des idées pas très catholiques sur ma droite, situé juste devant un tapis blanc à poils longs sur lequel mon p'tit gars est en train de crapahuter. Je détourne rapidement le regard pour éviter de fantasmer les yeux ouverts. Manque de bol pour moi, Lu s'arrête dans mon champ de vision. Ses prunelles braquées sur moi, elle me lance un sourire qui me fait partir en vrille.

— Encore dans vos pensées, monsieur Baldwin ?

J'adore quand elle m'appelle par mon nom. Ce jeu, qu'on a joué à des dizaines de reprises, me fait sourire.

— Ouais, mais je vais éviter de t'en parler. Je ne voudrais pas que tu me prennes pour un obsédé.

Même si à force de la reluquer, la langue pendante, je me donne l'impression d'en être devenu un.

Ses joues s'enflamment et elle détourne un instant le regard vers notre fils, ne me permettant plus de voir ce qui lui traverse le crâne. Quand elle reporte son attention vers moi, je porte la main sur mon cœur, flingué par la lueur de désir que j'aperçois dans ses yeux et par sa manière bien trop sensuelle de planter ses incisives dans sa lèvre inférieure. Bordel, elle va vraiment finir par m'achever !

— Tu penses encore à la manière dont tu vas pouvoir finir ce qu'on a commencé l'autre jour ?

— Un truc du genre, réponds-je en allant vers mon fils.

Ouais, vaut mieux que j'aille m'occuper de mon p'tit gars, pour éviter de me jeter sur sa mère.

Je m'assois à côté de lui, les jambes étendues devant moi, et le prends dans mes bras. Il répète les mêmes gestes qu'à l'hôpital en appuyant ses pieds sur mes cuisses pour mieux pouvoir attraper mes cheveux. Du moins, je crois. J'admets qu'il faut être costaud pour supporter ce p'tit gars qui se dandine

3 – Pardonne-moi

d'une jambe à l'autre, comme s'il voulait me marcher dessus. Il n'est peut-être pas bien lourd, mais il pèse tout de même son poids. En tout cas, il pourrait m'arracher la moitié de la gueule, que je resterais sans rien dire, complètement gaga et conquis par ce mini-nous. Tout comme sa mère, il a réussi à me foutre sous son charme et me retourne complètement le cerveau.

D'un coup, il s'arrête net de jouer, son visage devient tout rouge et il se met à forcer comme si...

Oh, putain ! Sérieux, il me chie dessus ? Ils ne vont pas aux chiottes à cet âge, du moins sur ce genre de truc qu'on fout au sol ? Je fais quoi, moi, maintenant ? Et cette odeur, putain ! À gerber.

Totalement paniqué, je cherche Lu du regard et lui lance un appel à l'aide silencieux. Amusée par cette foutue situation, elle camoufle son sourire derrière sa main.

— Je crois qu'il est en train de me chier dessus.

— Tout à fait, réplique-t-elle sans se départir de son sourire.

— Je fais quoi ?

Devant mon affolement, elle explose littéralement de rire. Même si ce son est super agréable à mes oreilles, ce n'est pas du tout le moment pour se foutre de ma tronche.

— Allez, lève-toi, beau gosse et on va aller lui changer les fesses.

Quoi ? Va falloir que je foute les mains là-dedans ? Pas moyen.

— Il peut pas se débrouiller tout seul ? demandé-je en me levant.

— Un peu jeune, tu ne crois pas ?

Peut-être. Sûrement. Je n'en sais rien. Elle ne m'a pas refourgué le mode d'emploi quand elle m'a balancé que nous avions un gosse. Je crois qu'elle aurait dû, au moins j'aurais su que cet adorable bambin qui me fait littéralement craquer pouvait aussi sentir le charognard.

— Tu verrais ta tête ! s'esclaffe-t-elle alors que je me dirige vers elle, Lachlan à bout de bras.

— Ahah, très drôle, répliqué-je vexé.

— Allez, passe-le moi.

3 – Pardonne-moi

Dès qu'il se retrouve dans ses bras, je pousse un lourd soupir de soulagement jusqu'à ce qu'elle m'ordonne de la suivre.

— Tu ne crois tout de même pas que tu vas t'en sortir comme ça, si ?

Comme un gosse, je hausse les épaules. Franchement, j'aurais largement préféré qu'elle me demande d'aller lui décrocher la lune plutôt que ça.

Ouais, tout, sauf ça !

Pourtant, comme un gentil petit toutou en manque d'attention de sa maîtresse, je la suis sans rien dire.

Elle récupère son sac dans lequel elle a dû ranger tout le nécessaire dont elle a besoin pour lui changer le cul. Puis, elle emmène notre fils jusqu'à la table du salon.

— Sors-moi la serviette, des lingettes et une couche.

Ça, encore, je dois pouvoir le faire.

J'ouvre le sac et sors méticuleusement chaque chose qu'elle m'a demandée.

— Très bien. Maintenant, tu vas prendre ma place.

Euh...

J'avale ma salive de travers, totalement paniqué.

— Jamais ! dis-je en secouant la tête très rapidement.

— Vraiment ? fait-elle d'une voix si mielleuse que mon enfoiré de palpitant se croit sur un trampoline.

Je hoche la tête tout aussi vite. Au regard qu'elle me lance, je sais qu'elle a une idée derrière la tête et ça ne me plaît pas du tout. Cette façon de me mater, je la connais par cœur et je sais que je n'y résisterai pas. Tout en tenant notre môme d'une main pour qu'il ne chute pas, elle franchit la très courte distance qui nous sépare. Elle presse sa poitrine contre mon torse. Bordel, c'est sur ma corde sensible qu'elle va jouer et vu comme j'ai envie d'elle, il y a de très fortes chances que je me fasse avoir. Je détourne la tête et viens poser mes yeux sur mon p'tit gars. Lui devrait m'aider à garder la tête froide et surtout refréner ma trique que je sens déjà pointer.

3 – Pardonne-moi

— Dès que tu l'auras changé, on ira le coucher. Ce qui veut dire qu'on aura au moins une heure devant nous.

Sa voix est tellement sensuelle que je me crée mon propre scénario, il nous englobe tous les deux nus, allongés sur le tapis situé dans mon dos.

Bon, allez, mec, ça ne doit pas être si compliqué que ça. Après tout, il est foutu comme toi. Puis, ça la rendrait heureuse. C'est pas ce que tu veux ?

— Ok, réponds-je d'une voix peu assurée.

Sérieusement, moi le gars super sûr de lui, me voilà complètement tremblant devant un petit bonhomme pas plus haut que trois pommes. Et tout ça, pour un foutu changement de couche.

— Si je me démerde bien, je te jure que tu me devras une récompense.

— Commence par le changer et, ensuite, on en reparle.

Et sans rien dire de plus, elle me laisse sa place devant notre bébé qui commence à méchamment grogner.

— Mets ta main sur son ventre sinon il risque une très mauvaise chute.

Sans chercher à comprendre, je lui obéis. La première fois que j'ai vu cette petite merveille, il était allongé sur un lit d'hôpital. Je ne veux plus jamais le voir dans cet état, branché de partout. Alors si sa mère dit qu'il faut poser sa main sur son ventre, je le fais. Point barre.

— Bon, p'tit mec, va falloir que tu coopères. Je ne suis pas habitué à changer le cul des bonshommes. Je te dirais bien un truc, mais je crois que ta mère me tuerait si je le faisais.

Je tourne la tête vers Lu pour voir si elle a pigé où je voulais en venir. La ride d'incompréhension qui lui barre le front me fait capter que ce n'est clairement pas le cas. La courte distance qui me sépare d'elle me permet de glisser mon bras autour de sa taille et de l'attirer vers moi.

— Quand on aura eu notre discussion, il se pourrait que je te montre de quoi je parle, soufflé-je contre son oreille.

Sans lâcher mon p'tit gars, je claque mon autre main sur ses fesses pour lui en laisser un aperçu.

— Logan ! s'exclame-t-elle, outrée, les joues rougies jusqu'aux oreilles.

Je hausse les épaules, comme si je n'étais en rien fautif. Puis, je cherche comment on déshabille notre fils qui semble s'impatienter de plus en plus et se met à gesticuler dans tous les sens. Je prie tous les Dieux de l'univers pour qu'ils me viennent en aide pendant que je me demande si je dois faire descendre le froc ou s'il y a une autre technique. Ça serait celui de sa mère, il serait déjà à ses pieds.

Doucement, mec. La couche du p tit gars, d abord.

Ouais, concentration. En même temps si elle n'était pas aussi sexy dans cette jupe, je ne serais peut-être pas là à batailler contre mon envie démoniaque de la prendre sur cette table et mon devoir de père.

— Je t'ai connu bien plus rapide pour enlever des fringues, me chambre Lu.

— Tu veux que je te montre à quel point j'suis rapide ?

Sous ma voix rauque, je la vois frissonner, ce qui attise un peu plus mon désir. Si je veux passer à l'action, il faut que je change notre fils rapidement. Sans plus attendre, je lui retire son fut. Une autre fringue recouvre sa couche. Cette fois, je ne vois pas du tout ce que je dois faire pour l'enlever. Ce machin doit sûrement se passer par la tête. Je fais donc asseoir Lachlan et commence à lui retirer son t-shirt.

— Tu sais qu'il y a des pressions ?

Je me tourne vite fait vers Lu, qui avance déjà la main en direction de ces fameuses pressions. Son épaule frôle mon bras tandis qu'elle les déboutonne avec dextérité. Cette fois, je me retrouve nez-à-nez avec mon pire cauchemar.

J'ai survécu à l'enfer, je dois quand même pouvoir m'en sortir.

Je remarque les deux attaches sur le côté et tire dessus.

— Je fais quoi maintenant ?

En quelques mots, elle m'explique ce que je dois faire. Je suis à la lettre toutes les étapes qu'elle m'indique et pousse un soupir de soulagement quand, enfin, je lui ai remis son froc.

— T'as de la chance, il ne t'a pas fait pipi dessus.

3 – Pardonne-moi

Devant mon regard choqué, elle éclate de rire.

Elle vient ensuite le prendre dans ses bras, lui fait un énorme câlin avant de lui annoncer qu'il est temps d'aller faire une petite sieste.

— Tu m'aides à monter son lit, s'il te plaît ?

D'un signe de tête, j'accède à sa demande, avant d'aller récupérer le lit que j'ai sorti du coffre un peu plus tôt. Arrivée à l'étage, elle ouvre la première porte qu'elle croise et la referme aussitôt. Surpris, j'arque un sourcil.

— C'est la salle de bain, m'informe-t-elle.

— T'es jamais venue ici ?

— Non, m'avoue-t-elle tout en secouant la tête.

Savoir que c'est la première fois qu'elle y vient me ferait presque bondir au plafond. Ça fait de moi un putain de veinard comparé à son ex.

Elle ouvre une deuxième porte qui, cette fois, s'avère être une des chambres.

— Bon, voyons, comment on monte ce lit, fait-elle en posant notre fils par terre.

— Tu ne t'en es jamais servi ?

— Je l'ai acheté hier. Lachlan a toujours dormi dans son lit chez mon père.

Son aveu lui fait monter le rouge aux joues. Et moi, je craque encore une fois devant ma jolie bombe brune.

— Ça ne doit pas être bien compliqué, admets-je en posant le lit au sol.

Certainement moins que de changer cette foutue couche. Je commence à enlever la housse de protection. Côte à côte, nous cherchons ensemble comment on le déplie et surtout une fois fait, comment on le garde ouvert. Nos mains se frôlent. Nos regards se croisent. Nos respirations s'accélèrent. Et nos peaux s'enflamment. N'y tenant plus, je me jette sur ses lèvres. Elle répond à mon baiser avec ardeur. Elle aussi en veut plus. Confiant, j'enroule mon bras autour de sa taille pour la plaquer contre mon torse. Au moment où je tente une approche approfondie, elle recule d'un pas et se concentre à nouveau sur le lit.

— Lachlan a besoin de dormir.

J'émets un grognement de frustration qui la fait rire. Même si être père de cette petite merveille, qui

3 – Pardonne-moi

vient de s'accrocher à ma jambe, me plaît énormément, je sens que ça ne va pas être de tout repos.

— Ouais, t'as raison, approuvé-je en soulevant mon p'tit gars dans mes bras.

Tandis que Lu continue à chercher le mode d'emploi, je pose des bisous partout sur le visage de Lachlan. Il ne semble pas trop apprécier ma barbe de trois jours qui doit le gratter. Il me repousse, fronce son petit nez et vient poser sa main sur ma joue comme s'il voulait me transmettre un message.

— Enfin ! s'exclame Lu. On va pouvoir le coucher.

Je plonge les yeux dans ceux envoûtants de mon p'tit gars. Malgré moi, un sourire se dessine sur mes lèvres.

— T'as entendu ta maman ? Il est temps pour toi d'aller faire un énorme dodo. Et un p'tit conseil, bonhomme, dors le plus longtemps possible. Faut que je m'occupe de la jolie brune qui fait battre ton cœur et le mien.

— Logan ! s'offusque la femme de mes rêves.

Un sourire en coin sur la gueule, je pose un regard brûlant sur elle.

— Quoi, *bébé* ? questionné-je d'une voix rauque.

Mon petit effet sur elle ne se fait pas attendre. Ses joues prennent feu et vu comme elle semble serrer ses cuisses, je dirais qu'il n'y a pas que son visage qui surchauffe.

T'inquiète, mon amour, je vais bientôt pouvoir éteindre l'incendie qui nous consume tous les deux.

Dès que Logan quitte la chambre, je pars m'assurer que Lachlan est correctement installé. Assis dans son nouveau lit, il me tend les bras.

— Quand tu auras dormi, on ira se balader tous les trois avec papa. Nous...

Je suis sur le point d'ajouter que son père et moi ne sommes pas loin lorsqu'il m'interrompt en imitant mes deux dernières syllabes. Avec son petit index, il me désigne la porte franchie par Logan quelques secondes plus tôt. Émue, je ne peux m'empêcher de sourire.

— Oui, papa, répété-je sans le quitter des yeux.

Je pose un baiser sur son front et lui tends son doudou qu'il se dépêche d'attraper. Il le serre fort contre son cœur, avant de l'emmener vers son petit nez qu'il se met à câliner avec un coin du tissu.

— Je reviens tout à l'heure, mon ange. Papa sera là aussi. Dors maintenant, mon petit cœur.

Comme si mes mots avaient quelque chose de magique, il se rallonge. Le temps d'un instant, j'admire le plus beau bébé de la Terre, avant d'aller brancher le babyphone et de récupérer son double. Sur la pointe des pieds pour ne pas le déranger alors qu'il est en plein échange de gazouillis avec son doudou, je me dirige vers la sortie. Je n'y comprends pas un traître mot, hormis « papa » que j'entends une ou deux fois avant d'atteindre la porte.

Dès que j'en franchis le seuil, mes yeux tombent sur son sosie en version grand modèle. Adossé au mur, dans une attitude nonchalante, il ne se gêne pas pour glisser un regard brûlant le long de mes courbes. Quand, du bout de la langue, il se lèche la lèvre, me promettant monts et merveilles, je me liquéfie sur place. Le thermomètre semble sur le point d'exploser tellement mon corps bouillonne.

— Je ne vais pas te mentir, Lu, j'ai grave envie de toi, me sort-il d'une voix qui a dû perdre deux ou trois octaves tant elle est profonde.

— Qu'est-ce que tu attends, alors ?

Il gronde d'une manière presque bestiale, avant de détacher lentement son grand corps du mur. Ses

3 – Pardonne-moi

yeux plissés, il s'approche de moi sans perdre une miette de mes incisives plantées sur ma lèvre inférieure. Je recule au fur et à mesure de ses pas jusqu'à me retrouver acculée au mur derrière moi. Avant qu'il ne me rejoigne, je pose le babyphone sur un petit meuble qui se trouve à ma gauche.

— T'as l'intention de fliquer notre gosse ? demande-t-il en désignant du menton l'objet.

— C'est un peu l'idée.

Le sourire que je fais naître sur ses lèvres ne le lâche plus, même lorsqu'il pénètre dans mon espace personnel. Ma peau se recouvre de chair de poule au moment où son torse vient s'appuyer sur ma poitrine. Lentement, il dessine un chemin sur chacun de mes bras sans jamais fuir mon regard. Tel un félin sur le point de dévorer sa proie, il joue avec moi. La seule différence, c'est que j'en redemande. Sa sensualité enflamme chacune de mes cellules. Ma respiration devient erratique alors qu'il entoure mes poignets de ses doigts. Avec douceur, il remonte mes mains au-dessus de la tête, faisant de moi sa prisonnière.

— Si tu savais le nombre de fois où j'ai rêvé de cette bouche quand j'étais à New York, m'avoue-t-il en venant y laisser glisser la pulpe de son pouce.

— Embrasse-moi au lieu de parler.

Encore une fois, il me lance ce fichu sourire qui me fait vibrer de la tête aux pieds. Sa main libre dessine une nouvelle courbe de mon poignet jusqu'à mon flanc, effleurant au passage mon sein. Je pousse un gémissement à la fois de plaisir et de frustration.

— Je te trouve bien impatiente, bébé.

— Dis celui qui n'a pas arrêté de me chauffer, rétorqué-je d'une voix si mielleuse, que c'est à peine si je me reconnais.

Il laisse sa langue glisser sur ses lèvres, sans se départir de son regard de braise. Telle une torche humaine, je m'embrase. Je ne suis plus que feu, nécessitant son intervention d'urgence. J'attrape le haut de son t-shirt et le force à se pencher sur moi.

Au moment où mes lèvres sont sur le point de s'écraser sur les siennes, Lachlan se met à hurler dans son lit. Mon beau brun ne semble pas s'en inquiéter, puisqu'il vient tout de même poser sa bouche sur la mienne, mais pour moi, c'est une

3 – Pardonne-moi

douche froide. Je ne peux pas continuer alors que mon bébé a peut-être besoin de moi. Je me dégage de l'étreinte de son père pour aller vérifier que tout va bien. Pendant que j'ouvre la porte, je l'entends grogner dans mon dos. Je me retourne à peine, juste pour lui lancer un petit sourire désolé par-dessus mon épaule.

Quand j'entre dans la chambre, Lachlan est assis au milieu de son lit, rouge de colère, sur le point de piquer une crise. Je me rends vite compte de la raison de son énervement, son doudou est par terre. Je me dépêche d'aller le récupérer pour le lui rendre. Mon geste l'apaise aussitôt.

— Maintenant que ta maman t'a rendu ton espèce de truc... entends-je Logan marmonner dans mon dos, avant que je ne le coupe pour lui expliquer que c'est son doudou.

Il masse sa nuque en regardant notre fils d'un drôle d'air.

— Fin bref. Faut que tu dormes, p'tit gars, ta maman et moi, on a des trucs de grands à faire.

Amusée, je pouffe derrière ma main.

— Bienvenue dans le merveilleux monde des parents, ironisé-je.

— Ouais, ben, je vais vite lui apprendre qu'il y a un temps pour tout. Et là, c'est celui de dormir.

Je peux entendre toute la frustration dans sa voix. Il a envie de moi, mais la vie de parents ne permet pas toujours d'obtenir ce que l'on veut à l'instant T. S'il souhaite à nouveau faire partie de mon monde, il va devoir composer avec tous les aléas engendrés par son mini-lui.

Je reporte mon attention sur mon ange qui joue tranquillement avec son carré de tissu. Occupé comme il l'est, il ne me voit pas partir. J'ai à peine refermé la porte que Logan me plaque contre lui. Ses lèvres s'abattent sur les miennes et les dévorent avec fièvre. Cette fois, il n'est plus question de jouer ni pour lui, ni pour moi. Sa main droite descend le long de mon flanc, puis de ma cuisse pour venir remonter le morceau de tissu qui recouvre mes jambes. Un volcan entre en éruption dans mon bas-ventre lorsque ses doigts trouvent une entrée sous ma jupe et s'amuse à retracer une ligne imaginaire jusqu'au tissu qui recouvre mon intimité. Il avale chacun des gémissements qui quittent mes lèvres. Mes mains ne

3 – Pardonne-moi

sont pas en reste. Tandis que l'une d'elles agrippe une de ses fesses, l'autre glisse sous son t-shirt et redessine ses muscles dorsaux. Je le sens frémir sous mes doigts et son érection qu'il appuie sur mon ventre me confirme l'effet que j'ai sur lui.

— Tu me rends fou, lâche-t-il de sa voix rauque qui me fait décoller.

Notre bébé choisit ce moment-là pour se remettre à pleurer. Je me décolle aussitôt de Logan pour aller voir ce qui ne va pas.

— Et lui, va me faire virer barge.

Je ricane devant sa frustration.

— Ouais, marre-toi bien, grinche-t-il en croisant les bras sur sa poitrine.

Je me hisse sur la pointe des pieds, tout en attirant son visage vers le mien d'une main derrière sa nuque.

— Ce n'est que partie remise, beau gosse. On a tout le week-end.

— Ouais, ben, il a intérêt de dormir à un moment s'il ne veut pas que son père passe ces deux jours sous une douche glacée.

Je souris contre sa joue, avant d'y déposer un tendre bisou. Puis, je m'éclipse rapidement pour aller voir mon ange.

****

On a eu beau tout essayer, Lachlan a catégoriquement refusé de dormir. C'est pourquoi nous avons pris la route et sommes partis pour Huskisson, une petite ville côtière dans le sud de la baie, réputée pour ses eaux turquoises. Il y a quelques touristes, mais sans plus. Je suppose que le village est bien plus bondé en plein été, mais là, il tire à sa fin. Dans très peu de jours, nous arriverons en automne.

Mon ange a fini par s'endormir dans son porte-bébé, sa petite tête posée sur le torse musclé de son père. Ce torse qui me fait fantasmer depuis plusieurs heures déjà et que je rêve de goûter à nouveau. Logan et moi marchons côte à côte. Nos bras s'effleurent à plus d'une reprise. Il allume un brasier dans mes veines chaque fois qu'il me frôle. À mon avis, il fait exprès de venir au contact pour obtenir une réaction de ma part.

3 – Pardonne-moi

Au moment où il finit par enrouler ses doigts autour des miens, je fonds littéralement. Ce geste n'est peut-être rien pour la majorité des couples, mais pour moi, il signifie beaucoup. J'ai l'impression d'être à nouveau entière, reliée à celui qui n'a jamais cessé de faire battre mon cœur, même quand je croyais le détester. Je tourne légèrement la tête dans leur direction pour admirer les deux plus beaux garçons de la Terre.

— Tu apprécies ce que tu vois ? me taquine mon beau brun en posant un regard plein de douceur sur moi.

Ce que je lis dans ses prunelles provoque en moi un arrêt sur image. Je cesse de marcher pour profiter pleinement de toutes les émotions qu'il laisse passer. Ma réponse silencieuse doit lui plaire tout autant, puisque ses lèvres esquissent ce petit sourire qui me rend tout chose. Sans que je le lui ordonne, ma main vient se poser sur son visage. Les yeux fermés, il blottit sa joue contre ma paume.

— C'est tellement bon de te retrouver, bébé.

Il rouvre ses yeux et vient planter un regard si intense dans le mien que j'en défaille. Incapable de détourner la tête, j'accroche ses prunelles comme si elles étaient ma seule source de lumière. Des gens passent près de nous, ils paraissent de bonne humeur, mais c'est à peine si je m'en rends compte tant je suis immergée dans le monde qu'il vient de nous créer. Mes pulsations ont plusieurs ratés quand ses doigts viennent s'enrouler autour de mon poignet pour m'attirer vers lui. Lachlan se retrouve coincé entre nos deux corps. Proche de mes deux amours, j'irradie totalement de bonheur.

— Je crève d'envie de t'embrasser, mais ce truc n'est pas très pratique.

Je comprends qu'il parle du porte-bébé qui le gêne pour se pencher au-dessus de moi.

— Moi aussi, j'en ai envie. Tu devrais peut-être me passer, Lachlan...

— Tu rêves ! Mon p'tit gars est très bien installé ici.

J'éclate de rire devant son air bougon et me recule pour ne pas laisser la tentation nous frustrer.

— On devrait peut-être essayer de trouver un resto, alors ?

3 – Pardonne-moi

— T'as raison, je meurs de faim.

Vu la façon dont il me reluque, je ne suis pas certaine que ce soit bien son estomac qui parle.

— Viens là ! m'ordonne-t-il en glissant son bras autour de mes épaules.

Nous déambulons encore un moment dans le centre d'Huskisson, parcourant plusieurs rues à la recherche d'un restaurant sympa. Alors que nous bifurquons dans l'une des artères, je m'arrête net devant une boutique qui propose des créations locales. Un bracelet fait main aussi bleu que les yeux de mes amours me fait méchamment de l'œil. Logan hausse un sourcil interrogateur.

— Il te plaît ?

— Oui. Je le trouve super sympa.

Je réalise avant même d'avoir achevé ma phrase que le bijou a disparu du présentoir. Ahurie, je regarde Logan se diriger vers l'intérieur de la boutique.

— Qu'est-ce que tu fais ?

La tête par-dessus son épaule, il me lance un sourire énigmatique.

— Il te plaît, je te l'offre.

— Pourquoi tu fais ça ? On n'est même pas ensemble.

Logan se retourne d'un coup pour me faire face. Son regard peiné m'indique combien je l'ai blessé.

Je viens de me rendre compte, beaucoup trop tard, des mots que j'ai laissés échapper. Le pire, c'est que je n'ai même pas pris le temps de réfléchir à ce qu'il y avait vraiment entre nous. J'ai juste pris la vague et me suis laissée emporter. Je m'en veux terriblement et à part lui dire la vérité, que mes paroles ont dépassé ma pensée, je ne vois pas comment je peux rattraper cette bourde.

— Ce n'est pas ce que je voulais dire.

— Pourtant, tu l'as fait ! Après ce début de journée, je pensais qu'on était sur la même longueur d'onde. Visiblement, je me suis gouré en beauté !

Hors de lui, il revient en vitesse vers le présentoir, repose le bracelet, puis s'éloigne de moi à grand pas.

— Logan, attends ! lui ordonné-je en trottinant derrière lui.

3 – Pardonne-moi

Il s'arrête au croisement de deux rues, mais ne me fait pas face pour autant. Je sais qu'il attend que je m'explique et j'ai bien l'intention de le faire. Plus de non-dits, plus de secrets. Entre nous, ce sera désormais la vérité et rien d'autre. Je me mords, durant une seconde, l'intérieur de la lèvre, avant de le rejoindre rapidement. Hors de question de parler à son dos, je veux qu'il puisse lire la sincérité dans mon regard en même temps que mes mots franchiront ma bouche.

Quand je passe devant lui, je constate que mon petit ange s'est réveillé. Un dialogue muet semble se dérouler entre le père et le fils. Logan pose sa grande main à l'arrière de la tête de notre bébé avant de venir coller ses lèvres sur son petit front. Un géant face à sa version miniature. Tellement mignons tous les deux.

— Je suis désolée, d'accord ?

Mon beau brun relève les yeux vers moi et secoue la tête. Puis, comme si ma présence lui importait peu, il reporte son intérêt sur Lachlan. Et je me retrouve à réfléchir à ce que je peux lui dire pour le ramener vers moi. Je refuse de le perdre à nouveau. On n'est peut-être pas vraiment ensemble... Ou alors, on l'est. Je n'arrive pas vraiment à le déterminer. En tout cas, une chose est sûre, c'est que j'ai envie de reprendre là où nous avions laissé notre histoire.

— Mais tu as dit que tu voulais qu'on discute…

— Et j'ai aussi dit que je savais exactement ce que je voulais, m'interrompt-il. J'ai cru te le faire comprendre à travers mes gestes, mais ils n'ont pas dû être suffisamment explicites pour toi. T'attends quoi de moi, Lu ? Peut-être que ta rupture avec Riley est trop proche pour que tu puisses vraiment y voir clair ?

— Riley n'a rien à voir là-dedans ! Et aux dernières nouvelles, tu m'en voulais encore de t'avoir caché l'existence de Lachlan !

Notre ton monte crescendo et Lachlan commence à s'agiter nerveusement dans les bras de son père. Mon ange me jette des regards alarmés en me tendant ses petits bras.

Dépité, Logan glisse ses mains dans ses cheveux, massant son front en même temps, comme si la situation le dépassait totalement.

3 – Pardonne-moi

— Je croyais que tu me connaissais mieux que personne. Encore une fois, je me suis planté, sinon tu saurais que si je t'en voulais, je ne serais pas là avec toi. Tu te souviens de Chris ?

Comment pourrais-je oublier ce type à cause duquel je me suis retrouvée enfermée à subir des atrocités que je ne souhaite à personne ? Ramenée loin en arrière par des souvenirs dont je voudrais me débarrasser définitivement, je peine à déglutir.

— Lui, je lui en voulais et s'il n'était pas mort, crois-moi que je ne lui parlerais toujours pas. Alors, oui, ça m'a mis hors de moi d'apprendre que j'avais un gosse dont j'ignorais l'existence, mais je t'ai pardonné le soir même où on a fini sur mon lit. T'as toujours été la seule que je voulais à mes côtés et ça ne changera jamais.

Émue par sa déclaration, je laisse une larme s'échapper de sa prison.

— Toi aussi, tu es le seul que je veux à mes côtés. Si tu savais à quel point, je m'en veux d'avoir tout gâché entre nous. Pourquoi je t'ai écrit ce mail ? Pourquoi je ne t'ai pas dit que j'étais enceinte ?

J'étais tellement perdue à l'époque. Je ne savais même plus ce que je faisais.

Quand il sort notre fils du porte-bébé pour me le tendre, je me sens perdue. Je fronce les sourcils, anxieuse, tout en attrapant Lachlan et en le serrant fort contre moi. Logan me sourit, de ce sourire qui me réchauffe de l'intérieur et m'apaise aussitôt. Ses deux mains viennent se poser en coupe sur mes joues pour relever mon visage vers lui. Ses yeux en profitent pour s'ancrer aux miens et comme chaque fois qu'il me regarde de la sorte, la magie opère. Plus rien n'existe autour de ce mec terriblement sexy. Il se penche lentement au-dessus de moi, créant une ombre de son corps à son mini-lui. Comme aimantée par la mienne, sa bouche se rapproche de plus en plus.

— Ne m'abandonne plus jamais, chuchote-t-il contre mes lèvres. Sans toi, je crève.

Mon cœur fait une embardée.

— Jamais, soufflé-je.

Nos lèvres se trouvent enfin et c'est un véritable feu d'artifice qui explose dans mon ventre. Son baiser est plein de douceur, me laissant deviner tous les sentiments qu'il éprouve pour moi. Je lui réponds avec la même tendresse, reléguant tous mes démons au passé, là où se trouve leur place. Quand Lachlan commence à gigoter dans mes bras, sûrement dérangé par notre proximité, on cesse de s'embrasser d'un accord tacite. Puis, sans même nous concerter, on vient déposer en même temps un bisou sur le sommet de la tête de notre fils.

— Je savais bien que ce truc était gênant, lance mon unique amour en jouant avec le porte-bébé.

Amusée, je lève les yeux vers lui et lui lance un grand sourire.

— On a encore beaucoup de choses à se dire, bébé, mais est-ce que tu veux bien qu'on soit à nouveau ensemble ?

Mes lèvres s'étirent autant que permis, même plus, tant l'idée m'enchante.

— Toi et moi, pour toujours, accepté-je.

À son sourire, je sais que lui aussi se souvient de nos multiples promesses. Notre bonheur n'est plus qu'à portée de main, à nous de nous en saisir et de laisser le passé derrière nous une bonne fois pour toute.

À bout de force

26. Logan

Assis sur le plan de travail, j'attends que Lu redescende en sirotant une bière. Elle est partie prendre une douche juste après que nous ayons couché notre fils. Si ça n'avait tenu qu'à moi, je l'aurais bien suivi dans la salle de bain, mais ça c'était sans compter sur sa main sur mon torse qui m'a tenu gentiment à distance. A force qu'elle joue avec mon désir, mes couilles vont virer bleues. Encore plus maintenant que je suis en train de l'imaginer nue sous un jet d'eau en train de se savonner avec sensualité. Je monterais bien la rejoindre, mais je ne suis pas sûr que ce soit le bon plan. Autant fantasmer les yeux ouverts en attendant qu'elle veuille bien ramener son joli petit cul jusqu'ici. Quand j'entends les marches craquer, j'ai déjà une bonne trique qui ne fait qu'augmenter au moment où mes yeux se posent sur elle. Elle veut ma mort ou quoi ? Avec son short en coton qui me laisse voir ses sublimes jambes et son t-shirt qui tombe sur son épaule, elle est terriblement bandante. Alors qu'elle se rapproche de moi, je constate qu'elle ne porte aucun soutif. Ses tétons pointent et me font déglutir de travers. Me voilà à tousser comme un con.

— Tout va bien, beau gosse ?

— Disons que si tu voulais ma mort, t'es sur la bonne voie.

Son éclat de rire m'envoie un courant de deux cent mille volts dans les veines. Ouais, j'exagère sûrement, mais elle m'électrise grave.

— Viens là ! ordonné-je d'une voix éraillée derrière laquelle je vais avoir du mal à planquer mon envie d'elle.

Elle cesse de rire et arque un sourcil. Une mèche enroulée autour de son index, elle semble entrer dans une profonde réflexion. Ses yeux ne me quittent pas alors qu'un sourire malicieux se dessine sur ses lèvres. Je crois que ce qui lui traverse le crâne va grave me plaire.

— Personne ne me donne d'ordre, beau gosse ! Si tu me veux, viens me chercher.

Pas de souci.

3 – Pardonne-moi

Un sourire en coin accroché sur la gueule, je pose la bière sur le comptoir et me relève. Elle reste immobile tandis que je m'approche d'elle. Pourtant, quelque chose dans son regard me dit qu'elle ne va pas me laisser atteindre mon but aussi facilement que je peux le penser. La tension dans mon froc est à son extrême, mon cœur bat comme un fou alors que je ne suis plus qu'à un pas d'elle. Au moment où je vais pour glisser mon bras dans son dos afin de la coller contre moi, elle s'éclipse et part en riant à l'autre bout de la pièce.

Elle veut jouer ? Très bien, jouons, mais, au final, c'est moi qui gagnerai. Elle sait qu'elle n'a aucune chance contre moi. J'ai toujours été meilleur qu'elle lors de nos jeux, le football m'a permis d'être un fin stratège.

Sans la perdre du regard, j'avance vers elle lentement. Elle m'échappe encore une fois en riant. Un jeu du chat et de la souris se met en branle. Nos éclats de rire résonnent dans la pièce tandis que je la poursuis. J'ai l'impression qu'on a retrouvé nos seize ans, que notre complicité est à son comble et bordel, que ça fait du bien !

Je la loupe de peu après avoir sauté par-dessus le canapé. Frustré, je grogne, ce qui la fait rire de plus belle. Je m'arrête net pour la contempler. À l'autre bout de la pièce, elle me fixe, les yeux plissés. D'ici, je peux sentir tout son désir pour moi et ça me fout une gaule d'enfer.

— Si tu continues à jouer, tu risques de me tuer, bébé.

Je pose ma main sur ma queue pour qu'elle puisse saisir mon allusion. Quand son regard s'y porte, ses joues prennent cette couleur dont je raffole et elle mordille sa lèvre. Ma chaleur corporelle vient de prendre quelques degrés supplémentaires. Comme un clebs assoiffé, je tire la langue. Encore plus quand elle se rapproche de moi dans une démarche féline que je ne lui connaissais pas. Est-ce son ex qui lui a appris à être aussi torride ? Ou bien est-ce l'effet que je lui fais ?

— Pauvre, chéri, me lance-t-elle, taquine, en caressant sensuellement ma bite.

Elle va me tuer ! D'autant plus que ses magnifiques prunelles me laissent voir qu'elle n'en a pas fini avec son foutu jeu.

3 – Pardonne-moi

Ses mains remontent le long de mon t-shirt jusqu'à venir s'en saisir au niveau de mes pectoraux. Elle m'attire brusquement contre elle. Je crois que je n'ai jamais été aussi dur de toute ma vie, à part peut-être la nuit où on a fait notre gosse. Sans me laisser le temps de respirer, elle plaque sa bouche contre la mienne. Nos lèvres se goûtent. Faux ! Je devrais plutôt dire que Lu est en train de me dévorer la bouche. Je la laisse prendre tout ce qu'elle veut, c'est tellement bon.

Quand elle me repousse sans ménagement, je prends une douche glacée sur le coin de la tronche. Elle est en train de m'allumer plus que nécessaire. Je suis déjà aussi brûlant qu'une braise. Je l'entends se marrer alors que je tente de me remettre. Le jeu ne me fait plus rire. Je la veux et je vais vite lui montrer qu'à un moment, il faut que tout ça s'arrête avant que je vire barge.

Ma stratégie se fait différente, j'attends qu'elle se fatigue d'elle-même, sans la lâcher du regard. Quand elle voit que je ne réagis pas, elle se tourne vers moi et fronce les sourcils. Inquiète ? Peut-être.

— Tu n'as plus envie de jouer ? demande-t-elle.

Seul un coin de mes lèvres s'étire en guise de réponse. Elle hausse les épaules, comme si ça n'avait aucune importance, bien que je sache qu'elle est légèrement vexée de ma réaction. Ne pas oublier que je la connais par cœur. En deux ans, elle a pu changer, mais pas au point de ne plus du tout être elle-même.

J'attends, avec patience, le moment où je pourrai inverser les règles du jeu. Quand elle part chercher un truc dans le frigo, j'en profite pour venir me coller à son dos, ma queue, toujours aussi tendue, collée dans le creux de ses reins. Je me frotte un peu à elle pour lui faire comprendre combien j'ai envie d'elle. Je laisse mon souffle glisser le long de sa nuque. La peau de ses bras se recouvre aussitôt de chair de poule et elle frissonne contre moi.

— Tu as froid, bébé ?

Un soda à la main, elle se retourne vers moi.

— Non, pourquoi ?

Sa voix éraillée me prouve que je ne la laisse pas du tout insensible. Sans lui laisser le temps de réagir, j'attrape la canette, l'ouvre et en bois une gorgée, avant de la faire rouler le long de son bras, puis redescendre dans son décolleté. Son corps se tend et elle pousse un gémissement. Putain, ça va être dur de se retenir !

— Et maintenant ?

— Aucun effet, parvient-elle à lâcher difficilement sous ma douce torture.

— Menteuse. Je suis certain que ta culotte est toute mouillée, soufflé-je contre son oreille.

Et pour en avoir la preuve, je laisse mes doigts franchir toutes les barrières qui recouvrent son intimité. Sous la caresse de mon pouce qui taquine son clitoris, je la vois tenter de résister. J'appuie un peu plus fort pour qu'elle perde la tête. L'effet est immédiat, elle ferme les yeux et je la sens défaillir.

Une idée me traverse la tête. J'ai envie de la torturer délicatement jusqu'à ce qu'elle me supplie de la prendre. Elle a voulu jouer, à moi de le faire.

— Enlève-moi ça ! lui ordonné-je en laissant ma main remonter jusqu'à l'ourlet de son débardeur sur lequel je tire légèrement.

Docile, elle m'obéit, mais d'une manière si sensuelle que mes veines se mettent à bouillir. Je recule légèrement et me rince l'œil un instant en admirant sa magnifique poitrine. Jamais je ne pourrais me lasser de la contempler. Je veux cette fille pour aujourd'hui et pour demain. Dans mon présent et mon futur jusqu'à la fin de ma vie.

— T'es trop belle, Lu.

Ma voix rauque la fait frémir. Pourtant, ce n'est rien face à ce que je vais lui faire endurer. Quand j'en aurai fini, elle m'en redemandera encore.

Tel un prédateur, je fonds sur sa bouche. Nos langues se retrouvent rapidement pour entamer le plus grisant des ballets. Quand mon souffle se fait court, je m'écarte légèrement. Sans lui laisser le temps de reprendre ses esprits, je laisse la canette rouler sur son corps et insiste sur ses points sensibles. Ses tétons en particulier qui pointent encore plus. Ça me rend fou, putain !

— Logan...

L'entendre gémir mon nom est totalement ensorcelant. Je ne vais plus pouvoir tenir longtemps. Je pars poser mon objet de torture sur le comptoir, avant de me déshabiller à la hâte, saisi par une envie irrépressible de me fondre rapidement en elle. Elle ne me lâche pas de son regard brûlant tandis que j'enfile une capote. Quand je reviens vers elle, je tire sur les bouts de tissus qui m'empêchent d'atteindre mon but et la retourne contre le mur adjacent. D'un coup de reins puissant, je m'enfonce en elle en poussant un râle de plaisir. Putain, que c'est bon de la retrouver ! Deux ans que j'attends ce moment où nous ne ferons plus qu'un. La tête déjà dans le cosmos, je la pilonne de plus en plus vite, de plus en plus fort. Quand ses gémissements se font trop sonores, je plaque ma main sur sa bouche. Pas moyen que Lachlan se réveille maintenant. J'en deviendrais fou. Elle me lèche la paume avec une sensualité déconcertante. Son sexe se contracte de plus en plus fort autour de ma queue. Au moment où ses muscles se crispent, je laisse ma jouissance exploser. Couvert de sueur et le souffle court, ma tête tombe sur son épaule. Nos retrouvailles vont au-delà de tout ce que j'avais pu espérer. C'était torride.

Quelques secondes plus tard, à regret, je me détache d'elle pour aller jeter le préservatif. Quand je me retourne, elle est en train de se rhabiller, un sourire béat sur les lèvres. Mon cœur bondit dans tous les sens. Je suis tellement heureux que la vie m'offre cette nouvelle chance. Je finis par refoutre mon jeans à même la peau, avant de lui tendre la main et de l'entraîner avec moi sur le canapé. Lovée contre moi, on décide de se mater un film sur Netflix. D'une main, je la caresse. J'ai presque l'impression de l'entendre ronronner sous ma tendresse.

À la fin du film, la femme de ma vie relève les yeux dans ma direction. Quelque chose semble la perturber. Je me redresse légèrement pour mieux pouvoir l'observer.

— Qu'est-ce qu'il y a, bébé ?

— Je me demandais juste pourquoi t'étais ici ?

— Tu regrettes que je sois venu ?

Légèrement paniqué à l'idée que ça puisse être le cas, je me tends. Le sourire qu'elle me lance m'apaise aussitôt.

— Non ! Je me demandais juste comment tu t'es retrouvé en Australie ?

— Ah ! Tu veux quelle version ? L'officielle ou l'officieuse ?

— Je suis curieuse. Donc, je vais dire les deux.

3 – Pardonne-moi

Je souris, avant de tout lui raconter. Je lui parle en premier de mon accident qui m'a laissé sur le carreau. De l'opportunité qu'on m'a ensuite offerte. Avant d'aborder mon hésitation quant à y aller. Je vais bien plus loin dans mes explications que ce que j'ai pu leur dire au cours de leur foutu Action ou Vérité.

— Qu'est-ce qui t'a poussé à dire oui, alors ?

— Toi.

Nos regards s'accrochent. Je vois bien dans le sien que ma réponse est un véritable mystère pour elle. Éberluée, elle secoue la tête.

— Disons qu'on m'a fait comprendre que cette opportunité pouvait être une chance de retrouver l'amour de ma vie.

Un sourire étire ses lèvres et ses joues prennent une jolie couleur rosée. Il n'y avait pas d'autres mots pour décrire ce que j'ai toujours ressenti pour elle. D'un tendre baiser sur sa sublime bouche, je confirme ce que j'éprouve.

— Qui ?

— T'es un peu trop curieuse.

Elle se redresse sur les genoux pour happer mon regard du sien et tenter de percer mon secret.

— Je croyais que le silence tuait.

Je laisse planer quelques secondes de silence. Est-ce que je peux lui parler de Steffie sans qu'elle le prenne mal ? J'hésite, avant de me décider à le faire. Après tout, elle a bien eu une vie sans moi.

— Mon ex. Elle a très vite compris que je ne t'oublierai jamais et a fini par me pousser vers toi.

— C'est une fille bien.

— Ouais, comme Riley. Je vais t'avouer qu'il m'a dit tout ce que tu avais vécu et ça m'a aussi aidé à comprendre pourquoi tu ne m'as jamais parlé de Lachlan.

Honteuse, elle se rassoit et baisse la tête.

— Pardon, souffle-t-elle.

— Je t'ai pardonné depuis longtemps, Lu, et tu le sais, répliqué-je en ramenant son visage en direction du mien.

Elle hoche juste la tête, avant de venir s'installer à califourchon sur mes genoux.

3 – Pardonne-moi

Vu comme ma queue se met à gonfler, je sens que je suis plus que prêt pour un second round, mais cette fois, je vais prendre tout mon temps pour la redécouvrir. Je vais l'aimer jusqu'à ce qu'on s'endorme l'un contre l'autre. *Comme avant.*

À bout de force

Les rayons du soleil finissent par avoir raison de mon sommeil. Mal réveillée, je tâtonne la place à mes côtés à la recherche du plus beau mec de l'univers… vide… Comment ça, vide ? Aurais-je rêvé de cette nuit de folie passée à nous redécouvrir et à nous aimer comme si ces deux dernières années n'avaient jamais existé ? J'ouvre un œil, histoire de vérifier que tout ça est bien réel. Les draps sont froissés et son parfum est omniprésent. Ce n'est donc pas un songe. J'attrape l'oreiller sur lequel il a posé sa tête et m'embaume un moment de son parfum. Mon cœur bat vite, encore sous le coup de ces retrouvailles inespérées. Depuis des mois, j'avais tiré un trait définitif sur nous, camouflant derrière ma haine, mes véritables sentiments. Pourtant, vu ce que j'éprouve, je ne peux que réaliser que je n'ai jamais cessé de l'aimer. Je préférais juste me voiler la face plutôt que de souffrir de son absence.

Après m'être étirée comme un gros chat, je me lève pour aller le retrouver. Il ne doit pas être bien loin. Peut-être ne parvenait-il plus à dormir ou alors notre fils s'est réveillé et...

Merde, mon petit ange !

Hier soir, je me suis laissée convaincre par son père de dormir avec lui. Comment aurais-je pu faire autrement devant son air de chiot battu ? La tête dans les étoiles, j'en ai totalement zappé mon petit ange. Paniquée à l'idée qu'il lui soit arrivé quelque chose, j'enfile à la hâte, la première fringue qui me tombe sous la main. Je ne crois pas que Logan m'en veuille de lui avoir piqué l'un de ses t-shirts. Je me souviens qu'à l'époque, il adorait me voir porter ses vêtements et, moi, j'en raffolais. Est-ce que ça a changé pour ma part ? Pas du tout. Avoir son odeur contre ma peau me fait voir des milliers d'étoiles, malgré l'angoisse qu'il soit arrivé quelque chose à Lachlan.

Pieds nus, je me précipite vers la chambre dans laquelle il est censé être. Je dis bien censé, parce qu'en voyant la porte ouverte, je me pose réellement la question. J'y entre tout de même pour en avoir le cœur net. Son petit lit est vide. L'absence de Logan

3 – Pardonne-moi

dans notre chambre et la sienne conjuguée me laisse comprendre qu'il y a de fortes chances qu'ils soient ensemble. Savoir qu'il n'est sûrement rien arrivé à mon bébé me soulage instantanément. Je décide de descendre pour aller les retrouver.

Quand je les vois enfin, je cesse de marcher, le souffle coupé par ce tableau idyllique. Logan, seulement vêtu d'un boxer, tient son p'tit gars dans ses bras et Lachlan est en train de manger un de ses biscuits. Un sourire béat sur les lèvres, je n'arrive pas à détacher mon regard de cette scène.

Au moment où mon beau quarterback sent ma présence, il se tourne vers moi. Son regard me dévore littéralement. On pourrait faire l'amour avec les yeux, je crois qu'il serait exactement en train de le faire. Visiblement satisfait de ma tenue, un large sourire s'étire sur ses lèvres, avant qu'il ne reporte son attention sur notre bébé.

— Tu sais quoi, bonhomme ? Ta mère me plaît encore plus qu'avant.

Sous sa déclaration, je me liquéfie et mes joues prennent feu. Depuis hier, il n'arrête pas de me dévoiler ce qu'il ressent pour moi, me laissant dans un état second à chaque fois.

Il tourne la tête dans ma direction. Ses prunelles happent les miennes, créant autour de nous cette bulle dans laquelle j'aime me trouver. Celle où tout le reste n'a plus d'importance, où mes démons sont enfermés à double tour, où mes frayeurs sont reléguées à leur place, loin dans le passé. Heureuse, je ne peux m'empêcher de lui sourire.

— Et si on allait lui dire bonjour ?

Mes deux gars s'avancent vers moi. Si Lachlan se contente de manger son gâteau, sans vraiment faire attention à ma présence, son père, lui, me transmet tout ce qu'il éprouve par le biais de son regard. Et je peux dire que j'apprécie vraiment ce que je vois. Lui aussi semble aimer ce qu'il découvre dans mes yeux, puisque son sourire reste accroché sur ses lèvres.

Arrivé à ma hauteur, mon petit ange me calcule enfin et tend ses bras dans ma direction. Je le prends contre moi tandis que Logan pose une main dans mon dos pour nous attirer contre lui. Sa bouche vient à la rencontre de la mienne pour m'offrir un doux baiser. Puis, au lieu de se redresser comme je

3 – Pardonne-moi

m'y attends, il se penche vers mon oreille et murmure :

— J'aime toujours autant que tu portes mes fringues.

Sa voix, d'une sensualité indescriptible, me fait défaillir. Mes joues prennent à nouveau feu et une charge d'électricité crépite dans mon bas-ventre. Jamais personne, hormis lui, ne m'a rendue à ce point tout chose avec seulement quelques mots chuchotés. Bon d'accord, je n'ai connu que deux mecs. Ce que je veux dire, c'est que je n'ai rien éprouvé de tel avec Riley. Contrairement à ce dernier, Logan sait me faire vibrer de la racine des cheveux à la pointe des orteils. Il me bouscule de toute part et j'adore les séismes qu'il fait naître en moi.

Quand il détache notre étreinte, un courant glacial m'envahit.

— Tu prends toujours la même chose au p'tit déj ? demande-t-il alors qu'il se dirige vers la cuisine.

Face aux souvenirs de notre autre vie qui remontent à la surface, mon cœur manque quelques battements.

— Pas vraiment, mais, hier, on a fait quelques courses et ce qu'on a pris me suffit amplement.

Il passe la tête par-dessus son épaule et opine du chef, visiblement satisfait.

— Alors, va t'asseoir. Je te prépare tout ça.

Docile, je lui obéis sans rechigner. Bon, admettons-le, son initiative a tout pour me plaire.

— Il a pris son biberon ? demandé-je alors que je tire une chaise.

Debout devant un placard ouvert, Logan se tourne vers moi. Son expression me laisse deviner sa gêne.

— Je ne savais pas ce qu'il prenait. Du coup, je lui ai donné un biscuit. Je ne le voyais pas manger un de ses pots au goût atroce.

Hier soir quand il m'a proposé de faire manger Lachlan, je lui ai dit qu'il devait d'abord tester la température de la nourriture. Je n'imaginais pas qu'il allait carrément en manger une cuillerée pour voir si ce n'était pas trop chaud. J'ai cru qu'il allait vomir. En revoyant son expression de dégoût, je ne peux m'empêcher de ricaner.

3 – Pardonne-moi

— Je crois que vous avez beaucoup de choses à apprendre, monsieur Baldwin, avant de décrocher la palme du papa modèle.

Il hausse un sourcil.

— Si vous me fournissiez le mode d'emploi, madame Baldwin...

Je reste bloquée sur ses derniers mots. La bouche grande ouverte, je le regarde, médusée. Il a vraiment dit « madame Baldwin » ? Mon pouls a pris une telle allure que je me demande si je ne vais pas faire une syncope.

Son éclat de rire me ramène à ici et maintenant.

— Je me goure ou tu bloques sur « madame Baldwin » ?

Il m'observe afin d'obtenir la réponse que je ne parviens pas à lui fournir de vive voix.

— Je te rappelle que t'étais ma fiancée et que je n'ai jamais cessé de t'aimer. Alors, ouais, maintenant que je t'ai retrouvée, j'ai bien l'intention d'aller au bout de nos projets.

— T'es en train de me demander de devenir ta femme ? C'est pas un peu tôt, on vient juste de se retrouver.

Un sourire ravageur se dessine sur ses lèvres.

— Pas tout de suite, mais sache que je ne veux aucune autre femme que toi dans ma vie. À l'époque t'étais déjà tout pour moi : ma meilleure amie, ma fiancée, mon âme sœur. Je n'avais jamais pris autant mon pied qu'avec toi sous une couette et c'est toujours le cas. Tu me satisfais sur tous les plans, bébé. Je sais que tu es faite pour moi. Sans compter qu'aujourd'hui, t'es la mère de mon gamin. Alors, ouais, j'espère bien qu'un jour, tu seras ma femme. J'ai peut-être perdu beaucoup de rêves, mais je veux encore croire à celui-ci.

Émue aux larmes face à cette déclaration, je reste sans voix. Lorsqu'il réalise que je pleure, il vient s'agenouiller devant moi. De la pulpe du pouce, il essuie les traces de mon bonheur.

— Je ne voulais pas te faire pleurer, s'excuse-t-il.

— Je pleure, parce que ce que tu viens de me dire me touche beaucoup. Pour moi, nous deux, c'était

3 – Pardonne-moi

mort depuis longtemps et pourtant, t'es là, devant moi à me faire cette déclaration, et...

Je plonge mes yeux dans les siens pour qu'il réalise que ce que je vais lui dire est vraiment sincère. Quelles que soient les épreuves que nous aurons encore à traverser, je suis prête à y foncer tête baissée du moment qu'il est à mes côtés. L'homme de ma vie a toujours été lui. Depuis ma naissance, c'est lui et personne d'autre. À ses côtés, je me suis toujours sentie vivante, soutenue par ce fil qui nous a toujours reliés, même quand il me détestait. La douceur de sa main sur ma joue me ramène à la réalité.

— Le jour où tu me le demanderas, je te répondrai oui. Tu es le seul à savoir faire battre mon cœur et personne d'autre que toi n'y parviendra. Je t'aime et je t'ai toujours aimé, même si j'ai cru te détester ces deux dernières années.

Fou de joie, il fond sur ma bouche et me donne un baiser dans lequel il me transmet tout ce qu'il éprouve. Son bonheur retrouvé. Sa joie. Et surtout son amour pour moi.

— J'aimerais que tu me fasses une promesse, Logan.

Il m'interroge du regard, avant de me lancer :

— Tout ce que tu voudras, du moment que ça nous englobe tous les trois.

Il caresse avec tendresse le dos de notre fils.

— Tu m'as dit hier qu'il y avait peu de chance que tu puisses reprendre le football à cause de ton épaule. Pourtant tu as porté Lachlan toute la journée et je n'ai pas eu l'impression que t'en souffrais...

— C'est vrai, mais ce n'est...

Je pose mon index sur sa bouche pour lui intimer de se taire.

— Je ne dis pas que tu y parviendras, mais je veux que tu me promettes d'essayer de tout faire pour tenter de réaliser également ton second rêve.

Il semble plonger dans une réflexion intense, avant de hocher la tête.

— Je te le promets, mais je vais d'abord devoir obtenir l'accord des médecins.

****

3 – Pardonne-moi

Retour à la case départ. Dans quelques minutes, nous arriverons à Sydney et cette belle trêve dans mon train-train quotidien prendra fin. J'aurais tellement voulu que Logan puisse venir s'installer chez mon père, mais avec la présence de Riley, cette idée est des plus malvenue. Mon mec m'en a fait prendre conscience, même si c'était à contrecœur, autant pour moi que pour lui. Je vais devoir parler avec mon ex pour qu'il accepte d'échanger sa place avec Logan. Je vais encore devoir le blesser et ça me chagrine. Pour le bonheur, des deux garçons que j'aime plus que ma propre vie, je m'y tiendrai quand même. C'est sûrement égoïste de ma part. Peu importe, ils passeront avant tout le monde.

Alors que nous franchissons les portes de la ville, mon grand amour derrière le volant, je modifie les coordonnées du GPS. Changement de plan de dernière minute. Plutôt que de se rendre tout de suite sur le campus comme convenu au départ, on va d'abord passer chez moi. Je n'ai pas envie de le quitter tout de suite. Pas comme ça du moins.

Quand il se rend compte du changement de direction, Logan quitte la route des yeux pour me porter un bref regard interrogateur.

— On va ramener Lachlan chez mon père et ensuite, je te raccompagne. Ma belle-mère devrait pouvoir le garder le temps que je rentre.

Au sourire qu'il affiche, je crois que mon plan lui plaît bien.

— Tu es sûre ? Parce que si tu me ramènes, je ne suis pas certain de pouvoir te lâcher dans les minutes suivantes. Je vais avoir besoin de plus qu'un simple baiser.

Sous son allusion, chacune de mes terminaisons nerveuses s'embrase. Et comme si ses intentions n'étaient pas assez claires, il laisse sa main remonter sur ma jambe jusqu'à effleurer mon intimité. Je me mords la lèvre pour éviter de gémir. Mais, merde, c'est Logan quoi et il sait exactement comment s'y prendre pour me faire perdre la tête !

— Tu sais que Lachlan est derrière nous ?

— Ouais, et je sais qu'il est aussi en train de roupiller, lâche-t-il en jetant tout de même un coup d'œil dans le rétroviseur pour s'en assurer. Ce qui laisse tout le champ libre à son père pour faire ce genre de truc.

3 – Pardonne-moi

Quand il dit face genre de truc », c'est appuyer sur mon point le plus sensible.

— Logan ! m'insurgé-je.

Il retire sa main et hausse les épaules. Bon Dieu, il ne changera jamais ! En même temps, je ne crois pas avoir envie qu'il change.

— Je voulais juste te donner un aperçu de ce qui t'attend si tu t'obstines à me raccompagner.

Mes joues s'enflamment encore. Est-ce qu'un jour je cesserai de rougir devant lui ? Sûrement, mais dans combien d'années ? Là, je n'en ai aucune idée.

— Je prends le risque.

Satisfait, il affiche ce sourire en coin devant lequel je suis incapable de rester de marbre. En même temps, on n'a pas idée d'être aussi beau et aussi sexy que Logan Alexander Baldwin.

— Très bien, future madame Baldwin.

— Arrête de m'appeler comme ça ! fais-je en lui donnant une petite tape sur le bras.

Depuis sa déclaration, il n'a pas cessé de m'appeler ainsi.

Il hausse les épaules, comme si pour lui c'était normal.

— Pourquoi ? Tu n'aimes pas ?

Si je veux être honnête avec moi-même, j'adore ça.

— Si, mais...

— Mais quoi ? Tu ne crois pas le devenir un jour, c'est ça ?

Il me jette un regard dans lequel je peux lire son inquiétude.

— Je t'ai déjà donné ma réponse à ce sujet.

— Donc j'ai le droit de t'appeler comme ça, si ça me chante, conclut-il, victorieux.

Autant laisser tomber. Plus têtu que lui, tu meurs.

Peu de temps après, nous arrivons chez moi. Les voitures de Riley et de mon frère sont garées dans l'allée. Par contre, aucune trace de celle de mon père. J'espère que lui et sa femme ne sont pas sortis. Je me vois mal demander à Liam de garder mon fils le temps que j'aille m'envoyer en l'air avec le plus beau mec de l'univers. Il n'y aurait pas son meilleur pote, je ne me gênerais sûrement pas et il accepterait, sans aucun doute, mais là je crois que je serais trop mal à l'aise pour le faire.

Logan détache notre fils et le prend dans ses bras. Nous marchons côte à côte jusqu'à la porte. À plus d'une reprise, il tente d'enrouler ses doigts autour des miens, mais je lui en refuse le droit. Au bout de la quatrième, il s'arrête net, m'obligeant à en faire de même.

— C'est quoi le problème ? demande-t-il, visiblement très étonné.

Comment puis-je lui dire que je ne me sens pas très bien vis-à-vis de Riley ? Que le blesser me fait mal ? Quand bien même je n'ai jamais été capable de l'aimer comme il le désirait, il a réussi à se faire une place dans mon cœur. Oui, je sais, je suis totalement contradictoire. Tout à l'heure, j'étais prête à soulever des montagnes pour mes deux amours, mais, là, si proche de mon ex, le courage semble m'avoir désertée. Puis, imaginons que le championnat se soit mal passé, combien m'en veut-il de ne pas avoir été présente ? Lui rajouter une nouvelle blessure, est-ce bien nécessaire ?

— À moins que tu m'aies menti sur toute la ligne, poursuit-il devant mon absence de réponse. Qui me dit que c'est vraiment terminé entre ce type et toi ? T'as bien été foutue de me mentir sur mon fils, alors pourquoi pas sur autre chose ?

Pardon ? Comment peut-il me sortir de telles absurdités ? Ne voit-il pas qu'il me blesse ?

Ahurie, ma mâchoire se décroche alors que mes yeux s'arrondissent comme des billes.

— Alors, malgré tout ce que je t'ai dit, tu crois vraiment que je serais encore foutue de te mentir ?

Son haussement d'épaules me tue.

— Ton attitude est juste bizarre. Alors, ouais, ça se pourrait bien.

— Tu devrais réfléchir deux secondes, Baldwin ! S'il y avait vraiment quelque chose entre lui et moi, je ne t'aurais sûrement pas ramené ici, en sachant qu'il vit avec nous.

Comprenant que j'ai raison, il baisse les yeux.

— J'ai juste peur de le blesser encore plus. Je sais qu'il n'est pas dupe et qu'il doit se douter que je suis revenue avec toi. Mais, comprends-moi, je tiens aussi à lui, même si je tiens encore plus à toi, et le voir malheureux par ma faute me fait mal.

— Si tu veux qu'on soit heureux tous les trois, tu vas devoir cesser de penser aux autres et au mal que tu peux leur faire. Vis un peu pour toi, Lu. Soit cette fille qui a toujours été ma meilleure amie et que j'ai pu retrouver ces deux derniers jours. Tu crois que je pense à Steffie, moi ? Non, parce qu'elle et moi, ça ne pouvait pas fonctionner. Mon cœur est déjà pris depuis des années.

Je ferme les yeux pour puiser le courage qui m'a fait défaut le temps d'un instant. Quand je les rouvre, je suis plus déterminée que jamais. Si je veux que Logan vienne s'installer ici, près de nous, sa famille, alors je dois montrer à Riley de quoi il en retourne. Je franchis les quelques pas qui me séparent de mon homme, puis me hisse sur la pointe des pieds pour venir poser un baiser sur sa bouche.

— Tu as raison. Je vais lui dire qu'on est à nouveau ensemble.

Un sourire illumine ses traits. Mis K.O, nos démons viennent de retrouver leurs cellules blindées.

— Quelle que soit sa réaction, je serai avec toi.

3 – Pardonne-moi

Un mois que je vis un conte de fées et trois semaines que je me crois au paradis en me réveillant chaque matin à ses côtés. Parce que, ouais, c'est vraiment le cas. La preuve en est, je suis en train de lui caresser délicatement le dos pour qu'elle ouvre les yeux à son tour. J'ai un truc à faire ce matin, mais avant de me barrer avec son frangin, j'ai bel et bien l'intention de lui souhaiter ses vingt ans à ma manière.

Je pose de doux baisers dans sa nuque, tout en repensant à tout ce qu'on a vécu ces derniers temps. Et il s'en est passé des choses. D'abord, la réaction des plus surprenantes de Riley quand il a capté qu'on était à nouveau ensemble. Contre toute attente, ce petit con a souri, apparemment très heureux pour nous. Ou plutôt pour elle, car je ne crois pas qu'il en ait quelque chose à foutre de ma gueule. Lu et moi, on s'est regardés sans vraiment comprendre. Ce n'est que lorsqu'il nous a dit qu'il avait fini premier du championnat qu'on a réalisé qu'il devait être en train de méchamment planer pour nous en vouloir. Ce que nous a confirmé Liam.

Une semaine après, Riley et moi échangions nos places. Lui à l'appart, moi ici, mon rêve pouvait débuter. Un rêve qui a vite failli tourner au cauchemar quand l'autre blondasse a essayé de foutre la merde en collant une très sale image sur le dos de la femme de ma vie, la faisant passer à la fois pour une mère indigne et une serial-baiseuse sur le campus. Il a fallu que je me batte pour que ma chérie reprenne confiance en elle et ne m'échappe pas. Rien que d'y penser, j'ai envie de tout fracasser. Un léger grognement sourd quitte mes lèvres. Je me retiens, néanmoins, de justesse, de crisper ma main sur le corps sublime qui se trouve juste en dessous de mes doigts, en pensant à un truc bien plus plaisant. Du genre les premiers pas de mon p'tit gars, pas plus tard qu'hier.

J'étais en train de faire des pompes sur la plage quand mes deux amours m'ont rejoint. Il marchait en ne tenant qu'une seule main de sa mère. Quand il m'a vu, il s'est lâché. Même s'il est vite tombé sur le cul, je peux dire que j'étais le papa le plus fier du

3 – Pardonne-moi

monde. Je suis vite allé le chercher et l'ai fait sauter dans mes bras, trop heureux. Moi, gaga de mon petit bonhomme ? Je ne peux que l'admettre. Chaque jour qui passe, il me rend totalement accro à lui. Quant à sa mère, je n'ai jamais pu m'en passer, ce n'est pas maintenant que ça va changer. Elle me fait l'effet d'une drogue, mais du genre vraiment dure la drogue. Tout comme l'état de ma queue, là, de suite.

Il faudrait que je me calme si je ne veux pas d'un coup rapide. Mais, merde, quand vous avez la plus sublime des créatures entre vos bras, comment résister ?

— Tu penses tellement fort que tu m'empêches de dormir, lâche Lu en me jetant un coup d'œil taquin par-dessus son épaule.

Puis, elle se tourne pour me faire face. Nos yeux s'accrochent. Ses tétons pointent vers mes pectoraux. Je me frotte contre elle en poussant un râle animal. C'est le putain d'effet qu'elle a en permanence sur moi dès qu'on se retrouve seuls sous la couette. Enfin, il n'y a pas que là qu'on arrive à s'octroyer quelques minutes de pur plaisir. Sur le campus aussi, mais je ne vais pas penser à tous les endroits où on l'a fait, sinon, c'est clair, que je vais rapidement sauter les préliminaires. En tout cas, je suis bien content que, malgré l'enfer qu'elle a vécu, elle me fasse suffisamment confiance pour me suivre dans mes délires.

— T'as plutôt l'air en forme ce matin, souffle-t-elle en allant poser sa main là où mon sang semble s'être entièrement concentré.

Parce que, avouons-le, ça pulse grave à cet endroit-là.

Et bordel, que dire de ses caresses sur mon gland ? Elles me rendent barge, ouais. Putain, c'est tellement bon qu'il me faut quelques secondes pour remettre mon scénario en place dans mon crâne. En vrai, c'est moi qui devrais lui faire perdre la boule ce matin, pas l'inverse. Pourtant là, c'est clairement le cas et je vais devoir remédier à ce souci d'urgence. Avec tendresse, je la repousse légèrement afin de pouvoir la surplomber de mon corps. En appui sur mes avant-bras, les mains sur ses joues, je recouvre son visage de doux bisous. D'abord, là, sur son front, puis, ici, sur son nez. Peu à peu, je descends vers le Sud. Je profite de mon passage à hauteur de sa poitrine pour m'en délecter. À chacun de mes coups de langue, de mes légères morsures, sur ses tétons,

3 – Pardonne-moi

elle se cambre. L'effet que j'ai sur elle est grisant. Ses mains cherchent à s'accrocher à mon dos comme une huître à son rocher. Elle soupire de plaisir alors que je m'acharne sur sa sublime poitrine.

— Encore, souffle-t-elle.

Au lieu de lui offrir ce qu'elle me demande, je me redresse pour lui lancer un sourire carnassier. Mon objectif n'est pas ses seins dont je suis si friand, il se situe bien plus bas. Je crève d'envie de la rendre folle en allant m'abreuver directement entre ses cuisses.

— T'as pas l'intention de faire ce que je pense quand même ? demande-t-elle, ses joues aussi rouges que le maillot des *Chiefs* de Kansas City.

Les Chiefs... Une équipe que je pourrais rejoindre si je m'en donne les moyens. Bien qu'à choisir, je préférerais largement *les Cowboys* de Dallas. L'une des meilleures, si ce n'est la meilleure, équipe à mes yeux.

— Arrête de penser aussi fort, champion, tu vas finir par me filer la migraine.

Depuis qu'un médecin du sport m'a donné son aval pour que je reprenne mon entraînement, elle m'a affublé de ce surnom et je dois dire que ça me plaît bien. Non, mieux que ça, ça me motive grave. Elle me fait pousser des ailes dans le dos pour ne pas m'écrouler à la moindre difficulté. De toute façon, je n'ai pas d'autres choix que de me battre. Si je veux offrir à mes deux amours, une vie digne de ce nom, je dois à nouveau exceller dans ce que je sais faire de mieux. Je ne peux pas les priver du confort qu'ils ont ici, juste pour mes beaux yeux. Enfin si, j'espère quand même un peu qu'elle me suivra parce que je lui plais grave. Quoique, vu l'étincelle qui brille en permanence dans ses prunelles, je n'ai aucun doute là-dessus. Fin bref.

À quoi étais-je en train de penser déjà ? Ah, oui, les entraînements.

Je disais donc que je me donne à fond. Peu importe si, par moment, je dois serrer les dents. Pour eux, j'encaisse chaque douleur qui me permettra de retrouver la mobilité totale de mon épaule et de devenir ce champion que voit ma future femme en moi. Ouais, là-dessus, je n'ai pas changé d'avis. Bien au contraire. Chaque jour qui passe me conforte dans cette idée. Rien que de penser au jour où elle deviendra, madame Baldwin, mon cœur fait des cabrioles dans ma cage thoracique et mon sang s'enflamme. J'en aurais chié pour arriver jusque-là, mais un jour, elle sera mienne jusqu'à la fin de ma vie. Malgré tout, je suis loin d'être stupide et je sais qu'il y aura encore une dernière bataille à mener. À l'heure actuelle, il m'est impossible d'avoir à la fois ma femme et le foot, cependant je ne concéderai rien, ce sera à elle de le faire, pour notre bonheur à tous les trois. Mais, j'ai encore trois mois pour l'aiguiller vers mes projets, qui, j'espère bien, deviendront aussi les siens. De toute façon, il n'y a pas moyen pour que ce soit autrement. Hors de question qu'on soit une nouvelle fois séparés par des milliers de kilomètres. J'en crèverai.

— Logan ! s'impatiente la fille de mes rêves en se tortillant sous moi.

Le nez enfoui sur son ventre, je relève légèrement la tête pour lui lancer un regard qui se veut coquin. Aussitôt, elle réagit en mordillant sa lèvre. Est-ce qu'un jour elle cessera de me faire bander encore plus dur avec ce simple geste ? Je n'y crois pas, ou alors peut-être quand je serai vieux et édenté.

— Sois pas si impatiente, bébé.

Je reprends ma course vers son centre névralgique, en la couvrant de baisers. D'abord sur son ventre qui a porté la plus belle des merveilles, mon fils. Puis sur cette cicatrice qu'elle déteste, mais dont je raffole, car c'est grâce à elle que Lachlan Mike Logan Calaan-Baldwin a vu le jour. Mon p'tit gars porte mon nom aujourd'hui et rien que pour ça, je suis encore plus amoureux de sa mère. Quand j'ai signé la reconnaissance de paternité, j'ai cru que mon cœur allait lâcher.

Cesse de penser, vieux, et agis sinon elle risque de te planter comme un con avec ta trique de malade.

Pas faux.

Cette fois, je déconnecte toutes pensées parasites et me concentre uniquement sur le corps de ma chérie.

Quand ma bouche entre en contact avec son clitoris, Lu pousse un gémissement, qu'elle étouffe aussitôt. De sa main ou avec un oreiller ? Aucune idée, mais en tout cas, elle le fait.

Sous les assauts de ma langue et de ma bouche, elle se tortille dans tous les sens. Elle agrippe mes

3 – Pardonne-moi

cheveux avec une sacrée poigne. Putain, ça doit sacrément lui plaire de si bon matin. Surpris de n'entendre aucun son, je relève les yeux sans quitter mon point d'ancrage. La voir mordre son poing pour s'empêcher de crier me rend fou et me donne encore plus envie de me déchaîner pour l'entendre gémir. Je sais, c'est cruel pour elle, elle refuse catégoriquement que les autres se doutent de ce qu'on fout sous la couette. Pourtant, ils sont loin d'être cons, je les vois mal croire qu'on ne baise jamais, surtout son frangin. On n'a pas fait Lachlan en se galochant seulement. En plus, mon nom ne m'a jamais paru plus beau que lorsqu'elle le prononce sous mes coups de reins ou de langues. Alors pour obtenir ce que, moi, je désire, j'enfonce mon index dans sa moiteur. Bordel, elle est plus que prête pour moi. J'amorce lentement des allers-retours tout en continuant à jouer avec son clitoris. Sa respiration s'accélère encore plus tandis qu'elle se contorsionne. Mon majeur vient très vite rejoindre mon premier doigt pour la remplir encore plus. Et cette fois, je l'entends, ce gémissement qui me rend totalement dingue.

— Chut, bébé ! Tout le monde va nous entendre, la taquiné-je.

En vrai, moi, je m'en fous royal. Si les autres nous entendent, ça ne fait que me confirmer que je suis un bon coup. Bon, ça, c'est peut-être ma vie sur le campus à Columbia qui parle. Je n'en sais rien et je m'en tape. Là, tout ce qui compte pour moi est de la faire jouir. Alors, j'active mes doigts, un peu plus vite, un peu plus fort tandis que je lèche comme un goulu ce nectar au goût si délicieux. Si parfait pour moi. Quand je la sens se contracter et que j'entends ses lèvres prononcer mon nom dans un murmure contenu, je cesse tout et me redresse pour venir la surplomber de tout mon corps. Ma bouche retrouve vite la sienne. À travers elle, je lui fais goûter sa cyprine. La façon dont elle m'embrasse me prouve que ça lui plaît. Ses mains dans mes cheveux, elle fourre sa langue dans ma bouche. Putain, ce baiser me fait vibrer jusqu'à la moindre de mes particules. D'un coup, un seul, je m'enfonce en elle. Ses jambes s'arriment à mes hanches alors que je lui donne quelques coups de reins. Lentement. Tendrement. Profondément. Vu comme je suis chaud, il ne me faudrait pas grand-chose pour jouir très vite. Alors, appuyé sur mes avant-bras, mes yeux dans les siens, je prends tout mon temps et fais preuve d'une délicatesse à toute épreuve. Du moins, j'essaie de toutes mes forces. Avec ce que je lis dans son regard et son corps qui veut donner le rythme, ce n'est pas gagné d'avance.

— Si tu ne bouges pas plus vite, c'est moi qui prends les commandes, souffle mon amour en agrippant mes fesses de ses deux mains et en essayant de me donner le mouvement qu'elle souhaite que je prenne.

Je grogne de frustration une seconde – ouais, juste une, parce que faut pas non plus exagérer – avant d'accéder à ses désirs.

Ma respiration et mon pouls accélèrent en même temps que le rythme de mes hanches. La température augmente très vite jusqu'à atteindre son paroxysme. Un filet de sueur coule le long de mon dos. Putain, je vais jouir. De toutes mes forces, j'essaie de l'attendre. Au moment où je la sens se contracter contre moi, je me laisse emporter par cette vague de plaisir et m'écroule sur elle, ma tête nichée dans son cou.

— Joyeux anniversaire, soufflé-je au creux de son oreille, une fois mes esprits retrouvés.

Un peu plus tard, après un long moment de tendresse, je pars récupérer mon deuxième cadeau que j'ai rangé sous mes fringues. Le troisième et le plus beau d'entre eux, du moins espérons qu'elle soit de mon avis, sera là dans...

Tiens, il est quelle heure d ailleurs ? Faudrait pas que je sois à la bourre à l aéroport. Pas sûr que ce soit apprécié par tout le monde.

— T'as l'heure, bébé ?

Un sourcil arqué, elle m'interroge du regard, mais attrape tout de même son smartphone sur sa table de nuit.

— Huit heures vingt.

Oh, putain ! Je dois y être dans moins d'une heure. Ça va vraiment être chaud. Liam a plutôt intérêt à être levé s'il ne veut pas que je le sorte manu militari de son plumard. J'attrape presto mon paquet cadeau que je remets aussi sec à ma jolie brune, avant de partir enfiler des fringues tout aussi vite, sous son regard à la fois amusé et ahuri.

3 – Pardonne-moi

— T'as bien l'air pressé. Tu m'expliques ? me demande-t-elle en déchirant l'emballage.

— J'ai un truc à voir avec ton frangin. On devrait être de retour d'ici deux petites heures.

Son étonnement se lit clairement sur son beau visage. À mon avis, elle doit se demander ce qu'on va foutre juste lui et moi. Admettons-le, c'est la première fois que ça arrive. Non pas que je ne m'entende pas avec Liam, au contraire, on a fini par se dompter lui et moi, malgré des débuts de cohabitation assez houleux, mais c'est la première fois qu'on se fait un truc sans elle.

— Je peux venir ? questionne-t-elle en regardant le long écrin qu'elle tient dans la main.

— Pas cette fois, bébé. C'est juste entre mecs.

Elle hausse les épaules, comme si elle s'en foutait. Je sais, toutefois, que le fait que je ne lui dise pas tout la chagrine. Cette fois, je ne peux, malheureusement, pas faire autrement, sauf de lui gâcher l'énorme surprise qu'on lui a tous préparée. Et c'est hors de question. Elle pourra me faire subir toutes les tortures possibles et imaginables, je ne cracherai pas le morceau. Même si elle me fait la gueule. Quoique, en la voyant avec ce joli sourire qui orne ses lèvres en découvrant ce que je lui ai offert, je n'ai pas l'impression qu'elle m'en veut tant que ça.

— Ça te plaît ? demandé-je en venant prendre la chaîne pour l'accrocher à son cou.

Émue aux larmes, elle hoche rapidement la tête, tout en tenant le pendentif. Un L, comme la première lettre de nos trois prénoms. Je ne voulais pas faire trop, pas tout de suite du moins, mais je désirais tout de même un symbole fort de notre histoire. Et quoi de mieux que notre initiale à tous les trois pour ça.

— Il est magnifique.

— Pas autant que toi en tout cas.

Je pose un doux baiser sur ses lèvres, avant de me diriger vers la porte. Sur le seuil, je m'arrête et me tourne vers elle.

— Sois sage en m'attendant.

— Toujours, champion.

Je souris comme un idiot. Non, je dirais mieux, comme un idiot totalement et irréversiblement amoureux.

3 – Pardonne-moi

— Je t'aime, bébé.

— Moi aussi, Logan. Mais, file si tu ne veux pas que Liam s'impatiente.

Elle me renvoie un sourire qui ferait fondre un iceberg et c'est avec une banane d'enfer que je retrouve son frangin dans la cuisine.

— Prêt ?

— Ouais, on a encore un peu de temps. Si t'as envie de t'enfiler un truc avant qu'on se barre, vas-y. Quelque chose me dit que t'as besoin de reprendre un peu de force, là, tout de suite.

Je me marre comme un con devant ses sous-entendus. Il n'a pas tort, cependant.

— En tout cas, ma frangine va sauter partout quand on va rentrer.

Tu m'étonnes. Rêveur, je l'imagine déjà en train de bondir dans tous les sens.

À bout de force

3 – Pardonne-moi

Ça va faire deux heures que Logan est parti avec mon frère sans me dire où ils allaient. Qu'est-ce qu'ils peuvent fabriquer pour être aussi longs, bon sang ? Depuis quand ils me font des cachotteries ces deux-là ? Une heure que je n'arrête pas de tourner en rond en poussant de plus en plus de soupirs d'exaspération, sous le regard amusé de Leah. Si elle continue à se foutre de moi, je risque très vite de lui faire ravaler son sourire. D'un regard courroucé, je lui laisse comprendre que cette situation m'insupporte.

— Et si on se faisait un truc entre filles pendant que la mère de Liam s'occupe de Lachlan ? Ça t'aiderait peut-être à patienter.

Je pile net au milieu du salon et me retourne vers elle. Franchement, si elle croit que mon agitation va s'arrêter juste parce qu'on se fait un truc entre nanas, elle se trompe carrément. Je ne suis pas cette allumeuse de Jodie, qui m'a fait passer pour une grosse merde. Et tout ça, pour quoi ? Pour essayer d'obtenir les faveurs du père de mon fils. Le pire, c'est qu'elle a bien failli réussir. Non pas d'obtenir ses faveurs, mais de nous séparer. En perdant confiance en moi, je me suis à nouveau demandé pourquoi il restait avec moi, alors qu'il peut obtenir toutes les filles qu'il désire. Et elle en premier.

Leah ne me laisse pas le temps de grogner et m'entraîne dans la chambre de Liam, où elle a élu domicile depuis une semaine. Elle m'invite à m'asseoir sur le lit, avant d'aller récupérer un vanity sur le bureau de mon frangin.

— Petite séance de vernis, ça te branche ?

Je hausse les épaules. De toute façon, mon avis n'aura aucune importance, alors à quoi bon ?

— On n'a pas tous les jours vingt ans, alors en attendant nos mecs, je vais prendre soin de toi et faire de toi la reine de la journée.

Ai-je le choix ? Oui, si j'y mettais du mien, mais devant son enthousiasme, je préfère la laisser faire.

Après avoir verni mes ongles, autant des mains, que des pieds, elle part dans ma chambre trouver la tenue idéale pour cette journée. Elle revient avec une de mes robes préférées, celle qui fait saliver plus que de raison mon champion. Pendant que je l'enfile, on discute de tout et de rien, mais très vite notre conversation tourne autour de notre sujet favori. Elle m'apprend que mon frère et elle ont l'intention de prendre leur envol très rapidement en quittant notre nid familial. Mon père semble vouloir les soutenir dans leur projet et est prêt à mettre la main au porte-monnaie pour les y aider. Ça ne m'étonne d'ailleurs pas de lui. Cet homme, que je ne connaissais pas vraiment quand j'ai débarqué ici, a un cœur en or.

En tout cas, je suis heureuse pour eux, ils sont tellement bien assortis. Un peu comme Logan et moi.

Le temps d'un instant, je me mets à rêver à ce que pourrait être notre vie à tous les trois si nous emménageons ensemble. Ce serait sûrement du même acabit que le week-end que nous avons passé au chalet. Nous pourrions laisser libre-cours à notre amour sans que je craigne de gêner les autres et rien qu'à cette expectative mon cœur s'emballe. Ce soir, j'essaierai d'aborder avec lui ce projet. On verra bien ce qu'il en pense. À mon avis, ça devrait l'enchanter autant que moi.

Redescends sur Terre, ma belle. Logan est censé ne rester que jusqu'à fin juillet.

Je chasse cette pensée très vite de mon esprit. Aujourd'hui, c'est mon anniversaire et je n'ai aucune envie de le gâcher avec mes idées moroses. On aura tout le temps de revenir dessus plus tard.

Le crissement des pneus dans l'allée gravillonnée m'aide à retrouver le sourire. Sans perdre de temps, je quitte la chambre, dévale les escaliers pour aller retrouver l'amour de ma vie. Sauf qu'en ouvrant la porte, je réalise très vite que ce n'est pas la voiture de Liam, mais celle de Riley qui vient de se garer. Depuis qu'il a quitté notre maison, nous ne nous sommes pas vraiment reparlé et je ne sais pas trop comment réagir avec lui. En même temps, qu'est-ce qu'il fait ici ? Je suis presque certaine que Liam lui a parlé de ses projets avec Logan. Est-ce moi, du coup, qu'il est venu voir ? Possible. Pour en avoir le cœur net, j'attends patiemment devant l'entrée qu'il vienne me trouver.

3 – Pardonne-moi

À peine sortie de son véhicule, il laisse couler son regard sur mon corps. Quand il relève la tête, ses yeux reflètent toute sa peine. Et dire que je croyais qu'il avait accepté que je me sois remise avec Logan, là, sur le coup, je n'en suis plus si certaine. Je lui lance un petit sourire contrit qui a le don, apparemment, de le ramener à la réalité. Il glisse une main dans ses cheveux, avant de se pencher à l'intérieur de l'habitacle. Quand il en ressort, il tient un cadeau entre ses mains.

Alors, c'est pour cette raison qu'il est venu me voir ? Il voulait m'offrir quelque chose dans le dos de mon mec ? C'est plus que plausible. Il ne me faut que quelques secondes pour en avoir le cœur net, juste le temps pour lui de franchir la distance qui nous sépare.

— Je crois que ton mec n'aurait pas apprécié que je t'offre ça devant lui, alors je me suis dit qu'en arrivant plus tôt, j'aurais tout le temps de le faire.

Arriver plus tôt ? Plus tôt, pourquoi ? En tout cas, une chose est sûre, Liam l'a informé que Logan ne serait pas là ce matin. J'y pense, c'est peut-être mon frère qui a tout organisé, afin que mon ex puisse venir me voir sans craindre un poing dans le nez ou un truc du genre.

— Tiens, prends-le.

J'attrape le paquet en question. Au vu de ses dimensions, je n'arrive pas à en déterminer la contenance.

— Avant de l'ouvrir, il faut que tu saches que je l'ai acheté quand on était encore ensemble, mais je n'ai pas eu le cœur à le renvoyer. J'espère que tu ne m'en voudras pas.

Avec un regard triste dans sa direction, je déballe l'emballage. Je découvre d'abord un écrin, presque le même que celui que m'a offert Logan ce matin. D'instinct, je porte mes doigts sur mon pendentif. Mon mouvement n'échappe pas à Riley. Ses yeux se voilent de tristesse, avant qu'il ne secoue la tête. Si seulement je pouvais chasser sa peine d'un coup de baguette magique, je le ferais volontiers. Mais, je ne suis pas magicienne et je ne peux pas effacer ce que j'éprouve pour le père de mon fils d'un claquement de doigts. Sans un mot, j'ouvre la petite boîte dans laquelle se trouve un superbe bracelet, composé de

3 – Pardonne-moi

lanières bleues et d'un cercle en or au milieu duquel se dévoile une vague.

— Si tu ne veux pas le porter, je comprendrai.

— Il est magnifique, Riley, et c'est avec plaisir que je le porterai.

Un véritable sourire naît sur ses lèvres, avant de s'effacer quand une sombre pensée se reflète dans ses yeux.

— Ton mec ne va peut-être pas trop apprécier.

— C'est le cadeau d'un ami, rien de plus.

— Ouais, c'est vrai, souffle-t-il en massant sa nuque d'une main.

D'un simple bisou sur sa joue, je le remercie et tente également de lui apporter mon réconfort. Un moment de gêne s'installe entre nous jusqu'à ce que Leah nous rejoigne. Elle nous avertit de l'arrivée imminente de nos deux mecs et propose à Riley de la suivre à l'intérieur. Ils auraient très bien pu rester tous les deux avec moi en les attendant. Tant pis. C'est peut-être mieux ainsi.

De toute façon, je n'ai pas le temps de réfléchir longtemps à la question. Ils ont à peine refermé la porte derrière eux que j'entends une voiture s'engager dans l'allée. À peine deux minutes plus tard, Liam gare sa voiture à côté de celle de son meilleur ami. Quand Logan en sort, son regard passe de la voiture à moi et de moi à la voiture. Il ne semble pas trop apprécier le fait de savoir que mon ex se trouve là, alors que lui était absent. Même s'il sait que je l'aime plus que tout, Logan ne peut pas s'empêcher de se montrer jaloux quelquefois. Je ne lui dis rien, car je sais, qu'aujourd'hui, cette jalousie est liée à la peur de me perdre une nouvelle fois. Et quand on sait comment il a vécu les premiers mois de notre séparation, je ne peux que comprendre qu'il n'ait pas envie de retraverser un tel désert.

Pour le rassurer, je me dirige vers lui, un sourire enjôleur sur les lèvres. Alors que je contourne la voiture de Riley, je décolle d'un coup de la surface de la Terre. Pire, je vole même littéralement. Il me faut quelques secondes et surtout qu'on me repose sur le sol pour que je réalise ce qu'il vient de se produire. J'échappe un cri d'euphorie et me jette dans les bras de Killian, quand je capte réellement sa présence. Pendant plusieurs secondes, je le serre fort contre moi, si heureuse de le voir. Mais si lui est là, alors...

3 – Pardonne-moi

Je tourne la tête de droite à gauche à la recherche de ma meilleure amie et quand je la découvre légèrement en retrait, je me précipite vers elle, folle de joie. On se saute dans les bras, sautille comme des gosses de primaire après les longues vacances d'été. Des larmes de bonheur roulent sur nos joues.

— Putain, Lucy, si tu savais comme tu m'as manquée !

Logan et Killian nous rejoignent et on s'étreint avec force tous les quatre. Après vingt-et-un mois, on est enfin tous réunis et ça, ça n'a pas de prix. Je suis certaine que le beau brun dans mon dos est à l'origine de ce merveilleux cadeau. Je me dégage de l'étreinte de mes deux meilleurs amis pour me retourner vers lui. Ma main sur sa nuque attire son visage vers le mien. Quand son souffle est si près de mes lèvres qu'il se mélange au mien, je plaque ma bouche sur la sienne. Jamais, je n'ai été aussi heureuse de toute ma vie. Je croyais que les magiciens n'existaient pas et pourtant mon mec vient de réaliser l'un de mes plus grands souhaits. Je l'embrasse à en perdre raison sous les sifflements de mes deux frères de cœur. Avant que ça ne devienne vraiment trop brûlant, il recule légèrement pour poser son front sur le mien. Durant quelques secondes, on se laisse envelopper par notre bulle, laissant à mon regard tout le loisir de le remercier et de lui dire combien je l'aime. Ses magnifiques yeux au couleur de l'océan me transmettent les mêmes émotions avec autant de force. Je l'aime tellement.

— Y a encore une surprise, m'informe Liam.

Étonnée, je tourne les yeux vers lui, avant de les ramener vers Logan. Il affiche un sourire irrésistible qui fait battre les ailes des papillons nichés au creux de mon ventre.

— Tu devrais aller voir dans la voiture, me murmure-t-il de sa voix ensorceleuse.

Sa main au creux de mes reins, il m'invite à m'y diriger. Au moment où je ne suis plus qu'à quelques pas, la porte s'ouvre devant moi, laissant Nanny en sortir. D'un simple regard, je cherche confirmation dans les yeux de Logan que je ne rêve pas. D'un signe du menton, il m'invite à aller la retrouver. Cela me semble à la fois si beau et si irréel. Toutes les personnes que j'aime sont là, présentes, le jour de mes vingt ans. Je n'arrive pas à croire que ça puisse être vrai. Tout ça grâce à l'amour de ma vie. Bon, je ne suis pas dupe, je me doute bien qu'il n'a pas eu les moyens seuls de me faire cette surprise. Mais, je suis certaine que c'est lui qui en a eu l'idée.

Le visage baigné de larmes, je me jette dans les bras de ma grand-mère. J'aime cette femme, plus que ma génitrice, sa fille également. Ses pleurs inondent à son tour son visage. Elle aussi paraît heureuse de me revoir.

— Oh, ma chérie !

On reste plusieurs minutes dans les bras l'une de l'autre, sans que personne n'ose déranger ce moment de retrouvailles. Qui aurait cru qu'un jour puisse être aussi beau que celui-ci ?

— Bon, il est où mon neveu ? finit par demander Deb. J'ai trop trop envie de le rencontrer. Je suis sûre qu'il est beau comme un cœur.

— C'est mon portrait craché, alors, ouais, il est beau comme un cœur.

— Ça va les chevilles, frangin ?

Amusée par leur répartie, je m'accroche au bras de Nanny pour me retourner vers eux. Les deux Baldwin se chamaillent comme lorsque nous étions de jeunes ados. Ce retour en arrière a tout pour me plaire.

— Je suis heureux de te retrouver, p'tite sœur, me lance Killian en venant glisser son bras autour de mes épaules.

Au moment où il pose un baiser sur le sommet de ma tête, je me sens réellement à ma place.

— Bas les pattes. Touche pas à ma femme.

Killian et moi explosons de rire, suivis rapidement par Liam, Nanny et Deb. Seul Logan fait la tronche, même si je sais qu'il en rajoute beaucoup. Depuis que Killian est son meilleur pote et qu'il sort avec sa frangine, il n'en est plus vraiment jaloux. Je crois que c'est devenu un jeu pour lui. De toute façon, il sait que c'est lui et personne d'autre. Encore moins, mon frère de cœur. Pour lui rappeler, tout de même, combien je l'aime, je pars le rejoindre. En deux temps, trois mouvements, il marque à nouveau son territoire en venant sceller ses lèvres aux miennes. Son baiser est cette fois d'une douceur extrême. Je m'en régale quelques secondes, avant d'aller ancrer mon regard au sien.

3 – Pardonne-moi

Aujourd'hui, je suis sûre d'une chose, je suis littéralement aux anges, et tout ça grâce à l'amour de ma vie.

— Je t'aime, lui déclaré-je. Tu ne pouvais pas me faire plus beau cadeau.

Ses lèvres s'étirent du côté gauche tandis que sa main vient tendrement caresser ma joue. Tel un chat, je me pelote contre sa paume.

— Rien n'est trop beau pour toi, bébé, et je suis prêt à te le prouver tout le reste de ma vie.

À bout de force

Rien n'est trop beau pour toi, bébé, et je suis prêt à te le prouver tout le reste de ma vie.

Je me souviens de ces mots comme si je les avais prononcés hier alors que ça remonte déjà à cinq semaines en arrière. Depuis, je bosse comme un malade pour récupérer totalement la mobilité de mon épaule. Quand je dis malade, c'est vraiment malade de chez malade, au point d'avoir beaucoup moins de temps pour les deux personnes que j'aime le plus. Muscu, séances de lancers sur la plage et même depuis trois semaines, coach-assistant d'une équipe de gamins, tout y passe pour que je sois certain de retrouver ma place au sein des *Lions* en août. Hier, j'ai appelé le coach Zidermann pour lui demander de bien vouloir me reprendre. Comme il n'a pas décroché, sûrement à cause de l'heure tardive, j'attends avec impatience qu'il me rappelle. Et il a plutôt intérêt à le faire. J'espère surtout qu'il ne m'a pas déjà remplacé. Ça me ferait bien chier que ce soit le cas. Encore plus si j'apprends que Paddlock, mon remplaçant, est devenu le quarterback officiel. Avec lui à ma place, les gars sont certains de ne pas passer les qualifications. Je les plains d'avance.

— Tu t'occupes de Junior et Raph.

La voix de Colin me ramène au temps présent. D'un hochement de tête, je finis de me reconnecter totalement à la réalité, puis fais signe aux deux gamins de me rejoindre de l'autre côté du terrain. Enfin quand je dis gamins, je vois par là des ados encore puceaux qui bavent sur tout ce qui a une paire de nichons, comme en ce moment. Trois filles sont assises dans l'herbe de l'autre côté de la piste qui encercle le terrain. Et comme à leur habitude, ils essaient de faire les coqs devant elles. Ni d'une ni deux, je me dirige d'un bon pas vers eux. Plutôt que de les réprimander pour leur manque de concentration, je passe mon bras autour de leurs épaules et leur lance sur le ton de la confidence :

— Si vous voulez qu'elles vous bouffent dans la main, montrez-leur ce que vous valez sur le terrain.

3 – Pardonne-moi

Raph et Junior se tournent en même temps vers moi. D'un coup, j'ai l'impression d'être le putain de Messie qui vient de leur apporter la bonne parole.

— Les filles te bouffaient dans la main, toi ? me demande Junior.

Je souris franchement.

— Y a pas que dans la main qu'elles me bouffaient.

Au froncement de sourcils qu'ils émettent tous les deux, ils semblent un peu perdus devant ma réplique. Dans pas longtemps, je sens que je vais avoir besoin de leur fournir une explication.

— Tu veux dire qu'elles te suçaient carrément ? questionne à son tour Raph, dont les joues rougissent.

Mort de rire devant sa gêne, je me contente de hocher la tête.

— Oh, putain, mec. J'aimerais trop être à ta place, lâche Junior.

— Du calme. Je t'ai pas dit que c'était encore le cas.

— Pourquoi ?

Parce que j'ai trouvé la crème des crèmes, la seule qui me fait vibrer de la tête aux pieds.

Ça, je me retiens de leur dire. Je suis leur entraîneur, pas leur pote, encore moins leur frangin. Le seul bénéfice que je tire de ma petite confidence, c'est que j'ai leur plus grande attention. Ça ne m'étonne pas plus que ça, d'ailleurs. Un mec reste un mec, peu importe de quel côté de la planète il vit.

— Bon, et si vous leur prouviez que vous êtes super forts, détourné-je la conversation.

Le sourire aux lèvres, les deux hochent frénétiquement la tête. Je suis certain que ça frétille grave sous leurs calbuts.

Arrivés de l'autre côté du terrain, je leur fais un petit topo sur la position du quarterback. Je leur explique également les dangers d'un tel poste, en leur racontant mon histoire. Sérieux, ils m'écoutent avec le plus grand intérêt, même si je remarque bien les regards que lance Junior sur le groupe de filles. Il a l'air d'être accro à l'une d'entre elles.

— Maintenant, montrez-moi si vous vous êtes améliorés.

3 – Pardonne-moi

La semaine dernière était encore catastrophique, même s'il y avait eu une légère amélioration par rapport à la première fois. Raph se démerde bien mieux que Junior. Ses lancers sont plutôt bons, mais il manque encore un peu de technique. Junior, lui manque de concentration et ça se lit clairement dans son jeu. Décidé à leur montrer ce qu'est un véritable quarterback, j'attrape le dernier ballon dans le filet. Mes doigts savent exactement où se placer sur le cuir. Je ferme les yeux une seconde, revivant derrière mes paupières closes les dernières secondes de mon dernier match. Quand je les rouvre, je l'envoie avec dextérité et force à l'endroit exact où je voulais qu'il aille. Plutôt fier de moi, je souris comme un idiot. Je ne suis pas encore revenu à mon niveau d'excellence, mais j'ai fait d'énormes progrès depuis le jour où j'ai fait un match amical avec Killian, Liam, Riley et les filles. Ce jour-là, je me suis pris la honte de ma vie. Moi, le quarterback universitaire, me suis fait méchamment foutre au placard par l'équipe de mon meilleur pote. Comme le mauvais perdant que je suis, j'ai mis ça sur le dos de mes deux acolytes, prétextant qu'ils n'y connaissaient rien au football, puisqu'ils sont Australiens. Killian m'a rétorqué que même si eux étaient Américains, vu mon niveau j'aurais pu les battre sans souci. Il m'a ensuite chambré toute la semaine qu'ils ont passée avec nous. Rien d'étonnant de sa part.

— Eh, coach, regardez-moi cette bombe !

Surpris, je me tourne vers Junior. J'ignore encore ce qu'il vient de voir, mais là, de suite, il ressemble au loup dans Tex Avery avec des cœurs à la place des yeux. Plutôt étonnant pour un gars qui ne lâchait pas les trois filles de tout à l'heure. Au moment où je porte mon regard dans la même direction que lui, mon pouls s'emballe comme chaque fois que mes yeux se posent sur ma petite femme. Un sourire en coin se dessine sur mes lèvres alors qu'elle traverse le terrain.

— Oh, putain, elle vient vers nous. Vous croyez que je peux l'inviter au ciné ?

Je secoue la tête, dépité, avant de porter mon attention sur Junior.

— T'as pas l'impression qu'elle est un peu vieille pour toi ? demandé-je.

— J'ai bientôt dix-sept ans, coach.

3 – Pardonne-moi

Je lève les yeux au ciel, sidéré qu'il puisse s'imaginer avoir une chance avec la femme de ma vie, la mère de mon gosse, de surcroît.

— Oublie tout de suite, morveux. C'est ma copine.

Et pour lui prouver que ce n'est pas qu'un bobard, je franchis les quelques mètres qui me séparent d'elle, l'attire contre moi d'un bras derrière son dos et l'embrasse à en perdre la tête. De toute façon avec elle, je n'ai pas besoin de tels baisers pour perdre la boule, sa simple présence me suffit.

Front contre front, on reprend lentement notre souffle tandis que des sifflements continuent à s'élever dans mon dos.

— Je voulais t'attendre comme d'habitude à côté de tes affaires, mais ton téléphone s'est mis à sonner.

— T'as répondu ?

Si elle l'a vraiment fait, ce ne serait pas la première fois et je ne lui en voudrais pas. De toute façon à part mes vieux, ma frangine et mon meilleur pote, personne ne m'appelle. Comme à chaque fois qu'elle est prise en faute, ses joues rougissent et elle hoche la tête.

— C'était qui ?

— Il s'est présenté comme étant ton coach et il aimerait vraiment que tu le rappelles. Il m'a dit que c'était très urgent.

— Ok, je vais le rappeler.

Je prends mon téléphone qu'elle me tend et pose un nouveau baiser sur ses lèvres. Puis, je m'éloigne un peu de tout le monde. Si la nouvelle est mauvaise, je veux être seul pour pouvoir l'encaisser. Dans le cas contraire, je me précipiterais vers l'amour de ma vie pour partager ma joie.

Le téléphone vissé à l'oreille, je fais les cent pas alors que la sonnerie retentit. Je m'occupe l'esprit en comptant les secondes qui défilent pour ne pas me mettre à stresser. Quand Zidermann décroche, je dois frôler les deux cents pulsations minute. Mon avenir se joue sur ce coup de fil et je ne peux pas le rater.

— Bonjour, coach.

— Comment vas-tu, Logan ?

Après un échange de banalités, sur mon intégration à l'université de Sydney, entre autres, on finit par en venir au fait.

— J'ai pris du temps pour te rappeler, je voulais d'abord obtenir l'avis de Doc. Il n'a pu prendre sa décision qu'après avoir pris contact avec le médecin qui t'a donné son accord.

Il laisse passer un blanc qui ne fait qu'accroître ma tension. S'il ne me donne pas très vite son verdict, je vais clamser avant.

— Et ? finis-je par demander, n'y tenant plus.

— Doc m'a annoncé qu'il n'y avait aucun inconvénient à ce que tu reprennes ta place. Avant que tu ne bondisses au plafond, enchaîne-t-il aussi sec, j'émets tout de même une réserve : quand les entraînements reprendront le cinq août, je veux que tu me prouves que tu as toujours ta place dans l'équipe. Et si jamais, je valide, alors, je ferai également de toi notre nouveau capitaine.

OH ! PUTAIN !

Celle-ci, je ne l'avais pas vu venir. Je savais que notre ancien capitaine devait se barrer, mais pas une seule seconde je n'aurais pu croire que le coach m'offrirait son rôle.

Capitaine d une équipe universitaire, waouh ! Je n en reviens pas. C est dingue. C est une putain de blague, non ?

— Je ne vous décevrai pas, Coach !

C'est limite si je ne crie pas ces quelques mots tant je suis euphorique.

Dès que je raccroche, je laisse ma joie s'exprimer à vive voix et en ramenant mon poing serré vers moi.

— Tout va bien, beau gosse ?

Je ne laisse pas le temps à Lu de s'exprimer plus, ni ne prends celui de lui expliquer ce que le coach vient de m'annoncer. Tout à ma joie, je la hisse dans mes bras et la fais tournoyer plusieurs secondes. Quand je la repose, je pose mes mains en coupe sur son visage. Sans lui laisser le temps de reprendre ses esprits, ma bouche s'aimante à la sienne. Je l'embrasse encore et encore jusqu'à ce qu'elle me repousse légèrement pour reprendre son souffle. Le doux sourire qui brille dans ses yeux me permet de capter qu'elle a saisi combien je suis aux anges.

3 – Pardonne-moi

— Tu m'expliques ?

En deux mots, je lui fais le topo de la situation. Si à première vue, elle semble super enthousiaste, le voile qui obscurcit ses sublimes yeux, l'instant suivant, me refout les pieds sur Terre en une fraction de question. Perplexe, je tente d'analyser ce qui se trame sous ses jolies boucles. J'ai beau la connaître par cœur, je n'y parviens pas et ça ne me plaît pas du tout.

— C'est une super nouvelle, non ? Ça veut dire que j'ai à nouveau des chances de passer pro !

Malgré son sourire, je vois bien que ça la tracasse plus que de raison.

— Mais quoi, bébé ? Pourquoi j'ai l'impression que ça te rend triste ?

— Ça veut dire que tu vas repartir, me signifie-t-elle d'une toute petite voix.

— Ouais et ? Tu crois que je vais repartir sans toi et Lachlan ?

Je n'ai pas besoin de plus que son regard fuyant pour capter que j'ai dû rater une scène dans mon scénario. Pour moi, il était inenvisageable de repartir sans eux, mais qu'en est-il réellement de ses intentions ?

— Je ne peux...

— Ok, je vois ! la coupé-je sèchement.

Furax contre elle, mais surtout contre moi pour avoir été assez con au point de croire qu'on pourrait être heureux tous les trois, je recule de plusieurs pas, afin de mettre autant de distance que possible entre nous. Déçu et écoeuré, tout à la fois.

— Logan, écoute...

Je secoue la tête lentement, sans aucune envie d'en entendre plus sortant de sa jolie bouche. Elle vient de briser mes rêves, sans même avoir cherché à comprendre que je fais tout ça pour elle. Pour eux. Pour leur offrir la vie qu'ils méritent tous les deux.

— Laisse tomber, Lucy. Le message est clair, lancé-je en me dirigeant vers les deux gamins qui m'attendent.

— Ce n'est pas ce que tu crois ! s'écrie-t-elle alors que j'ai déjà parcouru la moitié de la distance qui me sépare de Junior et Raph.

3 – Pardonne-moi

Je me retourne brusquement vers elle. Les larmes que j'aperçois sur ses joues me blessent, mais bien moins que cette putain de désillusion. Je trace la route jusqu'à elle d'un pas menaçant. Je déteste qu'on se foute de ma gueule et, là, j'ai clairement l'impression que c'est ce qu'elle a fait depuis qu'on s'est remis ensemble. Je suis incapable de penser autrement tant mon atterrissage est dur.

— C'était quoi le plan, Lucy ? Me faire croire qu'on allait se marier et, une fois mon séjour terminé, t'avais l'intention de te refoutre avec Riley, c'est ça ?

— Mais, qu'est-ce que tu racontes ? Tu crois vraiment...

— Fais bien ton innocente ! Tu crois que je n'ai pas vu comment vous vous regardiez ?

— Quand t'auras fini ta crise, on pourra peut-être en reparler ! En attendant, démerde-toi pour rentrer !

Au moment où je la regarde se barrer, je réalise tout ce que je viens de lui balancer. Putain, mais quel connard je fais ! Elle m'aime, je le sais. Puis en y réfléchissant bien, elle ne m'a jamais dit qu'elle ne voulait pas me suivre. Qu'est-ce que j'ai été lui parler de son ex et dans ces termes en plus ? À ma décharge, ils sont restés un peu trop proches à mon goût et leur amitié me fait chier. Surtout que je ne suis pas con, même si, depuis quelques semaines, il agit comme un bon pote avec moi, je sais qu'il attend le moindre faux pas de ma part pour essayer de lui remettre le grappin dessus. Et là, je viens d'en commettre un énorme, en ne l'écoutant pas. Je me morigène en beauté. Comment ai-je pu laisser mon impulsivité prendre le dessus sur tout le reste ? Si Deb était là, elle m'aurait dit de brancher mon cerveau avant de parler. Sauf que ce n'est pas le cas et que j'ai lâché des mots que je regrette déjà. Merde !

Je m'apprête à lui courir derrière quand la voix de Colin me rappelle à l'ordre.

— Junior et Raph t'attendent.

Je me tourne vers les deux gosses qui ne semblent pas m'avoir quitté une seconde du regard. De mes deux poings, je frotte mes yeux pour tenter d'y voir un peu plus clair dans ce putain de bourbier. Après plusieurs secondes de réflexion, je finis par admettre que la discussion avec Lu peut attendre. Il est même nécessaire que j'attende la fin de l'entraînement

3 – Pardonne-moi

pour la rejoindre. Ça nous laissera le temps à tous les deux de nous calmer.

Lorsque je rentre, sur les coups de midi, je la retrouve assise sur le canapé, notre bonhomme à ses pieds en train de jouer avec ses petits animaux en plastique. Lu ne me calcule même pas, pire elle semble bien plus intéressée par ce qui se passe sur son smartphone que par ma tronche. Son manque d'intérêt me tue. En même temps, je ne peux m'en prendre qu'à moi-même.

— Pa-pa.

Ce simple mot me permet de détourner mon attention et me réchauffe aussitôt. Un large sourire sur les lèvres, je pars m'asseoir près de lui. Pendant plusieurs minutes, je joue avec lui, imitant des sons improbables des animaux de la jungle. Ses jouets préférés depuis quelque temps. À plusieurs reprises, j'entends Lu se marrer. Quand je finis par relever les yeux vers elle, nos regards s'accrochent pour ne plus se lâcher. Tous nos non-dits, toutes nos excuses, passent à travers nos yeux.

— Je suis désolé, lâchons-nous en chœur.

Mon cœur se met à rater quelques battements alors que nous nous sourions tendrement. L'orage est passé et j'en suis plus que soulagé. La perdre une nouvelle fois reviendrait à me tirer une balle en pleine poitrine.

Lu tapote la place à côté d'elle, m'invitant à la rejoindre. Après avoir posé un bisou sur la tête de mon p'tit gars, je lui obéis.

— Je n'aurais pas...

— Je voulais te...

Nos mots ont franchi nos lèvres en même temps. On se regarde, complices, avant que je lui demande le droit de prendre la parole le premier. Je dois m'excuser, c'est la priorité absolue. Ensuite, on pourra discuter de ce qui m'a foutu en rogne.

— Je ne pensais pas un traître mot de ce que je t'ai dit. Je sais que je suis allé trop loin, alors pardon.

Seuls un sourire et un hochement de tête me répondent. C'est, néanmoins, largement suffisant pour que je comprenne qu'elle ne m'en tient pas rigueur.

3 – Pardonne-moi

— Parfois, je suis une vraie tête brûlée, je tiens bon d'ajouter, quand même.

Son éclat de rire me transporte dans les plus belles contrées qui puissent exister. Ce son est si pur, si cristallin. En entendant sa mère, Lachlan se met debout et rigole à son tour. Comment ne pas craquer grave devant les deux amours de ma vie ?

— À ton avis, pourquoi je suis partie ? On se connaît depuis qu'on est môme, Logan, et je sais comment tu es. J'aurais eu beau dire tout ce que je voulais, tu ne m'aurais pas écoutée.

Fautif, je baisse les yeux. Sa main qui se pose sur mes genoux me fait relever la tête aussitôt. Quand son regard capte le mien, elle reprend la parole.

— Tu crois vraiment que j'aurais pu jouer avec toi ? Tu me connais, toi aussi, par cœur et tu sais que je t'aime plus que tout.

— C'est vrai, mais j'ai eu mal quand j'ai cru comprendre que tu n'allais pas partir avec moi.

À son tour, elle baisse les yeux. Ma déduction ne semble pas si erronée que ça.

Cette fois, je ne m'emporte pas, je laisse venir. Si elle m'aime, elle a forcément une raison de ne pas vouloir partir. Peut-être souhaite-t-elle que je lui accorde un peu de temps pour prendre sa décision ? Peut-être a-t-elle la trouille de revenir dans le pays qui l'a vue détruite ? Peu importe la cause, j'écouterai ses arguments et nous prendrons ensemble une décision, même si elle doit être douloureuse.

— Eh, la rappelé-je pour qu'elle relève la tête.

Ses incisives plantées dans sa lèvre, elle vient plonger ses prunelles dans les miennes.

— Parle-moi, bébé, l'encouragé-je à le faire, tout en caressant son visage d'une main.

Elle inspire un grand coup, puis...

— Je te rejoindrai, Logan, sois-en sûr. Sans toi, je ne vis pas, je survis.

Je souris, heureux de cette décision. Je sais, cependant, qu'un « mais » se cache derrière ses propos.

— Mais ?

3 – Pardonne-moi

— Mais, pas tout de suite. Je ne peux pas tout lâcher en un claquement de doigts. Je me suis battue…

— Combien de temps ? la coupé-je, le cœur serré face à cette séparation momentanée qui se profile.

Elle aussi semble avoir un poids lesté sur la poitrine, pourtant, son regard me renvoie à la fois sa résignation et sa détermination.

— Jusqu'à la fin de l'année universitaire.

Un rapide calcul mental m'informe que nous allons être séparés cinq putains de très longs mois. Je détourne les yeux vers Lachlan. Comment vais-je pouvoir vivre sans eux ? Et pourtant, je n'ai pas le choix si je veux continuer à me battre pour eux.

— Tu sais, tu pourrais aller à Columbia et…

— N'essaie pas de me faire changer d'avis, beau gosse. Je me suis battue pour réussir ma première année, malgré la naissance de notre fils. Je ne veux pas planter ma deuxième année parce que son père est revenu dans ma vie. Est-ce que, toi, tu resterais ici si je te le demandais alors que tu t'es battu pour reprendre ta place au sein de ton équipe ?

Elle n'attend aucune réponse de ma part, parce qu'elle en connaît déjà la teneur. Je me contente de secouer la tête pour confirmer ses pensées.

— Je le fais pour vous, me justifié-je.

— Je le sais, n'en doute pas une seule seconde... On se retrouvera, champion, et cette fois, on ne se quittera plus jamais.

Comme pour sceller cette promesse, je pose mes lèvres sur les siennes.

— Je t'aime tellement, Lu.

31. Logan

Quatre mois. Voilà le laps de temps que la vie m'a offert pour profiter de Lucy et de notre fils. Demain à la première heure, j'embarquerai dans un avion. Retour à la case départ. Il me reste à peine neuf heures et cinquante-deux minutes pour leur dire au revoir.

C'est le cœur lourd que je couche mon p'tit gars pour la dernière fois avant de pouvoir le revoir dans cinq mois à New York. Demain matin, il dormira encore lorsque je partirai. Appuyée contre le chambranle de la porte, Lucy me porte un regard plein de tristesse. Elle a aussi mal que moi. Je le sais, elle me l'a dit.

— À bientôt, mon p'tit gars.

Je dépose un dernier baiser sur son petit front.

Certes, ce n'est pas un adieu, juste un au revoir, mais il va me manquer. Tout comme sa mère.

Sur le seuil de la porte, je me tourne une dernière fois vers lui, pour graver chacun de ses traits dans ma mémoire. Puis, j'éteins la lumière et ferme la porte.

Lu glisse sa main dans la mienne pour m'apporter le soutien dont j'ai besoin. Aujourd'hui c'est elle la plus forte, alors que jusqu'à présent je l'étais pour nous deux. À quelques heures de mon départ, je me sens atrocement triste. J'ai l'impression que quelqu'un essaie de m'arracher les tripes ou de m'amputer d'un membre. Ce qui n'est pas tout à fait faux, car, jusqu'en décembre, mon cœur restera là auprès d'eux. *Putain, c est trop douloureux ! Je n y arriverai pas.*

Pourtant, je sais que je fais tout ça pour eux. Pour pouvoir leur offrir une vie de rêve. Une vie que Lu mérite après sa jeunesse dans un monde rempli de cruauté et, pour ça, je dois d'abord atteindre mon objectif.

Je me pince l'arête du nez pour m'éviter de me foutre à chialer comme un môme, en me répétant en boucle qu'au bout, j'aurai la plus belle des récompenses, nous trois réunis, heureux comme jamais.

3 – Pardonne-moi

Sans un mot, nous rejoignons notre chambre. Lu me presse la main à plus d'une reprise. Chaque fois que je tourne les yeux vers elle, elle me lance des petits sourires. Le voile de tristesse qui recouvre ses prunelles ne me dupe pas néanmoins. La voir ainsi me vrille encore plus les tripes.

Dès que nous franchissons la porte de notre piaule, nous partons nous asseoir sur le lit. Sa tête se pose sur mon torse, à l'emplacement exact où mon cœur ne bat que pour elle. Je caresse son dos avec douceur, mon nez dans ses cheveux, et m'enivre de son parfum jusqu'à noter chacune des nuances dans ma mémoire olfactive.

Les mots sont inutiles ce soir. À quoi bon parler ? Nous savons autant l'un que l'autre ce qui nous enserre le cœur. Il m'est impossible de rester ici si je veux espérer devenir pro et la femme qui hante mes rêves veut terminer son année universitaire avant de me rejoindre de l'autre côté de la Terre.

Qu'est-ce que cinq mois dans une vie ? Je me pose la question pour la millième fois, avec à la clé, toujours la même réponse. C'est très court et pourtant ça me paraît être une éternité maintenant que je suis sur le point de laisser une partie de moi à l'autre bout de la Terre. Je sais que je ne verrai certainement pas les jours défiler, d'autant plus que ma frangine et mon meilleur pote vont s'installer très rapidement dans la grosse pomme après mon retour. Du moins, c'est ce qu'ils nous ont dit la dernière fois qu'on s'est vus. Ma sœur a réussi à dégoter un long stage au New York Times et mon meilleur pote va tenter de rejoindre les *Violets* de l'université de New York. Lu et moi sommes tombés des nues quand on a su qu'il avait repris le hockey. En tout cas, ça a plutôt intérêt de fonctionner pour lui, je n'ai aucune envie de supporter seul le caractère de ma frangine. Puis, il y aura mes autres potes : Mike et Dylan. Peut-être même Steffie, si elle accepte de me voir revenir en tant qu'ami et uniquement comme tel. À vrai dire, je ne sais même pas si elle a réussi à tirer un trait définitif sur ce qu'il y aurait pu avoir entre nous, je ne l'ai pas appelée depuis le jour où j'ai appris que j'étais papa. Je l'espère de tout mon cœur, parce que ça me ferait chier si j'étais obligé de la blesser. C'est une fille bien qui mérite de trouver quelqu'un à sa hauteur. Et ce mec ne pourra jamais être moi. Ma femme me comble sur tous les points et je ne souhaite personne d'autre à mes côtés. Plus jamais.

3 – Pardonne-moi

Malgré la certitude que j'ai de ne pas me retrouver seul, il n'empêche que j'ai l'impression de plonger en plein hiver polaire. Je ne sais pas comment je vais réussir à tenir sans l'amour de ma petite famille pour me réchauffer de l'intérieur. Lu doit le réaliser puisqu'elle vient se coller un peu plus contre moi.

— Je suis à toi pour toujours, Logan Alexander Baldwin.

Face à ses mots, mon cœur manque un battement et une douce chaleur se répercute dans tout mon corps. Je ne me lasserai jamais d'entendre ces paroles qui me rendent dingue, au même titre que lorsque mon p'tit gars m'appelle "papa" de sa toute petite voix. Putain, qu'est-ce que ça va me manquer !

— Et moi, je t'aime et t'aimerai jusqu'à la fin de ma vie, future madame Baldwin.

Je ne lui ai toujours pas refait ma demande, je désire qu'on soit tous les trois réunis à New York avant de me lancer. J'imagine attendre la fin d'un match important et de me foutre à genoux devant elle sur le terrain, un des endroits où je me sens réellement à ma place si on ne prend pas en compte ses bras.

Je l'entraîne avec moi en position allongée et la serre fort contre mon cœur.

— Doucement, Logan. Tu me fais mal.

Je ne m'étais pas rendu compte que c'était fort à ce point. Je desserre un peu mon étreinte. Elle en profite pour lever la tête vers moi. Son regard empli de chagrin me touche bien plus qu'elle ne peut le penser. Ou peut-être qu'elle le sait, je n'ai pas envie de lui demander. Aucune larme ne roule, cependant, sur son visage. Pour notre dernière soirée, elle se montre très courageuse. Pourtant je sais déjà que lorsque je franchirai les portes d'embarquement, elle s'écroulera. C'est la raison pour laquelle, j'ai demandé à Riley de nous accompagner à l'aéroport. Je veux qu'il prenne soin d'elle, comme il a su le faire ces deux dernières années.

Enfin presque. J'espère que ce type ne va pas profiter de notre éloignement pour tenter de lui remettre le grappin dessus. Une pointe de jalousie m'envahit alors que je repense à la première fois où j'ai revu Lu, sur cette plage hors de la ville. Est-ce que j'ai bien fait de demander un truc pareil à son ex ? J'ai confiance en ma petite femme, mais lui ?

3 – Pardonne-moi

La légère grimace que j'affiche n'échappe pas à Lu. Elle fronce les sourcils tandis que ses sublimes prunelles tentent de percer mon secret.

— À quoi tu penses, champion ? finit-elle par me demander.

On s'est promis de tout se dire, mais, pour le coup, je crois qu'il vaut mieux que je la ferme.

— Rien d'important, la rassuré-je, avant de déposer un baiser sur son front.

Elle penche la tête sur le côté, pour mieux m'observer. Je lui lance un sourire en coin pour éviter qu'elle ne se pose trop de questions. Je sais qu'elle n'y résiste pas. D'ailleurs, j'ai raison, puisqu'elle se hisse sur ses genoux et passe une jambe de chaque côté des miennes, une lueur pleine de promesses dans les yeux. Au moment où elle mordille sa lèvre, je craque grave. D'une main dans son dos, je l'attire vers moi, pour venir me saisir de cette bouche succulente qui va grave me manquer.

Cette nuit, je me promets de faire en sorte qu'elle n'oublie jamais que je suis le seul qu'il lui faut. Je vais graver chaque parcelle de son corps de l'empreinte du mien. Imprimer son âme de mes initiales. Lui faire crier mon nom pour me rappeler ce moment lorsque, à des milliers de miles, j'aurai des coups de cafard.

****

Trois heures trente et je suis incapable de fermer l'œil, malgré les efforts intenses que j'ai fournis pour mettre à exécution ma promesse. Lu dort paisiblement à mes côtés. Elle est si belle, si apaisée, qu'un ange à ses côtés ne pourrait pas dégager autant de lumière.

Je caresse longuement la peau soyeuse de son dos. Dérangée dans son sommeil, elle émet un petit grognement trop craquant, avant de tourner la tête de l'autre côté. Un léger sourire amusé s'accroche sur mes lèvres. Je dépose un baiser dans ses cheveux, puis me lève. Rester dans un lit, alors que je ne peux pas dormir, est inutile. Puis vu l'heure, j'aurai largement le temps de me préparer avant de venir la réveiller tout en douceur.

En arrivant au rez-de-chaussée, j'aperçois de la lumière dans la cuisine. Apparemment, je ne suis pas le seul à ne pas trouver le sommeil.

Peter se trouve là, un verre d'eau entre les mains.

3 – Pardonne-moi

— Tu ne dors pas ?

— Non, je n'arrivais pas à trouver le sommeil.

Il m'observe, puis pose son verre sur l'évier. En quelques pas, il franchit la distance qui nous sépare. Une main sur mon épaule, il semble vouloir m'apporter son réconfort.

— Votre amour est puissant, fiston. Vous vous êtes retrouvés malgré votre longue séparation. Ce n'est pas quelques mois qui le tueront.

Il n'a pas tort, mais ça n'empêche que…

— Lachlan et Lucy vont me manquer, avoué-je, la voix légèrement tremblante.

— Je comprends, mais dis-toi que dans cinq mois, vous serez tous les trois réunis. Puis, avec les nouvelles technologies, vous pourrez continuer à vous voir.

Il a raison. Ça n'empêche que ce n'est pas tout à fait pareil. Je ne pourrai ni sentir leurs odeurs particulières ni les toucher. Encore moins prendre mon pied avec sa fille, mais cette pensée-là, il n'a pas besoin de la connaître.

— Je vais remonter me coucher. Je pense que lorsque je me lèverai, tu seras parti. Alors je te souhaite un bon voyage et j'espère te revoir rapidement.

Pour conclure ses propos, Peter m'offre une poignée de main chaleureuse, avant de se diriger vers la sortie de la cuisine.

— Une dernière chose, Logan, me lance-t-il alors qu'il se trouve sur le seuil. Ce que tu fais pour offrir à ma fille et mon petit-fils une vie de rêve fait de toi un homme remarquable. C'est pourquoi j'ai envie de faire quelque chose à mon tour pour toi.

Gêné qu'il puisse vouloir effectuer un geste pour moi, je me gratte la nuque.

— Quand tu seras à New York, je veux que tu trouves un appartement pour y loger ma fille et mon petit-fils. Lorsque…

— C'est bel et bien ce que…

D'une main levée, il m'ordonne le silence.

— Laisse-moi finir, Logan. Lorsque ce sera fait, je veux que tu me contactes. Je me mettrai en relation

3 – Pardonne-moi

avec l'agence immobilière. Donc, ne lésine pas sur le prix, j'ai les moyens.

Ahuri, mes yeux deviennent aussi ronds que des billes tandis que je ne trouve plus les mots. Il me faut plusieurs secondes pour retrouver mes esprits.

— Dès que je deviendrai pro, je vous rembourserai.

— Je ne te le demande pas. Au pire, si ça te dérange vraiment de te voir offrir un appartement, considère cela comme un investissement de ma part. Dès que vous aurez terminé vos études, je pourrai le louer. Mais sache une chose, fiston, j'ai manqué à mon devoir de père durant des années et il est hors de question que je ne continue pas à m'investir dans la vie de ma fille.

D'un hochement de tête, je lui laisse comprendre que je saisis totalement ce qu'il pense.

— Bonne chance pour la suite, gamin. Et quand tu verras ton père, salue-le pour moi.

— Je n'y manquerai pas.

Il me lance un dernier sourire avant de disparaître.

Après m'être rempli le bide, je remonte dans la chambre. Dans la semi-obscurité offerte par la lune, je récupère mes affaires déposées la veille sur la chaise du bureau. Je me glisse en silence dans la salle de bain et pars prendre une douche. Quand j'en ressors, Lucy est adossée au chambranle de la porte, sans rien pour recouvrir ses splendides formes. Ses yeux, emplis d'une envie non feinte, glissent le long de mon corps. Ma queue se gonfle aussitôt de mon désir pour elle.

Juste une dernière fois.

En moins de temps que pour dire ouf, je la plaque contre mon torse. Nos lèvres se scellent. Notre baiser est torride. Nos langues se cherchent et s'emmêlent dans une valse endiablée. Le feu qui brûle dans mes veines ne m'octroie que peu de temps. Je la veux de suite.

— Sans préliminaires, me souffle-t-elle, les joues rougies, sûrement par son audace.

Visiblement tous les deux sur la même longueur d'onde, je ne peux m'empêcher de sourire. Afin de m'assurer qu'elle est vraiment prête pour moi, je glisse, tout de même, un doigt en elle. En effet, elle

3 – Pardonne-moi

n'en a pas besoin. Son intimité trempée me fait pousser un grognement de satisfaction. Je la hisse dans mes bras, puis d'un mouvement sec, je la pénètre.

Putain de bordel de merde ! Jamais je ne me lasserai de cette sensation.

À chacun de mes coups de reins, elle pousse un gémissement. Cette fois, elle ne les retient pas, pour mon plus grand bonheur. Les muscles de mes bras commencent à me chauffer méchamment. Je la repose au sol, la retourne contre le mur et m'empale à nouveau en elle. Une main contre la cloison et l'autre autour de mon cou, elle m'offre un angle parfait. Lentement, je prends à nouveau possession d'elle. Mon désir est à son comble, je nous inflige une putain de torture plus que délicieuse. Mon rythme ne semble pas lui convenir, puisqu'elle essaie de donner un tempo beaucoup plus rapide. D'une main dans le bas de son dos, je la maintiens et la pénètre très doucement, avant de ressortir complètement. Je veux être le seul maître à bord ce matin.

— Prends-moi fort, Logan ! finit-elle par m'ordonner.

Ses mots font office de déclencheur et j'en oublie mes résolutions. C'est tellement rare de l'entendre me dicter ma conduite quand on fait l'amour que je ne suis pas foutu de faire autrement. Je ne me retiens plus, je la pilonne de plus en plus fort, de plus en plus vite, jusqu'à ce que ses muscles se contractent autour de ma bite. Dans un dernier râle contre son épaule, je laisse ma jouissance m'emporter au moment où je la sens flancher dans mes bras, submergée par son propre orgasme.

Essoufflé et couvert de sueur, je la retourne et la serre contre moi. Nos cœurs battent avec la même intensité. Mon nez dans ses cheveux, je m'enivre une dernière fois de la sensation de son corps contre le mien et de son odeur.

— Je t'aime, lui murmuré-je.

Je sens ses lèvres s'étirer dans un léger sourire tout contre mon torse. Puis, elle lève la tête pour ancrer son regard dans le mien.

— Moi aussi, je t'aime champion.

Ce surnom me donne des ailes. Elle croit avec tant de force en moi que je ne peux pas la décevoir. Je me

3 – Pardonne-moi

jure à cet instant de tout faire pour devenir ce champion que j'aperçois dans ses prunelles.

— Je vais aller me préparer, m'annonce-t-elle, en se dégageant de mon étreinte.

Après un tendre baiser sur ma joue, elle se glisse sous la douche. Je l'observe quelques secondes, afin de mémoriser chacun de ses traits, chacune de ses courbes, avant de retourner dans la chambre finir de me préparer.

À bout de force

32. Lucy

Hier, après que Riley m'a ramenée de l'aéroport, je suis montée dans ma chambre sans même lui dire au revoir. J'ai enfilé un vieux pyjama et je suis partie m'effondrer sur mon lit. Toutes les larmes que j'avais retenues jusqu'alors se sont déversées pendant des heures, si bien que je n'ai pas eu la force d'aller m'occuper de mon petit ange. Heureusement que j'ai une famille en or pour prendre soin de lui quand je ne me sens plus capable. Et là, c'était clairement le cas. J'ai eu beau me préparer au départ de Logan depuis le jour où j'ai pris cette douloureuse décision de terminer mes études, je n'en ai pas eu moins mal. Ça m'a ramenée très loin en arrière, là où les ténèbres sont omniprésentes. Des nouveaux cauchemars m'ont assaillie cette nuit et mon amour n'était pas là pour me rappeler que toute cette histoire était derrière nous. Que l'autre monstre ne me toucherait plus jamais. Qu'il était en prison, condamné à perpétuité pour tout ce qu'il m'a fait vivre et la mort de ma génitrice.

Il n'est même pas six heures du matin et, pourtant, je ne parviens plus à dormir. Mon lit me paraît si immense sans lui. Sa chaleur me manque cruellement. J'attrape son oreiller et le porte à mon nez. C'est le seul souvenir que je garde de lui dans cette chambre. Je ne peux même pas porter mes yeux sur son mini-sosie, puisque depuis que Logan avait emménagé ici, notre fils occupe une autre chambre. Je ne sais même pas si aujourd'hui, j'aurai le courage d'aller voir mon ange. Il va me rappeler sans le vouloir la distance gigantesque qui me sépare de son père.

Le nez enfoui dans son oreiller, je m'enivre du parfum qu'il y a déposé, comme pour essayer de me raccrocher à quelque chose de concret. Quelque chose qui me prouve que, nous deux, ce n'était pas qu'une chimère.

Avant son départ, il m'a dit qu'il devrait arriver à New York sur les coups de sept heures, heure de Sydney, soit dans un peu plus d'une heure. Je meurs d'impatience qu'il m'appelle pour me dire que tout s'est bien passé.

En attendant, je retiens ma respiration. J'ai trop peur qu'il lui arrive quelque chose. Un crash d'avion est si vite arrivé. Je ne devrais pourtant pas me faire de souci, mais depuis la première fois où j'y suis montée, j'ai une trouille bleue de ces engins. Mon père a pourtant tenté de me rassurer à plusieurs reprises ce jour-là, en m'expliquant que les risques pour qu'un tel accident se produise étaient minimes. Je m'en souviens comme si c'était hier.

Mon cœur n'est plus qu'une immense plaie sanguinolente. Rien ne pourra faire cesser cette hémorragie. J'ai mal. Si mal. L'air s'est raréfié à l'instant où Logan m'a dit que tout était fini. Sans oxygène, je peine à respirer. Je n'ai plus rien. Juste des souvenirs qui vont venir me persécuter, jusqu'à me détruire.

Je chancelle à plusieurs reprises, manquant de peu de m'effondrer. Cet homme que je connais à peine tente de m'aider à avancer. Mais je refuse. Je ne veux pas qu'il me parle et encore moins qu'il me touche. Comment a-t-il osé revenir dans ma vie après toutes ces années ? Lui qui m'a si lâchement abandonnée alors que j'avais à peine six ans. Lui qui m'a laissée entre les mains d'une psychopathe. Cette femme que j'aimais, en qui j'avais confiance, m a détruite plus que n importe qui en épousant ce salopard.

Pourquoi mon géniteur n est-il pas venu me chercher plus tôt ? Pourquoi a-t-il fallu qu on me bousille pour qu enfin il daigne traverser la terre ?

Jamais je ne pourrais prononcer le mot « papa » pour désigner ce grand type qui se tient à mes côtés. Et ce n est pas parce que nous nous ressemblons, que nous portons le même nom de famille, que ça changera quoi que ce soit. Il vient de m arracher à l amour de ma vie. Je le hais de toutes mes forces.

À travers mes larmes qui ne cessent de couler, je tente tant bien que mal de me diriger vers les portes d embarquement. Avant même de les avoir atteintes, je secoue la tête. Non, je ne veux pas ! Je ne peux pas quitter ce pays. Je refuse d aller vivre à des milliers de kilomètres d ici, là où je sais que je ne reverrai plus jamais Logan. J ai besoin de comprendre les raisons qui l ont poussé à rompre. Lui et moi, ça ne peut pas se terminer ainsi. Quelque chose cloche, j en suis convaincue. Après cette nuit que nous venons de passer à nous aimer comme jamais, il n a pas pu me lâcher comme ça. Je dois retourner le voir pour avoir une explication.

3 – Pardonne-moi

Sans même vraiment réaliser ce que je fais, je me retourne et m'enfuis en courant, bousculant les passagers qui attendent leur tour derrière nous. Peter me rattrape sans mal. Il me saisit par l'épaule et m'oblige à faire volte-face. Il ancre son regard au mien et me force à l'écouter. Sa voix est autoritaire, comme s'il voulait me faire entendre raison.

— Tu n'as pas le choix, Lucy !

Je secoue la tête. C'est faux ! J'ai le choix ! On a toujours le choix dans la vie !

— Tu ne peux pas m'y forcer ! Tu n'es rien pour moi ! Je ne te connais même pas !

Une immense douleur traverse son regard une fraction de seconde, avant qu'il ne se reprenne.

— Que tu l'acceptes ou non, je suis ton père. Tu es peut-être majeure aux yeux de la loi, mais, si je pense que tu es en danger, il me revient de te protéger.

Je lui lance un rire jaune, amer. Comment peut-il tenir de tels propos, lui qui a préféré se terrer à l'autre bout du monde au lieu de jouer son rôle de père protecteur ? J'ai vraiment l'impression qu'il se fout de moi.

— Me protéger ? lancé-je, sarcastique.

— Oui, te protéger, Lucy. Et si j'avais su que tu étais en danger durant toutes ces années, je serais intervenu beaucoup plus tôt. Maintenant, tu vas cesser de faire l'enfant et tu vas monter avec moi dans cet avion.

Un ange passe avant qu'il reprenne plus posément.

— Je suis désolé, ma chérie. J'aurais voulu être à tes côtés... J'ai manqué tellement de choses et... tu ne peux pas savoir à quel point je m'en veux.

Il m'observe une minute, en silence, une lueur mélancolique voilant ses yeux aussi verts que les miens.

— Je n'aurais jamais dû te laisser à cette femme. Comment pourras-tu pardonner un jour ton vieux père ?

Ses excuses semblent si sincères, que, malgré la douleur qui me vrille l'estomac, je finis par abdiquer.

Une fois les portes d'embarquement franchies, nous nous installons sur nos sièges. Mon regard se

3 – Pardonne-moi

pose sur le bitume de la piste de décollage. C'est la dernière fois que je vois le sol américain. Cette pensée me foudroie et je suis obligée de porter mes mains à ma bouche pour m'éviter de hurler au milieu de tous ces passagers. De nouvelles larmes silencieuses glissent le long de mes joues. Un poids énorme comprime ma poitrine alors que des yeux aussi bleus que le ciel d'été viennent me percuter.

Logan !

Je hurle son nom dans ma tête, encore et encore, jusqu'au moment où l'avion décolle. À cet instant, c'est une tout autre sensation qui m'oppresse. Je suis effrayée par ce moyen de transport que je prends pour la première fois. Je m'enfonce dans mon siège, les mains tremblantes, tandis que l'avion prend de plus en plus d'altitude.

En remarquant ma frayeur, mon géniteur pose une main sur ma cuisse. Je la dégage aussi sec. Père ou pas, son geste me donne la nausée. Un cri se bloque au fond de ma gorge. Ce simple contact, qui se voulait réconfortant, me ramène à eux. Ces hommes qui m'ont arraché ma dignité, qui m'ont écorchée vive.

Plus personne n'est en droit de me toucher, sauf Logan. Mais il en a décidé autrement, me laissant seule affronter mes souvenirs de ces trois semaines d'enfer. Il m'a abandonnée. Sa promesse ne valait donc rien à ses yeux, ni même nos fiançailles.

— Il ne nous arrivera rien. Les avions sont les moyens de transport les plus sûrs. Il y a très peu de chances pour qu'un crash ait lieu. Les accidents de la route sont bien plus fréquents, me lance l'homme à mes côtés, me ramenant au temps présent.

Ce fut la première fois où il m'a tenu ce genre de discours, mais loin d'être la dernière. Il me l'a répété au moins une dizaine de fois durant les vingt-cinq heures de vol. À chaque secousse, en fait. Le reste du temps, mon cœur brisé ne me laissait aucun répit.

Mon portable vibre sur ma table de chevet et me sort ainsi de cet épisode plus que douloureux de ma vie. Je me précipite dessus, le cœur battant à tout rompre, certaine qu'il s'agit de Logan. Au moment où mes yeux se posent sur sa photo, je ne peux m'empêcher de sourire.

Logan : **Bien arrivé.**

3 – Pardonne-moi

Juste deux mots. Pas de « je t'aime », ni même un smiley cœur pour me dire qu'il pense à moi. Non, juste ces deux mots qui me mettent à mal, bien plus qu'il ne le pense certainement. Je me fais sans doute des films, mais je ne comprends pas. Je m'attendais à ce qu'il m'appelle ou qu'il me dise à quel point je lui manquais. Jamais je n'aurais pu croire que son message soit si court.

Lucy : **Bien ton voyage ? Tu me manques. Je t'aime.**

Une fois ma réponse envoyée, j'attends... J'attends encore. Et encore. Les minutes s'écoulent sans avoir de retour. J'essaie de me raisonner en me disant qu'il doit récupérer ses bagages et passer la douane. Au bout d'une heure, je commence à me ronger les ongles. Pourquoi ne répond-il pas ? Une sourde angoisse me broie la gorge. Aurait-il décidé durant le vol qu'il valait mieux faire une croix sur nous deux ? Même si ma conscience tente de m'en convaincre, mon cœur, lui, se rebelle. Il n'est pas d'accord. Pas après les propos qu'il a tenus avant d'embarquer. Ce n'est absolument pas cohérent.

Lovée dans ses bras, je m'enivre une dernière fois de son parfum. Puis, ma main sur sa nuque, je l'attire vers moi. Nos lèvres s'aimantent, se goûtent, se meuvent. Sa langue vient très vite s'enrouler à la mienne pour la caresser de la plus sensuelle des manières. Mon cœur se serre alors que nous nous embrassons pour la dernière fois avant son départ. J'ai mal, mais j'essaie de le planquer du mieux que je peux. Il doit partir pour réaliser ses rêves. Qui serais-je si je le retenais ici ? De toute façon, on se retrouvera en décembre.

— Tu vas me manquer, bébé.

Ses yeux s'ancrent au mien et notre bulle protectrice nous enveloppe une dernière fois.

— Toi aussi, champion.

Il pose tendrement ses lèvres sur mon front, avant de me fixer une dernière fois et de hisser un de ses sacs sur son épaule. Je le regarde s'éloigner le cœur lourd. Juste avant d'arriver devant l'hôtesse de l'air, il s'arrête et se retourne vers moi.

— Eh, bébé ! Si jamais tu m'envoies ton fameux mail, je te jure que, cette fois, je me jette dans le premier vol.

3 – Pardonne-moi

Amusée, je lui lance un sourire qu'il me renvoie aussitôt. Nous restons quelques secondes à nous fixer avant qu'il tende son carton à l'hôtesse de l'air. Puis, il disparaît.

Je ne crois donc pas une seule seconde qu'il ait déjà pu tourner la page sur nous. Il doit être fatigué ou un truc du genre. Pas la peine de s'affoler pour rien. Mais il me manque tellement que ma saleté de conscience ne veut pas me foutre la paix et cherche à me faire perdre pied.

Il est à peine huit heures et j'en ai déjà ma claque. N'aurait-il pas pu me mettre quelques mots supplémentaires, histoire de me rassurer un peu ?

Neuf heures et toujours pas de nouvelles. Mon cœur finit par douter de la véracité de son amour. Et s'il s'était remis avec moi juste pour se rapprocher de Lachlan ?

Les larmes perlent à nouveau sur mes joues.

Non, mais je deviens folle, ma parole ! Comment puis-je douter de son amour alors qu'il veut que je devienne sa femme ? Son absence va vite me faire devenir folle si je commence à dérailler comme ça.

Je dois juste me montrer patiente. Qui dit qu'il n'a pas un souci de téléphone ou un problème avec ses bagages ? Mais, je ne tiens plus. Ça fait bientôt vingt-sept heures que je n'ai pas eu de ses nouvelles. Il me manque tellement que ça en devient insupportable.

Pauvre fille, t'imagines, ça ne fait même pas deux jours qu'il est parti et tu doutes déjà de ses sentiments ! Dans quel état seras-tu dans un ou deux mois ?

Certainement folle à lier. Je me morigène pour reprendre pied.

Va falloir être plus forte que ça, ma fille, si tu veux tenir jusqu'en décembre.

Quelques coups toqués à la porte m'aident à me sortir de mes pensées. Liam passe sa tête par l'embrasure, me demandant silencieusement l'autorisation de rentrer.

— Qu'est-ce que tu veux, Liam ?

Il pousse un peu plus la porte, avant de s'appuyer avec nonchalance contre le chambranle.

— Je venais aux nouvelles.

— Il est bien arrivé !

3 – Pardonne-moi

Son regard inquisiteur me montre que le ton que je viens d'employer n'est pas tout à fait celui auquel il s'attendait. C'est vrai que j'ai été un peu sèche pour le coup. Perplexe, il lève un sourcil et me dévisage.

— Ça va toi ?

Perspicace comme à son habitude, il a capté mon humeur. Les lèvres pincées, je secoue la tête.

— Il me manque. Et puis, il m'a juste envoyé un texto pour me dire qu'il était bien arrivé. Rien de plus.

— Je suis sûr que t'es en train de te faire des nœuds dans la tête pour rien. À mon avis, il doit être crevé. Tu sais la première fois où je l'ai vu, il était vraiment éclaté par son voyage. Puis, vous quitter, Lachlan et toi, ne doit pas être évident pour lui.

Liam vient me rejoindre sur mon lit. À peine installé, il me prend dans ses bras et m'attire contre lui.

— Allez, souris, p'tit sœur. Je te parie qu'il t'appelle avant la fin de la journée.

Même si le cœur n'y est pas, pour éviter qu'il me casse les pieds ou qu'il se mette à me chatouiller, je lui souris. Bon, pas très sûr que le résultat escompté soit le bon, vu la grimace qu'il affiche maintenant.

— Ouais, bon, je ne suis pas certain que ce soit un sourire ça, mais je laisse tomber. Tu devrais venir prendre ton petit-déj et t'occuper aussi un peu de ton fils. Il n'arrête pas de réclamer sa maman et son papa. Ma mère lui a expliqué pour Logan. Elle lui a dit qu'il verrait bientôt son papa, mais que, pour le moment, il n'était pas là. Alors, bouge tes fesses et descends manger avec nous. Des pancakes attendent que tu viennes les dévorer.

Sa dernière phrase a le don de me faire rire et de me pousser à me lever. Puis, je ne peux pas infliger à mon petit ange mon absence prolongée. Il a besoin de moi, encore plus maintenant que son père est à l'autre bout de la planète.

— Je m'habille et je vous rejoins.

Il hoche la tête, avant de se lever. Dès qu'il quitte ma chambre, je pars fouiller dans mes affaires pour trouver quoi mettre. Mes doigts se posent sur les étagères qui étaient jusqu'alors occupées par les fringues de Logan. Au moment où j'atteins la plus haute, je retrouve un vêtement qui semble avoir été

3 – Pardonne-moi

oublié. Je l'attrape et découvre son sweat aux couleurs de son université. Au moment où je le déplie, un bout de papier tombe. Surprise, je le ramasse aussitôt. L'écriture masculine de Logan recouvre quelques lignes. Mon cœur se met à battre de plus en plus vite et face à ce que je lis, ma saleté de conscience ne trouve plus rien à dire.

« Bébé,

Je te connais par cœur et je sais que tu es déjà en train de douter. Ôte-toi tout de suite ses sales pensées de ton crâne. Tu es la femme de ma vie et, dès que tu seras à New York, je te le prouverai de toutes les façons possibles et imaginables.

Tu te souviens de ce que ça signifie pour un mec qu'une fille porte son maillot aux couleurs de son équipe ? Je suis certain que oui. Alors, je te laisse mon sweat, faute d'avoir pris l'un de mes maillots, pour te montrer que même si on est séparés par des milliers de kilomètres, toi et moi, c'est pour toujours.

Je t'aime plus que ma propre vie. N'en doute jamais, bébé.

Ton champion, qui va tout faire pour vraiment le devenir. »

33. Logan

Enfin, je peux me dégourdir les jambes. Vingt-cinq heures d'avion dans une position des plus inconfortables, plus jamais. J'espère que Lu ne m'enverra pas un putain de mail pour me dire qu'elle ne veut plus de moi, je n'ai aucune envie de me refarcir une nouvelle fois ce foutu vol. Je dis ça, je ne dis rien, me connaissant, je n'hésiterai pas une seule seconde à retourner à Sydney si je sens notre couple en danger. Hors de question de la laisser m'échapper sans m'être battu cette fois. Puis, ça ne concerne plus seulement nous deux, il y a également mon p'tit gars et pour lui, je suis prêt à déplacer des montagnes, même si ça doit me coûter deux rotules.

D'ailleurs en parlant d'eux, je ferais bien d'envoyer un message à la femme de ma vie pour la tenir informée de mon arrivée, sinon, elle risque de s'imaginer tout et n'importe quoi.

Alors que je longe le couloir qui m'emmène dans le hall de l'aérogare, je sors mon smartphone de la poche de mon survêt. Au moment où je l'allume, il m'informe qu'il va bientôt s'éteindre. Putain, fais chier ! Je tape très rapidement deux mots et clique aussi vite que possible sur envoyer. D'un coup, l'écran devient noir. Est-ce que le message est bien parti ? J'en sais que dalle. Hors de moi, je m'arrête en plein milieu du couloir, énervant les quelques passagers qui me collent aux basques, et glisse à plus d'une reprise une main dans mes cheveux. Non, mais quel con ! Comment ai-je pu oublier de vérifier la batterie avant de partir ? Putain, j'imagine déjà la tronche que Lu va tirer. Si elle ne reçoit que ces deux mots, elle va se mettre à croire que je me suis foutu de sa poire sur toute la ligne. Ce qui est totalement faux. Si elle ne reçoit rien, elle risque de paniquer. Faut absolument que je quitte cet endroit rapidement, histoire de pouvoir la rassurer très vite.

Arrivée dans le hall de JFK, je file récupérer mes bagages. Un monde de dingue se trouve déjà devant les tapis roulants. Face à cette perte de temps, je grogne de frustration et trépigne d'impatience. Sérieux, ils se sont tous donné le mot pour être là en même que moi ?

Du calme, mon gars !

3 – Pardonne-moi

Plus facile à dire qu'à faire, saleté de conscience. Être séparé de ma petite famille me fout déjà bien assez sur les nerfs, alors si, en plus, je ne peux pas rassurer Lu rapidement, je vais péter un câble.

Une fois mes valises en main, je file vers les bornes de passage à la douane, qui vont me permettre de récupérer un peu de temps.

Dès que je franchis les portes de l'aéroport, je me dégote un taxi dans lequel je m'engouffre aussitôt.

— Résidence universitaire de Columbia, indiqué-je au chauffeur, à peine la portière refermée.

— Bien, monsieur.

— Et si jamais vous connaissez des raccourcis, n'hésitez pas. Je suis vraiment pressé.

Tandis que nous roulons, le conducteur tente d'en savoir un peu plus sur mon périple australien. J'évite de lui répondre, prétextant une énorme fatigue après ce très long vol. Compréhensif, il se contente de hocher la tête et de conduire en silence. Alors que nous traversons la ville, je revois tous les gratte-ciel qui caractérisent la grosse pomme. Est-ce que ça m'a manqué ? Pas vraiment, j'ai apprécié le charme de Sydney et de ses alentours. Est-ce que j'aime cette ville ? Jusqu'à présent, je ne m'étais jamais posé la question, mais je crois que non. Ne pas oublier que je suis un gars du Sud. Peut-être que, le jour où mes deux amours débarqueront ici, je changerai d'avis.

Une grosse demi-heure plus tard, j'arrive enfin à bon port. Après avoir payé la course, qui ne me coûte pas la peau du cul cette fois, je récupère mes bagages. Chargé comme un baudet, j'avance tant bien que mal en direction du bâtiment dans lequel se trouve ma piaule. J'ai presque atteint la porte d'entrée lorsque j'entends une voix me héler. Surpris, je me retourne et lance un franc sourire à un de mes potes, qui me rejoint en trottinant.

— Putain, mec, j'suis trop content de te voir ! me lance Mike. T'aurais dû nous appeler, on serait allé te chercher, ça t'aurait évité de te taper un trajet en taxi.

C'est vrai, je n'y ai même pas pensé. Mon cerveau était un peu trop retourné par ce que je laissais derrière moi pour penser à ce que j'allais retrouver en arrivant.

— Tu veux un coup de main pour tes bagages ?
— C'est pas de refus ! Ça pèse trois tonnes.

3 – Pardonne-moi

À peine ma réponse fournie, il me tend une main pour que je lui refourgue un de mes sacs et se penche pour attraper la poignée de l'une de mes valises. Ce mec est une montagne de muscles, même s'il est légèrement plus petit que moi. En même temps, il vaut mieux qu'il soit costaud pour protéger mes arrières lors des matchs. C'est le centre de l'équipe, celui qui me passe le ballon lors des coups d'envoi.

— Alors, raconte, les petites Australiennes, elles sont comment ?

Avec lui, j'aurais dû me douter que sa première question serait celle-ci. Après le football, sa plus grande passion est le sexe. Avec sa belle gueule de Latino-Américain, il va sans dire qu'il peut pêcher toutes les nanas qu'il désire. Passé un temps, nous étions un peu en compétition tous les deux, même si on empiétait rarement sur le terrain de chasse de l'autre. À partir de maintenant, il va pouvoir en profiter encore plus. Je ne suis plus libre et mes admiratrices vont vite devoir se faire une raison. En pensant à ma chérie, mes lèvres ne peuvent s'empêcher d'esquisser un sourire. Mike me lance un coup d'œil.

— Vu ton sourire, t'as dû faire de belles rencontres.

Au moins, j'ai ma réponse. Je me suis montré plus que transparent.

— *Une* belle rencontre.

Cette fois, il me dévisage carrément comme si j'étais un putain d'alien.

— Bon t'accouches ou quoi ? Je ne t'ai jamais vu avec ce genre de sourire, même lorsque t'étais avec Steffie.

Et pour cause ?

— Tu te souviens de mon ex ?

— Celle que je t'ai conseillé de baiser la dernière fois que tu m'as appelé ?

En même temps, je n'en ai pas cinquante mille. Les autres n'ont jamais compté pour moi.

— Ouep.

Quand j'aperçois ses yeux s'arrondir de stupeur, je sais qu'il a capté où je voulais en venir.

3 – Pardonne-moi

— Vu le sourire niais que t'affiches depuis cinq minutes, je dirais que t'as fini par m'écouter et que t'es même avec elle. Je me goure ?

— Bonne déduction, mec.

À présent, c'est lui qui sourit, apparemment content pour moi. En même temps, il est un des seuls qui connaît le mieux mon histoire, même s'il en sait encore moins que Steffie. Il n'ignore pas que j'étais dingue amoureux d'une fille et qu'elle a dû partir loin de moi. Cette partie-là, je le lui ai avoué peu de temps après avoir fait sa connaissance. Et juste avant mon départ pour Sydney, mes potes ont appris que mon grand amour, la seule que j'aimerai jusqu'à la nuit des temps, se trouvait en Australie.

— Wouah ! J'suis vraiment content pour toi, mec, me lance-t-il en me donnant une claque virile dans l'épaule.

L'enfoiré, il n'y a pas été de main morte. Heureusement que je n'ai plus mal, sinon il aurait goûté de mon poing.

On finit par rejoindre mon appart en discutant de tout autre chose. Enfin, il me parle surtout des filles qu'il a foutues dans son pieu pendant mon absence et ça me fait marrer. Dire que j'étais comme lui, il n'y a pas si longtemps ! Aujourd'hui, il n'y en a plus qu'une à qui j'offre le droit de me rejoindre sous la couette.

Encore une fois, mon esprit dérive vers elle. D'ailleurs, au lieu de me bidonner comme une baleine avec mon pote, je ferais mieux de me magner de l'appeler, avant qu'elle m'incendie.

— Baldwin ! s'exclame Dylan au moment où je franchis la porte. Content de te voir !

Assis sur le canapé, il se lève aussitôt pour venir me taper un check.

— Tu sais qu'il est à nouveau avec son ex ? lui demande Mike comme si c'était le scoop du jour.

— Sérieux ?

Je sens qu'ils ne vont pas me lâcher la grappe avec ça maintenant. Je lève les yeux, excédé de les voir réagir comme des commères.

— Ouais, mais là je n'ai pas trop le temps de vous en causer. Je dois absolument l'appeler avant qu'elle se jette dans un avion pour venir me trucider.

3 – Pardonne-moi

Mes deux potes éclatent de rire. Pourtant, je ne viens pas de leur sortir la blague de l'année.

— Putain, si on m'avait dit que Baldwin reviendrait avec la corde au cou, lui le serial-baiseur, je ne l'aurais pas cru une seule seconde, se marre Mike.

— Pas de souci.

Au moins Dylan se montre un peu plus compréhensif.

— Ouais, allez va appeler ta meuf et ensuite tu nous racontes tout.

Bordel, je ne suis pas sorti de l'auberge avec lui. Qui dit que les mecs sont moins bavards que les filles ? Je sais déjà que Mike va me passer à la moulinette jusqu'à ce que je lâche la totalité de l'affaire, limite s'il ne me demander dans quelle position je l'ai baisée. Si avec les autres, j'aurais pu cracher tout le morceau, ce ne sera certainement pas le cas pour Lu. Ce qu'il y a entre elle et moi, quand on est juste tous les deux, ne le regarde absolument pas. C'est mon trésor et je suis prêt à montrer les crocs pour la préserver.

Je suis sur le point de pousser la porte de ma chambre quand Dylan me rappelle. Excédé, je me retourne vers lui, un sourcil haussé.

— Il paraît que tu vas pouvoir réintégrer l'équipe ?

— Ouais. Je me suis pas mal entraîné en Australie. Mais si ça vous dérange pas, on en parlera après.

J'effectue un pas vers ma piaule, mais ce con croit bon de continuer à me taper la causette.

Qu'est-ce qu'il n'a pas compris dans « je dois l'appeler », putain ?

— Le coach veut nous voir demain matin. Je suppose que ça te concerne aussi, mec.

Je hoche la tête, même si je n'analyse pas vraiment ce qu'il vient de me balancer. Je n'ai qu'une putain d'idées sous le crâne, appeler Lu le plus vite possible.

— Ok, les gars, je vous promets qu'on discute de tout ça après. Mais tout de suite, je vais l'appeler.

3 – Pardonne-moi

Au moment où je referme la porte, je les entends se marrer à nouveau. Sans aucun doute, ils sont en train de se foutre de ma gueule, mais je m'en tape.

Je branche rapidement mon smartphone. Mes doigts pianotent sur mon écran, impatient de pouvoir l'allumer. Plusieurs secondes s'écoulent avant que je puisse enfin revoir le visage de mes deux amours s'afficher sur mon portable. Leurs sourires font rater quelques battements à mon cœur. Putain, ils me manquent tellement.

Sans perdre de temps, je compose son numéro et attends avec la plus grande impatience que Lu décroche à l'autre bout de la ligne.

Allez, bébé, réponds !

Au bout de la troisième tonalité, sa voix douce s'élève et vient instantanément me réchauffer. Je ne m'étais pas rendu compte à quel point j'étais frigorifié depuis mon départ.

— Salut, bébé.

— Salut.

Sa voix me laisse entendre qu'elle est chagrinée. J'espère qu'elle ne m'en veut pas au point de me tirer la gueule.

— Je suis désolé. Je n'avais plus de batterie.

— T'inquiète, je ne t'en veux pas. Tu me manques, c'est tout. Merci pour ton petit cadeau.

— Tu le portes ?

— Oui, souffle-t-elle.

Savoir qu'elle porte à cet instant les couleurs de mon équipe emballe mon cœur et un sourire niais étire mes lèvres. Heureusement que les deux jojos qui me servent de potes ne peuvent pas me voir à travers la porte. Faute de quoi, je suis certain de me faire chambrer pendant des lustres.

Je reste une bonne heure à discuter de tout et de rien avec elle. De mon voyage et de mes coéquipiers. De Lachlan et d'elle.

Quand nous raccrochons, un immense vide se fait sentir au plus profond de mes tripes. Je reste plusieurs minutes, les bras croisés derrière la tête, à penser encore à elle, un sourire idiot sur les lèvres.

3 – Pardonne-moi

Même si des milliers de kilomètres nous séparent, notre amour nous lie en permanence.

****

Putain, pourquoi j'ai accepté de sortir prendre un verre avec eux ? Ça fait deux bonnes heures qu'on est au Jefferson's et que les gars me cassent les pieds avec mon périple australien. Et quand je dis gars, je ne parle pas que de Mike et Dylan, mais de tous ceux de l'équipe qui ont bien voulu nous rejoindre. En gros, on est une bonne dizaine. Et si certains se contentent de me poser des questions sur le pays ou les différences entre les études ici et là-bas, ce n'est pas le cas de tout le monde. D'ailleurs, Mike vient de me poser une centième question sur mon amour.

— C'est bon, Mike, fous-lui la paix. Ça fait au moins cent fois que tu lui poses des questions sur elle, le rembarre Dylan.

Merci, mon pote, mais je crois être assez grand pour me défendre tout seul.

D'ailleurs, c'est ce que je fais, sans même user ma salive, juste en dressant mes deux majeurs sous son nez.

— Dis-nous juste si c'est un bon coup. Allez, vieux, fais-nous rêver un peu. J'ai jamais couché avec une Australienne.

Dépité, je m'affale sur ma chaise dans une attitude nonchalante et croise les mains derrière ma nuque.

— Bon et si vous me racontiez plutôt ce que j'ai raté de ce côté de la Terre.

Chacun leur tour me raconte une anecdote. Au fur et à mesure, l'atmosphère se détend et on commence à bien se marrer. Lu et Lachlan me manquent méchamment, c'est un fait, mais ces gars arrivent à me changer les idées. Je suis bien content de les retrouver.

D'un coup, des bras s'enroulent autour de mon cou. Un parfum capiteux me file un putain de mal de crâne. La voix sensuelle qui vient me murmurer à l'oreille qu'elle est bien contente de me revoir me répugne. J'ignore qui c'est et je n'ai aucune envie de le savoir. Par contre quand elle pose ses lèvres derrière mon oreille, je la dégage en deux temps, trois mouvements. Peu importe qui elle est, on ne me touche pas. Enfin plus maintenant. Dans mon ancienne vie, je me serais retourné, je l'aurais jaugée une seconde et, si elle avait convenu à mes attentes, je l'aurais entraînée dans les chiottes.

— C'est quoi ton problème, Baldwin ? me questionne la fille sur laquelle je n'ai toujours pas posé un œil. La dernière fois qu'on s'est vu, t'as pas dit non pour qu'on s'éclate tous les deux.

Curieux, je finis par me retourner pour voir qui elle est. Je la détaille un moment sans vraiment me rappeler quand j'ai pu m'envoyer en l'air avec elle. Poitrine et fesses refaites, elle est très loin de mon idéal féminin. J'aime le naturel, comme avec Lu. J'adore les filles simples, comme ma chérie. Et par-dessus tout, je déteste ce genre de nanas qui n'ont pas capté qu'avec moi, il n'y aurait jamais plus qu'un coup vite fait, histoire de me vider les couilles. J'ai sûrement l'air d'un gros connard comme ça, mais c'est tout ce dont j'avais besoin avant de la revoir. Exception faite de Steffie, même si là non plus je ne peux pas considérer que ce qu'on a fait ensemble peut s'apparenter à faire l'amour. Il n'y a qu'avec la femme de ma vie que cette expression est valable à mes yeux.

— Rêve pas Lana, notre pote ici présent est maqué et vu les sourires débiles qu'il affiche chaque fois qu'on parle d'elle, t'auras beau le chauffer, t'obtiendras rien de lui. Je suis certain que tu peux te foutre à poil devant lui, sa queue n'aura même pas un début de frétillement.

La brune siliconée semble perdre de sa superbe devant les propos de Mike alors que mes coéquipiers sont morts de rire. Pour une fois que la grande gueule de mon pote me sert à quelque chose, je ne vais pas m'en plaindre.

— Logan ?

Merde ! Cette fois, je reconnaîtrais entre mille cette voix derrière moi. Steffie. Je ferme les yeux un instant, avant de me retourner, très lentement, vers elle, comme dans un film au ralenti. Je ne suis pas prêt à l'affronter tout de suite, d'autant plus que je n'ai pas vraiment clarifié la situation avec elle depuis que je me suis remis avec la mère de mon p'tit gars. La dernière fois que je l'ai eue au téléphone, je lui ai laissé sous-entendre qu'elle me manquait. Mais ça, c'était avant. Avant que je réalise que peu importe ma colère, je restais dingue de ma jolie brune.

3 – Pardonne-moi

— Steff t'a attendu, me souffle Dylan dans un murmure.

Oh, putain ! Je crois que je suis dans la merde.

Ahuri, mon crâne pivote vers lui en moins de temps que pour dire ouf. Son air grave me prouve qu'il ne vient pas de me balancer des bobards.

Je déglutis difficilement. Savoir que je suis sur le point de la blesser me fout mal à l'aise.

— Ça va, Steff ? lui demande Aaron.

— Oui.

Cette fois, je finis par tourner la tête vers elle. Ses cheveux fauves sont un peu plus longs qu'avant. Elle porte une petite robe noire que j'aurais trouvé sexy sur elle quelques mois plus tôt. Quand mon regard croise le sien, j'aperçois une certaine tristesse dans ses yeux aussi bleus que les miens. Je crois qu'elle a compris, avant même que je lui parle. Pourtant, il faut vraiment que je lui dise de vive voix ce qu'il en est. Après tout ce qu'elle a fait pour moi, je dois me montrer honnête avec elle. Le courage semble pourtant m'avoir déserté au moment où elle me demande si je peux la suivre.

— Attends deux secondes, faut que je réponde à un message.

Je sors mon smartphone de la poche arrière de mon jeans. En vrai, je n'ai rien reçu, j'ai juste besoin que mon amour me prête un peu de sa force à travers un échange de messages, comme je l'ai fait lorsqu'elle a dû affronter son ex.

Logan : **Dis-moi que tu m'aimes, bébé.**

J'attends avec impatience qu'elle me réponde, en jetant un coup d'œil sur l'heure à Sydney. Elle est en cours, néanmoins je suis certain qu'elle va vite me répondre. Quand mon portable vibre et que son doux visage apparaît sur mon écran, je me félicite d'avoir vu juste.

— Canon ! me lance Matt.

Quel con ! Je jette un rapide coup d'œil sur Steff qui vient de blêmir à vue d'œil. Putain, je me sens aussi mal que si je l'avais trompée alors que nous n'étions plus vraiment ensemble lorsque je suis parti.

C'est le « plus vraiment » qui cloche là, mec. Ça ne veut rien dire.

Ouep, c'est vrai.

Je reporte mon attention sur la réponse de ma chérie.

Lu : **T'en doutes, BG ?**

Un sourire étire mes lèvres.

Logan : **Non, mais j'ai besoin que tu me le dises.**

Lu : **Je t'aime au-delà des étoiles, champion. Tu me manques beaucoup.**

Logan : **Moi aussi, je t'aime. Toi et Lachlan me manquez aussi. J'ai hâte d'être en décembre.**

Lu : **Moi aussi. On se contacte plus tard, le prof vient de me griller.**

Son amour me donne la force suffisante pour aller affronter celle que j'ai laissé tomber sans même lui dire. Pour le coup, je crois que je suis un vrai salopard.

Je la suis jusqu'à l'extérieur du bar où elle m'entraîne dans un lieu calme. Elle s'assoit sur un banc et m'invite à en faire autant. Je peux bien me permettre d'accéder à sa demande, surtout quand je suis sur le point de la briser. Je comprends tellement bien à présent ce qu'a ressenti Lu quand on est rentré du week-end qui a vu notre couple renaître de ses cendres. Et dire que je lui ai tapé une crise de jalousie. Blesser quelqu'un auquel on tient n'est pas simple. Du tout.

Steff fixe l'horizon plusieurs minutes sans rien dire. J'ignore si je dois attendre qu'elle se lance ou si je dois faire le premier pas.

— J'ai entendu ce que Mike a dit à Lana, finit-elle par briser ce silence qui devenait de plus en plus lourd.

Elle me lance un bref regard de biais et reporte aussitôt ses yeux vers le vieux bâtiment sale qui nous fait face.

— Je ne crois pas que ce soit de moi qu'il parlait.

Sa voix tremble et elle triture ses ongles nerveusement.

— Je suis désolé, Steff.

Elle tourne la tête dans ma direction. Son sourire triste me fait mal au cœur.

3 – Pardonne-moi

— Pourquoi tu ne m'as rien dit ? Ça m'aurait évité de me jouer des films.

Je ferme les yeux, fautif. J'étais tellement heureux, tellement déconnecté du reste de l'univers, que je n'ai plus pensé à elle une seule fois, sauf la veille de mon départ. Et encore mes pensées ont été très fugaces.

— J'aurais dû, mais je n'y ai pas pensé. Puis, quand je suis parti, on n'était plus vraiment ensemble.

— Mais la seule fois où tu m'as appelée, j'ai cru que je te manquais vraiment.

C'est vrai, c'est exactement ce que je lui ai laissé sous-entendre, alors que je ne cherchais qu'un baume pour apaiser mes blessures.

— Tu n'aurais pas dû. J'étais en colère ce soir-là, je venais d'apprendre…

Je me retiens de justesse de poursuivre ma phrase. Est-ce une bonne idée de lui annoncer que je suis papa ? Je n'en sais foutrement rien.

— Apprendre quoi, Logan ?

— Je ne peux pas te le dire. Pas maintenant, du moins.

Un éclat de colère illumine son regard.

— Pourquoi ? Après m'avoir laissé croire que, toi et moi, c'était possible, tu te dois au moins d'être honnête avec moi !

— D'un, je ne t'ai rien laissé croire. Mon silence aurait dû être suffisamment parlant. De deux, ce que j'ai appris te blesserait encore plus et je pense que tu souffres bien assez comme ça. Je suis désolé, Steff, mais, entre nous, il ne pourra plus jamais rien y avoir.

Elle pince les lèvres et hoche la tête. Son cœur se brise sous mes yeux, avant qu'elle ne détourne le regard. J'ai mal pour elle. C'est une chouette fille, mais elle ne pourra jamais être à la hauteur de la mère de mon p'tit gars. Nous deux, ce n'était qu'illusion et elle en a toujours eu conscience.

Lorsque j'aperçois des larmes rouler sur sa joue, j'esquisse un geste dans sa direction. Cependant, elle m'arrête avant même que j'aie pu la frôler.

— Ne me touche pas ! tonne-t-elle.

3 – Pardonne-moi

— D'accord. Ne t'énerve pas, Steff.

Elle tourne brusquement la tête vers moi pour venir me foudroyer du regard.

— Est-ce que je peux au moins savoir comment elle s'appelle ?

Je hoche lentement la tête, tout en soufflant le nom de mon amour.

— Alors, je n'ai vraiment plus aucune chance. Se battre contre un fantôme est un fait, se battre contre l'amour de ta vie, en chair et en os, en est un autre.

— Je suis navrée, Steff.

Malgré sa peine, elle me sourit vraiment cette fois.

— Tu n'as pas à l'être, Logan. Maintenant que je sais qui elle est, je ne peux pas t'en vouloir, mais j'aurais beaucoup aimé que tu m'en parles avant. Au moins, je n'aurais pas continué à croire que nous deux c'était possible.

Le silence s'abat de nouveau entre nous. Les minutes s'égrènent sans qu'aucun ne semble vouloir le rompre. Je m'apprête à la laisser tranquille quand elle me demande :

— Est-ce que tu veux bien qu'on reste amis ?

Je ne sais pas ce qu'elle cherche vraiment, alors je la scrute un instant pour essayer de comprendre.

— Comme avant que tu partes à Albuquerque, insiste-t-elle devant mon manque de réponse.

— Je ne sais pas, Steff. Est-ce que les amis peuvent se cacher des choses ?

— Tu fais référence à ce qui t'a poussé à me passer cet appel ?

Je hoche la tête.

— J'ai bien compris tes raisons, mais, si ça concerne l'amour de ta vie, je peux l'encaisser.

Je pèse le pour et le contre durant plusieurs secondes. Lui annoncer que je suis papa va lui tirer une nouvelle balle dans le pied, mais tant que Deb et Killian ne seront pas ici, elle restera la seule à qui je pourrais me confier quand l'absence des deux amours de ma vie se fera trop lourde. Puis, elle est celle qui connaît le mieux mon histoire. La seule à qui j'ai confié une bonne partie de mes démons.

— J'ai eu un gosse avec elle. Il a vingt-et-un mois.

3 – Pardonne-moi

— Merde ! souffle-t-elle en devenant aussi blanche qu'un linge.

— Si tu ne veux plus qu'on soit amis, je comprendrai.

— Non, non, c'est pas ça. C'est juste que jamais, je n'aurais pu t'imaginer papa.

Heureux qu'elle ne m'en tienne pas rigueur, je la prends dans mes bras.

— Je t'aime beaucoup, Steff.

— Je sais, même si ce ne sera jamais autant qu'elle.

Je dépose un tendre baiser dans ses cheveux. Ce que je ressens à cet instant pour elle s'apparente à l'amour fraternel que j'éprouve pour Deb. J'ai peut-être couché avec elle, mais Steffie est à mes yeux, ma seconde petite sœur. Je me promets, dès ce soir, de faire en sorte qu'elle soit heureuse avec un autre type et de la protéger contre quiconque s'en prendra à elle.

À bout de force

34. Lucy / Logan

Lucy

Déjà une semaine que Logan ne partage plus mon lit, ni même les progrès de notre fils. Aujourd'hui, c'est la première fois qu'il a été propre toute la journée et son père n'était pas là pour le féliciter. Mon petit ange le réclame tous les jours, j'ai de plus en plus de mal à lui expliquer qu'il le reverra bientôt, mais pas encore. La notion de temps est tellement abstraite pour lui. Je sens qu'il lui manque beaucoup. Souvent, il se montre grognon. Quelques fois, il le réclame à cor et à cri, et, à ce moment-là, rien ne parvient à le calmer. Il refuse mes bras, rejette son doudou, balance ses jouets. Je n'en ai pas parlé à Logan, je suis certaine que si je le faisais, il se jetterait dans le premier avion pour venir soulager les maux de son fils. Je sais combien il l'aime et à quel point il serait capable de soulever des montagnes pour lui.

Son absence me pèse, à moi, aussi. Horriblement. J'ai parfois l'impression d'avoir fait un bond de deux ans en arrière. Pourtant, on ne passe pas une journée sans se parler ou sans se voir par le biais de nos webcams. Néanmoins, ce n'est pas pareil. Il n'est pas là pour me blottir dans ses bras, ni pour que je puisse sentir son parfum si viril quand je me réveille et encore moins pour me murmurer des mots qui gonflent mon cœur d'amour. Malgré la présence constante de ma famille et de mes amis, je suis de moins en moins certaine que je puisse tenir ces cinq mois. Je me laisse encore quelque temps pour mûrir ma décision et on verra à ce moment-là. Je ne peux pas tout quitter sur un coup de tête, juste parce que le vide, qu'il a créé dans mon cœur en partant, est intolérable et que son fils a également besoin de lui.

Logan

Cinq heures du matin et je suis déjà sur le pied de guerre, ou du moins je devrais l'être pour aller affronter cette reprise des entraînements. Une journée décisive pour moi. Ça passe ou ça casse. Malgré le jet lag que je me prends dans la tronche et les putains de cauchemars qui me réveillent dès que

3 – Pardonne-moi

j'arrive à fermer les yeux, je me retrouve à être mort de chez mort.

— Vu ta tronche, t'as encore mal dormi toi, me lance mon coloc alors que je le rejoins dans la cuisine. C'est quoi le problème ? Le décalage horaire ? Enfin vu comme je t'ai entendu hurler cette nuit, je ne crois pas qu'il y ait que ça. Tu veux en parler ?

Putain, il a bouffé un lion pour être aussi volubile aux aurores ?

Je fourrage dans mes cheveux, avant de me décider si, oui ou non, je peux me confier à lui. En même temps, je ne sais pas trop comment lui expliquer que l'absence de mes deux amours me pèse au point de revivre chaque nuit l'enfer que nous avons traversé tous les deux. Que je me réveille en sueur au moment où on me l'arrache. Chaque fois, je tente encore et encore de la rattraper et, même si tout ça n'est que chimère, je n'y parviens jamais.

— Prêt à reprendre ? demandé-je pour dévier de sujet.

Compréhensif, il hoche simplement la tête, avant de me répondre.

— Comme chaque année, mec. Le foot, c'est la vie. Et j'espère bien que, cette année, je vais enfin décrocher ma place chez les pros.

— Je croise les doigts pour toi, vieux.

Dylan est un excellent receveur, le meilleur même à mes yeux et pourtant chaque année, il rate la draft. C'est à ne rien y comprendre. Soit les recruteurs ont de la merde dans les yeux, soit ils ont une dent contre lui, au choix. En tout cas, moi, je n'y pige que dalle. Une chose dont je suis certain, c'est que si j'arrive à rejoindre une des équipes de la NFL, et je vais tout faire pour, j'adorerais continuer à évoluer avec lui. À nous deux, on fait une équipe de choc et si on y ajoute Mike, Aaron et Matt, on obtient un cocktail détonnant prêt à arracher la victoire à n'importe quelle équipe. Devant mes pensées dignes d'un gros vantard, je me fous à ricaner.

— Pourquoi tu te marres ?

— Une connerie qui m'est passée par le crâne.

Voyant que je n'en dis pas plus, il me considère un instant, avant de laisser tomber l'affaire. Une chance pour moi que Dylan ne soit pas Mike. Le centre de l'équipe ne m'aurait pas lâché aussi facilement. Il m'aurait bombardé de questions jusqu'à ce que je crache le morceau.

Alors que je marche en direction du comptoir, je jette un coup d'œil à mon smartphone. J'ai envoyé un message à Lu juste avant de sortir de ma piaule et elle ne m'a toujours pas répondu. Ouais, quand ça la concerne, je manque grave de patience. Il faut dire aussi que notre éloignement commence à me peser lourdement. J'ai l'impression de revivre notre rupture et de ne pas pouvoir y faire face. Quatre mois et trois semaines à tenir, ça risque d'être très difficile à supporter surtout si tout me ramène aux pires moments vécus par notre couple. Je dois me raccrocher de toutes mes forces aux raisons qui m'ont poussé à traverser la Terre en sens inverse, je n'ai pas le choix, si je ne veux pas tout lâcher sur un coup de tête. Mais, merde, mon besoin d'eux se fait de plus en plus physique. Je crève d'envie de serrer mon p'tit gars dans mes bras, de plonger mon nez dans son cou pour me repaître de son odeur délicate. Quant à sa mère… je préfère ne pas y penser au risque de me retrouver avec une gaule de malade tant je me retrouve en manque de sa peau contre la mienne, de sa moiteur autour de ma queue, de ses gémissements, de ses caresses et j'en passe. La liste serait longue comme le bras si je m'y attarde trop.

Mon téléphone finit par sonner au moment où je m'assois. Mon cœur bondit dans tous les sens en pensant que cet appel entrant provient de ma bombe brune. Je suis très vite déçu quand la voix de Steffie s'élève à l'autre bout de la ligne. Pourquoi ne dort-elle pas ? Il est super tôt et c'est ce qu'elle devrait être en train de faire, non ?

— Tu ne dors pas ?

— Je voulais juste t'encourager avant le début de l'entraînement et te dire que je pense passer vous voir.

Je ferme les yeux et me pince l'arête du nez. Malgré tout ce que je lui ai dit, elle reste près de moi, un peu trop près même, au point de me laisser croire qu'elle se fait encore des films sur nous deux.

— Steffie, t'étais pas obligée de te lever si tôt pour me le dire.

— Je sais… mais j'en avais envie.

Le ton employé ne laisse aucun doute sur ses sentiments. Au final, je ne suis plus très certain qu'être ami avec elle soit une bonne chose. Je ferais mieux de m'éloigner pour lui laisser le temps de réellement tourner la page sur ce que nous avons vécu. Sur cette histoire qui n'en était pas vraiment une.

— Dès que Lu m'aura rejoint, j'ai l'intention de l'épouser. Je l'aime plus que tout, Steffie.

Dylan relève la tête et me fixe les yeux grands ouverts, totalement incrédule.

— J'en ai conscience, Logan.

— Alors, pourquoi j'ai l'impression que tu essaies de te raccrocher à quelque chose qui n'existera jamais ?

— Je...

L'arrivée d'un nouvel appel détourne mon attention et je ne prête pas gaffe à sa réponse. Je décolle le téléphone de mon oreille et, quand je réalise que l'émetteur n'est autre que celle dont j'espérais entendre la voix, je m'empresse de raccrocher avec Steffie pour prendre celui de Lu.

— Désolée, champion, de ne pas avoir pu te répondre plus vite. Je viens juste de rentrer.

Comment ça, elle vient juste de rentrer ? Elle était où ? Et surtout avec qui ?

— Depuis quand tu rentres tard ? grogné-je.

— Tu te souviens du devoir en binôme que je devais faire avec une camarade de promo ?

Savoir qu'elle a bossé avec une fille me fait pousser un soupir de soulagement. J'ignore comment j'aurais réagi si elle m'avait dit que c'était un gars. Me connaissant, très mal sûrement. Lu est à moi et je défie quiconque s'en approcherait d'un peu trop près, quand bien même nous sommes séparés par des milliers de kilomètres. Putain de réaction digne de Cro-Magnon !

— Logan ? T'es passé où, beau gosse ?

Ses questions ont le don de me ramener à l'instant présent.

— Je suis là, t'inquiète. Tu me manques, bébé.

— Toi aussi.

Un silence bienfaiteur nous enveloppe plusieurs secondes. Ce fil qui nous a toujours reliés me semble encore plus solide que les autres fois.

Quatre mois et trois semaines…

3 – Pardonne-moi

Une éternité, putain !

— J'ai préféré t'appeler que répondre à ton message pour pouvoir t'encourager de vive voix. Je suis sûre que ton coach va te reprendre. Je suis ta supportrice numéro un, champion. Ne l'oublie pas quand tu devras tout donner pour faire tes preuves. Je t'aime, Baldwin.

Tout mon être se réchauffe devant cette déclaration. Ses encouragements m'atteignent bien plus que ceux de Steff.

— Moi aussi, madame Baldwin.

— Logan ! s'insurge-t-elle pour le fun.

Si elle était dans la même pièce que moi, je jure qu'il ne me faudrait pas deux plombes pour l'entraîner dans mon lit.

— Arrête de faire ton effarouchée, bébé. Tu sais qu'un jour, tu porteras mon nom.

Elle émet un petit éclat de rire qui me fait grave vibrer. Mes démons viennent de se barrer très loin de moi.

Après cet appel, je me sens plus vivant que jamais. Je sais pour quelles raisons, je suis rentré et je vais tout faire pour prouver au coach que j'ai toujours ma place au sein de l'équipe.

À peine ai-je posé mon smartphone que Dylan se racle exagérément la gorge. Quand je relève les yeux vers lui, sa façon de m'observer me surprend. Il affiche sur sa gueule ce genre de sourire qui me fait penser que j'ai des comptes à lui rendre.

— Je crois que t'as zappé de nous parler de quelques passages au sujet de ta belle Australienne.

Depuis que Mike et lui sont au courant pour Lu et moi, ils la surnomment ainsi dès qu'ils trouvent une occasion de me chambrer. Soit au moins une dizaine de fois par jour. Bon, j'admets, ce n'est pas Dylan le pire.

— Je ne vois pas de quoi tu parles, feinté-je l'innocence.

— Madame Baldwin, hein ? Je ne pensais pas que t'étais dingue d'elle au point de te faire passer la corde au cou. Putain, tes supportrices vont la haïr !

J'en ai bien peur, mais je ne laisserai personne lui faire du mal. Elle a bien trop souffert. Bordel, me revoilà parti en arrière. Il faut que je laisse cet enfer derrière moi. Je dois seulement me concentrer sur mon avenir. Cet avenir qui va se jouer dans moins d'une demi-heure. D'ailleurs, il serait peut-être bon que je me magne un peu si je ne veux pas rater ma seule chance d'offrir à mes deux amours une vie de rêve.

Vingt-cinq minutes plus tard, je suis dans les vestiaires, complètement changé. Ça fait un bien fou de me retrouver parmi les gars, à déconner avec eux. En janvier, j'ai bien cru ne jamais pouvoir revivre ce genre de moments, mais, au final, je ne regrette pas cet accident. Il m'a permis de retrouver la femme de mes rêves, qui elle-même m'a boosté pour que je reprenne le football. Aurait-ce été différent si je ne m'étais pas remis avec elle ? Certainement.

— T'as rien à foutre ici, Baldwin ?

Surpris par le ton antipathique utilisé par un de mes coéquipiers, je me retourne vivement vers le coupable. Assis sur un banc, Paddlock me jauge durement.

— Ah ouais ?

Dès l'instant où j'ai prononcé ces deux mots, le reste de l'équipe s'est tu.

— La place de quarterback me revient. Tu ne crois pas que je vais rester encore un an sur le banc de touche.

— En même temps, si tu savais jouer, le coach ne t'aurait sûrement pas relégué au rang des remplaçants, intervient Dylan.

D'un signe de tête, j'approuve totalement.

— Parce que tu crois que lui sait jouer ? tente de le contrer l'autre enfoiré.

— Ce n'est pas moi qui ai failli nous faire perdre les qualifications, répliqué-je sèchement.

Lors du dernier match des qualifications, je me suis légèrement blessé et le coach a été obligé de le faire rentrer à ma place. Ce n'était rien de méchant, mais juste assez pour que la douleur m'empêche de jouer. Bloqué sur le banc de touche, j'ai cru péter un câble en le voyant jouer comme un pied et permettre à l'équipe adverse de remonter l'écart.

— Si ce con savait rattraper une passe…

— Oh, putain ! J'vais me le faire cette enflure ! explose mon pote en serrant ses poings.

3 – Pardonne-moi

D'une main sur son épaule, je le retiens de justesse avant qu'il n'aille en découdre. Peu importe que ce type soit un connard fini, on est une équipe avant tout et on ne va pas commencer à se tirer dans les pattes avant même le premier match.

— Laisse tomber, mec. Il n'en vaut pas la peine.

Dylan le considère avec rancœur plusieurs secondes, avant de finir par reculer, une main sur la nuque.

La tension finit par s'apaiser au moment où on quitte la pièce pour rejoindre le terrain. Dans le long couloir qui nous mène jusqu'à l'extérieur, l'ambiance est à nouveau super agréable. Ce n'est qu'une fois sorti que Paddlock revient à la charge. D'un coup d'épaule, il me pousse violemment. Je me retiens de justesse avant de m'éclater la tronche sur le sol. Mes nerfs sont plus qu'à cran. Les poings serrés à m'en faire blanchir les phalanges, je fonce sur lui. De dos, il ne me voit pas arriver et s'écrase face contre sol au moment où je le pousse avec force. En un claquement de doigts, il bondit sur ses pieds. Face à face, nous nous affrontons du regard. Ses narines se dilatent quand il comprend que je ne flancherai pas le premier. Je tente de rester aussi stoïque que possible jusqu'au moment où les mots qu'il prononce me ramènent dans un autre lieu, face à un autre gars dont j'ai piqué la place grâce à mes talents.

— Tu brises mon rêve et j'te jure de te le faire regretter amèrement.

Face à moi, ce n'est plus mon coéquipier qui s'y trouve, mais ce fils de pute qui a brisé l'amour de ma vie. Ma vision devient rouge. Je ne vois plus que cette ordure à abattre. Je lui décroche un uppercut dans la mâchoire. Sous le choc, il bascule en arrière. Ça ne m'arrête pas pour autant. À califourchon sur lui, je lui assène deux nouveaux coups. Il faut l'intervention de mes potes pour que je réalise ce que je suis en train de foutre. Putain, qu'est-ce qui m'a pris ? Le visage de Paddlock est en sang. S'il me dénonce, je suis foutu.

Dylan m'entraîne à l'écart pour que je reprenne mes esprits pendant que le reste de l'équipe tente de le raisonner pour qu'il ne cafte rien.

— Tu m'as retenu pour éviter que je lui balance une droite et, toi, tu te défoules sur lui, tu m'expliques ?

— Elle me manque, putain !

3 – Pardonne-moi

C'est la seule explication qui parvient à franchir mes lèvres. Je me sens aussitôt con d'avoir prononcé ces mots, encore plus maintenant qu'il me mate comme un foutu alien.

— Quel rapport ?

Sa question ne me surprend pas. Combien de mecs casseraient la gueule à un autre juste parce que leur copine leur manque ? Je n'en connais pas beaucoup. Mais combien ont vécu mon enfer ? J'en connais encore moins. Je ne pige que dalle, pourquoi son absence me perturbe autant ? Pourquoi tout me ramène à mes démons ? Je pensais avoir laissé cette brèche derrière moi depuis longtemps. Je me rends compte que c'est loin d'être le cas. Je suis à nouveau ce putain de faiblard, incapable d'affronter ses pires cauchemars. Dans cette histoire, Lu n'a pas été la seule détruite. Je le suis également et j'ai besoin d'elle. Là, maintenant, tout de suite. Des larmes roulent sur mes joues, j'ai beau les chasser, elles reviennent avec force. Un corps frêle vient se blottir contre moi.

— Logan, regarde-moi.

Mon regard se pose sur la petite rousse qui tente de me maintenir à flot en m'apaisant avec des gestes doux.

— Je ne sais pas ce qui se passe dans ton crâne, mais tout va bien, d'accord ?

J'ai besoin de plusieurs secondes avant de hocher la tête. Quand je réalise qu'elle est dans mes bras, je recule de plusieurs pas, comme si son contact me brûlait.

— Tu veux en parler ?

Je secoue vivement la tête. L'arrivée impromptue de Mike met un terme à cette situation merdique. Elle n'avait rien à foutre dans mes bras. Elle n'a rien à foutre ici, tout court.

— Il ne dira rien au coach si tu le laisses prendre ta place.

Putain, mais quel con je fais !

— Hors de question ! Si je fais ça, vous êtes cuits les gars.

Dès que le coach et ses assistants débarquent, je file dans leur direction, sans même écouter mes potes qui tentent de me retenir. Et je leur déballe

3 – Pardonne-moi

tout, mais vraiment tout de tout. Je garde juste secret l'existence de Lachlan. Ça passe ou ça casse. Un moment de flottement alourdit l'atmosphère. Le coach principal me regarde l'air grave. Les assistants semblent être profondément touchés par mon lourd secret. Le silence autour de nous me fait tourner la tête vers la droite, puis vers la gauche. Plusieurs de mes coéquipiers me regardent avec compassion. Eux aussi ont entendu ce qu'a été le pire drame de ma vie. Bien pire à supporter que la mort de mon grand-père.

— Vu ta mentalité, gamin, ce serait dommage que tu ne sois pas notre nouveau capitaine. Prouve-moi que je fais bien de vouloir miser sur toi, me lance Zidermann.

Ce nouvel espoir me donne la force d'enfermer mes pires terreurs derrière une porte blindée, cadenassée à double tour.

Tandis que je pars chercher un ballon, plusieurs de mes potes viennent m'encourager à coup de claques viriles dans mon dos ou sur mon épaule.

— Je ne savais pas que vous aviez été détruit à ce point, me sort Dylan en passant près de moi pour aller se positionner.

— Ce n'est pas le genre de chose sur laquelle j'aime m'attarder. Je devais en faire part aux entraîneurs pour qu'ils captent mon putain de mouvement d'humeur. Je regrette juste que vous ayez entendu.

Il me lance un petit sourire, comme pour s'excuser d'avoir écouté ce qui ne le regardait pas.

— Tu peux compter sur nous si ça ne va pas, vieux. On est une équipe sur le terrain et en dehors. N'en déplaise à Paddlock, qui ne semble pas trop avoir compris le concept.

— Merci, mec.

À présent que j'ai le ballon en main, mon sang cogne méchamment contre mes tempes. J'ai la trouille de me planter. De décevoir tous ceux qui croient en moi. Elle, en premier. Et si le coach jugeait que je ne suis plus assez doué, que je n'étais plus digne d'une équipe universitaire ?

3 – Pardonne-moi

Je ferme l'accès à toutes pensées négatives et me concentre sur mon coéquipier. Juste après, mon lancer, je ferme les yeux. *Alea Jacta est*[1].

---

[1] Alea Jacta est : les dés sont jetés

À bout de force

35. Lucy/Logan

Lucy

Un mois que je me ronge les sangs. Que je me demande ce qu'il fait. Avec qui. S'il est en train de m'oublier dans les bras d'une autre. Je ne suis pas du genre jalouse, ou alors, si un peu, mais là ça en devient à la limite du supportable. Le décalage horaire ne me permet pas de lui parler aussi souvent que je le voudrais et ça me tue. Liam me reproche d'être devenue une vraie peste depuis quelque temps. Il ne capte pas que, sans lui, tout m'est devenu insupportable. Insurmontable. Je n'ai plus aucune lumière pour me guider dans cette foutue obscurité. Le pire, ce sont ces images diffusées lors de la retransmission, de ces filles à moitié dévêtues qui portaient le nom de mon mec. Elles m'ont hantée toute la nuit, j'ai à peine pu fermer l'œil. Et ce connard de speaker, qui a jugé bon de faire de l'humour, en se demandant laquelle de ces greluches allait avoir la chance de s'envoyer en l'air avec le beau quarterback des *Lions*. Pas une seule fois, il n'a pensé que ce beau gosse terriblement sexy avait une copine qui pouvait mater le match.

Je n'en peux plus. Je suis à cran. J'ai envie de tout envoyer valdinguer. Mes études. Ma vie dans ce pays. Foutre un bon coup de pied au cul à tout ce qui me retient encore loin de lui. Je suis sur le point de craquer méchamment, tant il me manque.

Mon portable vibre pour m'annoncer l'arrivée d'un message. Vu l'heure très matinale, ça ne peut être que lui. Comme une putain de junkie, en manque de sa dose quotidienne, je me jette sur l'objet en question. L'image d'un magnifique jacuzzi s'affiche sur l'écran.

Logan : **Depuis que mes yeux se sont posés sur ce jacuzzi, je n'arrête pas de m'imaginer en train de t'y faire l'amour. J'ai de plus en plus de mal à tenir.**

Si une douce chaleur s'est répandue dans mes veines en lisant les premiers mots, dès que mes yeux parcourent la fin, c'est un tout autre sentiment qui m'envahit. S'il a de plus en plus de mal à tenir, alors tôt ou tard, il finira par se taper l'une de ces greluches, si ce n'est pas déjà fait.

Lucy : **Si t'es si en manque que ça, pourquoi tu ne demanderais pas à l'une de tes supportrices de t'y rejoindre ?**

Je n'ai même pas le temps de réaliser ce que je viens de lui envoyer, que la sonnerie d'un appel entrant retentit. Je décroche sans même me demander qui c'est. De toute façon, j'ai presque la certitude qu'il s'agit de Logan.

— Putain, bébé, c'est quoi ton problème là ? Tu m'expliques ?

— Oh, je t'en prie, ne fais pas l'innocent ! Ne va pas me faire croire que tu n'as pas une horde de groupies accrochées à ton cul.

— Mais merde, Lu ! Où est le mal dans ce que je t'ai dit ? Pourquoi tu me tapes une crise de jalousie ?

En vérité, j'en sais rien moi-même et les mots restent coincés dans ma gorge, me rendant incapable de lui répondre.

— Qu'est-ce qui t'a mise dans cet état pour que tu réagisses comme ça ? Parle-moi, s'il te plaît.

— J'ai vu le match hier soir...

— Et ? Je ne crois pas que ce soit mes performances qui t'ont rendue aussi tendue.

— Et toutes les filles qui rêvent de s'envoyer en l'air avec toi, poursuis-je d'une toute petite voix, presque honteuse de l'avouer.

Il émet un léger ricanement qui me comprime l'estomac. Je déteste qu'il se moque de moi.

— Non, mais, bébé, je ne sais pas ce que t'as été imaginer, mais, quand je joue, je ne mate pas ce qui se passe dans les gradins. T'es pire que moi, sérieux ! Tu sais qu'il n'y a que toi qui comptes pour moi et t'es la seule à qui j'ai envie de faire l'amour.

Sa déclaration me va droit au cœur. Je me rends compte combien ma scène est des plus stupides. Il m'aime, je le sais. Il n'ira pas voir ailleurs, je le sais également. Pourtant, lorsque j'entends une fille l'appeler, toutes mes certitudes tombent à l'eau.

— Et elle, c'est qui, hein ? Tu vas me faire croire que c'est juste une amie, c'est ça ?

— Steffie est mon ex et elle est là pour nous filer un coup de main pour le déménagement.

3 – Pardonne-moi

Mais bien sûr ! Jusqu'à preuve du contraire, il n'y a qu'elle que j'ai entendue. Je me rappelle parfaitement que ses amis devaient l'aider, mais je n'ai retenu que les noms de Mike et Dylan, certainement pas celui de son ex. Quelque chose me dit qu'il ne l'a même pas mentionnée. Ma mémoire ne me fait pas défaut à ce point.

— J'espère que tu prends autant ton pied avec elle, que tu le prends avec moi !

Je deviens hystérique, mais, quand je dis que je suis à cran, c'est loin d'être un euphémisme.

— Putain, mais qu'est-ce que t'as à me soûler, Lucy !

Ma crise ne doit pas lui plaire du tout, puisque, non seulement, il m'appelle par mon prénom complet, mais il me raccroche également au nez avant que je puisse répliquer. En même temps, je crois que si j'en avais eu l'occasion, je me serais montrée encore plus acerbe. Rageuse, je balance mon portable au milieu du lit dans un geste vif. Les larmes viennent me brûler la vue. Comment ai-je pu en arriver à me disputer avec lui ? Tout ça parce qu'il me manque beaucoup trop et que je ne supporte plus du tout de me trouver loin de lui.

Effondrée, je laisse ma tête retomber sur mon oreiller et attrape celui de Logan dans mes bras. Son odeur s'est évaporée depuis longtemps. Seul le sweat qu'il m'a laissé me rappelle que nous avons passé quatre mois fabuleux tous les trois. Je ferme les yeux et tente de réguler les battements frénétiques de mon cœur, ainsi que ma respiration. Lorsque, enfin, je me suis calmée, j'essaie de le joindre à nouveau. Il faut que je m'excuse, il ne méritait pas que je m'en prenne à lui. Pas de cette manière. Je suis allée beaucoup trop loin, je le sais. Surtout qu'il a été honnête avec moi, il aurait très bien pu me dire que cette Steffie n'était qu'une amie, sans me préciser qu'elle était également son ex, ou bien m'inventer une histoire à dormir debout en la faisant passer pour la copine de l'un de ses amis.

La tonalité retentit une fois. Deux fois... Dix fois, sans qu'il ne décroche. S'il est en train d'emménager, ce n'est pas très surprenant qu'il ne réponde pas. Je laisse défiler plusieurs minutes avec l'espoir qu'il me rappelle. Mais au bout de cinq, je n'y tiens plus, alors

3 – Pardonne-moi

je réessaye de le joindre. Le même scénario se répète, tout comme à ma troisième tentative.

Malgré ma déception, je décide d'aller me préparer. À midi, nous fêtons l'anniversaire de mon père dans un restaurant huppé de la ville. Il faut que je trouve une tenue classe. Pourtant, si on me laissait le choix, j'enfilerais bien le sweat de mon homme pour me rapprocher un peu plus de lui. Alors que je farfouille dans mon armoire pour débusquer la pépite qui rendra mon père fier de sa fille, mon téléphone sonne sur mon lit. Je laisse tomber mes recherches et me précipite pour le récupérer, le cœur tambourinant contre mes côtes. Si j'avais fait un tant soit peu attention au nom de l'émetteur, je n'aurais pas été aussi déçue en entendant la voix de Killian.

— Comment tu te sens ?

— J'ai agi comme une gourde.

— Vu l'état de mon pote, je n'en doute pas une seule seconde. Il est en train de péter un câble. Dylan et Mike sont en train d'essayer de le retenir pour éviter qu'il se fracasse les mains.

Face à ces mots, je me rends compte que j'ai vraiment été injuste avec mon mec. Je m'en veux encore plus. Comment ai-je pu perdre les pédales à ce point et douter de sa fidélité ?

— Tu veux bien m'expliquer ce qui s'est passé pour que je puisse le calmer un peu ?

— Je lui ai fait une méga crise de jalousie, lui avoué-je, honteuse.

Je l'entends pouffer, avant qu'il me balance beaucoup plus sérieusement :

— Logan est fou de toi, il est incapable d'aller voir ailleurs. Même si Jennifer Lawrence se trouvait à poil devant lui, il ne penserait même pas à la foutre dans son lit. Alors, arrête de te faire des films, p'tite sœur. Je sais que votre situation n'est pas évidente, mais fais-lui confiance.

Ses paroles s'impriment en moi et finissent pas m'ôter tout doute. Je dois absolument parler à Logan maintenant.

Logan

Je n'ai rien capté. Depuis que les gars, Steff et Deb ont réussi à me calmer, je suis assis sur une chaise, les bras ballants entre les jambes, à me demander ce

3 – Pardonne-moi

que j'ai bien pu dire pour qu'elle se mette à douter de moi. Putain, si j'avais su que mon message allait l'énerver à ce point, je ne lui aurais jamais envoyé. Mais, merde, voir ce jacuzzi m'a donné des idées pas très catholiques dont elle était la principale héroïne et j'avais trop envie de partager mes pensées coquines avec elle. Ne se rend-elle pas compte que je suis grave en manque d'elle ?

— Logan ? Elle veut te parler.

Je tourne la tête vers mon meilleur pote qui tend son portable dans ma direction. J'hésite à le prendre. Si c'est pour l'entendre me dire qu'elle ne me fait pas confiance, je préfère m'en abstenir. Je détache mon regard de Killian et le reporte sur mes mains.

— Arrête de faire ta tête de mule, Logan, et va lui parler, m'ordonne ma frangine.

Tous les regards de mes potes convergent vers moi et attendent ma décision.

Et merde !

Est-ce que j'ai envie de la perdre pour une simple dispute ? La réponse est clairement non.

Je fourrage dans mes cheveux, puis pousse un long soupir, avant de me lever pour aller récupérer le smartphone de mon pote.

— Ouais ! grogné-je.

J'ai peut-être décidé de prendre l'appel, mais pas de lui faciliter la tâche. Elle doit comprendre que ses allusions m'ont vraiment fait mal. J'ai, certes, un tableau de chasse conséquent, néanmoins, dès lors que je suis en couple, j'ai des putains de principes et la fidélité en fait partie. Ce n'est pas parce qu'elle est à des milliers de kilomètres de moi, que je dors sur la béquille depuis trente putains de jours, que je vais aller en baiser une autre. Je préfère utiliser ma main droite, en m'imaginant la prendre dans toutes les positions, que trahir sa confiance. Sans compter que nos petits jeux érotiques à travers nos webcams me suffisent amplement. Enfin, pour le moment, parce que quand elle sera là, je vais me faire un plaisir de lui prouver des jours entiers combien elle m'aura manqué.

— Logan, s'il te plaît, dis quelque chose.

Sa voix tremblante me laisse penser qu'elle attend une réponse de ma part. J'ai dû rater un épisode.

3 – Pardonne-moi

— Qu'est-ce que tu veux que j'te dise, Lucy ? demandé-je sèchement.

— Tu n'as rien écouté, n'est-ce pas ?

Confus, je glisse une main dans mes cheveux.

— C'est pas grave, ajoute-t-elle face à mon silence, attristée. Je crois que je ferais mieux de raccrocher. Mon père fête son anniversaire ce midi et...

D'un coup, je l'entends sangloter à l'autre bout de la ligne et ça me fait un mal de chien. Je déteste ça, putain, surtout avec autant de distance entre nous. Elle a bien assez versé de larmes dans sa courte vie.

— Bébé, pleure pas, s'il te plaît. Ça me tue de ne pas pouvoir te prendre dans mes bras alors que t'as besoin de moi.

Elle renifle bruyamment et bizarrement, je trouve ça trop craquant.

— Ce n'est pas que je ne voulais pas t'écouter, c'est que je me suis paumé dans mes pensées. Tu veux bien qu'on en reparle. Cette fois, j'te jure d'être totalement à ton écoute.

— D'accord.

— Alors, qu'est-ce que tu me disais ?

Ma voix est d'une douceur extrême, je ne veux pas la brusquer.

— Je disais que j'étais désolée pour la scène que je t'ai faite. Je ne comprends pas pourquoi je suis aussi jalouse. Tu me manques tellement que j'en deviens folle. Je vais finir par tout plaquer pour te rejoindre.

Mon cœur bondit dans tous les sens, tant cette idée me rend fou. Un doux sourire s'étire sur mes lèvres. Pourtant, c'est une réponse totalement à l'opposé de ce que je ressens que je lui lance.

— N'abandonne pas tes projets pour moi, bébé. Je veux que tu sois sûre de ton...

— Tu ne comprends pas, Logan. Je suis devenue exécrable avec tout le monde, même avec notre fils. Je n'arrive plus à me plonger dans mes études. Tout me semble sans goût depuis que t'es parti.

Je la comprends parfaitement, s'il n'y avait pas mon objectif, ça ferait longtemps que je me serais tapé un nouveau vol pour Sydney. Toutefois, je me retiens bien de lui dire, pour ne pas l'influencer. Je veux qu'elle soit certaine de sa décision.

3 – Pardonne-moi

— Quoi que tu décides, tu me trouveras toujours au bout.

— Je t'aime, Logan.

Quand mes potes finissent par m'appeler pour que je leur file un coup de main, je la laisse à contrecœur, en lui promettant de lui envoyer des photos de notre futur nid d'amour dès qu'on aura fini de tout installer.

Mike et Dylan sont en train de monter mon lit. Killian et ma sœur semblent occupés dans leur chambre, je n'ai même pas envie de savoir ce qu'ils y font. J'ignore ce que donnera cette coloc, mais je ne pouvais pas décemment laisser ma frangine et mon pote à la rue. Surtout que, grâce à l'argent du père de Lu, l'appartement que j'ai trouvé est bien assez vaste pour nous cinq. Situé en plein cœur de Manhattan, il est composé de trois chambres spacieuses, d'une grande cuisine équipée ouverte sur un immense salon. Les grandes baies vitrées offrent une vue magnifique sur Central Park. Les murs sont dévêtus de toute peinture. Je ne pense pas qu'on les laissera ainsi. Ce blanc me rappelle un peu trop les chambres d'hôpital et je ne peux plus les blairer. Je verrai pour les peindre avec l'aide de Steffie. Elle aura forcément des idées, après tout elle rêve de devenir architecte d'intérieur. Tout ce que je veux, c'est de faire de cet endroit un lieu cossu dans lequel la femme de ma vie se sentira aussi bien que chez son père.

Alors que je me dirige vers ma piaule, j'aperçois Steff, adossée à la porte qui donne sur la future chambre de mon p'tit gars. Le visage penché vers ses pieds, elle triture ses ongles. C'est drôle comme certains de ses gestes me rappellent ceux de Lu. C'est à se demander si je ne suis pas sorti avec elle, parce qu'elle me rappelait un peu celle que j'essayais d'oublier. Possible.

— Eh ! l'appelé-je. Ça va ?

Quand elle relève la tête, je vois des larmes perler sur ses joues.

— Est-ce que ça va avec ta copine ?

Je souris comme un con en pensant à ma chérie. J'ai bien cru que la distance allait nous foutre en l'air, mais l'orage est passé.

— Ouais !

— Je ne voulais pas foutre la merde entre vous.

— Ça n'a rien à voir, ok ?

3 – Pardonne-moi

Ses lèvres esquissent un léger sourire, qui n'atteint, cependant, pas ses yeux. Si hier encore, je me serais empressé de la prendre dans mes bras pour la réconforter, aujourd'hui, je préfère me tenir loin d'elle. J'ignore comment Lu réagirait si elle apprenait que je la serrais contre moi, certainement pas mieux que moi, si je venais à découvrir que son ex avait des gestes tendres envers elle. Je ne suis pas rentré dans le jeu de ma femme quand elle m'a fait sa foutue crise, mais, en vrai, je suis loin d'être mieux qu'elle. Chaque putain de nuit, je continue à faire des cauchemars, mais, cette fois, totalement différents. Je rêve qu'elle me largue en se tordant le bide tellement elle m'a pris pour un con. Puis, elle file rejoindre Riley, me jette un regard sarcastique, avant de baiser avec lui sous mes yeux. À choisir, je ne sais pas si je préfère revivre ce qui a été notre enfer ou ça. Peu importe, le résultat reste le même, je la perds. La seule différence, c'est qu'avec lui, elle ne risquera pas d'être détruite, seul moi le serai.

Rejoins-moi vite, bébé. J'en peux plus de ton absence.

À bout de force

Réveillée par la sonnerie de mon portable, je peste avant même d'ouvrir les yeux. Pour une fois que mon rêve était des plus agréables, il faut que je me lève. J'ai promis à Riley d'aller faire du surf avec lui ce matin. À force de me voir broyer du noir, il a fini par me pousser à me reprendre en main, en me rabâchant que Logan détesterait me voir dans cet état. Même si j'ai râlé au départ, j'ai fini par accepter. Après tout, il n'a pas tort. L'homme de ma vie ne supporterait pas de me voir m'apitoyer sur mon sort.

À présent, les yeux bien ouverts, je tends la main vers l'objet de torture qui commence vraiment à me vriller les tympans. J'éteins l'alarme, avant de me rendre compte que mon beau brun m'a envoyé un message. Du genre très hot, le message. Il est entièrement nu, son membre au garde-à-vous. Ce n'est pas la première fois qu'il m'en adresse un de ce style depuis qu'il a emménagé dans notre futur nid. Il les accompagne toujours de milliers de promesses qui diffusent une douce chaleur dans mon bas-ventre. Aujourd'hui, c'est encore plus vrai que les autres fois, le rêve torride dans lequel j'étais plongée ne doit pas y être étranger.

Lucy : **J'ai rêvé de toi, beau gosse. Tu étais aussi nu que sur cette photo.**

Sa réponse me parvient dans l'instant.

Logan : **Et toi, t'étais nue aussi ?**

Lucy : **Oui.**

Logan : **Raconte-moi. On faisait quoi ?**

Rien que de revoir le scénario créé par mes songes, je me sens devenir brûlante de désir. Pour calmer un peu cette chaleur qui me consume de l'intérieur, je serre mes cuisses l'une contre l'autre. Certaines filles se seraient mises à se toucher, moi, non, j'ai encore du mal avec mon corps.

Lucy : **Tu t'occupais très bien de moi.**

Logan : **Et je m'y prenais comment ? Est-ce que je taquinais ta jolie poitrine de mes doigts ? Ou bien était-ce avec mes dents ? À moins que je m'occupais d'une autre partie de ton corps ? Dis-moi, j'ai envie de savoir.**

3 – Pardonne-moi

Les pouces au-dessus du pavé tactile, j'hésite plusieurs secondes à lui en faire part. On n'a jamais vraiment échangé ainsi, même si, à plusieurs reprises, il m'a chauffé avec des paroles assez crues quand on discutait en visio et également avec toutes les photos de lui dans le plus simple appareil qu'il m'envoie. Mais, c'est toujours venu de lui, jamais de moi. Je crois que je fais un blocage. Sûrement lié à cet enfer que j'ai traversé.

Lucy : **Juste avant que je me réveille…**

Je tape ces mots, avant de les effacer. L'image de lui, la tête entre mes cuisses, une lueur lubrique dans le regard me revient en mémoire. Mon clitoris se met à pulser si fortement que je suis obligée de poser ma main dessus pour tenter de me soulager.

De ma main libre, je reprends l'écriture de mon SMS et lui explique en détail les images que j'ai en tête. Après tout, il est le seul à qui je peux le confier. Je me vois mal le raconter à Leah, et encore moins à Liam ou Riley.

Logan : **Tu aimes quand je te lèche ?**

Ses mots me font monter le rouge aux joues, mais ce sont surtout les crépitements dans mon entrejambe qui retiennent mon attention. Je voudrais tellement qu'il soit ici pour venir éteindre cet incendie de plus en plus ardent. Un peu contre ma volonté, je me mets à décrire des cercles sur mon bouton de chair. Je ne peux pas dire que c'est désagréable, bien au contraire. Ça me met juste mal à l'aise. J'essaie de faire abstraction de cette honte qui tente de m'envahir et continue à me caresser, tout en lui répondant.

Lucy : **Oui**

Logan : **Bordel, bébé ! Tu sais que j'en raffole. Te lécher, introduire ma langue dans ta jolie fente, c'est trop bon.**

Les yeux fermés, je visualise parfaitement cette scène et en ressens même les sensations. Ma température corporelle vient d'augmenter une nouvelle fois de quelques degrés supplémentaires. Mon sang pulse de plus en plus fort entre mes cuisses et Logan n'est pas là pour venir me soulager. Si je ne veux pas ressembler à une fille en manque de sexe toute la journée, je ne vais pas avoir trente-six mille solutions. Soit, je me refroidis très vite en allant prendre une douche glacée – après tout, ça fonctionne bien avec les mecs, pourquoi pas avec moi ? – soit, je me mets à croire que mes doigts et mes mains appartiennent à mon homme et je me laisse entraîner par mon imagination fertile sur les chemins du plaisir.

Derrière mes paupières closes, il m'embrasse à en perdre haleine tandis que ses mains sont partout à la fois. Il pince mes tétons. Ses dents viennent mordiller mon oreille, puis sa langue longe ma jugulaire. Je me cambre sous ses caresses tandis que mes doigts viennent fourrager dans ses cheveux. Ma respiration déjà erratique se saccade encore plus lorsqu'il soulève mon haut pour venir jouer avec ma poitrine.

La vibration de mon iPhone me fait ouvrir les yeux à contrecœur. Je me rends alors compte que j'ai glissé ma main sous le sweat que je porte. *Son* sweat. Mon pouce et mon index forment une pince autour de mon téton. Honteuse, je les extrais rapidement de l'endroit où ils se trouvent et m'empare de mon téléphone.

Logan : **Tu portes quoi ?**

Lucy : **Curieux.**

Je souris en imaginant sa tête face à ma réponse.

Logan : **Sûrement, mais je me paie déjà une gaule de malade et j'ai besoin de savoir pour mieux pouvoir t'imaginer.**

Lucy : **Ton sweat.**

Logan : **Hmmmm. Et en dessous ?**

Lucy : **À ton avis ?**

Logan : **Rien…**

Lucy : **Perdu. Cherche encore.**

J'ignore ce qui me prend, mais, maintenant que je sais qu'il est plus ou moins dans le même état que moi, je ressens le besoin de jouer un peu avec lui.

Logan : **Le short que tu portes pour dormir ?**

Lucy : **Non plus. Un indice : c'est rouge.**

Je suis certaine qu'il ne va pas mettre deux ans à trouver maintenant. Quelque chose me dit que ça va le rendre dingue. Et pour cause, je porte le tanga rouge en dentelle qu'il m'a offert peu de temps avant son départ. D'ailleurs c'est peut-être l'une des raisons pour laquelle je suis aussi excitée ce matin.

3 – Pardonne-moi

Logan : **Ton putain de tanga qui te fait un cul d'enfer ?**

Bon, j'ai toujours su qu'il en était friand depuis le jour où il l'a vu dans la boutique, cependant je ne voyais pas les choses sous cet angle. Je pensais plutôt que c'était lié à cette couleur qu'il a toujours adorée voir sur moi.

Logan : **Envoie-moi une photo. Je veux te voir, bébé.**

Pourquoi pas, après tout si ça peut lui faire plaisir. Je reste allongée et soulève légèrement le sweat afin qu'il puisse avoir une vue sur mon sous-vêtement. Après quelques ajustements pour obtenir le cliché parfait, j'appuie sur envoyer.

Logan : **Je te jure que ces fringues ne resteraient pas longtemps sur toi si t'étais là.**

Logan : **Ou peut-être que si.**

Logan : **Touche-toi pour moi, mon amour. Fais-toi jouir comme si c'était moi qui m'occupais de toi.**

Est-ce parce qu'il me le demande ou bien est-ce à cause de cette nouvelle photo de lui qu'il vient de m'envoyer, nu comme un vers, les doigts autour de sa superbe érection ? Aucune idée, néanmoins le résultat est le même, je me mets à me caresser. Mes gestes sont d'abord peu assurés, mais, au fur et à mesure que mon désir augmente, je me laisse de plus en plus aller. Je sens ma cyprine mouiller ce tissu qui le rend fou et mon corps se met à en vouloir plus. Mes doigts se posent sur mon clitoris pour le malmener.

Logan : **Si j'étais avec toi, de quelle manière tu t'y prendrais pour me faire virer barge ?**

Après avoir lu ce nouveau SMS, un scénario se crée dans ma tête. En quelques mots, je lui décris exactement dans un premier message les endroits où je veux poser mes mains et mes lèvres. Puis lui envoie un second bien plus court qui, sans doute aucun, va le rendre barge.

Lucy : **J'ai envie de te sucer.**

Mon téléphone sonne carrément cette fois. Je réponds, la respiration haletante, sous le coup de ses sensations qui allument un brasier de plus en plus violent dans mon bas-ventre.

3 – Pardonne-moi

— T'en as vraiment envie ? me questionne-t-il, la voix éraillée par le désir.

— Oui.

— Putain, bébé, si tu savais combien je crève d'envie de sentir ta bouche sur ma queue. Tu me rends dingue !

Les secondes suivantes s'écoulent en silence, seul son souffle de plus en plus bruyant l'interrompt. Je n'ai pas besoin de dessin pour savoir ce qu'il est en train de faire et ça m'excite bien plus que je n'aurais pu le croire. Ce n'est peut-être pas aussi bon que lorsqu'il est là, mais c'est terriblement érotique. Mon corps réclame d'éteindre l'incendie qui brûle dans mes veines. Comme mus par leur propre volonté, mes doigts s'amusent avec mon intimité. Tantôt sur mon bourgeon, tantôt venant jouer dans ma partie la plus intime, celle où je voudrais que Logan vienne me combler. Mes gémissements de plus en plus rapides font écho aux siens. Je tente tant bien que mal de les étouffer en me mordant la lèvre.

— C'est trop bon de t'entendre, Lu... J'aimerais tellement te voir te caresser...

— Hmmmm... Logan... parviens-je à articuler difficilement alors que l'orgasme est sur le point de m'emporter.

— Oui, c'est ça, bébé. Vas-y. Je veux t'entendre jouir.

J'accélère la cadence des va-et-vient de mon index et de mon majeur. Je suis tellement bouillante. Au moment où je m'y attends le moins, un orgasme dévastateur me terrasse et me propulse directement vers les étoiles dans un long râle. Je plane tellement que c'est à peine si j'entends mon homme prononcer mon prénom au moment de sa propre délivrance.

Un silence nous enveloppe pendant plusieurs secondes. Minutes. Heures. Je ne sais plus. C'est juste trop bon.

— Putain, qu'est-ce que tu me manques, champion, finis-je par lâcher.

— Toi aussi. J'te jure que quand tu vas débarquer ici, je vais te faire l'amour jusqu'à ce que tu ne puisses plus marcher.

Rêveuse, je me mets à imaginer nos retrouvailles qui me promettent déjà d'être vraiment torrides. Je ne sais même pas ce que j'attends pour prendre ce

3 – Pardonne-moi

fichu vol. Ça fait quinze jours que je repousse ce moment. Parfois, je me dis que c'est à cause de Lachlan, qu'il est trop jeune. À d'autres moments, ce sont les cours que je ne peux pas quitter comme ça ou encore mon père. En vérité, je crois que c'est une tout autre raison qui me pousse à rester encore un peu ici. Une excuse des plus minables, ça n'empêche que c'est celle qui m'angoisse le plus. J'ai terriblement peur de revenir aux États-Unis. Cette frousse m'a prise d'un coup comme ça alors que j'étais en train de regarder les vols pour New York. J'étais vraiment sur le point d'en réserver un, quand le visage de la plus ignoble des créatures que la Terre a pu engendrer s'est invité dans ma mémoire. Depuis, j'alterne entre mon désir de tout plaquer ici, pour aller retrouver l'homme de ma vie et cette trouille que ce salopard puisse un jour remettre la main sur moi. Je sais qu'il est en prison, mais qui dit qu'il n'obtiendra jamais grâce. Que fera-t-il ensuite ? Essaiera-t-il de me retrouver ?

— À quoi tu penses, bébé ?

Sa voix me ramène au temps présent. D'un mouvement de tête, je chasse ces sales pensées qui m'encombrent l'esprit depuis plusieurs jours.

— Comment tu sais que je suis en train de penser ?

Il émet un léger rire qui me fait méchamment vibrer. Mon cœur s'emballe sous ce son si doux et encore une fois, je me mets à m'imaginer auprès de lui.

— Je te connais par cœur, Lu. Donc, à quoi tu penses ?

— À toi. À nous. À New York...

— Et ?

— Et rien. Tu me manques, c'est tout.

Je n'ai pas spécialement envie de partager mon angoisse avec lui. Pourtant, il serait le mieux placé pour me réconforter, me dire que je ne risque rien. Que tout est derrière nous et qu'un avenir radieux nous tend les bras. Un avenir composé de nous trois où plus rien ne nous séparera jamais.

37. Lucy

— Je te l'ai déjà dit, papa. Je préfère partir vivre à New York plutôt que de rester une journée de plus sans lui. Il me manque. Il manque à Lachlan. Ça en devient insupportable, avoué-je, les yeux braqués sur ma valise.

Je m'abstiens toutefois d'ajouter que j'ai arrêté ma décision après une énième dispute le week-end dernier. J'ai bien cru que ça allait être la fin pour de bon entre nous. Rien que de m'en souvenir me tord le bide avec une telle intensité que mon estomac se retrouve au bord des lèvres.

Riley a raison. Le surf, il n'y a que ça de vrai. Affronter les montagnes d'eau m'a permis de me surpasser et de remettre le pied à l'étrier. À présent, je vois les jours qui arrivent un peu plus sereinement, même si, tôt ou tard, je vais finir par prendre ces billets qui nous mèneront vers l'homme de ma vie, le père de mon fils.

Je rentre chez moi, le sourire aux lèvres, détendue comme jamais je ne l'étais depuis le départ de mon mec. J ai à peine franchi le seuil de la porte et dis bonjour à mon petit ange en ébouriffant sa belle chevelure brune que mon téléphone se met à sonner. Comme Leah et Liam sont là et qu il doit être autour d une heure du matin à New York, je ne vois pas trop qui peut m appeler à cette heure-ci. Riley ? Je n y crois pas, puisqu il m a dit avoir un rencard ce soir. D ailleurs, ça m a fait super plaisir de voir qu il avait rencontré une autre fille. J espère qu elle ne jouera pas avec ses sentiments, comme j ai, malheureusement, si bien su le faire. Parfois, je m en veux encore de l avoir blessé alors que c est un mec en or. Je sais qu il ne m en tient pas rigueur et tout ce qui compte pour lui, c est de me voir heureuse. Plongée dans mes pensées, j ai fini par rater l appel. Tant pis. Si c est vraiment important, on n aura qu'à me laisser un message et je rappellerai. En attendant, je vais aller donner le bain à mon petit ange.

Alors que je me dirige vers mon bébé, la musique annonçant un appel entrant retentit à nouveau dans la pièce. Ça doit être vraiment important pour

3 – Pardonne-moi

qu'on insiste ainsi à deux petites minutes d'intervalle. Je fais demi-tour et pars fouiller dans mon sac pour l'en extraire. En voyant la photo de Logan s'afficher sur mon écran, mon cœur se met à courir un sprint. Savoir qu'il pense à moi à cette heure indécente me met dans tous mes états. À moins que ce soit lié à ce qu'on a fait ce matin. Ai-je envie de recommencer ? Oh que oui ! Rêveuse, je lui lance un « salut » de manière sensuelle.

Je déchante très vite en étendant sa voix claquer à l'autre bout de la ligne. Il a vraiment l'air d'être hors de lui. D'ailleurs, ses mots ne font que confirmer ce que je pense.

— Putain, comment t'as pu me faire ça, Lucy ? Tes mains et ma voix ne t'ont pas suffi qu'il a fallu que t'ailles baiser ailleurs ?

Wooh, doucement ! On rembobine ! Qu'est-ce qu'il vient de dire ? J'ai baisé ailleurs, c'est quoi ce délire ?

— De quoi tu parles ?

— Et en plus, tu te fous de ma gueule ? J'te pensais vraiment pas comme ça, Lucy !

Face à sa colère, je reste quelques secondes sans voix, avant de tenter de l'apaiser. Mais rien de ce que je lui dis ne semble avoir un impact sur lui, bien au contraire, ça ne fait qu'attiser ses foudres.

— C'est bon. J'en ai fini avec toi. On s'arrangera pour que je puisse voir Lachlan.

Une douleur fulgurante me comprime la poitrine et ma vue se brouille de larmes. Non, il ne peut pas rompre ! Je panique totalement à l'idée de le perdre, surtout sur ce qui semble être un malentendu.

— Logan, s'il te plaît...

Aucune réponse, je ne sais même pas s'il m'a écoutée. Je l'entends se prendre la tête avec quelqu'un, sûrement son meilleur ami, avant que la voix de Deb ne vienne remplacer la sienne.

— T'as vraiment couché avec ton ex ?

— Quoi ? Je ne comprends rien, Deb. Pourquoi ton frère pense que j'ai couché avec mon ex ? Tu sais que je l'aime et que je ne lui ferai jamais ça !

— Il a reçu une photo de toi et de ce mec tendrement enlacés. La personne qui lui a envoyée lui a dit que tu n'avais pas perdu de temps pour le

3 – Pardonne-moi

remplacer et que ce qu'elle avait vu entre vous était vraiment chaud bouillant. Depuis Logan pète un câble. On a beau lui dire avec Killian qu'il doit y avoir une explication, il ne veut pas nous écouter.

J'ai vraiment l'impression d'avoir atterri sur une autre planète tellement tout ça me dépasse. Qui avait intérêt à lui envoyer une photo de Riley et moi ? Et surtout de rajouter ce fichu mensonge ? Je ne vais pas le nier, j'ai serré mon ex dans mes bras, mais c'était juste pour le remercier d'avoir eu cette excellente idée de m'emmener surfer pour que je reprenne pied. Rien de plus. C'était loin d'être sexuel entre nous. Jamais, je ne pourrais tromper le seul mec que j'ai jamais aimé.

En quelques mots, j'énonce la vérité à ma meilleure amie. Je lui dis à quel point je ne suis que l'ombre de moi-même depuis le départ de son frère, que je suis de plus en plus jalouse au point de m'en faire des nœuds dans la tête, que je suis devenue exécrable et que rien ne parvient à me soulager totalement, même pas le fait d'entendre sa voix tous les jours. Ni même ce qu'on a fait ce matin.

À la fin de ma tirade, ma voix tremble et des larmes perlent sur mes joues. Je m'attends à ce que *ma meilleure amie m'engueule, en me disant que je suis minable de me laisser aller ainsi, alors que le mec le plus canon de la Terre m'attend avec la plus grande impatience ou un autre truc du genre. Mais à la place, c'est la voix de Logan qui retentit à l'autre bout de la ligne.*

— Pleure pas, bébé. Je suis désolé. Ça m'a rendu dingue de croire que tu pouvais me faire ça.

— Tu m'as fait mal, Logan.

— Je sais et je m'en veux. Je déteste être jaloux parce que, chaque fois, je ne peux pas m'empêcher de te blesser.

Il laisse passer plusieurs secondes de silence pendant lesquelles je ne fais qu'écouter sa respiration qui semble entrecoupée. Est-ce que lui aussi pleure ?

— J'en peux plus d'attendre que tu me rejoignes. Je vais tout plaquer et revenir à Sydney, *lâche-t-il sans que je m'y attende.*

— Quoi ? Non ! Je ne suis pas d'accord. Tu ne peux pas briser ton rêve pour nous ! *m'insurgé-je, choquée que l'idée ait pu ne serait-ce que l'effleurer.*

3 – Pardonne-moi

— *Alors, prends un putain de vol le plus vite possible, parce que, sans vous, c'est comme crever à petit feu. J'en peux plus !*

On s'aime, c'est une évidence, mais la distance que je nous impose met à mal notre couple. Nous sommes tous les deux trop jaloux pour tenir encore longtemps. Si je ne pars pas, c'est lui qui finira par me rejoindre, en brisant tous ses rêves au passage. Ce que je refuse, évidemment. Ici, rien ne me retient, hormis ma famille. J'avoue que mon cœur se fait lourd en pensant que je vais devoir les laisser derrière moi. Néanmoins, ce qui m'attend de l'autre côté de la planète m'apaise énormément et j'ai confiance en l'avenir radieux qui m'attend auprès de l'homme dont je suis folle amoureuse.

— C'est dur de te voir partir à des milliers de kilomètres.

En entendant la voix chagrinée de mon père, je passe la tête par-dessus mon épaule. Les yeux brillants, il me regarde d'un air grave. Mon départ le peine, je le sais. Après toutes ces années de séparation, il aurait préféré que je reste vivre en

Australie, près de lui. Touchée par sa tristesse, je laisse tomber mes affaires et pars me réfugier contre lui. Il va me manquer, mais rien ne l'empêchera de venir me voir à New York. Puis, moi aussi, je pourrais revenir ici pendant les vacances.

Et dire que je ne pouvais pas le blairer quand je suis arrivée dans ce pays, tout ça a bien changé. Mon opinion sur lui n'était pas fondée. Contrairement à ce que j'ai pu croire pendant des années, il n'a jamais été un homme sans cœur, je l'ai vite compris dès que j'ai réussi à voir plus loin que mon nombril et la douleur qui me lacérait.

Lovée dans ses bras, j'ai l'impression d'avoir à nouveau cinq ans. Notre éteinte s'éternise plusieurs minutes, avant qu'il ne me pousse à aller finir mes bagages.

— J'ai pris contact avec Columbia. Ils sont prêts à t'accueillir dans la filière de ton choix dès que tu voudras reprendre tes études.

Je ne suis pas dupe, je sais qu'il a certainement dû allonger un beau chèque pour que cette université prestigieuse m'accepte. Je le remercie d'un large sourire, même si je déteste obtenir ce genre de passe-

3 – Pardonne-moi

droit avec une facilité déconcertante. L'influence de mon père et de son compte en banque, bien garni, ouvre tellement de portes que c'en est presque écœurant pour quelqu'un comme moi, qui a grandi dans un monde où on doit sans cesse se battre pour survivre. Malgré les deux années passées auprès de lui, je n'ai toujours pas réussi à m'y faire.

— T'es sûre que tu ne veux pas que je fasse affréter un jet ? Ça ne prendrait qu'une journée ou deux...

Je me tourne vers lui et, un sourire sur les lèvres, lève les yeux, dépitée de le voir essayer de gratouiller quelques jours. Contrairement à beaucoup d'hommes de son cercle, papa ne possède pas de jet, il a toujours préféré voyager en classe affaires sur des vols réguliers. La raison ? Aucune idée. Sûrement a-t-il toujours gardé un pied sur Terre malgré sa fortune colossale, celle qu'il a bâtie à la sueur de son front ou du moins sans compter les heures passées derrière son bureau.

— Mon vol est déjà réservé, papa.

— Je sais, ça ne m'empêchait pas d'essayer.

Il sourit, de ce genre de sourire innocent qui le fait ressembler à un petit garçon. Peter Calaan est un très bel homme, malgré son âge. Bon, n'exagérons pas non plus, il n'est pas si vieux que ça. Quarante-trois ans, ce n'est pas encore le troisième âge. D'ailleurs, j'espère être aussi dynamique que lui lorsque je les atteindrai. Je pars poser une bise sur sa joue rasée de près, avant d'aller boucler mon dernier sac. Puis, ensemble, nous descendons mes bagages dans le plus grand des silences.

Tous les membres de ma famille, ainsi que Leah et Riley nous attendent en bas. Il était prévu depuis l'annonce de mon départ que nous dînerions une dernière fois ensemble avant que mon fils et moi nous envolions. L'avion décolle à vingt-trois heures, ce qui nous laisse bien assez de temps. J'ai préféré partir de nuit pour que Lachlan puisse dormir un peu.

Bien que tous soient tristes de me voir partir, aucun ne le montre au cours du repas. L'ambiance est même joviale. C'est tout ce qu'il me fallait pour ne pas les quitter le cœur plus lourd que nécessaire.

— Quand papa ?

3 – Pardonne-moi

La question de mon ange me fait tourner la tête vers lui. Assis sur sa chaise haute, il semble attendre qu'un adulte daigne bien lui répondre.

— On finit de manger et on part prendre l'avion. Dans un gros dodo, tu verras papa.

Un sourire illumine ses traits tandis qu'il se met à jouer avec son petit avion en plastique. Il a hâte de revoir son père. D'autant plus qu'il n'a pas eu beaucoup l'occasion d'échanger avec lui au cours de ces sept dernières semaines. Le décalage horaire n'a pas permis aux deux hommes de ma vie de se voir en visio. Ce n'est pas pour ça que j'ai rompu le lien entre eux, au contraire, tous les jours j'ai parlé à notre fils de lui en lui montrant des photos ou des rediffusions de matchs. Logan m'a aussi envoyé beaucoup de messages vidéos pour son p'tit gars. Sur l'une d'elles, il nous a même trop fait rire, en faisant l'idiot dans la future chambre de Lachlan avec deux ours en peluche.

Au moment de dire au revoir, Lachlan ne tient plus en place. Dès que possible, il file vers la porte et s'impatiente de me voir m'éterniser dans de longues étreintes. À croire qu'il est encore plus impatient que moi de voir le mec qui fait battre notre cœur à tous les deux.

— Allez, viens-là, p'tit mec, lance Liam en attrapant son neveu dans ses bras. Dans quelques heures, tu seras avec ton papa. Prête, p'tite sœur ?

Je hoche la tête, embrasse une dernière fois ma famille et Leah, avant d'aller rejoindre Liam et Riley, qui nous accompagnent jusqu'à l'aéroport.

Sur le seuil de la porte, ma main s'agite dans un dernier au revoir.

Il est à présent temps de partir pour débuter une nouvelle vie dans cette ville dont je rêvais au lycée. Deux ans plus tôt, tous mes projets s'effondraient comme un château de cartes sur lequel on souffle un peu trop fort. Aujourd'hui, comme par magie, ils sont sur le point de se réaliser.

38. Logan/Lucy

Logan

Encore un coup d'œil sur mon portable et je deviens barge. Plus de vingt-huit heures que je n'ai aucune nouvelle d'elle. Tous mes messages sont restés sans réponse, tout comme mes innombrables appels. J'ai la tête en vrac à force de chercher à comprendre. Qu'est-ce qui a pu se passer pour qu'elle me laisse dans le plus total des silences ? Est-ce qu'elle va bien ? Et mon p'tit gars ? L'angoisse commence à s'insinuer de plus en plus en moi, aussi sournoise qu'une vipère.

Putain, bébé, à quoi tu joues ? Ce n est pas le moment, j ai un match super important ce soir !

La foutue photo reçue le week-end dernier me revient brutalement en tête alors que j'écoute à moitié le speech de notre coach, qui nous rappelle les points faibles de l'équipe adverse. Bordel, j'espère que ça n'a rien à voir ! Je me souviens de ce putain de sentiment qui m'a broyé les tripes quand je l'ai reçue. Ça, plus mes foutus cauchemars d'elle et Riley, ensemble, se foutant de ma gueule m'ont fait méchamment disjoncter, au point de rompre sans même me rendre compte de ce que je disais. Putain, encore heureux que Killian et ma frangine ne dormaient pas. Sans eux, je l'aurais perdue pour de bon. Je hais cette foutue jalousie qui n'a jamais su me foutre la paix quand il s'agit d'elle. Pourquoi je n'arrive pas à complètement me laisser aller ? Le pire, c'est que je lui fais totalement confiance. En vérité, le problème ce n'est pas elle, mais tous ces mecs qui peuvent lui tourner autour. Et vu comme elle est gaulée, il y en a plus d'un qui aimerait se la faire. Je l'ai bien vu quand j'étais à Sydney.

Rageur que je puisse avoir raison quant à son ex, je serre les poings avec force autour de mon téléphone et m'agite sur ma chaise. Dylan me donne un léger coup dans le bras pour attirer mon attention. Quand je tourne les yeux vers lui, il me désigne Zidermann d'un mouvement discret du menton. Ce dernier me fixe avec intensité, il a certainement dû capter que je n'étais pas présent à mille pour cent. Mais comment pourrais-je l'être alors que j'ignore si la femme de ma vie et mon fils

3 – Pardonne-moi

vont bien ? Si je ne suis pas sur le point de me faire larguer pour un autre ?

Tant bien que mal, j'essaie, malgré tout, de me concentrer durant la dernière demi-heure. À plus d'une reprise, je prends sur moi pour ne pas laisser mon esprit divaguer encore vers elle.

Putain, qu'est-ce que ça va être ce soir si je ne suis pas foutu de me concentrer deux minutes ?

— Ce soir, les gars, on joue le premier match de la saison officielle contre les Eagles, alors, je veux du très beau jeu. Compris ? beugle Zidermann.

Mes coéquipiers scandent en chœur un « oui » tonitruant, dans lequel on entend toute leur détermination à vaincre l'équipe de Boston, celle-là même qui a failli nous piquer notre ticket pour la finale l'an dernier. En tant que capitaine, j'aurais dû en faire autant, mais je n'en ai pas le cœur. Aujourd'hui, tout tourne autour d'elle et de son foutu silence qui me fout à terre.

— C'est quoi le problème, cap'taine ? me questionne Mike pendant que le reste de l'équipe commence à vider l'amphi.

D'un froncement de sourcils, je feins de ne pas comprendre. Il éclate de rire devant mon attitude, pas dupe pour un sou. Dylan et lui sont peut-être moins proches de moi que l'est Killian, néanmoins, en plus de deux ans, ils ont eu l'occasion d'apprendre à me connaître et à me déchiffrer. Ils savent tous les deux que ça ne tourne pas rond sous mon crâne, même s'ils en ignorent la teneur.

— Mike a raison de te poser la question. T'es totalement à l'ouest depuis hier. Ça serait intéressant de savoir ce qui te bouffe autant le crâne pour être certain que tu ne vas pas nous lâcher ce soir, surenchérit Dylan.

— C'est à cause de ta copine ?

— Ouep, soufflé-je sans en dévoiler plus pour autant.

Tous deux me regardent l'air grave, j'aperçois même une ride d'inquiétude apparaître entre les deux yeux de Dylan. Douterait-il de ma capacité à jouer correctement ce soir ? Peut-être et il n'aurait sûrement pas tort. Je devrais certainement passer le relais au quarterback remplaçant pour être sûr de ne pas foirer le match. Si seulement, elle pouvait me

3 – Pardonne-moi

rappeler pour me rassurer. Sans elle, je ne suis plus rien, juste une putain de coquille vide.

— On a une heure pour aller déjeuner, tu vas tout nous raconter. Perso, j'ai aucune envie que le nouveau QB prenne ta place. On ne sait pas vraiment ce qu'il vaut et ce n'est pas le jour pour essayer de voir ce qu'il a dans les tripes, ce match est trop important.

En trois phrases à peine, Dylan vient de foutre mes projets à terre. C'est clair que je ne peux pas laisser au newbie ma place. Pas sur toute la durée de la rencontre en tout cas. On ne l'a pas assez vu jouer pour tenter. Ce serait un peu comme jouer à la roulette russe devant l'équipe. Du quitte ou double. Ouais, non, même pas la peine d'y songer. Il suffit que j'arrive à me concentrer durant une heure et ça devrait faire l'affaire. Ce n'est tout de même pas la mer à boire. Peut-être que si j'en parlais à Deb ou à Killian, ils sauraient me rassurer.

Et si jamais, ils te disent qu'elle ne veut plus de toi, tu fais quoi ?

Toujours les bons mots pour me déstabiliser cette satanée conscience. Cependant la question est pertinente, si jamais je viens à apprendre qu'elle ne veut plus de moi, ce n'est même pas la peine que j'envisage de revêtir la casquette de capitaine ce soir. Puis, c'est sans compter qu'ils sont partis tous les deux avant même que je me lève. Étonnant, puisque je connais leur emploi du temps par cœur et que, le vendredi, Killian n'a pas cours avant onze heures.

Un bras autour de mes épaules, Mike m'entraîne vers la cafétéria sans que je puisse protester ni même tenter de me dégager. Lorsque nous y entrons, tous ceux qui s'y trouvent se mettent à nous acclamer. J'ai toujours apprécié ce genre d'ambiance électrique qui règne avant les matchs. D'habitude, elle me donne la force de me surpasser, mais, là, c'est comme si ça ne me touchait même pas.

Des filles s'approchent de moi dans le but d'espérer obtenir mes faveurs après le match. Elles n'ont toujours pas compris, apparemment, que je n'en ai rien à branler de leur tronche depuis mon retour. Mike me désigne une table vide à l'autre bout de la salle à laquelle nous partons nous installer sous les applaudissements de nos supporters.

Je me suis à peine assis que Mike commence à me bombarder de questions. Il tient absolument à savoir

3 – Pardonne-moi

ce qui se passe avec ma copine. Très vite soûlé, je lève les yeux et porte ma canette de soda à la bouche.

— Putain, mec, tu peux bien nous en parler. On sait qu'actuellement t'es mal baisé vu la distance qui vous sépare…

— Sérieusement, Mike, tu crois qu'avec elle, il n'y a que ça qui m'intéresse ?

Bon, ok, ce serait mentir que de dire que je n'aime pas lui faire l'amour, mais nous deux, c'est tellement plus que ça. C'est autant spirituel que charnel. Elle est mon yin quand je suis son yang. Elle est ma force et ma raison d'exister. Je suis son roc, la montagne sur laquelle elle peut se reposer, celui qui lui donne l'envie de croire que le jour suivant sera encore plus beau. Du moins, c'est ce que je crois. Espérons que mon angoisse insupportable ne soit qu'une angoisse insupportable et non pas une prémonition.

— Peu importe ce qu'il y a entre vous, moi ce qui m'intéresse, c'est de savoir si tu vas tenir le choc ce soir, intervient Dylan. Je n'ai aucune envie de me ramasser pour des trucs que tu n'as clairement pas envie de nous expliquer.

— C'est juste que…

Mon téléphone m'interrompt dans ma lancée. Mon sang se met à pulser violemment contre mes tempes alors que l'espoir que ce soit elle naît au fond de mes entrailles. Pressé d'en avoir le cœur net, je le chope dans ma poche arrière. En voyant son prénom s'afficher, un sourire niais se dessine sur mes lèvres sous les regards goguenards de mes deux potes.

Lucy : *Désolée, champion, je n ai pas pu te répondre plus tôt. Tout va bien, t inquiète.*

Quoi ? C'est tout ? Même pas une explication pour me donner les raisons de son silence. Elle se fout de ma gueule ou quoi ?

Lucy

Avec le message que je viens de lui envoyer, il va sûrement se poser un milliard de questions, néanmoins je n'ai pas le choix que de jouer la mystérieuse si je veux lui faire la surprise jusqu'au bout. Deb et Killian m'ont dit qu'il avait un match ce soir et c'est à ce moment-là que je veux qu'il découvre que je suis ici, dans la même ville que lui. Il doit sûrement être en train de devenir fou, mais,

3 – Pardonne-moi

quand il nous verra, je n'ai aucun doute qu'il oubliera ces dernières heures.

Quand mon portable sonne, je n'ai aucun doute sur l'identité de son expéditeur. J'en lis rapidement le contenu. Logan me demande des explications et vu les points d'exclamation qu'il y a mis, il doit être vraiment hors de lui. Je décide de ne pas répondre et de le faire cogiter un peu plus. J'en profite pour aller vérifier que mon petit ange dort paisiblement.

Appuyé contre le chambranle, je le regarde dormir ses deux petits poings autour de son visage. Le lit que son père lui a offert est magnifique. De couleur vert d'eau, il est tout à fait adapté à son âge. Ce n'est plus un lit à barreaux, mais pas tout à fait celui d'un grand. Une petite barrière sur le côté l'empêche de rouler et de tomber. Je contemple le reste de la chambre qui a été décorée avec goût. Plusieurs jouets ont été installés ici et là, tandis qu'une armoire se trouve sur la droite. Des dessins représentant différentes saisons ornent les murs. Deb m'a expliqué que Steffie a passé des heures à peindre les murs selon les directives de mon mec. Le fait de savoir qu'elle est restée autant de temps auprès de lui m'énerve à un point inimaginable, cependant je dois avouer qu'elle a un talent de dingue.

Rassurée sur mon fils, je décide d'aller me reposer un peu dans ma chambre. Quand j'y entre, je reste tout aussi subjuguée que la première fois où j'ai franchi la porte. Elle est encore plus belle que celle de Lachlan. Là aussi, des dessins décorent les murs et je n'ai pas besoin d'explications pour savoir ce que ces villes dessinées représentent. Sur chaque pan de mur, Logan a voulu y faire figurer les villes de notre histoire. Albuquerque, où tout a commencé. Sydney, où on s'est retrouvés. Et enfin New York. Quant aux meubles, il n'a pas lésiné pour faire de cette pièce un véritable nid douillet. Un lit king size est placé en plein milieu. Il y a également une bibliothèque sur laquelle plusieurs livres sont déjà déposés. Des romans d'amour, mon genre préféré. Je suppose qu'une fille de son entourage l'a aidé à choisir. Peu importe, ce qui compte, c'est ce petit geste plein d'attention.

Je m'allonge sur le lit moelleux et attrape un des oreillers sur lequel son odeur est omniprésente. Rêveuse, je m'imprègne de son parfum en imaginant nos retrouvailles dans, à peine, quelques heures.

3 – Pardonne-moi

Si près de lui, mais pourtant si loin encore.

Je finis par me relever pour aller me doucher. Quand je reviens dans la chambre, je constate que Logan m'a encore laissé des messages. Prise de remords devant ses textos de plus en plus désespérés, je décide de lui envoyer une photo qui lui donnera, sans aucun doute, des indices sur l'endroit où je me trouve.

Logan

Putain, mais à quoi elle joue, bordel ? Mes doigts trépignent sur la table tant je suis nerveux. Pourquoi elle ne me répond pas ? Ce n'est pas compliqué de me fournir une putain d'explication. Si elle ne veut plus de moi, qu'elle me le dise, au moins le message sera clair plutôt que de me laisser dans ces putains de doutes.

— Logan ?

Tel un robot, je tourne la tête mécaniquement vers la voix féminine qui vient de m'interpeller. Je ne la connais ni d'Adam ni d'Eve. Peut-être que je l'ai baisée une fois, mais si c'est le cas, je n'en ai aucun souvenir.

— Quoi ?

Ma voix claque comme un fouet et la fait sursauter. Je sens les regards de mes potes peser sur moi. Faut dire aussi qu'ils m'ont rarement vu me comporter comme ça avec une fille. D'habitude, je suis plutôt joueur, même si je les envoie bouler à la fin.

— Je voulais juste savoir si on pouvait se voir après le match.

La voir minauder devant moi me gonfle encore plus.

— Dans tes rêves sûrement. En attendant, casse-toi !

Sans demander son reste, elle se barre en direction de la table où se trouvent ses copines qui me lancent des regards meurtriers. Connard un jour, connard toujours, je pose ma main sur mon cœur, feignant d'avoir été touché par une balle invisible.

Au moins celles-ci ne viendront plus me casser les couilles.

— Woh, comment tu viens de la rembarrer, siffle Mike mort de rire. La pauvre.

3 – Pardonne-moi

J'y vais pour lui répondre quand, enfin, et le mot est faible, mon smartphone sonne. Je ne mets pas deux plombes à ouvrir le message et, là, je crois faire une attaque cardiaque tant mon cœur devient fou. D'ailleurs il n'y a pas que lui qui s'emballe. En découvrant Lu assise sur notre lit, son sublime corps seulement couvert d'une serviette, ma queue s'est réveillée instantanément. Je me retrouve avec une trique de dingue, presque douloureuse. À présent, je n'ai qu'une envie, aller la retrouver.

— C'est quoi ce sourire de taré ?

Je lève les yeux vers Mike, qui me scrute bizarrement avant de les reporter sur la photo. Je n'arrive pas à y croire ! Pourquoi ne m'a-t-elle rien dit ? Je serais allé les chercher.

J'ai envie de bondir dans tous les sens tant je suis saisi par l'euphorie. Putain, elle a fini par venir ! Je dois halluciner, ce n'est pas possible autrement. J'agrandis l'image pour être certain de ne pas me gourer dans les détails que j'aperçois autour d'elle. Un tas d'émotions contradictoires se déversent en moi. Je suis à la fois super heureux et, en même temps, j'ai la frousse que ce ne soit qu'un mirage. De mes deux poings, je me frotte les yeux, afin d'être certain d'avoir la vision claire quand je les rouvrirai.

— Ah, ouais ! Ok, on comprend mieux.

Hein ? Quoi ?

J'ouvre aussitôt les yeux et découvre mes deux potes en train de mater, la bave aux coins des lèvres, mon téléphone. Pas besoin de plus pour savoir qu'ils sont en train de reluquer la dernière photo de Lu. Bande d'enfoirés ! D'un geste vif, je récupère ce qui m'appartient, tout en les mitraillant d'un regard assassin.

— Vu comme elle est gaulée, on comprend mieux pourquoi t'en es raide dingue, s'esclaffe Mike.

— Va te faire foutre McCarty ! craché-je en dressant mes deux majeurs sous son nez.

— Si tu me la prêtes, je veux bien...

— Touche-la et t'es mort !

Mes deux potes se bidonnent devant mon attitude d'homme des cavernes. Bande de cons ! Furax, je cogne mon poing sur la table, ce qui fait trembler nos plateaux.

3 – Pardonne-moi

— Woh, doucement, mon pote, va pas te péter la main ! tente de m'apaiser Dylan.

Je darde un regard en biais sur lui pour lui signifier d'éviter de ramener sa gueule encore une fois.

— Bon, tu peux nous expliquer ce qui t'a mis dans un état proche de l'euphorie, à part que ta copine ultra-sexy-super-bandante t'a envoyé une photo d'elle... – les doigts pliés, Mike pince son pouce et son majeur devant sa bouche, comme un cuistot italien le ferait – mamma Mia !

Je prends sur moi pour ne pas aller lui renverser son plateau garni d'une assiette de spaghetti sur la tronche.

— Elle est ici.

Comme le gros idiot qu'il peut être, Mike scrute la salle à sa recherche.

— Où ça ? Une meuf en serviette, ça ne peut pas se rater.

J'adore mon pote, mais, parfois, il peut vraiment se montrer très lourd, comme maintenant.

— À New York, pauvre con !

— Tu ne vas pas nous lâcher pour aller la retrouver, hein ? s'inquiète Dylan.

Voilà quelqu'un d'intelligent et qui pose la bonne question. S'il savait à quel point j'en crève d'envie... Les prochaines heures vont vraiment être difficiles à tenir. Maintenant que je sais qu'elle est ici, je suis hyper pressé d'aller la rejoindre.

— Non, mais je vais aller l'appeler.

— Il ne reste qu'un quart d'heure avant la reprise, mec, m'informe Dylan les yeux rivés sur sa montre.

— C'est court, mais ça te laisse largement le temps, surenchérit Mike. Les chiottes des vestiaires sont plutôt bien indiquées dans ce cas.

De quoi il parle ?

Il suffit que je tourne la tête vers lui et capte le mouvement de va-et-vient de sa main pour saisir. Exaspéré, je lève les yeux et pousse un long soupir, avant de les laisser en plan.

Dès que je sors, je pars à la recherche d'un endroit tranquille pour l'appeler. Je sais exactement où aller pour ne pas être dérangé, à l'endroit même où j'ai passé des heures à penser à elle lorsque j'ai débarqué

3 – Pardonne-moi

dans cette université. C'est un lieu magique, coupé du monde par un bosquet. En son centre se situe une fontaine au sommet de laquelle se tient un angelot aux ailes déployées. De vieux bancs en fer forgé permettent de s'y asseoir et de laisser son esprit vagabonder.

À peine assis, je compose son numéro et attends le cœur battant qu'elle décroche.

— Salut, beau gosse.

Des picotements remontent le long de ma colonne vertébrale en entendant sa voix si douce. Aussi fondante que du miel. Elle est comme un baume qui apaise instantanément tous les maux qui m'ont rongé ces dernières heures.

— Salut, madame Baldwin.

Je l'imagine froncer son petit nez avant de sourire.

— Pourquoi tu ne m'as pas dit que tu venais ? Je serais allé te chercher à l'aéroport.

— Je voulais te faire une surprise, mais j'ai préféré t'envoyer une photo pour que tu cesses de t'inquiéter.

Je souris comme un con, complètement sous le charme de sa voix. Si Mike me voyait, il me chambrerait encore une fois. Je reste quelques secondes silencieux à me repaître de ce lien invisible qui nous relie. Dire que je suis heureux serait un euphémisme. C'est bien plus que ça, c'est une délivrance, la fin d'une attente insoutenable. C'est l'ouverture des portes sur un avenir radieux. Elle, lui, moi, ensemble. Plus jamais séparés.

— Est-ce que je peux espérer te voir avant le début du match ?

— Je ne sais pas, Lachlan dort. Il a plutôt été agité durant le vol et il est crevé. Mais crois-moi champion, je ne raterai ton match pour rien au monde.

Un nouveau sourire s'esquisse sur mes lèvres. Je vais avoir une bonne raison de me dépasser ce soir et de prouver que je suis l'un des meilleurs quarterback de la NCAA, mes deux plus grands supporters seront là, assis parmi la foule, à suivre avec attention mes performances.

39. Lucy

Seulement vêtue d'un jeans skinny bleu grisé et d'un soutif rouge, je suis en train de fouiller dans l'armoire de mon mec à la recherche d'un haut, lorsque j'entends la porte d'entrée claquer, avant que la voix de Killian ne se mette à gronder méchamment. Surprise par le ton qu'il emploie avec ma meilleure amie, je reste quelques secondes immobile à écouter ce qu'ils sont en train de se dire.

Oui, je sais, ce n est pas très correct d'écouter aux portes.

— Putain, Deb, arrête de faire chier ! Tu sais qu'il n'y a que toi qui comptes. Il va falloir que j'te le dise encore combien de fois ?

Oh, oh ! Y aurait-il de l'eau dans le gaz entre ces deux-là ?

— Tu vas me faire croire aussi que t'étais pas en train de la bouffer du regard quand je suis arrivée !?

— Et alors, putain, ce n'est pas parce que je la regardais que je voulais forcément la sauter !

Je profite des quelques secondes de silence qui s'ensuivent pour me débusquer le haut que je souhaite revêtir. À savoir, un des maillots de joueur de Logan. Quel sportif n'aime pas que sa copine porte le soir d'un match son numéro sur elle ? Aucune idée, mais je sais que mon homme adore ça et j'ai bien l'intention de lui faire plaisir.

— Je croyais que toute cette histoire était derrière nous ! entends-je à nouveau la voix de Killian.

Hein ? Soit j'ai raté quelques bribes de leur conversation, soit c'est un épisode complet que j'ai loupé, je ne comprends absolument rien à ce qu'il raconte et, pourtant, j'ai l'impression que c'est super important.

— Je le croyais aussi. Faut croire que je me suis plantée, réplique la voix de ma meilleure amie.

La seconde suivante j'entends la porte de leur chambre se refermer violemment et Killian pousser un juron. Attristée de les entendre se disputer, j'enfile à la hâte le maillot aux couleurs de Columbia sur lequel le numéro de joueur et le nom de Logan

3 – Pardonne-moi

sont inscrits dans le dos, puis pars dans le salon voir si l'un des deux a besoin de mon soutien et éventuellement obtenir une petite explication.

Mon frère de cœur est assis sur le canapé d'angle, les coudes posés sur ses genoux et le visage enfoui entre ses mains. Le voir ainsi me fait de la peine. Lui, si dur, en général, semble totalement abattu par cette dispute. Je pars m'asseoir à sa gauche et presse ma main sur sa cuisse pour l'informer de ma présence, mais aussi lui apporter mon soutien. Les lèvres pincées, il pose ses yeux sur moi. Il essaie de me sourire, cependant, il faudrait être aveugle et insensible pour ne pas percevoir la tristesse qui émane de lui.

— Qu'est-ce qui ne va pas ?

Il dévie son regard sur le mur face à nous. Pendant plusieurs secondes, il semble réfléchir, comme s'il cherchait à peser le pour et le contre pour me dévoiler la raison de leur prise de tête. Et sans que je m'y attende, d'une voix si basse que je peine à entendre, il lâche le morceau.

— C'était juste après le départ de ton mec en France. Les gars à Boston ont eu besoin de moi. Je n'ai pas pu m'y soustraire. Puis, ils ont su me convaincre en me parlant de l'autre salopard qui a déglingué ma frangine. De toute façon, même sans ça, ils me tenaient par les couilles, je leur devais un service. Ce genre de choses ne se marchande pas.

Il laisse passer un ange pour observer ma réaction. Attentive, je l'invite à poursuivre d'un signe du menton, même si j'admets que ce qu'il pourrait me dévoiler me fout la trouille. *Qu'as-tu fait à ma meilleure amie, Killian MacKenzie ?*

— Ça ne s'est pas du tout passé comme je l'espérais. J'ai cru que ce serait simple, que je pourrais la venger. Mais, face à ce fils de pute, j'ai perdu...

— Arrête, Killian !

La voix de Deb retentit dans notre dos, telle une sentence. Tous deux surpris par son arrivée, nous nous tournons vers elle dans un même mouvement. Elle fixe son copain tout en secouant la tête lentement. Ses yeux rougis m'indiquent qu'elle vient de pleurer et visiblement elle n'a aucune envie que j'en connaisse la raison. Notre amitié s'est-elle autant détériorée en deux ans ? Moi qui croyais en la

3 – Pardonne-moi

revoyant à Sydney, puis tout à l'heure, à l'aéroport, que rien n'avait changé entre nous, je suis bel et bien en train de me poser la question.

— Pourquoi tu ne veux pas que je sache, Deb ? Je croyais qu'on n'avait aucun secret l'une pour l'autre.

Elle laisse échapper un léger ricanement amer, avant de planter un regard lourd de sens dans le sien.

— Dit celle qui a caché l'existence de son fils pendant presque deux ans.

— Deb ! la prévient Killian alors que je n'ose plus la fixer, me sentant terriblement coupable.

Pas une seule fois, je n'aurais cru qu'elle puisse me le foutre dans la tronche, encore moins maintenant que son frère m'a pardonnée et que nous sommes sur le point de laisser toutes nos cicatrices derrière nous. Je la connais depuis la naissance, et, pourtant, j'ai l'impression de découvrir une tout autre personne.

Lachlan m'appelle à ce moment-là et j'en profite pour me lever. Je m'arrête devant Deb qui reporte son attention sur le mur opposé plutôt que de m'affronter. Très bien, le message est clair. Et moi qui pensais qu'on vivrait heureux tous les cinq dans cet appart jusqu'à la fin de nos études, j'ai dû rater quelque chose dans mon scénario. Je secoue la tête, dépitée devant son attitude, puis décide de creuser plus tard, afin de savoir ce qu'il en est réellement. Cette situation me paraît vraiment étrange, d'autant plus que Logan ne m'a jamais informée de ce genre de tension entre son meilleur ami et sa sœur. Est-il au moins au courant ? Je ne le pense pas, sinon il me l'aurait fait savoir. Je crois que ces deux-là ont caché leur jeu pour pouvoir nous soutenir l'un et l'autre. S'ils vivent une mauvaise passade, ça va être à notre tour de leur rendre la pareille maintenant que plus rien ne viendra nous séparer. Deb sans Killian, c'est un peu comme moi sans son frère, inimaginable. Ils sont faits pour être ensemble, je l'ai su à la minute où j'ai compris qu'ils étaient amoureux l'un de l'autre.

Arrivée dans la chambre, je pose les yeux sur mon ange. Assis dans son petit lit, il scrute avec attention son environnement, des étoiles plein les yeux.

— Maman, c'est beau, me déclare-t-il en tendant la main en direction du mur sur lequel est peint un bonhomme de neige.

— Oui, l'amie de papa a fait un très beau travail.

3 – Pardonne-moi

— Où papa ? demande-t-il en plantant son beau regard bleu dans le mien alors que je le prends dans mes bras.

Je caresse sa délicieuse petite joue du dos de l'index, avant de lui répondre :

— Papa est avec ses copains. Tu te souviens, je t'ai déjà montré papa en train de jouer au ballon ?

Il hoche sa petite tête, un sourire sur les lèvres.

— Ce soir, papa doit jouer et on va aller le voir. Ensuite, on sera tous les trois ensemble. En attendant, on va aller manger avec tata Deb et tonton Killian. Mais, avant ça, il faut que je te prépare, alors direction, le bain, petit monstre ! lâché-je en montant la voix dans les aigus.

Lachlan me connaît par cœur et s'attend déjà à ce que je lui fasse des papouilles dans le cou. La tête rentrée dans les épaules, il se tord en deux, mort de rire avant même que je lui inflige ma délicate torture.

Une demi-heure plus tard, nous rejoignons mes deux amis dans le salon. Mon fils porte à présent un t-shirt identique au mien et à celui qu'aura son père sur le dos ce soir. Deb a tenu, lorsqu'elle l'a acheté, à faire floquer à l'arrière le nom de son père et son numéro. Si personne ne comprend notre lien avec le quarterback, c'est soit qu'ils sont aveugles ou totalement stupides. Bon, il y a aussi l'hypothèse qu'ils s'en foutent totalement.

Quand mon regard se pose sur ma future belle-sœur, je suis soulagée de voir qu'elle se trouve dans les bras de mon frère de cœur. L'orage semble être passé, je ne vais pas m'en plaindre. En m'entendant arriver, elle se tourne dans ma direction. Un léger sourire contrit étire ses lèvres, avant qu'elle ne se lève et vienne à ma rencontre.

— Excuse-moi, Lucy. Je ne sais pas ce qui m'a pris de te sortir ça.

D'un simple signe de tête, j'accepte ses excuses, même si je n'ai pas dit mon dernier mot. Toutefois, ce n'est pas le moment d'en discuter. Du moins, c'est mon avis, mais visiblement pas le sien, puisqu'elle ajoute dans un murmure :

— Il m'a trompée.

Quoi ? Impossible ! Killian est bien trop droit pour faire une chose pareille. Surtout qu'il a connu le goût de la trahison et il sait à quel point ça peut blesser. Ahurie, je dirige mon attention sur lui.

3 – Pardonne-moi

L'expression de mon regard doit sûrement l'alerter et l'aider à comprendre ce que vient de me dire sa copine, trop loin pour clairement l'entendre.

— Je l'ai juste embrassée, tient-il bon de préciser comme si ça pouvait changer quelque chose. Mais, merde, Deb, c'est de l'histoire ancienne, tu m'as pardonné depuis, sinon on ne serait pas là tous les deux !

Elle baisse les yeux, comme si elle ressentait de la culpabilité à cet instant. Je n'arrive pas du tout à comprendre. J'ai beau essayer d'imbriquer les pièces du puzzle, il y a encore des éléments qui m'échappent. Quand ils sont venus à Sydney, on est sorti en boîte, des filles ont tourné autour de nos mecs et pourtant elle ne lui a fait aucune scène. Elle leur a juste montré en l'embrassant de manière torride qu'ils étaient ensemble. Et si je comprends bien ce que m'a dit Killian, cette histoire se serait déroulée quand Logan est parti en France. Sauf que j'ignore quand il y est allé, mais certainement pas dans les huit derniers mois. Alors, pourquoi Deb ressasse une vieille histoire ?

— Bon, vous savez quoi ? Ce soir, vous allez enterrer la hache de guerre pour me faire plaisir. Je n'ai pas traversé la Terre pour voir mes deux meilleurs amis se prendre la tête. Alors, on va manger et on va aller au stade pour que je puisse voir enfin mon homme.

Tous deux acquiescent d'un mouvement de tête, avant qu'on se rende tous les quatre dans la cuisine.

Pendant la préparation du repas, je les observe se taquiner. Malgré les problèmes qu'ils semblent avoir, je n'ai aucun doute sur l'amour qu'ils ressentent l'un pour l'autre. Ils sont si mignons ensemble que je ne peux m'empêcher de sourire devant cette scène attendrissante. Mais s'ils continuent à s'embrasser et à se chercher, comme ils sont en train de le faire, ils vont finir par me donner envie d'aller retrouver mon champion avant même d'avoir commencé à manger.

— Bon et si on se dépêchait un peu, grogné-je pour le fun.

Son bras autour des épaules de Deb, Killian se tourne vers moi et me sourit de toutes ses dents. Je préfère largement le voir comme ça. Le voir si triste tout à l'heure m'a vraiment fait de la peine. Je tiens beaucoup à mon frère de cœur et ce n'est pas parce

3 – Pardonne-moi

qu'il semble avoir blessé Deb que je vais lui tourner le dos.

J'espère sincèrement qu'ils parviendront, comme Logan et moi, à surmonter leurs difficultés. Peut-être même puis-je rêver qu'un jour, ils offriront un petit cousin ou une petite cousine à Lachlan.

À bout de force

J'ai passé l'après-midi à m'échauffer avec les gars. Pourtant, ce n'est pas l'envie qui m'a manqué de tout plaquer pour aller rejoindre mes deux amours, les serrer dans mes bras jusqu'à imprimer leurs formes sur mon corps, me repaître d'eux encore et encore et prendre possession de la femme de ma vie, jusqu'à ne plus pouvoir marcher. Malheureusement, je vais encore devoir patienter. Ce soir, pour le premier match officiel, on joue en nocturne, ce qui signifie que je ne pourrais pas profiter d'eux avant minimum vingt-trois heures. Dans les règles, une rencontre est censée durer une heure. Pour une fois, j'aurais adoré qu'elles soient appliquées. Autant rêver les yeux ouverts, le jour où ça arrivera les poules auront des dents.

N'empêche que je me sens super bien.

Plus léger que jamais je ne l'ai été depuis mon départ de Sydney, je déconne avec mes potes alors que nous rejoignons les vestiaires. Depuis que je sais que Lu et notre fils se trouvent à l'appart, je plane comme si je venais de me shooter à l'ecstasy. Mike a beau me chambrer, ça ne m'atteint même plus. Comment voulez-vous toucher un mec qui n'a plus les pieds sur Terre ?

Pendant qu'on se douche, je les écoute d'une oreille distraite parler des filles qu'ils vont se choper dès qu'on en aura fini avec les *Eagles*. Vu le succès qu'on a sur le campus, je ne me fais pas de bile pour eux, ils n'auront aucun mal à en lever une ou deux.

— En tout cas, y en a un qui n'aura pas besoin de faire d'effort ce soir pour passer une superbe nuit, lance Mike.

— De qui tu parles là, mec ? demande Davy, le capitaine de l'équipe défensive.

D'un coup, je sens tous les regards de mes coéquipiers se braquer sur moi. Je tourne la tête pour voir mon pote donner du bassin en mimant des bruits obscènes sans me quitter des yeux. L'enfoiré, comme si j'étais le seul mec en couple dans l'équipe. Sur les trente joueurs qu'elle compte, on est au moins dix à être officiellement avec une fille, sans

3 – Pardonne-moi

compter ceux qui le sont de manière officieuse pour x ou y raisons.

— Hmmmm... Lucyyyyyy, gémit-il.

Putain, je vais me le faire ! L'entendre gémir le nom de ma future femme me fout les nerfs en boule. Je sais qu'il me chambre et, même si je suis encore déconnecté de la réalité, il dépasse largement les bornes. Je me tourne vers lui, regard noir, poings serrés, prêt à le refoutre méchamment à sa place quand j'aperçois Dylan secouer la tête discrètement. Je ferme les yeux et souffle un long coup pour me reprendre avant d'aller récupérer ma serviette. Il a du bol, n'empêche qu'il commence à me casser sérieusement les burnes et s'il ne se calme pas, pote ou pas, je vais finir par ne faire qu'une bouchée de lui. La serviette autour de la taille, je quitte les douches sous les rires de mes coéquipiers. Je suis en train d'enfiler mon jeans quand Mike rapplique.

— Excuse, mec. Tu me connais, j'ai pas de limites et j'ai trouvé ça trop drôle de te chambrer. Sans rancune ?

Rester furax contre lui ne servirait à rien, la bonne entente entre nous est primordiale surtout à moins de deux heures du premier coup de sifflet. Quand il me tend son poing, je lui fais un check pour enterrer la hache de guerre.

— Par contre, cesse de me casser les couilles avec elle, ok ? Après ce qu'on a vécu, j'ai dû mal à rire quand il s'agit d'elle.

Son visage est empreint de gravité. Pour une fois.

— Il ne s'agit pas d'elle, mais de toi, mec. Je te chambre, c'est tout. Ça me fait juste rire de voir le briseur de cœurs tenu en laisse par une meuf. Mais ne dis pas que tu ne rêves pas de nous larguer pour aller la rejoindre et te perdre en elle...

Putain, le con ! Il faut toujours qu'il en revienne au sexe. Incrédule, je secoue la tête, avant d'éclater de rire.

— Ouais, j'en crève d'envie. Ça fait sept semaines que je ne l'ai pas touchée et...

— Pas besoin de dessin, vieux. Je capte que cette nuit va être très très chaude.

Dès qu'il part se rhabiller, j'enfile mon sweat aux couleurs de l'université. Je me demande si Lu portera ce soir celui que je lui ai donné. Rien que de l'imaginer avec, ma queue frétille et je suis obligée de la remettre en place pour me sentir un peu plus à l'aise. Mike n'en a pas raté une miette et joue à présent avec ses sourcils de manière subjective. Un vrai lourdingue, ce gars. Juré, le jour où il tombe amoureux, je lui en ferai voir de toutes les couleurs. Ce sera un juste retour de bâton. Espérons que, d'ici là, la vie ne nous aura pas séparés par des centaines de kilomètres. Ce serait dommage.

Quand Zidermann et son staff entrent dans les vestiaires, nous sommes tous prêts. Il nous fait un énième speech avant de nous inviter à aller bouffer ensemble. J'aurais adoré pouvoir m'y soustraire, malheureusement, c'est impossible. Je vais devoir passer les deux prochaines heures avec les gars, alors que j'aurais pu les passer avec ma famille.

Heureusement, tout se déroule dans une ambiance super détendue et Mike ne me parle plus de Lu. À le voir se mordre la langue, je sais que ce n'est pas l'envie qui lui manque, jusqu'à ce qu'il repère une gonzesse qui minaude ouvertement devant lui. Vêtue d'un léger pull, au décolleté très provocateur, c'est limite si elle ne lui fout pas sa poitrine sous les yeux.

— Tu ne vas pas être le seul à passer une nuit caliente, me lance-t-il avant de se lever pour aller la voir.

Je suis mort de rire devant son attitude. Et dire que j'étais comme lui.

Juste avant de rentrer dans les vestiaires, j'envoie un message à ma chérie pour savoir si tout va bien et surtout pour lui demander s'ils sont déjà arrivés. Sa réponse tarde à arriver. Je suis en train de me changer quand elle me parvient enfin, accompagnée d'une photo d'elle et Lachlan prise dans les gradins, et apparemment au premier rang, vu la foule que j'aperçois derrière eux. Tous deux portent le même maillot que celui que je viens d'enfiler sur mes protections. Un sourire niais étire mes lèvres et mon rythme cardiaque s'emballe. Bon Dieu, qu'ils sont beaux tous les deux !

Logan : **Je vous aime, mes amours.**

Lucy : **Nous aussi, on t'aime champion. Lachlan a hâte de te voir jouer. Il n'arrête pas de demander où tu es.**

3 – Pardonne-moi

Putain, elle me fout un peu la pression là. Je vais être obligé de me donner à fond pour ne pas décevoir mon p'tit gars.

Logan : Et toi ? T'as aussi hâte de me voir jouer ?

Son absence de réponse instantanée me laisse le temps de cogiter. La dernière fois qu'elle m'a vu sur un terrain, on n'était pas encore ensemble. Nous avions gagné le match ce soir-là, mais quelques minutes plus tard, ma joie s'était évaporée en croyant n'avoir plus aucune chance avec elle. Quel con j'étais à l'époque !

Mon portable vibre alors que nous avons tous la tête penchée en avant dans une prière d'avant-match. Fais chier ! Ça serait vraiment malvenu de ma part d'interrompre ce moment solennel, pourtant j'en crève d'envie. Je ferme les yeux et tente de me concentrer sur ce court instant. Pas simple. J'ai trop envie de lire sa réponse. Dès que le coach reprend la parole, je me saisis de l'objet qui vient de me mettre dans tous mes états.

Lucy : Moi, j'ai surtout hâte que tu joues avec moi.

Oh, bordel, bébé, qu est-ce que tu me fais là ? C est pas du tout le moment de m allumer !

Logan : **Moi aussi, j'ai hâte de jouer avec toi. Putain, j'te jure que je vais passer la nuit à te faire l'amour, même si, après le match, je ne suis pas sûr que je sois en bon état.**

Lucy : **Dans ce cas, c'est moi qui m'occuperai de toi. Et j'ai déjà, ma petite idée de la façon dont je m'y prendrai.**

Chauffé à blanc par son petit jeu, je mordille ma lèvre et me tortille sur le banc pour essayer de contenir la trique qui se pointe.

— Baldwin, t'as des vers aujourd'hui ?

— Non, coach.

— À mon avis, il a surtout le feu au cul, se marre Mike.

Putain, il était obligé de ramener sa grande gueule celui-là ! Je darde un œil sur lui pour lui clouer le bec, avant de reporter mon attention sur le coach. Un léger rictus amusé étire ses lèvres.

— Bon, trêve de plaisanterie. Capitaines, à vous de motiver vos équipes. Lequel commence ?

3 – Pardonne-moi

D'un simple regard, Davy et moi nous mettons d'accord pour qu'il prenne la parole le premier. Je profite de son discours pour répondre à Lu.

Logan : **Reste tranquille, bébé. Si tu continues à m'allumer, je vais avoir du mal à jouer.**

Lucy : **Désolée, beau gosse. Hâte de te voir jouer et cette fois, je ne parle que du match.**

Amusé par sa réponse, je dois me mordre la joue pour éviter de pouffer pendant que Davy continue à motiver les défensifs.

Lorsqu'il en a terminé, je me lève à mon tour et me place au centre de mes coéquipiers. Le silence règne autour de moi. Je fixe chacun des membres de mon équipe tour à tour. Certains sont encore assis sur le banc dans une attitude de concentration extrême comme Jordan, le halfback, alors que d'autres sont déjà debout, prêts à faire mordre la poussière à nos adversaires, comme Mike.

— Ce soir, les gars, j'ai un service à vous demander, commencé-je avant de me taire volontairement afin de scruter leur réaction.

La surprise se lit clairement sur leur tronche et pour cause, je suis d'habitude beaucoup plus direct dans mon discours. En général, ça se résume à un : « ce soir, on va tout défoncer. Je compte sur vous, les gars. À trois, *Lions* ! », et ça leur suffit amplement.

— Tout ce que tu veux, capitaine. Dis-nous juste ce que tu attends de nous et on sera derrière toi, m'annonce Matt en plongeant un regard sérieux dans le mien.

J'attends encore deux secondes, mais c'est surtout pour être certain de la manière dont je vais leur annoncer les choses. Je sais que, dès lors que je me serais lancé, ils vont se mettre à se creuser la cervelle pour savoir si la personne dont je leur parle est liée d'une quelconque manière à moi. La bonne question est de savoir si oui ou non, je suis prêt à leur avouer que j'ai un gamin. De toute façon, tôt ou tard, ils s'en rendront compte d'eux-mêmes, alors autant aller jusqu'au bout dès maintenant.

— Dans les gradins, il y a un petit bonhomme, dans les yeux duquel j'aimerais voir des étoiles briller à la fin du match.

3 – Pardonne-moi

— J'aurais cru que c'était à ta copine que tu voulais en mettre plein les yeux, me chambre Mike.

— Ça, je m'en occuperai quand on sera tous les deux, répliqué-je sans prendre la mouche cette fois. Est-ce que je peux compter sur vous pour lui en mettre plein la vue ?

— Ouais, bien sûr, mais c'est qui ce gosse ? entends-je dans mon dos.

Je me retourne pour faire face au running back qui semble attendre ma réponse avec un vif intérêt. Je lui lance un sourire énigmatique, jubilant déjà de l'effet que ma réponse va leur procurer. Et mes yeux dans les siens, avec toute la fierté que j'éprouve à être papa, je lui réponds :

— Mon fils.

Un silence de plomb s'abat dans les vestiaires tandis que je vois leurs mâchoires se décrocher les unes après les autres et leurs cerveaux se mettre à analyser à toute allure ce que je viens de leur dire.

— Attends, mec...

Je me retourne vers Mike, qui semble avoir du mal à ouvrir sa gueule. Pour une fois que je lui ferme son clapet complètement. Il se gratte la tempe comme si tout ça le dépassait. En même temps, je serais à leur place, j'aurais autant de mal à encaisser que l'un de nous puisse être père, surtout parmi les plus jeunes de l'équipe. C'est presque inconcevable, pourtant c'est ma réalité.

— T'es papa, on a bien compris ? finit par m'interroger Dylan.

— Ça vous en bouche un coin, hein, les gars ?

— Putain, ouais ! réplique Davy.

Devant leur attitude consternée, j'explose de rire, avant que le coach ne vienne me féliciter. Puis, il se tourne vers les autres et, de sa voix autoritaire, il leur lance :

— Vous avez entendu ? Il y a un gamin dans les gradins à qui on doit mettre des étoiles plein les yeux, alors vous allez faire en sorte que ça arrive !

Les casques s'entrechoquent tandis que des cris de guerre s'élèvent dans tous les sens.

— Qui sont les meilleurs ? lancé-je.

— *Les Lions* ! hurlent mes coéquipiers en chœur.

3 – Pardonne-moi

— Qui va en mettre plein les yeux au fils de notre capitaine ? demande Dylan.

Je me tourne vers lui et hoche la tête, heureux d'avoir une équipe aussi solidaire.

— Les *Lions* !

Les gars sont déchaînés, le vacarme dément qui règne dans cette pièce ferait boucher les oreilles à plus d'un. Pas à nous. Au contraire, il nous motive.

— *Lions*, à trois ! lance Davy avant de se mettre à compter.

Au nombre annoncé, tous beuglent le nom de notre équipe, avant que nous vidions les vestiaires en trottinant. Nous arrivons sur le terrain, surexcités, sous les ovations de nos supporters. Ce soir, on joue à domicile et ils sont très nombreux à s'être déplacés pour nous soutenir.

— Oh, Baldwin ! entends-je beugler.

Cette voix, je sais la reconnaître, c'est celle de mon meilleur pote. Et qui dit meilleur pote dit que mes deux amours ne doivent pas être très loin de lui. Mike l'a également entendu et se retourne en même temps que moi.

— Encore plus canon en vrai, me déclare-t-il en me désignant l'emplacement où elle se trouve. Et ton gosse est à croquer.

Quand mes yeux se posent enfin sur elle, je fais un arrêt sur image, la bouche entrouverte. Putain, qu'elle est belle avec mon maillot ! Mon cœur cesse de battre une seconde, ou plusieurs, je ne sais pas vraiment, avant de repartir dans un rythme effréné. Cette fois, j'en suis plus que certain, ce n'est pas un rêve, mais bien la réalité. Mon bonhomme agite sa petite main pour me faire coucou tandis que sa mère me dévore d'un regard qui enflamme chacune de mes terminaisons nerveuses. Tout ce qui m'entoure disparaît, je ne vois plus qu'eux et leurs sublimes sourires qui me font fondre. Une claque sur mon épaule fait exploser ma bulle et me ramène à la réalité. Je darde un regard vers mon pote qui me désigne le terrain. Je hoche la tête et, sans quitter les deux êtres qui me sont les plus chers au monde, me mets à reculer, l'index tendu vers eux, avant de poser la main sur mon cœur. Je les aime tellement. Je vais passer chacun de mes putains de jours d'existence à leur prouver à quel point je tiens à eux. À quel point, je suis incapable de vivre sans eux.

3 – Pardonne-moi

En attendant, il est temps d'aller faire mordre la poussière aux *Eagles*. Je veux voir de la joie dans le regard de Lachlan quand je sortirai d'ici, même si je ne suis pas certain qu'il comprenne tout. Mais s'il voit sa mère heureuse, alors il le sera aussi. Je n'en ai aucun doute.

Entre les divers arrêts pour fautes, blessures, et autres, plus d'une heure s'écoule avant que la mi-temps soit sonnée. Nous perdons, mais de très peu quand nous rejoignons les vestiaires. Rien n'est encore joué, néanmoins j'admets que les *Eagles* sont très coriaces ce soir et font tout pour nous pousser à la faute. Le coach, Davy et moi allons devoir remotiver les troupes, si on ne veut pas que les gars baissent les bras.

Alors que je discute avec Dylan et Sven, tout en marchant à reculons afin de pouvoir les regarder – faut croire que j'aime marcher à l'envers ce soir – Mike m'interpelle.

— Quoi ?

— Tu ferais mieux de te retourner. Davy est en train de draguer l'une de tes supportrices.

Je hausse les épaules. Qu'est-ce que ça peut me foutre ? D'ailleurs, comment a-t-elle pu arriver jusqu'ici, puisque seuls les membres de la famille sont autorisés à y accéder ?

— Si je te dis qu'elle est vraiment canon avec ton maillot, t'en as toujours rien à foutre ?

Mon cœur réalise avant mon cerveau ce qu'il est en train de me dire et je me retourne aussi sec. Putain, j'y crois pas ! Lu est là, à seulement quelques pas de moi. Dans l'équation parfaite, il y a juste un foutu problème. Mon coéquipier est bien trop proche d'elle et lui fait du rentre-dedans beaucoup trop direct à mon goût. À la voir blêmir, je sais que cette situation lui fout la frousse.

Putain, bébé, pourquoi t es descendue dans l antre des loups ?

— Fous-lui la paix, Davy. Elle n'est pas pour toi, grondé-je, menaçant.

Au son de ma voix, Lu se tourne vers moi. Son regard accroche aussitôt le mien et tout ce qui m'entoure s'efface. Dans mon monde, il n'y a plus qu'elle, elle et elle. J'entends à peine Davy rétorquer que je le fais chier. Encore moins Mike lui dire que

3 – Pardonne-moi

c'est la mère de mon gosse. Les lèvres de ma petite femme esquissent un léger sourire, au même titre que les miennes, tandis que nous avançons l'un vers l'autre pas après pas. J'ai peur qu'en allant trop vite elle s'évapore comme dans un mirage. Notre lien se fait de plus en plus tangible au fur et à mesure de notre avancée. Au moment où je la vois s'élancer vers moi, j'ai juste le temps de filer mon casque à un de mes coéquipiers, avant de la réceptionner. Fou de joie, je la fais tournoyer dans les airs pendant plusieurs secondes. Son visage rayonnant m'indique qu'elle est aussi heureuse que moi. Lorsque je la repose, je ne peux m'empêcher de recouvrir son visage de baisers, mes mains toujours autour de son corps qui me fait bander comme jamais. Mes lèvres viennent à la rencontre de son front, puis de son adorable petit nez, de ses joues, de son menton, puis enfin de cette délicieuse bouche qui m'a grave manqué. Je la butine plus que je ne l'embrasse. Son corps frémit dans mes bras alors que sa gorge laisse échapper un adorable petit son proche d'un miaulement. Elle fond contre moi et j'en deviens dingue.

— Tu m'as tellement manqué, champion, que je ne pouvais pas rester une minute de plus sans aller te voir.

Elle enroule ses bras autour de ma nuque tandis que mes doigts viennent se poser sur ses joues. Je veux sentir sa peau contre la mienne et pour le moment, c'est le seul contact que je peux lui offrir. Mon équipement me gêne comme jamais. Sans la quitter des yeux, je me penche au-dessus d'elle. Nos souffles se mêlent. Nos lèvres se frôlent sans jamais se toucher. J'inspire son parfum à plein nez et m'enivre de son parfum, doux mélange de saveurs fruitées.

— Embrasse-moi, idiot, ou tu vas me tuer.

Il ne m'en faut pas plus pour que je me jette sur sa bouche. Notre baiser est d'abord doux, mais devient très vite urgent, comme si l'embrasser me rendait le souffle qu'elle m'a ôté lorsque je suis parti. Ma langue s'enchaîne à la sienne, joue avec elle si sensuellement qu'elle en gémit contre ma bouche. Mes mains quittent son visage pour aller se balader dans son dos alors que les siennes fourragent mes cheveux. J'ai besoin de la toucher, encore et encore, pour être certain qu'elle soit bien réelle. Ma queue désireuse de beaucoup plus commence à se montrer douloureuse. Est-ce qu'elle se rend compte dans quel état elle me met ? Je crois que oui, puisqu'elle bouscule légèrement son bassin pour venir appuyer un peu plus sur ma bosse. Des sifflements s'élèvent tout autour de nous. À bout de souffle, je recule légèrement. Mon front se pose aussitôt sur le sien, je ne veux en aucun cas que le contact entre nous se rompe. J'ai trop besoin de la sentir tout contre moi.

— Vous ne trouvez pas, les gars, qu'il fait super chaud par ici ? lance l'un de mes coéquipiers.

Lu et moi, nous nous sourions. Plongés dans notre bulle, aucun de leurs sarcasmes ne peut nous atteindre. Dans notre réalité, il n'y a plus qu'elle, moi et notre amour surpuissant. J'ai enfin retrouvé ma moitié. Mon âme sœur. Mon tout.

À bout de force

41. Lucy

Trois semaines que je vis un véritable conte de fées aux côtés de Logan et de Lachlan. Il serait presque parfait si ma meilleure amie n'avait pas eu la bonne idée de larguer son mec pour une raison totalement inconnue. J'ai eu beau tenter de lui parler, elle n'a rien voulu me dire. Bien au contraire, elle se renferme de plus en plus sur elle-même et nous envoie bouler dès qu'on essaie d'aborder le sujet. Autant son frère que moi, d'ailleurs. La voir se laisser aller de plus en plus me fait vraiment mal pour elle. Si seulement, je savais quoi faire pour qu'elle se sente mieux... Peut-être devrais-je commencer par la forcer à aller en cours, parce que ça fait déjà un bon paquet de jours que je ne l'ai pas vue s'y rendre. J'aurais beaucoup aimé partager des choses avec elle sur le campus. Traîner qu'avec des mecs, ça va un temps, mais ce n'est pas tous les jours évident.

Pour ma part, ça fait déjà deux semaines que je m'y suis inscrite. Au départ, je voulais attendre la rentrée de janvier, mais Logan a insisté pour que je m'y rende le plus tôt possible. Je crois que passer plusieurs heures sans moi lui était intolérable. Dès qu'il a su me convaincre, soit deux jours après notre arrivée, je suis allée demander si je pouvais rejoindre les cours de littérature. Pourquoi ai-je changé de voie ? Aucune idée, mais je n'avais pas envie de reprendre en psychologie et comme j'adore tout ce qui se rattache aux livres depuis des années, je me suis dit pourquoi ne pas essayer. En tout cas, je n'ai pas eu tort, cette filière me plaît vraiment.

Ce que j'aime moins, ce sont toutes ces filles qui me lancent des regards noirs à longueur de journée, comme si j'étais l'ennemie numéro un, celle à abattre le plus vite possible. Bon, avant qu'elles y parviennent, elles vont devoir passer le barrage de mes innombrables gardes du corps. Si je ne suis pas avec mon mec, l'un de ses coéquipiers se trouve avec moi. Je soupçonne Logan de les y avoir plus ou moins contraints. Je ne vais pas m'en plaindre, ils sont tous plus adorables les uns que les autres. Seul Mike est un peu lourd, mais il est tellement drôle que

3 – Pardonne-moi

je lui pardonne facilement. Tout ça pour dire que ce n'est pas là-bas que je vais me faire des nouvelles amies, les filles me détestent trop. Il y a bien Steffie, mais je ne sais pas, c'est quand même l'ex de Logan, alors je veux bien lui parler par politesse, mais de là à faire amie-amie avec elle, j'ai un peu de mal. D'ailleurs, je ne comprends pas pourquoi elle reste auprès de lui, elle sait qu'entre nous, c'est du solide et que plus rien ne pourra venir nous séparer. Je crois qu'elle en a conscience, mais qu'elle l'aime trop pour l'admettre. Ce n'est pas moi qui lui jetterai la première pierre, je sais ce que c'est d'être amoureuse du quarterback des *Lions* et l'oublier est une sacrée paire de manches. La preuve en est, je ne l'ai jamais vraiment pu, j'avais seulement camouflé mon amour pour lui derrière ma haine pour cesser de souffrir.

En tout cas aujourd'hui, il sait me rendre heureuse. Tous les jours, il nous prouve combien il nous aime, Lachlan et moi. Toutes ses petites attentions le rendent trop craquant et je crois que je suis un peu plus amoureuse de lui chaque fois, comme si c'était possible. Mon ange l'adore et je suis totalement sous le charme de leur complicité. Il n'y a pas à dire, Logan est vraiment un père génial. En papa gâteau, j'ai cru qu'il se montrerait trop souvent laxiste, mais ce n'est pas le cas, il sait imposer son autorité quand nécessaire.

La sonnerie de mon portable me rappelle qu'il est l'heure que je quitte mon lit. De toute façon, ce matin, sans lui, il est un peu trop froid pour moi. Mon amour est parti depuis au moins une heure, il devait rejoindre ses coéquipiers pour une journée d'entraînement juste avant le match qui aura lieu en fin d'après-midi. Dommage qu'il soit absent, sa façon de m'aider à émerger est des plus agréables. J'adore faire l'amour avec lui et je me sens de plus en plus libre, comme si le poids de mon traumatisme arrivait enfin à s'évaporer grâce à la confiance aveugle que je place en lui. Il me demande toujours mon accord avant de tenter de nouvelles expériences et ne me force jamais si je refuse. Parfois, je me demande si lui aussi n'est pas un ange, tout comme son fils. En tout cas, pour moi, ils le sont. Chacun à sa manière a su m'extraire des abysses dans lesquels on m'avait enfermée.

Après m'être enivrée, à travers son oreiller, du parfum de mon homme, une délicieuse saveur boisée, je m'assois et m'étire, avant de me lever. Je pars prendre ma douche, puis m'habille de manière la plus classique possible. Un jeans et un sweat aux couleurs de Columbia. Bon, cette fois, le haut m'appartient. J'adore porter ceux de Logan pour avoir son odeur en permanence sur moi, mais parfois, ils ne sont pas très pratiques. Il faut dire aussi qu'il est tellement grand que je nage royalement dedans.

Dès que je suis prête, je pars réveiller Lachlan. Comme tous les matins, il grogne, mécontent, alors que je le secoue tendrement. Je finis par le prendre dans mes bras et, encore à moitié dans ses songes, je le pose sur sa chaise haute, avant d'aller lui préparer son biberon. Pendant qu'il l'avale, je prends tranquillement mon café. Deb arrive à ce moment-là, elle a une tête atroce comme si elle n'avait pas dormi depuis plusieurs jours. Et que dire de sa tenue négligée ? Mon cœur se serre pour elle. C'est tellement triste de la voir ainsi.

— Tu prends quoi ce matin ? demandé-je en me levant, prête à m'occuper de ma meilleure amie.

— Je veux juste que tu me foutes la paix, ok ?

Okayyyyyy ! Je ne m'attendais pas du tout à ce qu'elle me parle sur ce ton cinglant. Je la regarde médusée, tellement je suis abasourdie par sa façon de me rembarrer.

— Excuse-moi du peu, Deb, mais je viens de me montrer sympa avec toi, donc tu n'as pas à me parler comme tu viens de le faire !

Elle hausse les épaules comme si c'était le cadet de ses soucis. Son attitude à notre égard commence méchamment à me sortir par les yeux. Il vaudrait mieux qu'elle cesse son petit jeu, avant que je ne perde vraiment patience. Je sais ce que ça fait de perdre celui qu'on aime, mais c'est elle qui en a décidé ainsi. Son frère et moi n'y sommes absolument pour rien dans son choix.

— Non, mais ça t'arracherait la langue de t'excuser ?

— Putain, mais tu ne peux pas me foutre la paix, Lucy !

— Non, justement, j'en ai ma claque de te laisser tranquille et de voir ce que tu deviens. T'es pas comme ça, Deb. Je te connais assez pour savoir que,

3 – Pardonne-moi

ça, ce n'est pas toi, dis-je en tendant mon index vers elle.

— Et, qu'est-ce que t'en sais ? T'es pas ma mère, à ce que je sache !

— Exact, mais on se connaît depuis la naissance, alors c'est tout comme. Maintenant, tu vas me faire plaisir et aller poser tes fesses sur ce tabouret et prendre ton petit-déj. Ensuite, tu vas aller t'habiller, puis on emmènera Lachlan chez la nounou, avant d'aller à l'université. Et en fin de journée, je ne te laisse pas le choix, tu viens voir le match avec moi !

Elle croise les bras sur sa poitrine et me jauge méchamment. Si elle croit me faire peur avec son attitude revêche, elle se plante carrément.

— Et si je refuse ?

— Tu crois que je vais te laisser le choix ?

Les bras croisés sur la poitrine, je la défie de me contredire. Elle finit par lâcher la première.

— Je ne me sens pas capable d'aller en cours, ni même d'aller au match. Si je devais croiser Killian, ça me ferait trop mal.

Là, j'ai encore plus de mal à comprendre pour quelles raisons elle l'a largué.

— Pourquoi t'as rompu ?

Elle hausse les épaules, avant de répondre d'une toute petite voix :

— J'en sais rien.

Hein ? J'écarquille les yeux, sous le choc. Comment ça, elle n'en sait rien ? J'hallucine ou quoi ? À chaque fois que son frère et moi nous sommes séparés, nous avions une raison, même si elle n'était pas forcément bonne.

— Comment ça, tu ne sais pas ?

— J'ai pas envie d'en parler, d'accord ?

— D'accord, je ne vais pas te forcer à m'en dire plus, mais je veux que tu viennes avec moi à l'université. Killian n'est pas à Columbia, donc tu as peu de chance de l'y croiser.

— Je connais son emploi du temps par cœur et aujourd'hui, il a plusieurs trous. Dans ces cas-là, il va très souvent à Columbia soit pour me voir, soit pour voir mon frangin.

3 – Pardonne-moi

Décidément quoi que je dise, je n'arriverai pas à la faire changer d'avis. Dans ce cas, si elle ne veut pas bouger ses fesses, alors je vais devoir utiliser une autre technique pour la faire sortir de son trou à rat qu'est sa chambre. Après les cours, on se fera une soirée fille devant une comédie à l'eau de rose, triste à souhait avec un énorme pot de glace. Logan sera déçu de ne pas voir sa supportrice numéro un dans les gradins, mais il comprendra, j'en suis persuadée.

D'ailleurs quand je passe le voir sur le terrain trois heures plus tard, c'est la première chose que je lui annonce et contrairement à ce que je pensais, sa réaction est toute autre.

— Hors de question, bébé ! Je ne te laisse pas le choix. Je veux te voir au match et si ma frangine est aussi mal que tu le dis, on s'en occupera demain.

— Merde, depuis quand tu me dictes ma conduite, Logan ? Ta sœur est ma meilleure amie et elle a besoin de moi.

Quand il frotte ses yeux, je me sens encore plus perdue. Pourquoi réagit-il ainsi ? Qu'y a-t-il de si important pour qu'il tienne absolument à ce que je sois dans les gradins ? Y aurait-il des coaches de la NFL ?

Je le regarde s'éloigner, avant de jeter un œil à ses coéquipiers pour tenter de comprendre, mais tous détournent la tête. Seul Mike se dirige vers moi.

— Tu n'as pas le choix, ma belle. Ce match est trop important pour lui.

— Pourquoi ?

— Si jamais, je t'en parle, il serait foutu de me couper les couilles, alors pour une fois, je préfère la fermer.

Coincée entre mon amitié pour Deb et mon amour pour Logan, je me sens totalement prise au piège. Les deux ont besoin de moi, je vais devoir en privilégier un, mais lequel ? Dois-je choisir Deb au risque de décevoir et de me prendre la tête avec le mec que j'ai trop souvent perdu ? Ou choisir le père de mon fils au risque de voir ma meilleure amie dériver encore plus ? Quand on se sent aussi mal qu'elle, l'issue est souvent fatale et j'en sais quelque chose, puisqu'aux heures les plus sombres de ma vie, j'ai failli mourir.

42. Logan

Non, non, non, non, non ! Putain, je n'y crois pas ! Ça fait des jours que je prépare cette journée, que je répète en boucle ma demande devant le miroir dès que Lu s'occupe de notre fils. J'ai tout prévu, du choix de la bague de fiançailles, achetée quelques jours à peine après son arrivée, à celui de la date. Et c'est aujourd'hui, hors de question que je la repousse. Je n'en peux plus d'attendre, ça me stresse quelque chose de correct. Parfois, j'ai la trouille qu'elle refuse. D'où je sors cette connerie ? Aucune idée, néanmoins ça me ronge quand j'y pense. Puis, c'est la journée idéale, on joue à domicile, devant notre public. Je veux que mes supporters, et surtout mes supportrices, comprennent combien je suis dingue de la femme de ma vie, au point de me faire passer la corde au cou.

Rageur contre ma frangine qui, malgré elle, vient foutre la merde dans mon plan, je balance ballon après ballon avec toute la hargne que je possède.

Mes lancers sont pourris et les coaches me dévisagent bizarrement. Je m'en fous, je cherche juste à sortir la colère qui me vrille les tripes. Je dois trouver une putain de solution pour que Deb rapplique sur le terrain dans quelques heures. Le message de Lu a été des plus clairs, elle ne viendra pas si sa meilleure amie reste à se morfondre sur son sort. Si au moins elle était restée avec mon pote, j'aurais eu juste besoin de lui toucher deux mots et il l'aurait convaincue. Mais là... Bordel, là, j'en sais foutrement rien. Lui parler ? Juste entre frangins ? Elle ne m'écoutera pas. Elle n'écoute personne. Depuis sa rupture, elle se laisse totalement aller. Je sais ce qu'est un cœur brisé, je l'ai vécu, ça fait atrocement mal, mais c'est elle qui a choisi cette foutue situation, pas Killian. Alors qu'elle ne me casse pas les couilles avec ses états d'âme. Pas aujourd'hui en tout cas. J'ai d'autres chats à fouetter que lui botter le cul pour la remettre sur les rails.

— Arrête le massacre, Baldwin. Les coaches sont en train de se demander si c'est une bonne idée de te laisser jouer ce soir.

3 – Pardonne-moi

Sa main sur mon avant-bras, Mike m'empêche de me venger encore une fois sur une de ces foutues balles.

— Si elle ne vient pas, qu'est-ce que ça peut me foutre de jouer ou pas ?

— Sérieux, mec, c'est la deuxième fois depuis le début de la saison que tu veux nous faire un coup foireux à cause de ta future femme.

Quand bien même il aurait raison, je ne crois pas qu'il puisse comprendre ce que je ressens. Lui et l'amour, ça fait cinquante, il me l'a bien assez souvent répété depuis que je le connais. Il veut juste profiter de la vie, libre, sans attache. Pire que moi à mes heures les plus sombres, le gars. Contrairement à lui, je n'étais pas réfractaire à ce sentiment, je ne pouvais seulement plus tomber amoureux, puisque Lu m'avait volé mon cœur en partant.

— Si j'ai bien compris le truc, elle ne veut pas venir au match pour rester avec ta frangine.

Bravo, mec, t es moins con que t en as l air.

— Ouep et ça me fait chier. Deb m'emmerde.

— C'est quoi le problème avec ta frangine ? C'est vrai que ça fait quelques jours qu'on ne l'a pas vue et mon frangin se demande même si elle va revenir au journal.

— Depuis qu'elle a largué MacKenzie, elle n'est plus du tout dans son état normal. Je sais que ça peut faire mal de devoir larguer quelqu'un, mais je sais aussi qu'il l'aime et qu'elle n'avait aucune raison de le faire, contrairement à moi.

Une drôle de lueur passe à la vitesse de l'éclair dans son regard. Si je m'y étais attardé un peu plus, j'aurais peut-être pu comprendre son ressenti, mais, là, je suis bien trop nerveux pour capter quoi que ce soit. Il glisse sa main sur sa nuque comme si ses pensées le mettaient mal à l'aise, avant de me faire à nouveau face.

— Tu ne peux pas remettre ta demande à une autre fois ?

— Non !

Ma réponse est sans appel et il le saisit immédiatement, puisqu'il hoche simplement la tête. Je l'aperçois se perdre plusieurs secondes dans ses

3 – Pardonne-moi

pensées, avant de jeter un coup d'œil sur sa montre, puis de plonger un regard déterminé dans le mien.

— Dans une heure, on est en pause.

— Ouais et ? demandé-je, ne voyant absolument pas où il veut en venir.

— Tu m'emmènes chez toi et je me charge de convaincre ta frangine de venir.

Je fronce les sourcils, inquiet de la manière dont il pourrait se charger de ma sœur. Non pas que je n'ai pas confiance en lui, mais je l'ai assez côtoyé pour connaître ses atouts auprès des filles. Son humour et sa grande gueule les attirent toutes dans son lit. Un frisson de dégoût me remonte l'échine alors que mon putain d'esprit me joue une scène entre lui et Deb, qu'un frangin ne devrait même pas imaginer. À son éclat de rire, je comprends que je viens de lui livrer mes pensées sans le vouloir.

— Je ne touche pas aux sœurs de mes potes, si ça peut te rassurer.

Ouais, non pas vraiment. J'en connais un qui tenait un peu le même discours quelques années plus tôt, pourtant ils ont fini ensemble.

— Souviens-toi, quand t'as débarqué ici, t'étais vraiment mal et j'ai réussi à t'éviter de couler. Fais-moi confiance, Baldwin, je ne ferai rien d'autre que de lui changer les idées comme je l'ai fait avec toi.

Ai-je vraiment le choix ? Non, si je souhaite voir ma future femme sur le terrain.

— Ok, capitulé-je, mais je t'avertis, un pas de travers avec elle et t'es mort.

À nouveau, son regard exprime une drôle de lueur. Merde, mec, c'est quoi ton problème avec ma sœur ? Je sais qu'ils se sont un peu rapprochés, mais j'espère qu'il n'a pas craqué sur elle, sinon tout ça risque de mal se finir. Je le fixe avec intensité pour essayer de percer sa carapace, mais il est redevenu ce gars totalement détaché que je connais depuis le début de notre amitié.

— Bon, les gars, rassemblement, nous hèle Zidermann.

Pendant le reste de la matinée, le coach principal nous fait un speech long comme le bras. Épuisé de l'écouter, je me frotte les yeux, avant de laisser mon esprit vagabonder vers ma jolie brune. Je réalise alors que j'ai un autre foutu problème que ma frangine. Je l'ai laissée partir après lui avoir ordonné de se rendre sur le terrain sans même essayer de calmer le jeu entre nous. Non, mais quel con je fais ! Si elle m'en veut à mort de lui avoir mis le couteau sous la gorge, même si Mike convainc Deb, elle n'aura certainement aucune envie de venir ce soir. Bordel, faut que je me fasse pardonner. Et dire que j'ai cru que ce serait l'une des plus belles journées de ma vie. Faut croire que non, tout part en vrille.

Dès que nous rejoignons les vestiaires, j'attrape mon smartphone dans mon casier. Me faire pardonner est ma priorité. J'envoie un court message à Lu pour lui demander pardon. Sa réponse me parvient aussitôt et je pousse un soupir de soulagement.

Lucy : **Je te connais, tête de mule et je ne t'en veux pas. Je m'inquiète juste pour ta sœur, j'ai peur qu'elle finisse par faire une connerie.**

Logan : **Je te promets qu'elle viendra voir le match. Viens, s'il te plaît, j'ai trop besoin de toi.**

Lucy : **T'es sûr que t'arriveras à la convaincre, BG ?**

Je porte mon regard vers mon pote, qui doit comprendre mon questionnement muet. Il lève ses deux pouces en l'air, comme si tout était dans la poche.

Logan : **Oui.**

Lucy : **Promets-le moi, champion.**

Logan : **Je te le promets.**

J'espère ne pas me planter. Si jamais elle ne vient pas, Lu m'en voudra à mort, encore plus si elle a raison et qu'il arrive un truc moche à Deb. Rien que d'imaginer perdre ma sœur, une douleur me noue le bide. Quelque chose me dit que Killian est la clé pour qu'elle aille mieux. Mon téléphone, toujours en main, je décide de lui envoyer un texto pour l'alerter de la situation.

Logan : **Ma sœur va super mal. Elle devrait être au match ce soir, je crois qu'elle a besoin de toi.**

3 – Pardonne-moi

Je ne m'attends à aucune réponse, c'est pourquoi je suis surpris quand mon téléphone vibre alors que je me change.

Killian : **Ta sœur a été très claire, elle ne veut plus de moi. Qu'est-ce que tu veux que je fasse ? Tu devrais peut-être demander à l'autre con qui a envie de se la taper, je suis certain qu'il trouvera un moyen de lui remonter le moral.**

L'autre con qui a envie de se la taper ? Suis-je devenu aveugle depuis l'arrivée de mes deux amours ?

Logan : **De qui tu parles ?**

Killian : **De ton pote.**

Ahuri, je lève les yeux vers Mike. Quand il sent mon regard braqué sur lui, il hausse un sourcil.

— Rassure-moi, mec, t'as aucune vue sur ma frangine ?

— T'es con ou quoi ? Je te l'ai dit, je ne touche pas aux p'tites sœurs.

Son regard fuyant ne me convainc pas totalement. J'espère ne pas faire une connerie en le traînant chez moi. Mon téléphone me rappelle à l'ordre en vibrant une nouvelle fois dans ma main.

Killian : **Mais, t'inquiète, mec, je ne te lâche pas, cette journée est trop importante pour toi. Même si elle est là, et l'autre enfoiré aussi, tu peux compter sur ma présence.**

Logan : **Merci. Dès que Lu m'aura dit oui, je te promets de remonter les bretelles à Deb.**

Killian : **Laisse tomber, mec.**

Même s'il ne m'a pas vraiment parlé depuis leur rupture, je sais combien cette situation lui fait mal. Il a perdu cette étincelle qui le rendait vivant depuis qu'elle a mis un terme à leur couple. Puis, depuis cette soirée, il nous parle a peine, à Lui et moi.

Logan : **Tout n'est pas perdu, je suis sûr qu'elle t'aime.**

Killian : **Me casse pas les couilles, j'ai pas envie de penser à elle.**

Quand je dis qu'il a mal... Ce message me confirme ce que je pense et ça m'emmerde vraiment pour eux. Putain, ils me rappellent Lu et moi, tous les deux malheureux et incapables de revenir l'un

3 – Pardonne-moi

vers l'autre durant deux ans. J'espère qu'ils ne mettront pas autant de temps pour se retrouver.

— Bon, on y va, me lance Mike.

J'opine seulement du chef, avant de me lever.

Quelques minutes plus tard, on franchit la porte de mon appart en se lançant des boutades qui nous font marrer comme des cons. Notre bonne humeur laisse place à un mutisme sans précédent au moment où nos yeux se posent sur Deb. Recroquevillée sur le canapé, elle tremble de partout. Mike se précipite vers elle en poussant un juron.

— Eh, ma jolie, qu'est-ce qui ne va pas ? demande-t-il en s'accroupissant devant elle.

Sans que je m'y attende, Deb se redresse et se jette dans ses bras. Ce que je vois me laisse muet de stupeur. Est-ce que Killian aurait raison ? Est-ce qu'il se passe quelque chose entre eux, que j'ignore ?

— Tout va bien, ma belle. Je suis là.

Bordel, les voir si proches me fout sur les nerfs. Mais, suis-je en droit d'intervenir alors qu'il semble être le seul à l'apaiser ? Pour protéger les arrières de mon meilleur pote, je devrais, sauf que je n'en fais rien. À vrai dire, je ne sais même pas où est ma place dans leur putain d'histoire. Voir ma sœur triste à cause de Killian me fout en rogne contre lui et voir ma frangine se jeter dans les bras de Mike alors que mon meilleur pote est dingue d'elle, me donne envie de la secouer. Plutôt que de devoir choisir entre eux, je file dans ma chambre pour y récupérer l'écrin dans lequel se trouve le sublime solitaire, que j'ai payé une blinde, mais rien n'est trop beau pour la mère de mon fils. Durant plusieurs secondes, je le contemple, les étoiles plein les yeux, en l'imaginant déjà au doigt de Lu, avant de me rappeler que j'ai laissé Deb avec un type qui adore sauter tout ce qui bouge. Quand je reviens près d'eux, ses larmes se sont taries. Elle discute paisiblement avec mon pote et un léger sourire étire ses lèvres.

— Bon, c'est bon, t'as réussi à la convaincre ? lancé-je pour attirer leur attention.

Deb passe sa tête par-dessus son épaule.

— Je suis désolée, Logan, mais je me sens trop mal pour sortir. Je sais que c'est important pour...

Je la foudroie du regard, furieux qu'elle puisse gâcher ma demande.

3 – Pardonne-moi

— Putain, tu fais chier, sœurette ! la coupé-je sans ménagement. Ton cirque commence à me sortir par les yeux ! Alors, tu vas bouger ton putain de cul et venir voir ce foutu match !

Mes mots sont durs et je me montre sûrement un peu trop égocentrique, mais je suis trop à cran pour vraiment réaliser que je la blesse encore plus.

— J'te rappelle que c'est toi qui l'as largué, alors cesses de chialer, merde !

— Tu veux que, moi, je te rappelle dans quel état tu étais lorsqu'on s'est rencontré ? me lance Mike, ses yeux noirs encore plus sombres que d'habitude.

Putain, mais qu'est-ce qu'il ramène sa putain de gueule ? Pourquoi il prend sa défense ? Où est passé le gars qui me répète que l'amour n'est pas pour lui, que c'est une belle merde ? Parce que là, pour le coup, il me donne l'impression d'un mec accro. J'espère vraiment me faire des films.

— Moi, je n'avais pas le choix, répliqué-je amer. Elle...

— Je ne l'ai pas non plus. Rester avec lui...

D'un coup, elle pose ses mains sur sa bouche et secoue la tête comme si elle n'en revenait pas de ce qu'elle est en train de dire.

— Quoi, rester avec lui ?

— Laisse tomber.

— Soit t'en as trop dit, soit pas assez, maintenant balance !

— Elle t'a dit de laisser tomber. Avant que je m'énerve, tu ferais mieux d'aller voir les autres et dire au coach que j'ai un léger contretemps, mais que je serai là avant le début du match... Avec ta sœur, ajoute-t-il en plantant un regard des plus sérieux dans le mien comme pour me convaincre de foutre le camp le plus vite possible.

Je souffle, exaspéré par cette putain de situation qui me dépasse.

— S'il te plaît, mec. Elle a besoin de soutien.

Mes dents jouent plusieurs secondes avec ma lèvre, nerveux, tandis que mon cerveau carbure à toute allure. Est-ce que je peux vraiment la laisser seule avec lui ? Je n'en sais foutrement rien, mais ai-je le choix, putain ? Il a réussi à lui rendre le sourire

3 – Pardonne-moi

en moins de cinq minutes alors que depuis plusieurs jours Lu et moi ne parvenons même pas à lui décrocher un mot.

— Ok, mais si Zidermann te fout sur le banc de touche, ce ne sera pas mon problème.

Il hausse les épaules, comme s'il s'en foutait royalement. Putain, je crois rêver ! Dire qu'il y a moins de deux heures, c'est lui qui me rappelait que je ne devais pas faire le con, qu'on avait un match à jouer.

Arrivé à la porte d'entrée, je me tourne une dernière fois et, sans trop savoir pourquoi, je lance à Deb :

— Killian est dingue de toi. Ne fais pas la conne.

Elle se rembrunit, avant de sourire à nouveau quand Mike lui glisse quelques mots à l'oreille.

****

Ma future femme est assise près de l'équipe, ma frangine aussi et je suis bien content de voir qu'elle est dans les bras de Killian quand je sors du terrain pour aller m'asseoir sur le banc. C'est au tour de l'équipe défensive d'entrer en scène et de tout faire pour conserver notre légère avance. De ma place, je lance quelques œillades à Lu, qui me renvoie plusieurs sourires irrésistibles en retour. Mon cœur bat comme jamais il n'a battu et ce n'est pas l'effort que je viens de fournir qui en est la cause. Non, c'est juste elle et la fierté à mon égard que je lis dans son regard. Cette fierté qui me fait pousser des ailes pour me donner envie de me surpasser, mais surtout pour mettre un genou à terre devant elle, face à des milliers de personnes. J'ai hâte que ce dernier quart-temps se termine. Plus que quelques minutes à attendre, avant que je donne un nouveau tournant à ma vie. Quand elle me regarde avec ce regard empli d'amour, je crois en sa réponse. Elle ne me dira pas non, j'en suis intimement convaincu.

Mike, assis près de moi, semble agité. Je ne suis pas certain que le jeu de nos coéquipiers en soit bel et bien la raison. Il n'arrête pas de fixer ma sœur et Killian d'un regard si noir, que, si je ne le connaissais pas, j'en tremblerais presque. Serait-il jaloux qu'ils se soient remis ensemble ? Vu ce que je vois, je n'ai aucun doute sur le fait qu'ils soient à nouveau en couple.

3 – Pardonne-moi

— Si tu continues à les mater comme ça, je vais finir par croire que t'as envie de les flinguer. J'te rappelle que c'est ma frangine et que je la défendrai jusqu'à la mort, même contre l'un de mes potes.

Il darde un regard en biais sur moi, avant de se concentrer à nouveau sur le jeu, sans un mot. *Qu avez-vous fait de mon pote, celui incapable de fermer sa gueule, quelles que soient les circonstances ?* Je vais devoir creuser un peu pour capter son attitude, mais pas ce soir.

À mon tour, je porte mes yeux sur le terrain. Nos coéquipiers luttent de manière acharnée pour ne pas laisser à nos adversaires la victoire. Jusqu'ici, nous menons, mais il suffirait d'un rien pour que la situation se retourne. Le public est aux aguets, les minutes s'écoulent avec une extrême lenteur. Les placages vont bon train tandis que l'équipe adverse fait tout pour se rendre jusqu'à la zone d'en-but.

Je croise les doigts alors que le panneau d'affichage annonce les dernières secondes à jouer. Zidermann vient me voir, un sourire aux lèvres, et me tend l'écrin que je lui ai confié juste avant le début du match.

— Ça va être à toi d'entrer en piste, gamin, m'encourage-t-il en posant une main paternelle sur mon épaule.

Plus que dix secondes, le silence se fait assourdissant. Je pourrais presque entendre le battement cardiaque de chaque supporter.

Neuf.

Je regarde Lu, dont les deux billes émeraude ne semblent pas m'avoir lâché.

Huit.

L'arbitre donne un coup de sifflet. Un des nôtres vient de commettre une faute.

Merde !

Sept.

La pénalité est jouée, mais ils ratent leur coup.

Six.

Je ferme les yeux et me visualise à genou devant la plus belle femme du monde.

Trois.

Je les rouvre pour les poser à nouveau sur Lu. Son regard happe le mien et notre bulle nous enveloppe.

3 – Pardonne-moi

Ce n'est que lorsque mes coéquipiers bondissent à mes côtés que je réalise que le match est terminé. On se félicite à coup de claques viriles, avant que je me tourne vers mon amour, un sourire sur le coin de ma bouche. Heureuse, elle se rue vers moi. Je cache l'écrin dans mon dos, avant qu'elle puisse m'atteindre. Elle agrippe mon maillot et m'attire vers elle. Son corps contre le mien me fait aussitôt dérailler, mais ce n'est pas le moment de perdre la tête. J'enroule mes doigts autour de son poignet pour l'attirer un peu à l'écart de la cacophonie. Surprise, elle arque un sourcil. D'un simple sourire, je la rassure. Le raffut cesse au moment où tous me voient mettre un genou devant elle. Les joueurs viennent nous entourer, coéquipiers ou adversaires, ils sont tous présents autour de nous. Je jette un œil vers la foule, beaucoup se sont arrêtés pour suivre la scène qui se joue face à eux. Un autre en direction de mon meilleur pote et de ma frangine. Killian lève ses pouces vers moi tandis que Deb sourit à pleines dents.

— Logan, qu'est-ce que tu fais ? me questionne ma jolie brune.

Je relève aussitôt les yeux vers elle et passe l'écrin ouvert devant moi. Quand son regard s'y pose, elle porte les mains à sa bouche. Avant même que je lui demande d'être ma femme, elle a compris où je voulais en venir. Son regard brille d'émotions et mon cœur manque plusieurs battements.

— La vie m'a offert la chance de te retrouver pour t'aimer encore plus fort qu'avant. Si tu acceptes de m'épouser, je te promets de faire de toi, la femme la plus heureuse de la Terre. Alors, Lucy Anna Calaan, acceptes-tu de devenir ma femme et de faire de moi le type le plus heureux de l'univers ?

Un silence de plomb s'abat autour de nous alors que tous attendent sa réponse. Une larme roule sur sa joue, mais cette fois, je sais que c'est parce qu'elle est émue. Quand elle hoche la tête, une joie infinie explose en moi.

— Oui, oui, oui, finit-elle par répéter inlassablement, un sourire radieux sur sa jolie bouche.

Je bondis sur mes pieds, l'attrape dans mes bras et l'embrasse à en perdre la raison tandis que les autres joueurs se ruent vers nous pour nous féliciter.

3 – Pardonne-moi

— Cette fois, hors de question d'attendre la fin de nos études pour nous marier, madame Baldwin, lui glissé-je à l'oreille avant d'être entraîné loin d'elle par une marée humaine.

À présent, plus rien ne pourra m'empêcher d'atteindre mon plus beau rêve.

Dans quelques mois, la fille que j'aime plus que ma propre vie deviendra ma femme.

À bout de force

Six mois plus tard

Logan

Assis à ma place, une coupe de champagne à la main, je regarde ma femme déambuler parmi nos invités un sourire radieux sur les lèvres. Cette fois, je peux vraiment le dire, Lu est devenue officiellement Madame Lucy Anna Calaan-Baldwin. Elle a tenu à ce qu'on accole nos noms pour porter le même que notre fils et croyez-moi, je n'ai pas été capable de lui dire non. La rendre heureuse, c'est tout ce qui compte pour moi et tout ce que je m'applique à faire chaque jour qui s'écoule depuis qu'elle est arrivée à New York.

— Ta femme est vraiment magnifique, me déclare Killian, son regard, comme le mien, braqué sur ma jolie brune.

Il n'a pas tort du tout. Je ne l'avais jamais vue aussi resplendissante qu'aujourd'hui. Elle affiche son bonheur comme une seconde peau et quiconque la verrait à cet instant ne pourrait se douter qu'elle revient de si loin. Depuis la fin de la cérémonie, elle a revêtu une petite robe blanche qui lui arrive juste au-dessus du genou. Robe que je crève d'envie de retirer. Vivement que la soirée s'achève et qu'on se retrouve tous les deux.

— C'est peu de le dire.

Et encore, ce n'est rien comparé à la beauté qui irradiait d'elle quand elle a débarqué devant l'autel dans sa robe de mariée. Elle était si époustouflante qu'il m'a fallu plusieurs secondes pour m'en remettre. Jamais je ne l'avais vue si rayonnante.

— Je suis content de vous voir enfin heureux tous les deux. Après ce que vous avez traversé, vous le méritez.

Je me tourne vers lui pour le remercier, un sourire étincelant sur les lèvres. J'ai encore du mal à croire que ce gars, que je ne pouvais pas blairer, soit devenu mon meilleur pote. En même temps, sans lui, Lu et moi ne serions certainement pas mariés. Je l'estime bien plus que ce qu'il ne pourra jamais

3 – Pardonne-moi

imaginer. Quelque part, il est devenu le frère que je n'ai jamais eu.

— Elles vont finir par se chamailler ton môme si elles continuent.

Pas très certain de comprendre où il veut en venir, je porte mon attention dans la même direction que lui. Ma mère et la belle-mère de Lu s'occupent de mon p'tit gars. Entre ses deux grands-mères, il ne sait absolument pas où donner de la tête. Voir ces deux femmes aussi gagas de mon fils l'une que l'autre me fait sourire.

— C'est le charme Baldwin, que veux-tu !

J'aperçois du coin de l'œil un sourire énigmatique sur ses lèvres. J'ignore à quoi il pense, à ma sœur peut-être, toutefois je ne cherche pas à le savoir et me contente de scruter la salle à la recherche de ma femme. Je finis par la trouver au milieu de la piste de danse, en compagnie de Deb, Leah et de la nouvelle copine de Riley. Toutes les quatre se déhanchent sur le rythme de la musique. Échauffé par Lu, dont le regard vient de se planter dans le mien, je détache les premiers boutons de ma chemise. Au moment où la musique change de registre, elle m'envoie un baiser du bout des doigts avant de se retourner vers ses meilleures amies. Je ne la lâche pas du regard jusqu'à ce que Mike et Dylan viennent s'asseoir avec nous. Mes potes trinquent à mon mariage et comme à son habitude, le centre des *Lions* ne peut s'empêcher de me chambrer au sujet de ma femme. Il pourra le faire autant qu'il le souhaite, rien ne pourra me faire descendre de mon nuage. Je plane bien trop pour qu'il puisse m'atteindre. D'ailleurs, je suis tellement déconnecté de la réalité que j'en ai perdu le fil de la conversation, ce n'est qu'en entendant le prénom de Steffie que je reviens vers eux. Le regard de Dylan s'assombrit, avant qu'il ne se lève pour aller rejoindre nos autres coéquipiers. Je sais qu'il en est toujours amoureux, mais il est bien trop fier pour l'admettre. Je me demande ce qu'elle devient, tout ce que je sais, c'est qu'après leur rupture, elle est repartie vivre à Buffalo chez ses parents. J'espère pour elle qu'elle se remettra de cette seconde déception amoureuse en l'espace de quelques mois à peine.

Quand je reporte mon regard vers la piste de danse, Lu semble l'avoir désertée. Je scrute le reste de la salle sans pour autant la trouver. Ma femme s'est volatilisée, super ! Notez l'ironie. Je me lève et me dirige vers ma sœur qui doit bien avoir sa petite idée de l'endroit où je peux la trouver.

— T'as vu, Lu ?

— Elle avait besoin de prendre l'air.

Je pose une bise sur sa joue pour la remercier de l'information, avant de me rendre à l'extérieur. Comme prévu, j'y retrouve Lu. Debout face aux montagnes, elle ne m'entend pas approcher ou alors, si c'est le cas, elle n'en montre rien. Sans un bruit, je vais jusqu'à elle, glisse mes mains autour de sa taille et les pose sur son ventre. Ma tête sur son épaule, je me délecte plusieurs secondes de son parfum.

— Qu'est-ce que tu fais là, toute seule, bébé ? finis-je par briser le silence qui nous enveloppait depuis quelques minutes.

Elle passe sa tête par-dessus son épaule pour me sourire, sourire qui se répercute dans chacune de mes terminaisons nerveuses.

— J'avais besoin d'être un peu seule, la journée a été très intense.

À qui le dit-elle ! Entre la cérémonie et la soirée, tout s'est enchaîné à une allure impressionnante.

— Je ne pouvais pas rêver de plus beau mariage, ajoute-t-elle, rêveuse.

— Moi non plus.

Épouser la femme de ma vie dans cette ville où tout a commencé pour nous deux ne pouvait être qu'une excellente idée. Je ne sais plus lequel de nous l'a suggéré en premier, mais peu importe, le résultat est le même, j'ai l'impression d'avoir plongé dans un conte de fées. Si mes potes m'entendaient penser, ils se demanderaient sûrement où j'ai posé mes couilles.

— À quoi pensez-vous, monsieur Calaan-Baldwin ?

Mon pouls s'emballe à l'entente de mon nouveau nom. Lu se retourne vers moi et plante son joli regard dans le mien. Le désir que j'y lis me donne envie de la faire mienne. Le chalet n'est pas bien loin et, si on s'éclipsait un moment, je ne suis même pas certain que quelqu'un le remarquerait.

— À vous, votre corps et la façon dont j'ai envie de vous faire jouir, madame Calaan-Baldwin.

3 – Pardonne-moi

À la lueur des réverbères, je vois ses joues s'empourprer, avant qu'elle ne détache son sublime corps du mien.

— Qu'est-ce que vous attendez alors pour m'emmener jusqu'au chalet ?

Face à la lueur coquine qui illumine son regard, ma queue réagit aussitôt et il ne me faut pas deux plombes pour que je l'entraîne à ma suite. Avant même de franchir la porte, je l'embrasse à en perdre la tête, si bien qu'il me faut plusieurs secondes pour réussir à trouver la poignée. Lu éclate de rire contre ma bouche au moment où elle sent mon agacement.

— Quand tu veux pour ouvrir la porte, me taquine-t-elle, espiègle.

— Tu me rends fou, bébé, tu le sais ça ?

— Oui et je sais aussi que tu m'aimes.

Au sourire insolent qu'elle me lance, je lève les yeux au ciel. Ma femme va me faire virer barge, mais, putain, qu'est-ce que j'aime ça ! Je n'échangerais pour rien au monde ma place. Tout ce que je veux se trouve là devant moi, à me regarder de cet air canaille qui me fait perdre la raison.

— Cessez de me regarder comme ça, madame Calaan-Baldwin, sinon je vous fais l'amour contre ce mur.

— Et comment tu veux que je te regarde alors que depuis que je t'ai vu dans ton costume, je rêve que tu me fasses l'amour ?

Oh, putain ! Cette fois, je ne mets pas trois ans à ouvrir cette foutue porte. Je l'ai à peine refermée que je la plaque contre. Ma bouche s'aimante à la sienne pour ne plus s'en décoller tandis que ma queue vient se frotter...

Putain, c'est quoi cette vibration ?

Il me faut quelques secondes pour me rendre compte qu'il s'agit de mon téléphone, qui vibre dans ma poche. Frustré, je pousse un juron. Je ne pensais pas que nos invités puissent s'inquiéter aussi vite de notre absence. Quelque chose me dit que c'est un sale coup de Mike ou de Killian. Je décroche, prêt à les remettre à leur place quand une voix masculine s'élève à l'autre bout de la ligne. Surpris, je pense d'abord à un faux numéro et m'apprête à raccrocher, avant que mes neurones assimilent le nom de l'interlocuteur et la raison de son appel.

3 – Pardonne-moi

— Logan Baldwin ?

— Ouais.

— Darwin Wildon, le recruteur des *Bills* de Buffalo. Je ne te dérange pas ?

Oh, putain de bordel de merde ! Je n'en crois pas mes oreilles.

Lu m'observe, attentive à la moindre de mes réactions. De mon index, je lui fais signe d'attendre un instant. Je m'éloigne un peu afin de pouvoir me concentrer sur cette discussion. Mon cœur bat à deux mille à l'heure.

— Non, pas du tout. Allez-y, je vous écoute.

— La draft vient d'avoir lieu et on voudrait savoir si ça t'intéressait de nous rejoindre en tant que quarterback titulaire ?

Il faut que je prenne sur moi pour ne pas exploser de joie. Quand ma femme s'en rend compte, elle se précipite vers moi et m'enlace dans ses bras. Je crois qu'elle a compris ce qui est en train de se tramer dans cet échange téléphonique.

— Ça serait un immense plaisir !

Commencer ma carrière pro dans l'une des meilleures équipes, si ce n'est la meilleure, de la division Nord, je ne pouvais pas rêver mieux. Putain, ça doit être ça, entre mon mariage et à présent les *Bills*, je dois sûrement être en train de rêver, ça ne peut pas être autrement.

— Bien dans ce cas, je te passe Alec Kurt, notre entraîneur, il va t'expliquer ce qu'il attend de toi.

— Merci, monsieur.

C'est tout ce que je parviens à dire à mon nouvel employeur avant qu'il me passe mon futur coach. Durant dix minutes, il m'explique comment va se passer mon intégration. Dès que je raccroche, je me tourne vers Lu, la hisse dans mes bras et la fais tournoyer. Quand je la repose, elle affiche une drôle de grimace, totalement déconcertée.

— Tu m'expliques ou...

— Tu as devant toi, le futur QB des *Bills* de Buffalo.

Folle de joie, elle saute dans mes bras et m'embrasse encore et encore.

— Je savais que tu y arriverais, champion.

3 – Pardonne-moi

— Ouais et tout ça, c'est grâce à toi. Tu m'as donné la force de croire en chacun de mes rêves, même quand j'ai cru ne plus avoir aucun espoir. Si tu savais comme je t'aime, mon amour.

— Je t'aime aussi, mon cœur.

À cet instant, je sais que les portes de notre enfer se sont refermées à jamais. Plus rien ne se mettra en travers de cette vie que je m'étais promis de lui offrir, le soir de Noël, trois ans plus tôt, dans ce chalet même.

Remerciements

Lucy et Logan sont enfin heureux avec leur fils, Lachlan. À présent, vous devez sûrement vous demandez ce que je réserve à Killian et Deb ou bien même si j'ai prévu une histoire pour eux. Bon, je vais vous le dire, la réponse est oui.

En attendant que vous puissiez découvrir combien j'ai torturé Killian et Deb, Je vous remercie infiniment de m'avoir lu jusque-là. Quand j'ai publié le premier tome en juillet, je pensais ne pas me sortir du lot et, pourtant, c'est ce qui s'est produit. Je suis vraiment heureuse d'avoir réussi à vous embarquer dans mon histoire et que vous vous soyez attachés à mes personnages. Vos messages sur les réseaux sociaux ou en commentaires sur Amazon me vont droit au cœur.

Je remercie encore mon équipe qui me poussent tous les jours à aller plus loin, me soutient, me corrige. Sandra, Lucie, Geraldine, Delphine, Kelly, Manon et Floriane, vous êtes les meilleures.

Et comme elles sont un peu fofolles, je dois vous mettre en garde, Killian est le bookboyfriend de Lucie et Mike, celui de Sandra. Si vous y touchez, elles sont bien capables de sortir le fouet.

Merci également à toutes les chroniqueuses qui m'ont fait connaitre. Vous êtes extras les filles.

Achevé Septembre 2021

Déposé Octobre 2021

Printed by Amazon Italia Logistica S.r.l.
Torrazza Piemonte (TO), Italy